은골로 가는 길 **❷** 출구 없는 고속도로

나남
nanam

나남창작선 159

은골로 가는 길 ❷ 출구 없는 고속도로

2020년 7월 14일 발행
2020년 7월 14일   1쇄

지은이   鄭長和
발행자   趙相浩
발행처   (주) 나남
주소   10881 경기도 파주시 회동길 193
전화   (031) 955-4601 (代)
FAX   (031) 955-4555
등록   제 1-71호 (1979.5.12)
홈페이지   http://www.nanam.net
전자우편   post@nanam.net

ISBN   978-89-300-0659-0
ISBN   978-89-300-0660-6 (세트)

나남창작선 159

정장화 장편소설

은골로 가는 길 ❷ 출구 없는 고속도로

나남
nanam

정장화 장편소설

은골로 가는 길 ❷ 출구 없는 고속도로

차례

5

대한건설 입사

서울에는 아직 영동대교가 없었다. 영동대교를 놓기 전 뚝섬에서 청담동으로 건너다닐 수 있는 교통편은 늙은 사공이 휘적휘적 노를 젓는 나룻배 한 척이 전부였다. 나룻배에 사람도 태우고 짐도 실었다. 연탄을 싣고 가는 삼륜차, 채소를 가득 담은 리어카도 실었다. 뚝섬 경마장의 말은 저 혼자 전세 내어 강을 건너갔다. 도강(渡江) 중에 말이 난동을 부려 강물에 빠졌다. 강물에 빠진 말은 배에 탄 주인의 고삐에 끌려 헤엄을 쳤다.

나는 고삐에 끌려 강을 건너가는 말을 바라보며 '이 세상에 운명이 정말 있을까?' 생각했다. 운명론자들은 말했다.

"운명은 순응하는 자는 태워 가고, 거역하는 자는 끌고 간다."

나룻배 띄우는 시간은 정해져 있어도 손님에 따라 달라졌다. 대개 첫배는 통금이 풀린 뒤 띄우고 막배는 통금시간 어름에서 끝났다. 강변엔 부드러운 모래가 사시사철 눈처럼 쌓여 있어 밟으면 발목이 푹푹 빠졌다. 공휴일엔 지방에서 올라온 자취생들이 강물에 빨래하여 백사장에 널어놓고 배구도 하고, 축구도 하고, 아름드리 플라타너스 밑에 앉아 책을 읽고, 그림을 그렸다. 장마철에 강물이 불어나

강폭이 넓었는데 갈수기에 강폭이 샛강처럼 좁아져 강바닥을 자박자박 걸어가 배를 탔다. 손님이 없으면 사공도, 나룻배도 너울 파도를 타고 한 몸 되어 끄덕끄덕 졸았다.

　나는 수개월째 일자리를 잡으려고 공사현장을 찾아다니다 허탕을 치고 돌아가는 길이었다. 뚝섬나루에 내려 무심코 뒤를 돌아봤다. 아침에 건너갈 때 보지 못했던 강 건너 공사장에 불을 환하게 밝히고 야간공사를 하고 있었다. 나는 불나방처럼 되짚어 배를 타고 강을 건너가 불빛 따라 공사장을 찾아갔다. 공사장 입구에 '대한건설 봉은고등학교 신축공사현장'이라는 나무간판이 세로로 길게 걸려있었다. 간판을 뒤로하고 안으로 들어가는데 누가 소리를 질렀다.
　"거기 누구요? 누가 작업 중에 농땡이 치는 거요?"
　그는 내가 작업 중에 빠져나가 농땡이 치는 줄 아는 모양이었다. 그에게 다가가 다짜고짜 무슨 일이라도 좋으니 일자리를 달라고 했다. 그는 늦은밤까지 일자리를 찾아다니는 내가 안돼 보였던지 사는 곳을 물어본 뒤 하루 일도 괜찮으면 내일 첫배 타고 들어와 자기를 찾아오라고 했다. 그는 대한건설 총무과 김용수 과장이었다.
　찬밥 더운밥 가릴 처지가 아니었던 나는 다음 날 통금이 풀리자마자 집을 나가 뚝섬나루에서 첫배를 탔다. 강물은 맑고 고요했다. 강을 건너 내린 청담나루에는 강물 위로 주렴처럼 늘어진 버들가지가 산들바람에 하늘거리며 수면 위로 흰머리 날리듯 피어오르는 물안개를 희롱하고 있었다. 버드나무 밑에 걸터앉아 낚시할 수 있는 바위 너더댓 개가 들쭉날쭉 박혀있었다. 자연 그대로인 것도 있었고 인위적으로 굴려다 놓은 것도 있었다.

청담나루에서 삼성동으로 넘어가는 야트막한 야산 가운데로 조붓한 고갯길이 수풀 사이로 빤히 보였다. 오른쪽으로 울창한 소나무 숲속에 봉은사가 있고, 왼쪽으로 민둥산에 무허가 판잣집이 갯바위에 따개비 달라붙듯 다닥다닥 붙어 있었다. 판잣집들은 공사장에서 버린 각목이나 합판때기를 주워다 얼기설기 짓고 지붕은 땜질하듯 함석, 슬레이트, 루핑이나 천막쪼가리가 누덕누덕 덮여 있었다. 그 동네 사람들이 이웃과 나눌 수 있는 건 가혹한 가난밖에 없었다. 그들은 서로 가난한 지붕을 내주고 벽을 내주어 지붕 하나에 잇대어 여러 가구가 벌집처럼 들어가 있기도 했다. 장마철에 비가 오면 황톳물이 판잣집 사이로 촛농처럼 흘러내렸다.

나는 부리나케 걸어서 지난밤에 만났던 대한건설 총무과 김 과장을 찾아갔다. 그는 그날 일머리에 따라 인부들에게 연장을 내주고 있었다. 그가 나를 보더니 삽 한 자루를 주며 골재 야적장에 들어가 장마에 흘러내린 모래를 추워 올리라고 했다. 삽은 자루와 삽날이 체머리 흔들듯 따로 노는 헌 삽이었다.

나는 삽으로 모래를 추워 올리는 일이 단순할 거라고 생각했는데 그렇지 않았다. 삽을 깊이 지르면 삽날이 흙속으로 들어가 모래에 흙이 섞여 쓸 수가 없고 삽질을 얕게 하면 모래가 땅에 깔려 손실이 많았다. 땅에 깔린 모래를 멍석 말아 올리듯 추워 올리기란 여간 어려운 게 아니었다. 더욱이 장마에 물을 잔뜩 먹어 질척거리는 모래를 추워 올리는데 땀은 비 오듯 했고, 손바닥은 물론 배창자가 땅기고 허리가 끊어질 듯 아팠다.

"자네, 노가다 처음이지?"

내 뒤에서 누가 말을 걸었다. 허리를 펴고 일어나 돌아봤지만 생판 모르는 얼굴이었다.

"저는 노가다란 말이 무슨 말인지 모르겠습니다."

그는 아주 당연하다는 듯 껄껄 웃으며 말했다.

"으하하. 그렇지. 내 그럴 줄 알았어. 결혼은 했나?"

"예에."

"아이는?"

"남매를 두었습니다."

"자네, 몇 살인가?"

"스물아홉입니다."

"장가를 일찍 갔구먼. 그럼 군대는 안 갔나?"

"아닙니다. 자원해 일찍 다녀왔습니다."

"그래? 오늘 일 끝나는 대로 나한테 왔다 가!"

"누구신지요?"

"그냥 사장실로 들어와."

사장이라니! 나는 그제야 그가 대한건설을 창업한 최태웅 사장이라는 걸 알았다.

그날 일을 마치고 사장을 찾아갔는데 자리에 없었다. 나는 무작정 기다렸다. 사무실 직원들이 한 30여 명가량 되었는데 대부분 야근을 했다. 김 과장이 야근하는 직원들과 저녁을 먹으러 가며 내게 같이 가자고 했다. 사장이 김 과장에게 뭐라고 일러두었는지 내가 사장을 만나러 온 것을 이미 알고 있었다.

김 과장 옆에 앉아 숟가락을 집어 들던 나는 주위 사람들이 깜짝 놀랄 만큼 '악!' 소리를 내지르며 숟가락을 떨어뜨렸다. 온종일 삽질

한 손바닥에 물집이 잡혀 있었다. 김 과장은 여러 군데 물집이 잡힌 내 손바닥을 보고 혀를 끌끌 차며 껄껄 웃으며 말했다.

"노가다에 땀을 내면 3년을 빌어먹는다는 말도 못 들었수?"

나는 저녁 식사를 하고 다시 사무실에 들어가 사장을 기다렸다. 직원들은 교대로 야간 공사장에 나가 인부들과 함께 작업하고 들어와 틈틈이 사무를 봤다. 사장은 야간 통금시간까지 들어오지 않았다. 나는 통금에 걸려 오도 가도 못 하고 사무실에 앉아 밤을 새워야 했다. 밤새 물집 잡힌 손바닥이 욱신거려 졸음조차 오지 않았다.

"정세혁 씨, 주판 놓을 줄 아슈?"

새벽 두 시반경이었다. 책상에 앉아 사무를 보던 김 과장이 내게 물었다. 나는 네 알짜리 주판을 썼는데 그는 다섯 알짜리 주판을 사용하고 있었다. 망설이지 않고 대답했다.

"네에. 조금 놓을 줄 압니다."

"그럼 내가 숙직실에서 잠깐 눈 좀 붙이고 나올 테니, 이것 좀 봐주슈."

김 과장은 내가 대답하기 전 벌떡 일어나 숙직실로 들어갔다. 나는 그가 일어난 의자에 앉아 해야 할 일을 살펴보았다. 그가 하던 일은 인부들 노임대장이었는데, 주판을 놓고 자시고 할 것 없이 암산으로 해도 충분했다. 암산을 하다 말고 아련한 향수에 젖어 주판을 집어 들었다. 내가 배운 주판을 이렇게 써먹다니! 나는 주산 시간에 주판이 없어 쉬는 시간 옆 교실로 주판을 빌리러 다녔다. 주판을 빌리지 못하면 교실 뒤에 나가 손을 들고 다른 아이들이 주판 놓는 것을 암산으로 해야 했다.

손때가 묻어 반들반들한 주판을 놓는데, 소리 없이 문이 열리며 사장이 불쑥 나타났다. 야근하던 직원들이 벌떡 일어나 사장에게 인사를 했다. 직원들의 인사를 받던 사장이 나를 발견하고 깜짝 놀란 표정으로 다가왔다.

"자네, 이 시간에 웬 일이여?"

나는 사장이 어제 일을 까맣게 잊은 듯 생뚱맞은 표정으로 묻는 말에 몹시 당황스러웠다. 주판알이 흩어지지 않도록 두 손으로 잡은 채 대답했다.

"어제 사장님 기다리다 늦어 못 들어갔습니다."

사장이 껄껄 웃으며 말했다.

"사람 참 고지식하긴. 이 사람아, 기다리다 안 오면 그냥 들어가지 그랬어. 어제 자네 삽질하는 거 보고 한눈에 알아봤어. 그런데 주판은 언제 배웠는데 그렇게 잘 놔?"

고지식한 사람이라니! 나는 내가 어떤 사람인지 스스로 생각해 본 적이 없었다. 다만 사장을 밤새 기다린 것은 그만큼 형편이 절박해서였다. 손에 잡은 주판을 내려놓고 일어나 대답했다.

"고등학교 때 배웠습니다."

전날 온종일 삽질한 손바닥은 물론 손가락 마디마디에 물집이 잡혀 주판을 어설프게 놓았는데, 사장은 내가 주판을 잘 놓는 것으로 본 모양이었다. 직원들 시선이 모두 내게로 쏠렸다. 사장은 고개를 크게 끄덕이며 말했다.

"아! 상고를 나온 게로군. 부기도 배웠나?"

"예에."

그때 숙직실에 들어갔던 김 과장이 사무실 문을 열고 들어오며 사장에게 인사했다. 사장이 나를 가리키며 김 과장에게 지시했다.

"오늘 이 사람 자재 사원으로 입사시켜!"

"예에? 아 예에."

김 과장은 몹시 놀란 표정으로 사장과 나를 번갈아 쳐다보며 어물쩍 대답했다. 주위 사람들도 놀랐고 나는 말할 것도 없었다. 그땐 노동판에 들어가 막일 자리 하나 구하기가 하늘의 별 따기보다 힘들었다. '정말 운명이라는 게 있는 걸까!' 입사는 내 운명을 크게 바꿔놓을 수도 있는 일인데, 강물에 빠진 말처럼 내 의지와 상관없이 돌아가고 있었다. 지난밤 야간공사 현장에 들어가 철야작업을 했던 직원들이 속속 들어오자 사장이 말했다.

"자, 이제 아침들 먹으러 가지!"

사장은 철야 작업한 직원들과 함께 함바로 들어갔다. 식탁에 이미 아침상이 차려져 있었다. 직원들이 들어가는 순서대로 의자에 앉자 아주머니가 밥과 국을 가져왔다. 나는 사장이 손으로 가리키는 사장 앞자리에 앉아 아침식사를 했다. 직원들 식사 시간은 야전군처럼 짧았다. 모두 식은 죽 먹어 치우듯 후루룩 뚝딱 끝내고 밖으로 나갔다. 식탁에 나와 사장만 남았다.

사장은 식사하는 동안 말 한마디 없어 여간 거북한 게 아니었다. 나도 사장에게 할 말이 없긴 마찬가지였다. 식사를 마친 사장이 엄숙한 표정으로 내게 말했다.

"자네, 지금부터 내 말 잘 들어!"

"예에."

"내가 자네에게 할 말은 한마디로 '세상에 공짜는 없다'는 거야. 자재 일 보는 사람이 가장 중요한 건 주판 잘 놓는 것도 아니고 부기 잘 하는 것도 아냐. 사람이 진솔하고 정직해야 돼. 알겠나?"

나를 예리하게 쏘아보는 사장의 안광이 번쩍 빛났다. 나는 귀에 못이 박이도록 아버지에게 듣던 말을 사장에게 듣고 내심 크게 놀랐다. 아버지 대하듯 공손하게 대답했다.

"예에. 명심하겠습니다."

그제야 내가 자재 사원으로 입사한 사실이 실감 났다. 도무지 무슨 조화인지 꿈에도 생각지 못한 일이었다. 그 시절은 젊은 남자가 '求職'(구직)이라고 팻말을 만들어 군번처럼 목에 걸고 명동 한복판에 죄인처럼 고개를 숙이고 서 있던 때였다.

사장이 말했다. 지금까지 자재를 담당했던 사람이 자기 큰 처남이었다는 것, 처남이 기자재 납품업자하고 어울려 다니며 밥도 먹고, 술도 마시고, 리베이트 명목으로 돈 봉투를 받았는데 그건 모두 자재 원가에 포함되는 것이지 절대로 공짜가 아니라고 했다.

함바를 나온 사장이 나를 사장실로 데리고 가 자신이 직접 관리하던 자재출납장과 자산관리대장을 넘겨주며 출전을 앞둔 장수가 작전명령을 내리듯 업무지시를 했다.

"건설현장에서 자재는 격렬한 전쟁터의 실탄과 같은 거야. 건설공사의 성패는 자재에 달려 있어. 공기를 지킬 수 있는 것도 자재고, 공사 품질을 결정하는 것도 자재고, 공사의 수익성도 자재에 달려 있다는 것을 명심해. 내 말이 무슨 말인지 알겠나?"

나는 카랑카랑한 목소리로 대답했다.

"예에. '세상에 공짜는 없다'는 말씀 명심하겠습니다."

사장은 건설공사의 성패는 자재에 달려있다는 말을 거듭 강조했

14

다. 나는 그날 김 과장이 요구하는 입사서류를 갖춰서 제출하고 대한건설 자재 사원으로 입사했다. 나는 이미 사장의 명을 받았기에 입사서류는 요식행위일 뿐이었다.

대기발령의 공포

내가 대한건설에 입사할 때만 해도 '재벌'이나 '재벌그룹'이라는 말은 아주 생소했다. 회장이나 총회장이라는 직함도 들어보지 못했다. 삼성 이병철 회장도 사장이었고, 현대 정주영 회장도 사장이었다. 정규직, 비정규직이란 제도도 없었고, 관리직도 무늬만 관리직일 뿐 고정인부나 다름없었다. 일은 사장이 불러다 시키는 대로 했고, 월급은 주는 대로 받았고, 일거리가 줄면 집에 들어가 다시 연락 올 때를 기다렸다.

그땐 모든 일을 사장이 혼자 판단하고 구두로 지시할 뿐 인사규정은 있으나 마나였다. 현장 사무실에 사장실이 따로 있는 것도 아니었다. 인부들이 헌 합판으로 제작한 야트막한 목제 칸막이가 사장을 가려줄 뿐이었다. 비서 한 명 없는 사장은 용건이 있을 때마다 직접 고개를 들고 칸막이 너머에 있는 직원을 불러 업무지시를 했고 직원들은 앉은 자리에서 사장의 동태를 파악할 수 있었다. 직원들은 모두 사장이 데려온 그의 가족이나 친인척이었고, 나머진 그 사람들이 데려온 그들의 가족이나 친인척이었다. 아무런 연고 없이 입사한 사람은 회사에 달랑 나 하나였다.

사장이 하는 일도 직원들과 별반 다르지 않았다. 사장도 우리와 같이 함바에서 밥 먹고, 공사장에 들어가 질통으로 모래와 자갈을 져 나르고, 콘크리트를 치고, 자재를 어깨로 메어 날랐다. 작업 중 낯선 사람이 사장을 찾아와 물을 때가 있었다.

"사장님, 어디 계십니까?"

사장은 시치미 뚝 떼고 아무 데나 가리키며 말했다.

"쩌리 가 보시우."

시도 때도 없이 사장을 찾아오는 사람들은 사장에게 손을 벌리거나, 일자리를 부탁하는 사람들이었다. 그때는 TV가 대중화되기 전이고 기업의 규모가 구멍가게 수준이라 직원들 말고 사장을 알아보는 사람은 거의 없었다.

어느 날 공사장에서 직원들과 함께 작업하던 사장이 갑자기 내 이름을 불렀다.

"어이, 세혁이!, 자네는 내가 연락할 테니 내일부터 며칠 쉬어."

그때는 정규직일지라도 무노동 무임금이었다. 나는 그 순간 눈앞이 캄캄했고 살길이 막막했다. 사장이 쉬라는 그 며칠은 며칠이 될 수도 있었고, 한 달이 될 수도 있었고, 영영 연락이 오지 않을 수도 있었다. 내가 처음은 아니었다. 학교신축부지 기반시설 공사가 끝나갈 때까지 운동장 규모와 교사동 설계변경이 지연되어 이미 몇몇 직원들이 집에서 대기 중이었다. 그날 온종일 실낱같은 희망을 갖고 있었지만 퇴근할 때까지 학교 측에서 설계변경에 관한 소식은 끝내 없었다.

나는 그날 퇴근하기 전 경리과에 들어가 가불(假拂)을 했다. 그때는 월급을 가불하기 위해 회사 다녔다고 해도 과언이 아닐 만큼 퇴근시간만 되면 경리과 앞에 길게 줄을 서서 가불을 했다. 가불하는 직원들이 모두 절제 없는 생활을 했다기보다 월급이 너무 박해 밥만 먹고 살기도 빠듯해서였다. 아이들이 갑자기 아프거나 집안에 변고라도 생기면 은행이 아니라 회사로 달려가 가불을 했다. 한 달에 가불을 두세 번 하기도 했다. 한 번 가불하고 나면 좀처럼 벗어나기 힘든 게 또한 가불이었다.

대기 일자가 길어지자 밥그릇에 밥이 줄고, 밥이 시래기죽으로 변했고, 하루에 시래기죽 두 때 먹기도 힘들었다. 하루는 회사 돌아가는 사정을 알아보기 위해 집을 나섰다. 운동장 기반시설 공사장에 인부들이 더러 보였으나 교사동 부지에 사람은 전혀 보이지 않았다. 아무래도 설계가 확정되지 않은 모양이었다. 나는 사무실에 들어가지 못하고 발길을 돌려야 했다.

청담나루에서 배를 타고 뚝섬에 내린 나는 성동구치소 재소자들이 경작하는 배추밭 둑길을 지날 때였다. 예닐곱 명의 아주머니들이 수확을 끝낸 배추밭에 들어가 시래기를 줍고 있었다. 마침 재소자들이 배추 수확을 끝내고 구치소로 돌아가고 있었다. 아주머니들은 재소자들이 자리를 뜨자 안쪽으로 들어가며 시래기를 주웠다.

그때 재소자들 중 두 놈이 갑자기 뒤로 돌아 성난 멧돼지처럼 아주머니들에게 달려갔다. 나는 반사적으로 구치소 망루를 쳐다보았다. 간수는 보이지 않았다. 혼비백산한 아주머니들이 시래기를 주워 담아 앞산만 한 앞치마를 움켜쥐고 개구멍을 향해 죽자 사자 달아나고 있었다. 재소자들이 달아나는 아주머니들에게 입에서 나오는 대로 욕설을 퍼부었다.

"야 이년들아, 한 번 주고 가. 씹 한 번 주고 가라고!"

"어메 어메, 나 죽네. 저년들 씰룩대는 떡판 좀 보소."

아주머니들이 간발의 차이로 개구멍을 빠져나가자 뒤를 쫓아가던 놈이 갑자기 바지를 홀떡 까고 격렬하게 수음을 했다. 개구멍을 빠져나가 달아나는 아주머니들 틈에 눈에 익은 여인이 있었다. 바로 내 아내였다.

피가 거꾸로 솟고 주먹이 부르르 떨렸다. 한걸음에 달려가 간질 일으키듯 온몸을 비틀어대며 수음하는 놈을 버러지 밟아 죽이듯 콱 밟아 버리고 싶었다. 하지만 나는 개구멍 안으로 한 발짝도 들여놓지 못하고 죽은 고기가 물살에 떠내려가듯 그냥 지나치고 말았다. 집 앞에 이른 나는 바로 아내 뒤를 따라 들어갈 수 없어 밖에서 서성거리다 한참 만에 대문을 밀고 안으로 들어섰다.

아내는 표정 없는 얼굴로 방금 주워온 배추 시래기에서 누렇게 물러터진 줄기를 골라 잘라내고 있었다. 우리 고향에선 소에게도 먹이지 않을 시래기였다. 아내는 내가 돌아온 것을 알면서도 어디 갔다 왔느냐고 묻지 않았다. 나도 온종일 돌아다녔어도 입 밖에 낼 말 한마디를 만들어내지 못했다. 아이들이 문을 열어놓고 밖을 내다보며 밥 달라고 악머구리처럼 울었다.

"엄마, 밥."

"엄마, 배고파. 밥 줘."

나는 밥 달라고 우는 자식들을 그저 망연히 바라볼 뿐이었다. 차라리 몸이 아파 우는 자식이라면 안고 업고 토닥토닥 달래라도 보련만, 젖먹이라면 빈 젖이라도 물려보련만, 젖을 뗀 지가 한참 지난 자식이 배고파 울 땐 밥 말고 달랠 길이 없었다. 아내는 여전히 입

다물고 시래기를 다듬고 있었다.

자식들이 하얀 배를 드러낸 채 엄마를 바라보며 밥 달라고 할딱할
딱 울 때마다 빨래판 위에 젖은 수건을 펼쳐 놓은 것처럼 앙상한 갈
비뼈를 덮고 있는 살가죽이 아른아른 밀렸다. 사지가 멀쩡한데도 쌀
이든 밀가루든 한 주먹이면 채워줄 수 있는 자식들의 주린 배를 채
워주지 못하는 무기력한 나 자신이 한없이 비참했다. 자식들만은 배
곯지 않게 키우려고, 큰물에서 키우려고, 고향을 떠나 말로만 듣던
서울로 올라왔는데 사는 문제, 생존의 모든 문제는 밥이었다.

피 파는 사람들

나는 매일 사장에게 연락 오기를 기다렸다. 회사에 갚아야 할 가불금도 있었고 사장 눈 밖에 난 일이 없었기에 설계가 확정되는 대로 다시 부를 줄 알았다. 사장이 집에 가 며칠 쉬라고 한 뒤로 감감무소식이었다. 언제 회사에서 사람이 올지 알 수 없어 집을 비울 수도 없었다. 이대로 영영 복직이 안 될지도 모른다는 두려움에 숨이 막힐 지경이었다. 하루하루 마음의 갈피를 잡지 못하고 있었는데 아이들이 사위어가는 잿불 같은 눈빛으로 나를 멀거니 바라보며 밥 달라고 우는 모습을 보고 그만 정신이 번쩍 들었다.

자식들의 울음소리가 내 등에서 암죽조차 먹지 못해 죽어가던 막내 울음소리였다. 황량한 논바닥에 부황으로 죽어 널브러진 순자가 떠올랐다. 아침 끼니로 생 솔잎을 썰던 아버지, 엄마 가슴에 매달려 바동거리며 젖을 빨던 막내와 강아지가 떠올랐다.

나는 아이들이 생기를 잃고 꺼져가는 울음소리를 뒤로 한 채 다시 날품을 팔러 나갔다. 더럽고, 힘들고, 위험한 일을 마다하지 않았어도 그마저 자리가 없었다. 다행히 공사장을 찾아가 하루 일을 하면 보리쌀 한 되짜리 한 봉지, 반나절 일을 하면 손안에 들어가는 국수

한 뭉치를 쥐고 들어갈 수 있었다. 어떤 때는 무턱대고 공사장을 찾아가 "공짜 일도 싫으니 제발 나가라."고 쫓아내도 막무가내로 시멘트 하차도 하고, 질통도 지고, 콘크리트 작업도 했다. 그런 일도 일당 받는 사람보다 더 열심히 해야 사장이나 현장 소장의 눈에 들어 식사 때 밥 한 끼 얻어먹거나 임시 막일 자리라도 잡을 수 있었다. 공사장 밖에 밥만 먹여주면 일하겠다는 사람들이 수두룩했다.

며칠 동안 일거리를 찾지 못하면 냉수를 잔뜩 들이켜고 적십자병원으로 피를 팔러 가야 했다. 물론 처음에는 피 팔러 가기 전에 왜 물을 많이 마셔야 하는지 몰랐다. 먼저 피를 판 사람이 내가 초짜라는 걸 한눈에 알아보고 '물을 많이 마시면 피가 묽어진다'고 마치 피에 물을 섞어 파는 것처럼 말했다. 내가 처음 피 팔고 나오는데 뱃속에서 잘 삭힌 홍어를 먹었을 때처럼 쉰내가 물씬 올라와 코를 팍 찌르고 맴돌았을 때처럼 머리가 핑그르르 돌았다.

매일 끼니를 거르며 일거리 찾아다니다 허탕을 치고 피를 판 뒤 돌아가려면 다리가 풀리고 정신이 몽롱했다. 밥을 먹고 싶었다. 머리에 쥐가 나도록 온통 밥 생각뿐이었다.

서울역 건너편 도동에서 백반 한 상이 15원이었다. 한 상이라는 단위에 조금 어폐가 있긴 하다. 백반 한 상을 주문하면 상차림을 하는 게 아니라 배달음식처럼 밥과 시래깃국에 김치 깍두기가 오종종하게 담긴 작은 쟁반을, 쟁반째 들어다 주었다. 하지만 피 판 돈으로 밥을 사 먹을 순 없었다.

나는 시립 남대문 근로자합숙소 안에 있는 식당에 들어가 4원짜리 국수를 사 먹었다. 간판도, 메뉴판도 없는 식당 이름을 '실비식당'

이라고 했고, 국수를 '실비국수'라고 했다. 실비식당은 식당과 주방 사이에 겨우 국수 그릇이 들락거릴 만큼 반달 모양의 작은 구멍을 뚫어 놓고 터미널에서 차표 팔듯 국수를 팔았다.

어느 날 피를 팔고 실비식당에 들어가 줄을 섰다. 줄이 술술 나가다 말고 갑자기 우뚝 멈추며 주방 쪽이 매우 소란스러웠다. 나는 줄을 따라가다 한 발 옆으로 비켜나 주방을 쳐다봤다. 양쪽 허리춤에 빈 깡통을 찬 거지가 4원에서 1원이 모자라는 3원을 주방구멍으로 밀어 넣으며 국수를 3원어치만 달라고 했다. 주방구멍 안에서 안 된다며 3원을 도로 밀어냈다. 거지는 다시 주방구멍으로 3원을 밀어 넣으며 3원어치만 달라고 떼를 썼다. 배식이 중단되고 장내가 소란했어도 거지는 한 발짝도 물러나지 않았다. 보다 못해 뒤에서 누가 소리쳤다.

"여보슈. 그러지 말구 차라리 그럴 시간에 돈 1원을 더 구걸해 오는 게 낫겠수."

그건 아니었다. 뭘 몰라도 한참 모르는 소리였다. 그 사람은 거리마다 거지가 넘쳐 상가나 식당 앞에 '기도'라 불리는 문지기가 서 있다는 것을 모르고 하는 소리였다. 아마 모르면 몰라도 거지가 한나절 내내 구걸했어도 실비국수 한 그릇 값을 얻지 못하고, 배식시간이 다가오자 다시 구걸할 힘을 얻기 위해 달려와 사투를 벌이는 것일 게다. 우리는 그때 한 번 주저앉으면, 한 번 꺾이면, 다시는 몸을 추스르고 일어날 힘이 없었다. 구걸도 먹어야 할 수 있다.

한참 실랑이 끝에 주방에서 거지에게 돈 1원을 내주며 제일 뒤로 가라고 소리를 빽 질렀다. 거지는 두말없이 돈 1원을 받아들고 뒤로 가자 다시 배식을 시작했다. 배가 고파 눈이 뒤집힌 사람은 주방구멍으로 나오는 국수그릇을 받아들기 무섭게 식탁으로 갈 새 없이 선 채로 허겁지겁 입안으로 긁어 넣었다.

식당 안에 놓인 식탁이라고 해봐야 X자형으로 만든 나무다리 위에 대패로 대충 다듬은 조붓한 송판때기 대여섯 장을 올려놓고 못질해 놓은 것이었다. 그것도 제때 닦지 않아 쥐가 오줌똥을 싸지른 천장의 반자처럼 얼룩덜룩했다. 식탁에 앉는 의자도 X자형으로 만든 나무다리 위에 식탁 길이만큼 기다란 송판때기 한 장을 올려놓고 대못을 박아 놓은 것이었다.

의자는 삐꺽거렸고 대못이 올라와 있었다. 재수 더럽게 없는 날은 삐죽이 올라온 대못에 옷이 걸려 찢어지기도 했고, 의자 끄트머리에 앉았다가 먼저 먹은 사람이 벌떡 일어서는 바람에 시소처럼 번쩍 들려 국수 그릇에 얼굴을 처박고 엉덩방아 찧을 때도 있었다.

예닐곱 평 되어 보이는 실비식당에 계산대도 없었고, 홀에 나와 있는 사람도 없었고, 물 한 잔 마실 곳도 없었다. 밤낮 백열등 한 개로 버티는 식당은 컴컴한 구석에 뻥 뚫어 놓은 수채로 커다란 쥐가 사람하고 숨바꼭질하듯 들락거렸고 늘 퀴퀴한 시궁창 냄새가 물씬물씬 올라와 떠다녔다.

돈 1원을 받아든 거지가 뒤로 돌아가자 배식은 순조롭게 진행되었다. 내 차례가 돌아왔다. 피 판 돈에서 4원을 떼어 주방구멍으로 디밀었다. 4원이 들어간 구멍에서 쥐어지른 듯 젓가락이 달팽이 뿔처럼 푹 꽂힌 국수 대접이 불쑥 나왔다. 실비국수는 국물이 있는 국물국수도 아니고 양념이 들어있는 비빔국수도 아니었다. 그냥 맹물에 푹 삶아 건져낸 것을 아무 양념도 국물도 없이 냉면 그릇에 담아 젓가락을 푹 찔러 주었는데 그게 다였다.

국수 그릇을 받아들고 젓가락으로 국수를 한 젓가락 덥석 집었는데 퉁퉁 불어터진 국수 가닥이 모두 뚜두둑 뚝뚝 끊어졌다. 나도 국수 그릇에 입을 대고 긁어 넣었다. 집어 먹을 반찬이 없으니 굳이 식탁에 앉을 필요도 없었고 국수 먹다 고개를 들고 말고 할 경황도 없었다. 그렇게 국수 한 그릇을 먹어치우고 국수 그릇 바닥에 흥건하게 고인 객물까지 훌쩍 마시는 데 10초나 걸렸을까. 천장에 달라붙은 파리가 날아와 한 번 빨아볼 새 없이 먹어치웠다. 빈 그릇은 나가면서 문 앞에 물이 담긴 플라스틱 함지박에 넣었다.

그렇게 실비국수 한 그릇을 먹은 뒤 허리띠를 바짝 졸라매고 나면 살 것 같았고, 흐릿했던 눈이 안개 걷히듯 번해져 눈앞의 사물이 제대로 보였다. 그래도 피 팔고 집에 들어간 날은 자식들에게 곡기가 들어간 멀건 시래기죽이라도 한 그릇씩 먹일 수 있었다.

어느 날 피 팔고 실비국수 먹으러 갔는데 이상하리만치 길게 늘어선 줄이 평소보다 두 배나 길었다. 식당 안도 다른 날보다 많이 붐볐다. 나는 목을 길게 빼고 주방구멍을 바라보며 앞선 사람을 바짝 붙어 따라가는데 '아뿔싸!' 하필이면 내 앞에서 국수가 동났다. 국수는 매끼 준비된 것만 팔면 고만이었다. 국수가 동나자 바로 대문을 걸어 잠그듯 주방 안에서 가타부타 말 한 마디 없이 합판때기를 가로질러 주방구멍을 콱 막아버렸다. 내 뒤로 10여 명이 더 있었다.

내가 되돌아 나오는데 식탁에 앉아 식사하고 있는 사람들은 배 나온 몸피로 보나 혈색으로 보아 4원짜리 실비국수 먹고 산 사람들의 몰골이 아니었다. 그들은 대부분 점퍼를 입고 있었는데 신기하게도 양복에 넥타이 맨 사람도 있었고 한복을 차려입은 사람도 있었고,

배가 불룩 나온 사람도 눈에 띄었다. 더욱이 그들은 식탁에 둘러앉아 이야기를 나누며 여유 있는 식사를 하고 있었다. 실비식당에선 좀처럼 볼 수 없는 진풍경이었다.

그때는 살이 찌고 배가 나온 사람은 사장이나 부자로 알고 몹시 부러워했다. 일부러 맹꽁이처럼 배를 불룩하게 내밀고 으스대는 사람도 있었다. 어찌 되었든 나보다 먼저 식당에 들어간 그들은 전도하러 다니는 교인들이었다. 나는 그들 중 눈에 익은 목사를 발견했다. 사회의 원로로 대접받던 그는 서울역 광장에서 군사정권을 향해 '가이사의 것은 가이사에게 주라'고 설교하던 박 목사였다.

어느 신문은 박 목사가 실비식당에 들어가 실비국수 사 먹는 것을 검소와 절약의 미덕으로 칭송했다. 절약하기 위해 4원짜리 실비국수 먹으러 오는 그들은 4원짜리 실비국수를 먹을 수밖에 없는 사람들이, 그것마저 먹지 못하고 죽어간다는 것을 몰랐다. 4원짜리 실비국수 한 그릇에 사람의 목숨이 달려있었다.

광장에서 '가이사의 것은 가이사에게 주라'고 외치는 그들이 떼거리로 몰려오는 날은 나 같은 사람이 실비국수마저 먹지 못하는 그야말로 재수에 옴 붙은 날이었다. 물론 실비국수 먹는 사람들이 정해진 것은 아니지만 실비식당은 서울에 몸 하나 들여놓을 데 없는 노숙자, 거지, 매혈자, 늙은 창녀, 지게꾼, 배달꾼, 구두닦이, 넝마주이, 신문팔이, 신기료장수, 길바닥에 담배 한 갑 놓고 한 개비씩 파는 까치담배 장수, 라이터에 라이터돌을 끼워주거나 기름을 넣어주는 떠돌이 행상, 비 오는 날 우산 들고 뛰어나가고 고장 난 우산 수리하고 더우면 아이스케이크 통 메고 나가고 추우면 마스크 팔러 쏘다니는 극빈자들을 위한 식당이었다. 구두닦이도 구두약 한 개를 통째로 살 수 있는 사람은 꿀꿀이죽을 사 먹을망정 실비식당은 가지 않았다.

적십자병원은 자주 가면 내 몸에 피도 받아주지 않았다. 피를 팔지 못하면 자식새끼들이 모두 굶어 죽는다고, 이래죽으나 저래죽으나 죽는 건 마찬가지라고, 아무리 사정하고 떼를 써도 눈 한 번 깜짝이지 않았다. 피 팔러 갔다 피마저 못 팔고 나올 때의 절망감, 가족의 생계를 피에 의존했던 자신이 하도 비참해 차라리 굶어 죽으면 죽었지 다시는 피 팔러 가지 않겠다고 어금니를 깨물며 수없이 다짐했다. 그토록 다짐하고, 또 하고, 또 했건만 그 다짐은 번번이 나 혼자만의 다짐일 뿐이었다.

캄캄한 새벽부터 사방천지로 일거리를 찾아다녀도 어딜 가나 한나절 일자리조차 걸려들지 않는 날이 허다했다. 그렇게 하루해가 기울도록 일거리를 찾아다니다 허탕을 치고 집으로 돌아가면 한여름 밤에 개구리 울듯 밥 달라고 우는 자식들의 울음소리가 대문 밖까지 들렸다.

"밥 줘." "엄마 배고파, 밥 줘."

자식들이 밥 달라고 우는 소리에 나는 빈손으로 대문을 들어설 수 없었다. 나는 오던 길을 되돌아 다시 피 팔러 저승 문턱이나 다름없는 사설혈액원 문턱을 넘어야 했다.

내 몸의 피를 파는 데도 단계가 있었다. 나는 처음 적십자병원에 들어가 피를 팔면서 버텼다. 피 파는 횟수가 점점 잦아지면 팔뚝에 피 뽑은 주사 놓은 자국이 아물기 전에 갔다. 병원에 가면 접수하고 채혈하기 전 검사원이 나와 줄을 세우고 팔뚝 검사를 했다. 물론 체

중도 졌다. 나는 배가 빵빵하여 배꼽이 뽈록 튀어나올 때까지 찬물을 들이켜 체중은 무사히 통과했어도 팔뚝에 남은 주사 놓은 자국은 감출 도리가 없었다. 이상하게도 학교에서 예방주사 맞은 자리는 지워지는 데 일주일이 채 안 걸리는데 채혈한 자리는 최소한 이삼 주가 걸렸다. 피 팔고 나온 날부터 팔뚝을 씻지 않고 주사 놓은 자국을 감추고 가도 채혈검사원은 귀신같이 알았다. 그에게 걸렸다 하면 곧바로 물러나야 했다. 더 이상 떼를 썼다간 채혈검사원이 안에 들어가 채혈카드를 꺼내 들고나와 쥐어박을 듯 눈앞에 들이대고 마구 흔들어대며 으름장을 놓았다.

"너 이 새끼, 자꾸 떼쓰면 국물도 없어. 앞으로 다시는 안 받아 줄 거야. 알았어?"

적십자병원에 나도 모르는 내 매혈카드가 있었다. 매혈카드에는 내가 처음 접수창구에 써낸 신상명세와 매혈한 연월일이 상세히 기록되어 있었다. 나는 적십자병원에서 쫓겨난 뒤 핏값이 막걸리값보다 헐한 사설혈액원을 찾아가야 했다.

적십자병원과 달리 사설혈액원은 어차피 죽을 놈, 살 놈이나 살리겠다는 듯 사람이 그 자리에서 죽지 않을 만큼 피를 뽑았다. 사설혈액원 주변에 피 팔고 돌아가다 담벼락에 머리를 처박고 있거나 등을 기대고 널브러져 있는 사람은 내가 갈 때마다 몇 사람씩 눈에 띄었다. 그들은 모두 부황 든 사람들이었다. 그들은 서서히 죽어가다 한번 주저앉으면 다시 일어서지 못하는 움직이는 시체들이었다.

서울역 앞 도동, 양동, 뚝섬 주변에 객사한 사람 시체가 거적때기로 덮인 채 며칠씩 방치된 것도 여러 번 목격했다. 여름에 송장 썩는 냄새가 지독했고, 한겨울에는 동태처럼 꽁꽁 얼어 양쪽에서 맞들어도 허리가 꺾이거나 휘어지지 않았다. 청계천 하류에는 시체의 몸뚱이는 물이 고인 진흙에 처박혔고 새카맣게 썩어 문드러진 한쪽 팔은 제 손 좀 잡아 달라는 듯 하늘을 향해 길게 뻗쳐 있었다. 그런 주검들은 모두 행려병사자(行旅病死者)라고 했다. 시골 사람들은 보릿고개에 부황으로 죽었는데, 서울 사람들은 사시사철 부황으로 쓰러진 뒤 다시 일어서지 못하고 객사한 행려병사자들이 부지기수였다. 행인들은 길바닥에 사람이 죽어있어도 무표정한 얼굴로 지나갔다.

어느 날 장충단공원 앞 정류장에서 버스를 기다리고 있었는데 정류장 위쪽에 사람이 죽어 있었다. 한참 뒤 바로 길 건너 파출소에서 백차가 달려와 죽은 사람 옆에 섰다. 백차에서 내린 경찰관 두 명이 내려 트렁크를 열고 비닐을 깐 뒤 죽은 사람을 양쪽에서 들려고 했다. 그때 죽은 줄 알았던 사람이 손발을 허우적거리며 저항했다. 경찰은 그대로 들어다 트렁크에 물건을 던지듯 처넣고 문을 쾅 닫은 뒤 출발했다. 누군가 말했다.

"저건 대학병원 실험용이유."

사설혈액원으로 피 팔러 갔다가 문종현 씨를 만났다. 아버지와 동갑인 종현 씨는 봉은고등학교 신축 공사장 자재창고에서 일했는데, 설계가 지연되고 공사가 지지부진하여 나보다 먼저 내보냈다. 적십자병원에서 그와 몇 번 마주친 적은 있어도 사설혈액원에서 만난 건 처음이었다. 피 팔고 나오던 종현 씨가 다짜고짜 내 팔뚝을 잡고 가게로 들어가 피 판 돈으로 한 주먹 안에 들어가는 국수 한 뭉치를 사주며 말했다.

"자네는 굶어 죽더라두 여기는 오지 말어. 예까지 와서 피를 뽑다

보면 일거리가 생겨두 일 헐 힘이 읎어 결국 내 꼴 나니께. 나는 이제 일거리가 생겨두 힘든 일은 헐 수가 읎어. 그러니께 오늘은 피 팔지 말구 그냥 돌아가구, 내일 다시 일자리를 찾어 봐. 나는 오늘 밤에 고향으루 내려갈 겨. 내가 고향으루 내려가기 전 자네를 꼭 한 번 만나보구 싶었는디 이렇게라두 만났으니 증말 다행이여."

종현 씨는 자기가 할 말만 하고 이내 뒤로 돌아 대문 앞에 연탄재를 담벼락처럼 쌓아 놓은 종로 뒷골목으로 사라졌다.

언젠가 종현 씨는 고향이 충남 논산이라며, 자기 이야기를 털어놨다. 유복자로 태어난 종현 씨는 열두 살 나던 해 엄마마저 잃고 상머슴이 있는 부잣집에 새끼머슴으로 들어갔고, 새끼머슴으로 들어간 날부터 소를 거두고 온몸에 멍이 가실 새 없이 매를 맞어가며 농사일을 익혔다고 했다.

강을 건너온 종현 씨는 뚝섬나루에서 강물에 세수하고, 손발 씻고, 양말 빨고, 고무신을 닦어 엎어 놓은 뒤 백사장에 앉아 이야기를 계속했다.

"이상허게두 머슴밥은 먹어두 먹어두 배가 고팠어. 승질빼기 드러운 상머슴이 반찬이란 반찬은 모조리 걸터들어 처먹구, 나는 제우 고추장이나 간장으루 밥을 먹었으니께. 어떤 날은 상머슴이 밥 처먹다 말구 느닷읎이 내 밥을 푹푹 퍼가기두 했어. 아마 그래서 배가 감질나게 고팠던개벼. 배가 되게 고퍼 잠이 오지 않는 날은 외양간에 들어가 구유에 손을 집어넣구 소가 흘려 놓은 걸쭉한 침을 휘적휘적 젖다보면 실고구마가 손가락에 걸려들 때가 있었어. 그걸 건져 껍떼기를 벳겨 낸 뒤 먹구 자기두 했으니께 더 헐 말 읎지 뭐어….'

소가 구유에 흘려 놓은 침은 달걀흰자처럼 걸쭉하고 끈적끈적했다. 나도 어린 시절 하마터면 새뜸 황 씨네 집 새끼머슴으로 들어갈 뻔했기에 종현 씨 얘기가 남의 얘기 같지 않았다. 나는 고개를 끄덕이며 말했다.

"아하! 머슴을 사셨군요."

종현 씨가 이야기하다 말고 갑자기 내게 물었다.

"그나저나 자네는 고향이 워디여? 내가 진즉 물어본다, 물어본다 허면서두 여태껏 못 물어 봤는디 말허는 소리를 들어보면 충청도 말 씬디 어떤 때는 경기도나 서울 말씨 같기두 허구, 도무지 종잡을 수가 읎어. 도대체 자네 고향이 워디여?"

그랬다. 내가 서울에 올라와 만났던 사람들도 대부분 지방에서 올라온 사람들이었다. 그들과 만나면 서로 말하는 소리를 듣고 긴가민가한 마음으로 고향을 물었다.

"제 고향도 충청도요. 중학교 다닐 때까지 충청도 말밖에 몰랐는데 고등학교 다닐 때부터 좀 순화되었다고 해야 하나요. 하여튼 군에 입대해 전반기 교육을 마친 뒤 통신병과를 받고 통신학교에 입교했거든요. 거기서 만난 선임하사가 서울 토박이였는데 지방 표준말을 쓰면 덮어 놓고 막 두들겨 팼거든요. 선임하사에게 맞지 않으려고 말 배우는 어린아이처럼 또박또박 따라하다 보니 저도 모르는 사이에 달라졌어요. 그런데 머슴은 얼마나 사셨어요?"

종현 씨는 주저 없이 말했다.

"16년. 16년 살았어."

나는 16년이라는 말에 적잖이 놀랐다.

"네에, 16년이요? 가족도 없다면서 그 많은 새경은 다 어쩌시고 여기까지 오셨어요?"

내가 새경 얘기를 꺼내자 종현 씨 허리가 빈 자루처럼 푹 꺾였다.

"내가 새경 얘기를 글루 쓰면 책 열 권을 쓰구두 남을 겨."

저녁노을에 붉게 물들어가는 강물을 우두커니 바라보던 종현 씨는 몸을 곧추세우고 다시 이야기를 시작했다.

"그러니께 머슴 간 첫해는 새경이구 나발이구 읎었어. 그래두 오갈 디가 읎었으니께 그저 멕여주구 재워주는 것만두 감지덕지했지. 이듬해부터 내가 머슴살이 허는 동안 새경은 주인이 장리를 놔주겠다구 허기에 그러라구 했지. 나이두 어린 내가 새경을 받어두 관리해줄 사람두 읎구 당장 뭘 어트기 헐 처지두 아니었으니께.

그런디 어느 핸가 늦다랭이 논에 들어가 꼬창모를 심구 들어오니께 5·16 군사쿠데타가 일어났다구 그려. 솔직히 나는 5·16 군사쿠데타가 뭔지두 몰랐구 전혀 관심두 읎었어. 맨날 고삐에 매인 소처럼 논밭을 떠나지 못허구 일에 푹 파묻혀 살었으니께. 군사쿠데타가 일어난 지 얼마 지나지 않어 주인이 나를 불러다 놓구 그동안 내가 머슴살이 한 새경은 모두 '농어촌 고리채정리법'에 따라 고리채 신고가 되었으니께 쌀 한 톨 줄 수 읎다구, 청천 하늘에 날벼락 떨어지는 소리를 허는 겨.

도대체 '농어촌 고리채정리법'이 뭔지 이웃에 사는 반장에게 물어보구 동네 이장을 찾아가 물어봤지. 그들은 모두 군사쿠데타를 일으킨 군인들이 군사정부를 급조허자마자 그런 법을 공포헌 것은 틀림읎는 사실인디, 자기들은 관련두 읎구 자세한 것은 모르니께 주인에게 직접 알어보라며 아예 상대조차 안 혀. 젠장. 논 갈구 밭 갈 때나 상머슴이지 어딜 가나 머슴은 머슴일 뿐 도무지 말발이 서지 않았어. 그것참, 미치구 환장허겄더라구.

내가 '농어촌 고리채정리법'을 알아보기두 전에 주인이 새 머슴 들어온다구 당장 집을 나가라는 겨. 머슴으루 16년을 부려 처먹구 쌀 한 톨 안 주구 내쫓으면 내가 어디루 가겄어. 살 집은 고사허구 작대기 하나 꽂을 자리두 읎었는디. 해는 떨어지구 갈 디는 읎구 그냥 막 막혔는디 언젠가 팥죽동이를 짊어지구설랑 주인을 따라 절에 가 죽은 스님 화장허는 것을 지켜본 적이 있었거든. 하필 그때 그 광경이 확 떠오르는 겨. 그 순간 나도 집구석에 불을 확 싸지르구 훨훨 타 죽구 싶은 생각에 쇠죽 끓이는 장작과 볏짚을 안아다 헛간에 켜켜이 쌓는디 하두 원통허구 절통혀 견딜 수가 읎더라구.

나는 한순간이라두 빨리 죽구 싶어 방으루 뛰어들어가 등잔불 켜는 석유통을 가져다 확 뿌리구 성냥불을 긁어 대려는 순간 외양간에 누렁이가 '음마아' 허구 다급허게 우는 겨. 나는 누렁이 울음소리를 듣구 그만 정신이 번쩍 들었어. 외양간을 쳐다봤더니 아 글쎄 누렁이가 두 눈을 시퍼렇게 뜨구 나를 쳐다보더라구. 아마 누렁이는 내가 허는 짓을 처음부터 지켜보구 있었던개벼."

종현 씨 말을 듣는 순간, 내가 길러 새끼를 들였던 암소가 떠올랐다. 내가 피붙이처럼 길렀던 암소는 수십여 년이 지났어도 어제 일만 같았다. 종현 씨는 한동안 눈을 감고 할딱할딱 어깻숨을 쉬고 있었다. 얼마나 원통하고, 절통하고, 억울했으면 그 많은 세월이 흘러갔는데도 저토록 고통스러워할까. 나는 종현 씨 이야기를 듣는 것만으로도 고통스러워 화제를 돌렸다.

"그 경황에 소 울음소리를 듣고 멈추다니요. 소하고 무슨 관련이 있나요?"

종현 씨 역시 격정을 누르며 숨을 고르고 난 뒤 다시 이야기를 이어갔다.

"내가 새끼 머슴으루 들어간 날부터 외양간과 헛간이 딸린 바깥채에서 소와 함께 살았거든. 어느 날 내가 송아지 때부터 길렀던 암소가 한낮이 기울어갈 때부터 허공을 바라보며 하염없이 우는 겨. 새끼 들일 때가 된 거지. 소가 목이 쉬두룩 울어두 소를 신주 모시듯 허던 주인영감두, 상머슴두 가타부타 말이 읎어. 나는 다음 날 아침 안골 논으루 두엄을 져 나르는 상머슴에게 '우리 암소 어특해유?' 라구 물었지. 내가 새끼를 들일 수는 읎었으니께. 상머슴이 '끙' 허구 두엄 짐을 짊어지구 벌떡 일어서며 '이늠아, 어특허긴 뭘 어특혀. 시집 보내믄 되지. 좀 있다 소 끌구 안골 논으루 와' 그러는 겨.

잠시 뒤 외양간에 들어가 소를 끌어내 안골 논으루 끌구 가보니께 거기에 장정 서넛허구 어디서 끌어왔는지 집채만 한 황소가 있더라구. 나는 상머슴에게 고삐를 넘겨줬지. 상머슴이 소를 끌구 황소가 있는 논배미루 들어가니께 풀을 뜯어먹던 황소가 우리 암소를 한 번 흘낏 쳐다보자마자 미친 듯이 달려와 앞발을 번쩍 쳐들구 암소를 훌쩍 올라탔는디 그만 암소가 팍 짜부라지는 겨. 황소에 비하면 우리 암소는 송아지나 다름 읎었으니께. 올라타면 짜부라지구. 올라타면 짜부라지구. 암소가 궁딩이를 내주면서두 버텨내지 못허니께 황소가 팔뚝만 헌 거시기를 쭈욱 뻗친 채 미친 딕기 날뛰는디 그거 참 겁나게 무섭더구만.

눈에 광기를 띠구 턱주가리 밑으루 침을 질질 흘리며 지랄 발광

34

허는 황소를 지켜보던 상머슴이 집으루 득달같이 달려가 긴 통나무를 메구 오는 겨. 나는 상머슴이 통나무루 황소를 작신 두들겨 팰 줄 알었어. 상머슴은 만만헌 디 말뚝 박는다구 주인에게 야단맞구 나면 외양간에 들어가 지 꼴리는 대루 소를 막 두들겨 팼으니께.

그런디 그게 아니었어. 상머슴이 메구 온 통나무를 암소 뒷다리 안쪽으루 가루질러 넣구설랑 양쪽에서 장정 너덧이 어깨에 둘러메구 엉덩이를 받쳐주더라구. 미쳐 날뛰던 황소가 다시 팔뚝만 헌 거시기를 쭉 뻗친 채 집채만 헌 몸뗑이를 번쩍 들어 올려 암소 궁딩이를 꽉 덮쳤어. 장정 여럿이 엉덩이를 받쳐주자 암소가 버텨내며 교미를 했지.

교미를 시킨 지 한두 달 지나면서 암소 배가 점점 불러지더니 287일 만에 암송아지를 낳았어. 암송아지는 애비를 닮어 태어날 때부터 다른 송아지에 비해 골격이 굵구 몸집두 아주 실했거든.

나는 그렇게 태어난 암송아지를 '누렁이'라구 이름을 지어주구 '누렁아, 누렁아' 불러가며 자식 키우듯 키워 코를 뚫구 멍에를 메워 논을 갈구 밭을 갈며 함께 살었는디, 그때 누렁이가 새끼를 배구 있었어. 나는 불에 타 죽을지언정 새끼 밴 누렁이까지 태워죽일 수 읎겄더라구. 내가 이 세상에 태어나 살면서 정을 준 건 오직 누렁이뿐이었으니께.

나는 누렁이를 외양간 밖으로 내다 매어 놓구 죽을 생각으루 끌구 나가는디 주인영감이 다짜고짜 내 멱살을 잡구 끌어다 지서에 넘겨버렸어. 자기는 법대루 고리채 신고를 했는디 내가 앙심을 품구 새끼 밴 누렁이를 훔쳐 달어나는 것을 쫓어가 붙잡었다구. 나는 그 밤에 꼼짝읎이 소도둑놈으루 몰려 감옥에 갇히게 되었지.

사고무친(四顧無親)인 내가 감옥에 갇혀 있는 동안 어디다 하소연 헐 데두 읎구 나를 찾아오는 사람두 읎었어. 나는 절대루 소도둑놈이 아니라구 피를 토하딕기 말했지만, 들어 주는 사람은 고사허구 콧방귀 한 번 뀌는 놈조차 읎더라구.

나는 그 염병헐 놈의 '농어촌 고리채정리법'인가 뭔가가 떠오를 때면 속에서 부글부글 끓어오르는 분노를 삭이지 못허구 발버둥을 치면서 소리를 바락바락 내질렀지. 내가 그렇게 한 번씩 발광허는 날은 간수새끼들이 우르르 몰려와 철창타기라나 뭐라나 나를 철창에 꽁꽁 매달아 놓구 씨팔 복날 개패딕기 막 두들겨 패더라구. 오히려 맞을 땐 속이 후련했는디 맞구 나면 메칠씩 온 삭신이 쇠꼬챙이루 팍팍 쑤셔대는 것 맹키루 쑤시구 결려 꼼짝두 못했어. 나는 꼼짝읎이 소도둑놈이라는 누명을 쓰구 뒈지게 맞어가며 징역을 살구 나오니께 막상 갈 디가 읎더라구.

나는 그길루 고향을 떠났어. 초등핵교두 중퇴허구 평생 머슴살이 허던 내가 감옥을 나와 헐 수 있는 일이 뭐가 있었어. 목구멍이 포도청이라구 공사판을 전전허며 예까지 왔어. 그런디 전국을 돌아댕기며 만난 사람들 중에 내 처지와 비슷헌 사람들이 의외루 많더라구. 그들두 여유가 있는 돈으루 사채를 놓구 장리를 놓은 게 아니라 나처럼 머슴살구, 광산 댕기구, 뱃일 허구, 날품 팔구, 버스 차장은 차순이, 식모는 식순이, 공장에 들어가 공돌이 공순이 소리를 들어가며 번 돈인디…. 있는 사람들이 땅 사구, 장사 허구, 사업자금으루 빌려준 뒤 농어촌고리채 신고를 당해 하루아침에 거덜났다구 이를 부드득 부드득 갈며 냉수를 벌컥벌컥 들이키더라구."

땅거미가 그림자를 깔고 내려앉을 때 종현 씨가 일어섰다. 그는 성동구 자양동에 살고 있었다.

내가 서울에 올라와 처음 정착한 곳도 자양동이었다. 물론 내가 자양동을 알고 찾아간 것도 아니었고 무슨 연고가 있는 것도 아니었다. 고향에서 서울 가는 첫차를 타고 한낮이 기울었을 때 차장이 다 왔다고 내리라고 했다. 내가 아이들을 앞세우고 내렸는데 서울터미널이 아니고 용산터미널이었다. 나는 깜짝 놀라 손님을 내려놓고 막 출발하려는 버스에 다시 올라타며 운전사에게 고함을 쳤다.

"여보쇼. 나는 서울까지 가는데 용산에 내려주면 어떻게 해요?"

차장이 나를 확 밀어내며 소리쳤다.

"아따 그 양반 참 되게 힘들겠구먼. 여기가 서울이유, 서울."

그러곤 문을 쾅 닫고 출발했다. 나는 터미널을 빠져나가는 버스를 지켜보다 지나가는 사람을 붙잡고 '용산이 서울이냐? 서울을 가려면 어떻게 가느냐?'고 물었다. 모두 못 들은 척 무시하고 그냥 지나갔다. 내가 안 돼 보였던지 가까이 있던 반백의 남자가 내게 고향을 물어본 뒤 자세히 가르쳐주었다. '유구 면에도 여러 리가 있듯 서울에도 여러 구가 있고 동이 있다. 지방에서 기차를 타면 서울역에 내리는데 버스를 타면 용산서 내리는 게 맞다. 여기서부터는 전철이나 시내버스를 타고 가야 한다'며 '어디로 가느냐?'고 물었다.

나는 그 사람을 놓치면 안 될 것 같아 '나는 시골서 농사짓다 올라왔으니 우선 농사짓는 동네로 가고 싶다'고 막막한 사정을 털어놨다. 그가 새벽에 밥솥에 쪄서 싸 들고 온 감자를 꺼내 꾸역꾸역 먹고 있는 우리 아이들을 바라보며 말했다.

'서울 사람들이 먹는 채소는 거지반 뚝섬에서 나온다. 뚝섬으로 가라.'고 했다. 그는 안주머니에서 종이와 만년필을 꺼내 왕십리까지 전철을 타고 왕십리에서 내려 뚝섬 가는 시내버스로 갈아타라고 메모까지 해주었다.

나는 혼자 다니기도 힘든 서울 초행길에 큼지막한 등짐을 짊어지고, 처자식들을 줄줄이 매단 채 이리저리 왔다 갔다 묻고 또 묻고 우여곡절 끝에 왕십리까지 갔다. 왕십리에서 다시 뚝섬 가는 버스정류장을 물어물어 찾아가 버스를 기다렸다. 뚝섬 가는 버스는 좀처럼 오지 않았다. 내게 정류장을 가르쳐준 사람이 잘못 가르쳐준 줄 알고 옆에 사람에게 물었는데 정류장이 맞는다며 버스는 기다리면 온다고 했다.

마침 눈 빠지게 기다리던 버스가 달려와 정류장 맨 앞에 가 섰다. 갑자기 정류장에 서 있던 사람들이 뚝섬 가는 버스로 우르르 몰려갔다. 뚝섬 가는 사람들이 그렇게 많을 줄 몰랐다. 나는 똥줄이 타도록 마음이 다급해 아기작아기작 걷는 큰놈을 번쩍 안고 뒤를 돌아보니 아이를 업고 양손에 보따리를 든 아내가 사람들 속에서 이리 치이고 저리 치이고 따라오질 못했다. 나는 애가 닳아 한 손으로 큰아이를 안고 한 손으로 아내 짐을 받아 겨우 뒤에 가 섰다. 버스는 내 앞사람도 다 태우지 못하고 억지로 올라타려는 사람을 억지로 밀어내며 떠났다.

놓친 버스가 섰던 정류장 맨 앞에 가서 버스를 기다렸는데 이번엔 한꺼번에 버스 대여섯 대가 몰려와 뚝섬 가는 버스가 뒤에 섰다. 사람들이 또 그쪽으로 우르르 몰려갔고 우리도 사람들을 따라 달려갔다. 버스는 벌써 손님들을 태우고 문을 열어둔 채 슬금슬금 다가오기에 아이를 번쩍 안고 올라타려는데 차장이 내 등짐을 보고 만원이

라고, 짐을 가지고 탈 수 없다며 짐짝처럼 밀어내고 '오라이'를 외치
더니 시커먼 매연을 뭉텅 쏟아놓고 부웅 떠났다. 그제서야 정류장
맨 앞이나 뒤가 아니라 가운데에 섰다가 들어오는 버스를 보고 달려
가야 한다는 걸 깨달았다. 다시 정류장 가운데에서 기다리는데 또
버스가 여러 대 몰려오고 있었다.

　나는 그중에 뚝섬 가는 버스를 찾는데, 내동 가만히 있던 큰아이
가 "아부지, 똥. 아부지, 똥 마려워유." 했다. 큰아이 얼굴을 보니
매우 급해 보였다. 나는 등짐을 부랴부랴 벗어 아내에게 보라고 이
른 뒤 큰아이를 안고 공중변소를 물어물어 다녀왔다. 그사이 버스는
두 대나 지나갔다고 했다.

　다시 이리 뛰고 저리 뛰다가 겨우 뚝섬 가는 버스로 갈아타고 차
장에게 뚝섬에서 내려달라고 했다. 차장이 알았다고 하기에 마음 놓
고 앉았는데 가도 가도 내리라는 말이 없어 혹시 차장이 잊은 줄 알
고 뚝섬이 아직 멀었는지 물었다. 차장은 말이 없는데 버스에 탄 승
객들이 뚝섬은 벌써 지났다고 했다. 나는 다급해 군대서 맞아가며
배운 서울말은 쏙 들어가고 충청도 말이 툭 튀어나왔다.

　"이봐유, 나즘 봐유. 아직 뚝섬 멀었슈?"

　충청도 티를 다 벗지 못한 차장이 손님을 내려놓고 손바닥으로 버
스 옆구리를 탕탕 치면서 '오라이'를 외치더니 물 찬 제비처럼 날렵
하게 버스에 오르며 잽싸게 문을 쾅 닫고 창밖을 향해 "좀 지둘려
유." 그랬다. 나는 도로 낯선 창밖을 내다보는데 차장이 몇 정거장
더 지나 우리를 내려놓고 길을 가리키며 "이 길루 쭉 가유." 그랬다.
차장이 가리키는 곳을 바라보니 산이 있고 논, 밭이 있어 반가웠지
만 당장 들어갈 곳을 찾아야 했다.

버스정류장에서 채소를 팔고 있는 할머니에게 우리가 들어가 살 만한 집을 물었다. 할머니가 내 남루한 옷차림을 물끄러미 지켜보다 이것저것 물어본 뒤 자기도 곧 들어간다며 팔다 남은 채소를 시뻘건 플라스틱 함지박에 담아 머리에 이고 앞장섰다. 버스정류장을 벗어 나자 산이 보이고 산 밑으로 판잣집이 보였다. 그곳이 바로 서울특 별시 성동구 자양동이었다. 자양동은 한강 쪽으로 거지반 산과 논밭 이었고, 야산 밑으로 허름한 무허가 판잣집이 즐비했다. 채소장수 할머니는 판자촌을 손바닥 들여다보듯 훤히 알고 있었다. 나는 다행 히 채소장수 할머니 덕분에 한뎃잠을 면했다.

　내가 사는 무허가 판잣집은 논 가운데에 있는 공동우물 물을 길어 다 먹을망정 그래도 전기는 들어왔다. 종현 씨가 사는 산속 움막은 우물도, 전기도, 화장실도 없었다. 물은 마을에 내려와 공동우물 물 을 길어다 먹었고, 화장실은 산꼭대기에 구덩이를 파 놓고 한강을 내려다보며 오줌을 깔기고 쪼그리고 앉아 잠실을 건너다보며 똥을 쌌다. 잠실은 주로 야산이고, 논밭이고, 과수원이었다.
　나는 그때까지 종현 씨가 사는 집을 모르고 있었는데, 움막에 혼 자 살고 있을 거라는 생각이 들었다. 움막에 혼자 사는 사람은 계절 이나 날씨에 관계없이 큰 가방을 어깨에 메고 다녔다. 움막에 두고 나가면 그날로 훔쳐가기 때문이었다. 심지어 사람이 사는 움막을 송 두리째 훔쳐가는 도둑놈들도 있었다. 건설회사 사장이라는 그놈들 은 대낮에 대형 화물트럭을 몰고 움막촌을 돌아다니며 빈집을 골라 열 채든 스무 채든 각목 한 개, 합판때기 한 장 남겨두지 않고 몽땅 뜯어다 다른 움막촌에 지어 놓고 팔았다. 그런 일이 자주 있다 보니 움막에 혼자 사는 사람들은 집을 나설 때 이삿짐을 꾸리듯 집안 살림을 모두 가방에 넣어 어깨에 메고 나갔다.

　내가 강남 과수원으로 일자리를 찾아다닐 때였다. 배운 도둑질이라고 나는 서울에 올라와서도 공사장 일보다 농사일이 더 손에 익었기 때문이었다. 시골 사람이 서울에 올라와 농사일 한다는 말이 생뚱맞다고 하겠지만, 그때는 강남이 개발되기 전이라 청담동도, 삼성동도 논밭이고 과수원이었다.

　내가 자양동으로 물어물어 찾아들 땐 용산버스터미널에서 내게 길을 가르쳐준 사람 말대로 뚝섬 채소밭 일을 할 생각이었다. 그건 우물 안 개구리 생각이었다. 우선 채소밭 규모에 기가 질렸다. 입구에 들어서자 내 시력이 한계였다. 더욱 놀라운 건 땅이 과자처럼 바삭바삭했다. 알아보니 그건 흙이 아니라 연탄재였다. 쟁기로 갈아도 흙이 올라오지 않을 만큼 연탄재를 두껍게 깔았다. 연탄재를 쓰는 이유는 간단했다. 연탄재에서는 풀이 안 난다고 했다. 더 중요한 건 장마에 물이 잘 빠져 채소에 병이 없다고 했다.

　더더욱 중요한 건 연탄재와 인분을 처리해주는 대가로 받는 돈으로 채소 농사를 짓는다고 했다.

　채소밭을 쟁기로 가는 것은 시골과 같았지만 거름은 똥장군을 지게로 져다 주는 게 아니었다. 채소밭에 호수만 한 구덩이를 파고 똥차로 왕십리 똥을 몽땅 거둬다 쏟아 붓고 다시 퍼다 뿌려주었다. 똥을 직접 채소에 주는 것도 아니었다. 채소밭을 갈기 전 수십여 명이 물지게처럼 생긴 똥지게로 져다 이불 덮듯 두껍게 한 층을 깔아놓고 갈았다. 배추를 심는 것도 달랐다. 시골처럼 배추씨를 직접 심는 게 아니라 모종을 만들어 심었다. 시골 사람은 누구나 배추 농사를 짓는데 서울 사람들은 모두 전문가들이었다.

어찌 되었든 내가 온종일 똥밭을 밟고 다니며 일자리를 찾았는데 일자리는 얻지 못하고 신발에, 가랑이에 똥칠만 잔뜩 하고 나올 수밖에 없었다.

어느 날 과수원에서 일을 마치고 청담나루에서 배를 타고 뚝섬에 내려 집으로 돌아가는데 배추를 가득 실은 군용트럭이 길옆 구렁텅이에 푹 빠져있었다. 군인은 육군 상사 한 명하고 운전병뿐이었다. 나 말고 지나가는 사람은 없었다. 나는 그냥 지나칠 수 없어 군인들과 트럭에 실린 배추를 반쯤 내린 뒤 삽 한 자루로 교대로 길을 내어 겨우 차를 끌어내고 다시 배추를 실었다. 그때 선임 탑승했던 상사가 고맙다며 건빵 두 봉지를 주고 갔다. 전혀 생각지 못했던 건빵 두 봉지를 받아들고 얼마나 감격했던지. 아이들과 아내는 또 얼마나 기뻐할까! 건빵 두 봉지가 이 세상에 제일 귀한 보물처럼 느껴졌다.

그때 다음 배편으로 강을 건너온 종현 씨를 거기서 만났다. 종현 씨는 내가 들고 있는 건빵을 보고 눈이 화등잔만 해지더니 웬 건빵이냐고 물었다. 길가에 빠졌던 군용트럭을 꺼내주고 받았다는 내 얘기를 건성건성 들으며 종현 씨는 여전히 건빵봉지에 눈을 떼지 못했다. 나는 종현 씨가 건빵을 달라고 할까 봐 얼른 돌아서서 부리나케 걸었다. 종현 씨는 뛰다시피 나를 따라오며 며칠째 일을 못 했다며 굶주린 짐승이 먹이를 노리듯 건빵봉지를 노려봤다. 나는 종현 씨가 나보다 먼저 가기를 바라며 길옆으로 빠져 바지춤을 내리고 안 나오는 오줌을 낑낑대며 깔겼다. 그가 내 옆을 지나 몇 발짝 앞에 가다 말고 뒤를 돌아보더니 가방을 둘러멘 채 오줌을 깔기고 있었다. 나는 얼른 바지춤을 추스르고 그의 옆을 지나 뛰다시피 걸었다. 그도 바지춤을 올리고 황급히 따라왔다.

그는 나이가 많은 데다 커다란 가방을 메고 있어 나를 따라오지 못할 거라는 생각을 하며 더욱 빨리 걸었다. 그건 오판이었다. 뛰는 놈 위에 나는 놈 있다고 그가 달음박질로 달려와 느닷없이 내 어깻죽지를 잡고 헐떡거리며 몸이 아프다고 했다. 몸뚱이 하나로 그날 벌어 그날 먹고사는 사람이 아프다면 객사하기 십상이었다. 그래도 나는 집에 아이들을 생각하며 건빵봉지를 단단히 움켜쥐었다. '나도 뛸까?' 삼십육계 줄행랑을 놓으면 종현 씨를 따돌리는 것은 일도 아니었다. 이런저런 온갖 생각을 다 하면서도 실행하지 못하고 우리집과 종현 씨 집으로 가는 갈림길까지 갔다.

나는 갈림길에서 종현 씨는 당연히 자기 집으로 갈 줄 알았다. 그것 역시 오판이었다. 종현 씨는 갈림길에서 자기 집으로 가지 않고 가깝지 않은 우리집 대문 앞까지 찰거머리처럼 따라붙었다. 나는 얼른 대문을 열고 안으로 들어갈까 하다가 기어이 건빵 한 봉지를 내주었다. 골키퍼가 날아오는 공을 잡듯 내가 건네주는 건빵을 두 손으로 받아든 종현 씨 입이 쩍 벌어졌다. 건빵봉지를 들고 어찌나 좋아하던지. 금은보석을 그렇게 바라볼까! 나는 그가 건빵봉지를 들고 어린아이처럼 좋아하는 걸 보고 집으로 들어갔다. 내가 가지고 간 건빵 한 봉지로 우리는 서울에 올라온 뒤 처음으로 아이들과 함께 즐겁고 행복한 저녁을 보냈다.

나는 며칠 뒤 산송장이나 다름없는 종현 씨를 다시 만났다. 그는 나와 헤어진 날부터 꼬박 사흘을 앓았는데 그동안 내가 준 건빵을 한 개씩 침으로 녹여 먹으며 버텨냈다고, 만약 건빵이 없었다면 자기는 끝내 일어나지 못했을 거라고 눈물을 글썽이며 고맙다고 했다.

종현 씨는 그걸 두고두고 고마워했는데 아무리 그렇다손 치더라도 사설혈액원에 들어가 피 판 돈으로 선뜻 국수 한 뭉치를 사주다니! 종현 씨는 고향으로 돌아갈 노잣돈을 마련하기 위해 마지막으로 피를 팔았을 텐데 나는 너무 뜻밖이라 고맙다는 인사조차 못 했다.

다음 날 나는 종현 씨 바람대로 개인주택을 짓는 공사장을 찾아가 막일자리를 얻었다. 부동산업자가 대궐 같은 기와집 3채를 짓는 공사장이었다. 나는 황토에 볏짚을 여물 썰 듯 길쭉길쭉하게 썰어 넣고 발로 밟아 짓이긴 뒤 수박덩이만큼씩 뭉쳐 지붕으로 던지는 일이었다. 종현 씨 말을 듣지 않고 전날 피를 뽑아 팔았다면 할 수 없을 만큼 힘든 일이었다.

온종일 힘든 일을 하면서 종현 씨가 고향으로 잘 내려갔는지 몹시 걱정되었다. 종현 씨는 늘 입버릇처럼 말했었다. 죽기 전 반드시 고향으로 돌아가 자기 새경을 떼어 처먹은 주인이 어떻게 살다가 어떻게 돼졌는지 두 눈으로 똑똑히 보겠다고.

기와집 3채를 다 짓기 전 회사에서 출근하라는 연락이 왔다. 그동안 아내는 내가 가져다준 노임을 비상약 쓰듯 쓰며 매일 시래기를 줍고 한강 둑에 나가 나물을 뜯어다 먹으며 모은 돈으로 처음 보리쌀을 가마니째로 한 가마니 사고 연탄 백 장을 들여놨다. 연탄이 떨어지면 주인이 연탄을 갈고 버린 재를 바로 주워다 아궁이에 넣고 꽁꽁 얼어붙은 죽을 녹여 아이들을 먹이기도 했다.

그날 밤 나는 아내와 양쪽에서 보리쌀 가마니를 끌어안은 채 깜박 잠이 들었다. 잠에서 깨어보니 언제 깼는지 큰아이도 보리쌀 가마니 위에 두 손을 포갠 채 얼굴을 묻고 잠들어 있었다.

다음 날 나는 어깨를 활짝 펴고 회사로 다시 출근했다.

고진(高眞)한 사람

내가 대기하는 동안 자재 업무는 사장이 겸직하고 있었다. 사장에게 자산관리 대장을 되돌려 받는 순간 만감이 교차했다. 나를 해고할 생각이었다면 사장이 겸직할 이유가 없었다. 자재과에 내 자리도, 내가 쓰던 사무용품도 그대로 있었다. 대기발령을 내기 무섭게 책상과 의자를 빼라는 직원이 있고, 그대로 두라는 직원이 있었다. 책상을 그대로 둔 직원은 돌아오고 뺀 직원은 돌아오지 못했다. 혹자는 그걸 '물갈이'라고 했고, 혹자는 '구조 조정'이라고도 했다.

사람으로 환생하기 위해 쑥과 마늘만 먹었던 곰처럼 나도 그만한 시간을 고통스럽게 견뎌낸 뒤 다시 내 자리로 돌아왔다. 자산관리 대장을 펼쳤더니 사장이 자필로 쓴 쪽지 한 장이 끼워져 있었다.

'퇴근할 때 함바 아주머니에게 들렀다 가.'

그날 퇴근하면서 함바에 들렀다. 함바 아주머니가 신문지에 둘둘 말린 것을 내주며 말했다.

"이건 내가 시장 갈 때 사장님이 부탁해 사 온 건데, 그냥 갖다 아주머니 드려요."

나는 그게 뭐냐고 묻지 않고 풀어보지 않은 채 그대로 들고 가 아내에게 넘겨주었다. 부엌에 들어갔던 아내가 깜짝 놀라 펄쩍 뛰어나오며 소리쳤다. 그건 돼지고기였다.

나는 관리직으로 입사했어도 현장에 나가면 관리직, 일용직이 따로 없었다. 공사용 자재가 들어오면 현장 인부들보다 사무실 직원들이 먼저 달려가 맨손으로 내렸다. 시멘트 벽돌도, 콘크리트 블록도 마찬가지였다. 말이 건설회사지 자재 내릴 장비가 없으니 모든 일을 직접 손으로 해야 했다. 목재와 합판은 말할 것도 없고, 철근도 어깨가 퉁퉁 붓도록 메어 날라야 했고, 시멘트와 모래와 자갈도 질통으로 져다 콘크리트 공사를 맨손으로 했다.

그때 우리 직원들은 식당 아주머니가 주는 뜨거운 밥그릇, 국그릇은 물론 찬물 그릇도 받을 수 없었다. 받았다 하면 바로 국 쏟고, 물 엎지르고, 밥사발이 저만치 데굴데굴 굴러가곤 했다. 손끝이 시나브로 닳고 닳아 속살이 뭉개져 뜨거운 것이나 차가운 것을 잡을 수 없었기 때문이었다.

공사가 한창 바쁠 때는 직원들이 야간공사 현장에 들어가 교대로 쪽잠을 자며 일용 잡부들과 철야 작업을 해도 수당은 동전 한 닢 주지 않았다. 물론 연장수당이나 야간수당을 달라고 해본 적도 없었다. 하늘은 등지고 살아도 회사를 등지고 살 수 없었다.

사장은 회사 규모가 커지고 공사가 피크일 때 인원을 증원하고 현장체계를 양대 축으로 개편했다. 현장 소장이 공사를 담당하고, 총무가 관리를 담당하는 체계였다. 다시 말해 현장은 토목, 건축, 기계, 전기 등 시공을 담당하는 기술직과 자재, 서무, 경리, 인사, 노무, 안전 등 사무를 담당하는 관리직으로 이원화하여, 서로 견제하고, 감시하고, 경쟁하도록 했다.

현장체계를 개편한 뒤 소장이 새로 부임했다. 소장은 사장보다 한 술 더 떠 부임 첫날부터 공기 단축을 위해 '비상 백일작전'을 선포하고 밤낮 공사를 몰아쳤다. 직계가족 경조사 외에는 휴가도, 외출도 허락하지 않았다.

총무도 새로 부임했다. 총무는 부임하자마자 '원가 절감'을 내세우며 주머니에 손 넣지 말고 근무시간에 담배 피우지 말라고 회사 작업복에 달린 주머니는 모두 재봉틀로 박아 지급했고, 출퇴근시간은 각자 자율에 맡기겠다며 출근부를 없앴다. 물론 출근부를 없앤다고 직원들의 근태를 파악하지 않을 수 없었다. 근태를 기준으로 월급을 계산하고 고과에 반영하여 인사를 결정했다.

총무는 출근부를 없앤 뒤 점검표를 이용했다. 그날부터 직원들은 출근하는 순서대로 대형시계 밑에 놓인 점검표에 자필로 순위를 쓰고, 분 단위로 시간을 기록하고, 자기 이름을 쓰고, 비고 칸에 서명을 하면서 자기가 몇 시 몇 분에 몇 번째로 출근했는지 스스로 알 수 있게 했다. 직원들이 출근을 다 하면 인사과장은 출근점검표를 총무에게 결재 올리고 총무 결재가 끝나면 바로 소장실로, 소장실에서 사장실로 들어갔다. 총무나 사장은 누가 제일 먼저 출근했는지, 꼴찌로 했는지 한눈에 파악할 수 있었다. 근태 성적이 계속 나쁜 직원은 총무가 직접 불러다 '월급 도둑놈'이라고 호통쳤고, 고과에 반영시켜 승진, 승급에 불이익을 줬고, 심하면 대기발령(사실상 해고)을 내리기도 했다.

출근부를 없애고 점검표를 이용하고부터 며칠 지나지 않아 직원들 간에 출근전쟁이 벌어졌다. 사장이 시키지 않아도 직원들의 출근시간은 첫차가 도착할 시간이었고, 퇴근시간은 막차가 떠날 시간이었다. 강 건너 사는 직원들도 마찬가지였다. 출근시간은 첫 배가 도착하는 시간이었고, 퇴근시간은 막배가 떠날 시간대였다. 직원들은 첫차나 첫 배를 놓친다는 것을 상상조차 할 수 없었다.

첫차를 타고서도 버스 안에서 직원들끼리 서로 자리싸움을 했다. 차장이 다음 정거장에 안 내리면 안으로 들어가라고 성화를 해도 한사코 부득부득 내리는 문 앞을 막아섰다. 버스가 회사 앞 정류장에 도착하여 문을 열자마자 문 앞을 점령했던 직원들이 우르르 쏟아지듯 뛰쳐나가 쏜살같이 뛰기 시작했다.

뚝섬나루에서 첫 배를 탄 직원들도 그랬다. 사공이 뱃전을 점령한 우리 회사 직원들에게 위험하니 안으로 들어가라고 강물을 젓던 노를 뽑아 들고 뒤로 밀어내도 요지부동이었다. 배가 청담나루터에 채 닿기도 전 직원들은 배가 기우뚱거려도 아랑곳없이 펄쩍펄쩍 뛰어내려 뛰기 시작했다.

매일 첫차, 첫 배에서 내린 직원들은 전쟁터에서 고지를 점령하려는 병사들처럼 출근점검표를 선점하기 위해 뛰었다.

총무가 직원들의 출근시간을 자율에 맡기겠다고 출근부를 없앤 뒤 출근전쟁은 버스를 타고 배를 타면서부터 그렇게 시작되었다. 아니 출근전쟁은 가정에서부터 시작되었다. 아내는 나를 새벽 3시 40분에 깨워 출근을 시킨 뒤 잠자리에 들었다. 나보다 더 먼 곳에 사는 직원들은 더 일찍 일어나야 첫차를 타고 첫 배를 탈 수 있었다. 파출소 순경도 첫차나 첫 배를 타기 위해 통금해제 이삼십 분 전 집을 나와 출근하는 주민들은 통금 위반으로 잡지 않았다.

총무는 출근시간뿐만 아니라 퇴근시간도 관리했다. 퇴근시간은 당직과 경비를 시켜 점검하도록 했다. 당직은 당직일지가 있고 경비는 경비일지가 있는데, 일지에 모두 인적사항을 기록하는 난이 있었다. 당직은 인적사항에 직원들이 퇴근하는 시간을 순서대로 기록했고 경비는 직원들이 정문을 나가는 시간을 순서대로 기록했다. 당직일지와 경비일지는 다음 날 총무에게 결재 올리고, 총무 결재가 끝나면 소장실로, 소장실에서 바로 사장실로 들어갔다. 총무와 사장은 출근하여 당직일지와 경비일지를 대조해가며 직원들 근태 사항부터 파악했다.

직원들은 남보다 한 발짝이라도 먼저 출근하려고 기를 쓰는 반면, 퇴근은 단 일분이라도 더 늦게 하려고 눈치전쟁을 하다 막차나 막배를 놓치기 일쑤였다. 만약 막차나 막배를 놓치면 다시 회사로 돌아가 야근을 했다. 할 일은 언제나 태산처럼 쌓여 있었다. 회사는 철야작업하는 직원들에게 식사제공을 했다.

직원들이 함바에 들어가면 아주머니들은 먼저 먹고 나간 식탁에 빈 그릇만 치우고 밥과 국만 새로 갖다 주었는데 그것도 타짜가 화투장 돌리듯 팍팍 던졌다. 국은 건건하고 찝찌름한 콩나물국이었는데 콩나물은 들어있지 않았다. 콩나물국에 들어있는 콩나물은 모두 건져내 콩나물무침을 만들어 윗사람들의 식탁에 올리고 나머지는 식당 식구들이 먹었다. 직원들은 콩나물국을 그냥 소금국이라고 불렀다. 반찬은 앞사람이 먹다 남겨놓은 반찬을 그대로 먹었고 부족하면 김치 양재기를 주방으로 들고 가 군내가 풀풀 나는 김치를 얻어다 먹었다. 밥을 먹다 돌이 으드득 씹혀도 입을 몇 번 움질거리다 그대로 삼켰고, 국그릇이나 반찬그릇에 파리가 빠지고 머리카락이 빠져도 건져내고 먹었지 항의조차 할 수 없었다. 항의해보았자 되레 함바 주인이 큰소리쳤다.

"아무려면 밥그릇에 밥이 많지 돌이 많을까. 배부른 소리 하지 말고 먹을 수 없으면 당장 나가."

함바 주인은 소장도, 총무도 아닌 사장이 내려 보낸 사람이었고, 직원들은 함바가 아니면 밥 먹을 데가 없었다.

현장 사무실은 현장을 옮길 때마다 지었다 뜯었다 수없이 반복한 낡은 조립식 건물이었다. 사무실 바닥은 흙바닥 그대로였다. 비 내리는 날은 양동이로 빗물을 받아내고 눈보라 치는 날은 비닐로 바람막이를 했다. 한겨울 공사장에 나가 작업을 끝내고 사무실에 들어가 와들와들 떨면서도 연탄을 아끼느라고 꼭꼭 막아놓은 난로 구멍을 활짝 열지 못했다.

사무용품은 종이, 연필 그리고 조금만 써도 잉크가 질질 새는 볼펜이 전부였고, 사무기기도 없었다. 볼펜도 공식문서를 작성할 때만 쓰도록 했고, 한 사람에게 두 번 지급하지 않았다. 볼펜심이 말갛게 될 때까지 쓴 빈껍데기를 반납해야 심을 한 개 받을 수 있었다. 볼펜을 쓰다가 잉크가 나오지 않으면 거친 종이에 박박 문질러 보고, 볼펜심을 빼내 입으로 힘껏 불어보고, 난로에 녹여가며 썼고, 주판 한 개를 전 직원이 돌려썼다. 측량하려고 해도 50미터짜리 줄자가 없어 이삼십 미터짜리 줄자를 이어 쓰거나 다른 공사장에서 빌려 쓰기도 했다. 오죽했으면, 정말 오죽했으면 50미터짜리 줄자를 사 온 뒤 고정자산으로 분류하여 한 번에 비용처리하지 못하고 매월 감가상각을 했을까!

　어느 날 관리동(교장실, 행정실) 공사용으로 들어온 위생도기를 인수하는데 여직원 한선희 양이 찾아와 사장이 급히 찾는다고 했다. 불에 놀란 놈은 부지깽이만 봐도 놀란다고 사장이 급히 찾는다는 말에 나는 가슴이 덜컥 내려앉으며 문득 아버지 말씀이 생각났다.

　유년시절 장에 갔다 으스름달밤에 아버지를 따라 집으로 돌아가는 길이었다. 시내를 벗어나 얼마쯤 걸어가는데 뒤가 켕겨 슬며시 돌아봤다. 내 뒤에 하얀 옷자락을 펄럭이며 따라오는 사람을 보는 순간 머리끝이 쭈뼛했다. 그때부터 나는 자꾸 뒤가 켕기고 오금이 저릴 만큼 무서웠다. 나는 아버지 뒤를 바짝 따라붙으며 말했다.
　"아부지, 무서워유."
　아버지가 뒤를 한 번 돌아본 뒤 아무 말 없이 한참 걷다가 물었다.
　"왜 무서운 겨?"
　"누가 따라와유."
　"너 누구에게 해코지했니?"
　"안유."
　"그럼 뭐 죄 지은 거 있어?"
　"죄 지은 것두 읎는디유."
　"그러면 세상에 무서울 게 읎는 겨."
　나는 할 말이 없었다. 아버지가 한참을 걸어가다 다시 물었다.
　"아직두 무서운 겨?"
　아버지 말을 듣는 순간 무섭다는 생각이 사라졌다.

"안유. 인제 무섭지 않어유."

어릴 적 아버지와 밤길을 걸을 때 느꼈던 무서움은 사라졌는데 나는 입사한 뒤로 남에게 해코지하지 않고 지은 죄가 없어도 염라대왕보다 더 무섭고 두려운 게 있었다. 그건 바로 대기발령이었다.

대기발령을 받고 3개월 안에 복직이 안 되면 명예퇴직을 해야 했다. 사장은 봉은고등학교 신축공사가 마무리 공사에 들어간 뒤 직원들에게 대기발령을 내고 있었다. 물론 다른 현장은 여러 곳이 있었으나 준공을 빌미로 인원 구조조정을 했다. 다시 말해 공사가 끝난 현장은 고과점수가 우수한 직원만 남기고 나머지는 모두 대기발령을 냈다. 복직 발령 낼 때도 고과점수가 기준이 되었다. 고과점수가 낮은 직원은 복직 발령을 내지 않았다. 회사 안팎으로 직원들의 일거수일투족이 고과에 반영되었는데 자기 고과점수는 알 수 없어 항상 살얼음판에 올라 서 있는 느낌이었다.

한 양에게 사장이 왜 나를 찾는지 아느냐고 물었다. 한 양은 모른다고 고개를 살래살래 저었다. 다만 무슨 봉투인지 알 수 없는 우편물 봉투를 들고 당장 찾아오라고 했다며 먼저 사무실로 돌아갔다. 한 양은 공사가 한창일 때 채용한 사장 비서 겸 우편물을 발송하고 사서함에 들어와 있는 우편물을 찾아오는 일을 했다. 아무리 생각해도 우편물이 올 데가 없었다. 내가 사장실에 들어서자 사장은 다짜고짜 호통을 쳤다.

"너, 사고 쳤냐?"

"네에? 제가 무슨 사고를 쳐요?"

"바른대로 말해. 호미로 막을 거 가래로 막지 말고."

내가 부인해도 사장은 무슨 근거를 가지고 그러는지 기정사실처럼 말했다.

"아닙니다. 전 사고 친 일 없습니다."

"정말이야? 그럼 이게 뭐야? 왜 치안본부에서 행정우편이 날아와? 너 이 자리에서 뜯어 봐!"

사장이 넘겨준 두툼한 봉투는 치안본부에서 내게 보낸 행정우편이 확실했다. 나는 잠시 혼란스러웠다. 사장이 버럭 고함을 질렀다.

"야 임마, 뭘 꾸물거려. 당장 뜯어보라니까!"

사장은 내가 전임 자재과장처럼 관급자재를 빼돌렸거나 대형 납품비리를 저지른 줄 아는 모양이었다. 나는 할 수 없이 사장 앞에서 봉투를 뜯었다. 손으로 봉투를 뜯자마자 동전이 사무실 바닥으로 주르르 떨어져 몇 개는 사장 앞으로 또르르 굴러가고 나머지는 사방으로 뿔뿔이 흩어졌다.

사장이 깜짝 놀랐다. 나는 더더욱 놀랐다. 두툼한 봉투 안에 편지지로 싼 현금이 들어있었다. 현금을 싼 편지지에 타자기로 몇 자 쳐놓았다. 사장이 한발 다가서서 내가 펼쳐보는 편지를 넘겨다보았다. 거기에 이렇게 찍혀 있었다.

'귀하가 습득하신 수표와 현금 중 수표를 제외한 현금에 해당하는 법정 사례금에서 세금을 내고 남은 돈과 세금낸 영수증을 함께 동봉합니다. …'

그제야 언뜻 짚이는 게 있었다. 며칠 전 퇴근하여 막배를 타기 위해 부리나케 걸어가는데 큼지막한 카키색 가방 하나가 길바닥에 있었다. 봉은고등학교 신축공사를 하고부터 강남지역으로 연장이나 옷 가방을 메고 공사판을 찾아다니는 떠돌이 일꾼들이 모여들었다. 그 가방이 꼭 그들이 메고 다니는 가방으로 보였다. 나는 누가 길을 가다 가방을 내려놓고 풀숲에 들어가 뒤를 보는 줄 알고 그냥 지나 쳤다. 가방은 뒤로 발랑 누운 강아지처럼 손잡이가 밑으로 깔리고 밑바닥이 위로 올라가 있었다.

몇 걸음을 걸어가며 사방을 둘러봐도 사람은 나타나지 않았다. 그 길은 청담나루에서 봉은사 뒷길로 올라가는 비포장도로였는데 자동 차가 지나간 자리는 도랑처럼 깊게 파여 있었다. 가방은 그 움푹 파 인 자리에 뒤집혀 있었다. 자동차가 그대로 깔고 지나가면 가방 속 에 뭐가 들어있든 박살 날 것 같았다. 가방을 내려놓았다면 길 가운 데에 더구나 뒤집어 놓았을 리가 없었다.

안 되겠다 싶어 되돌아가 가방을 양손으로 들어 올리는데 느낌이 전혀 달랐다. 연장 가방은 전혀 아닌 것 같았고 옷 가방이라는 느낌 도 들지 않았다. 임시로 듬성듬성 세워놓은 가로등 밑으로 들고 가 가방을 열었는데 대뜸 돈다발이 눈에 확 들어왔다. 나는 펄펄 끓는 물에 손을 집어넣은 것처럼 경악했다. 본능적으로 사방을 둘러봤 다. 아무도 보이지 않았다. 낮에도 인적이 드문 곳에 야간 통금이 가까운 시간에 사람이 있을 리 없었다.

고개를 번쩍 들고 바라본 뚝섬나루에서 막배가 청담나루를 향해 뱃머리를 돌리고 있었다. 가방을 들고 달려가 배를 타야겠다고 생각 했는데 누가 뒤에서 느닷없이 달려들어 내 뒷덜미를 확 낚아챌 것 같아 오금이 떨어지지 않았다. 한동안 가슴이 쿵쿵 뛰는 것도 느끼 지 못했고 쪼그리고 앉아 가방을 열어놓은 채 돈다발을 움켜쥐고 있 다는 것도 뒤늦게 알았다. 나는 도둑질하다 들킨 놈처럼 화들짝 놀라 손을 잽싸게 빼내고 얼른 지퍼를 채웠다. 그사이 배는 뱃머리를 돌려 뚝섬나루를 벗어나고 있었다.

가방을 메고 정신없이 뛰어가 막배를 타고 무사히 강을 건너 통금 직전 집으로 들어갔다. 대문을 열어준 아내가 물었다.

"웬 가방이유?"

나는 어깨에 메고 있던 가방을 손으로 툭툭 치며 말했다.

"돈 가방."

아내는 내가 농담하는 줄 알고 피식 웃으며 세숫대야에 물을 떠준 뒤 가방을 무겁게 받아 들고 방으로 들어갔다. 나는 손발을 씻고 방으로 들어갔는데 아내가 돈 가방을 열어놓고 하얗게 질린 얼굴로 나를 빤히 쳐다봤다. 아이들은 아랫목에서 자고 있었다. 나는 윗목에 깔아놓은 자리에 들어가 벽을 바라보며 누웠다. 서너 시간 자고 다시 첫배를 타고 출근해야 하는데 잠이 오지 않았다.

내 머릿속은 온통 돈 가방처럼 돈뭉치로 꽉 차 있었다. 그 돈이면 이 세상에 안 될 것이 없다고 생각했다. 나는 하룻밤 사이 백만장자가 되어 서울에 좋은 집도 사고, 자가용도 사고, 시골집은 기와집으로 새로 짓고, 소도, 논도, 밭도, 산도 사고, 동생들 모두 대학교까지 보낼 생각을 했다. 아예 서울에 집을 사서 시골 부모님과 동생들을 데려와야겠다는 생각도 들었다. 온갖 생각 끝에 아버지가 커다란 금덩어리를 들고 서 있는 모습이 환영처럼 떠오른 뒤 마음이 한 가닥으로 잡히며 홀가분해졌다.

불과 서너 시간에 지나지 않았지만 아내도 내가 안 자는 걸 눈치챘을 텐데 무슨 돈이냐고 묻지 않았고 일어날 시간이 되었어도 깨우지 않았다. 내가 스스로 일어나보니 돈 가방은 처음 그 자리에 그대로 있었다. 나는 가방을 들고 방문을 나서며 말했다.

"이 돈 가방은 어젯밤 청담동에서 주슨 건데, 경찰서에 갖다 주고 바로 출근할게."

그러곤 돈 가방을 들고 집을 나왔다. 아침마다 대문까지 따라 나와 배웅하고 대문을 닫아걸던 아내가 따라 나오지 않았다. 나는 대문을 나선 뒤 큰길까지 걸어 나가 곧바로 택시를 잡아타고 왕십리 홍익동에 있는 치안본부 분실물센터 앞에서 내렸다.

돈 가방을 보고 놀라는 건 경찰관도 마찬가지였다. 내게 돈 가방을 넘겨받고 몹시 놀란 경찰관은 가방을 탈탈 털어내 내용물을 확인한 뒤 목록을 만들고 수첩에서 연락처를 찾아 바로 가방 임자를 찾아냈다. 전날 저녁에 만취한 가방 임자는 아무것도 모르고 그때까지 자고 있었다. 그의 집은 인천 송도라고 했다.

분실물 목록을 작성한 경찰관이 가방 분실자와 가방 속 내용물을 전화로 확인하고 있었다.

"네에. 현금하고 수표, 열쇠 꾸러미, 수첩, 서류봉투, 도장 …. 그런 거 다 있어요. 예. 예. 뭐라고요? 수표하고 현금이 3천 150만 원이라고요? 돈 액수가 틀리잖아요. 뭐요? 그럼 돈 가방을 습득하신 분이 현금 일부를 빼냈다는 말입니까? 이 양반아, 정신 차리고 똑바로 말해 똑바로. 뭐야, 말 같은 소리를 해야지. 말 같은 소리를 …."

경찰관이 전화로 수표와 현금이 3천 150만 원이라는 말을 듣는 순간 몹시 당혹스러웠다. 그때 돈을 확인한 경찰관이 3천 35만 원이라고 말해 알았지, 나는 돈 가방 안에 들어있던 돈이 얼마인지 모르고 그냥 갖다 주었다.

그렇구나! 문득 새벽에 나를 태워준 택시기사가 떠올랐다. 내가 택시에 올라타자마자 대뜸 경찰서로 가자고 했더니 그는 거울로 나를 빤히 쳐다보며 경찰서는 왜 가느냐고 물었다. 나는 길에서 가방을 주웠다고 했다. 그는 가방에 돈이 없으면 그냥 버리라고 했다. 자기도 손님이 놓고 내린 지갑이나 가방을 그대로 갖다 신고했는데 나중에 분실자가 나타나 지갑 속에 돈이 있었다고, 가방 안에 귀중품이 있었다고 신고해, 분실물 찾아주고 되레 도둑놈으로 의심받은 적이 있다고 했다. 그리고 나서도 경찰서에서 오라 가라 해 여러 날 일을 못 했다고, 그 뒤에는 손님이 놓고 내린 물건을 주워도 돈이나 귀중품이 없으면 그냥 버린다고 했다.

　　나는 무릎에 올려놓은 가방이 돈 가방이라고 말할 수 없었다. 그는 내가 아무 말이 없자 왕십리 홍익동에 있는 치안본부 분실물센터에 내려주었다. 가방 임자와 경찰관의 전화는 계속되고 있었다.

　　"네. 네. 아 그래요. 이 양반아, 진작 그렇게 말했어야지. 그럼 틀림없이 맞는 거죠? 알았어요. 알았다고요. 글쎄 알았으니까 빨리 오기나 하세요."

　　돈 가방을 분실한 사람은 서울 강남에 땅을 사러 왔던 호텔 사장이라고 했다. 그런데 경찰관이 물었을 때 자기가 돈을 얼마나 썼는지 모르고 회사에서 가지고 나온 금액을 말했다고 했다. 어쨌거나 해명된 것은 천만다행이었다. 술도 덜 깨고 잠도 덜 깬 돈 가방 임자가 경찰관에게 자기가 도착할 때까지 돈 가방을 주워 신고한 사람을 보내지 말아 달라는 간곡한 부탁을 받았다고 했다.

　　문이 열리고 어깨에 무궁화 한 개를 단 여성 경찰관이 들어왔다. 여성 경찰관은 보고를 받고 출근했는지 들어오자마자 곧바로 내게 다가와 거수경례를 하고 제일 뒷자리에 들어가 앉았다. 여성 경찰관은 분실물센터에서 계급이 제일 높아 보였다.

나는 출근시간이 바빠 돈 가방 임자가 올 때까지 기다릴 수 없다고 말한 뒤 나가려고 일어서자 경찰관이 돈 가방 임자가 오면 사례금을 받아가라며 가지 말라고 했다. 나는 사례금을 바라고 온 게 아니라고 정중히 거절하고 그냥 돌아섰다. 내가 몇 걸음 떼어 놓기 전 뒤에서 지켜보던 여성 경찰관이 급히 다가와 말했다.

"습득한 돈은 법적으로 사례금을 받게 되어있는데 거절할 이유가 없습니다. 설령 법정 사례금을 받아가지 않은 걸로 처리해도 상부에서 그대로 인정하지 않고 우리가 감사에 걸려 문책을 당하니 꼭 받아가세요!"

길에서 주운 돈 가방을 주인에게 돌려주는 절차도 꽤 까다로웠다. 나는 회사에 급한 일이 있다고, 가방 임자가 인천에서 올 때까지 기다릴 수 없다고, 어렵게 양해를 구하고 나왔다. 내가 넘겨준 돈 가방을 받아 습득물 명세서를 작성할 때 경찰관이 이름과 주소를 물었는데 내가 사는 판잣집 주소가 얼른 떠오르지 않아 회사에서 매일 사용하는 회사 주소를 불러주었다.

나는 치안본부 분실물센터에서 보내온 행정우편을 받아들고 사장에게 그대로 말했다. 내가 돈 가방을 주운 이야기를 털어놓는 동안 사장은 깜짝 놀라 당황하고, 곤혹스러워했다. 날카로운 눈으로 나를 쏘아보고 하여튼 표정이 카멜레온처럼 자주 바뀌었다. 내가 돈 가방 주운 이야기를 마치고 멀뚱히 서 있자 사장이 물었다.

"너, 며칠 전 집에 급한 일이 있어 지각했다고 하더니, 그 일 때문이었냐?"

"예에. 죄송합니다."

단 한 번도 첫배를 놓쳐본 적이 없었던 내가 길에서 주운 돈 가방을 분실물센터에 가져다준 날은 네 번째 배로 강을 건너가 출근했다. 그날 사장은 물론 전 직원이 자재창고에 들어가 인부들에게 내줄 기자재와 공구를 찾지 못해 우왕좌왕하고 있었다. 준공을 앞두고 인원을 감축한 뒤 내가 자재창고 업무를 겸직했기 때문이었다.

사장은 뒤늦게 출근한 나를 보고 무책임한 놈이라고 노발대발했다. 나는 길에서 돈 가방 주운 이야기를 곧이곧대로 털어놓을 수 없어 집에 급한 일이 있었다고 얼버무리고 넘어갔다. 사장에게 거짓말이 들통 나는 순간 나는 몹시 당황했다. 사장이 갑자기 고함을 쳤다.

"야 임마, 죄송이고 뭐고 굴러온 복을 왜 발로 차. 너 그 돈 가방 가질 맘 없었어?"

사장이 두 눈을 부릅뜨고 나를 꿰뚫을 듯 쏘아봤다.

"솔직히 말씀드리면 처음엔 내 돈으로 생각했었습니다."

"그런데 왜 돌려줬어? 그 돈이면 집 열 채를 사고도 남을 텐데."

그건 그렇다. 나도 그 돈이면 집 열 채를 사고도 남을 거라는 생각했었다. 성동구 광장동 부근에 잘 지은 기와집 한 채 값이 300만 원 안팎이었다. 나는 담담하게 말했다.

"새벽에 아버지가 떠올랐어요."

순자가 부황으로 죽던 해 아버지도 부황이 들어 있었다. 젖배 곯던 막내도 암죽 끓여 먹일 게 없어 내 등에서 죽어가고 있었다. 금광에 다니던 아버지가 내다 버린 버력에서 주운 금덩어리를 광주(鑛

60

主)에게 돌려준 것이 바로 그때였다.

"그 금덩어리만 가지면 늬들 배두 안 곯리구 핵교두 다 보내구 징글징글한 가난두 훌훌 벗어났을 겨."

그때 엄마는 그렇게 넋두리했다.

나는 아버지가 그랬어야 했다고 생각했다. 아버지가 주운 금덩어리를 돌려주지 않았다면 내가 초등학교 다니며 나무장사 했을 리 없고, 갈밥 먹었을 리 없고, 위생검열에 지적받고 담임선생에게 죽도록 매 맞을 일도 없었을 것이다.

아버지가 내다 버린 버력에서 주운 금덩어리를 광주에게 돌려준 뒤 사람들은 아버지를 '고진'이라고 불렀다. 나는 아버지를 왜 고진이라고 부르는지, 고진이 무슨 의미인지 몰랐는데 밖에 나가면 어른들이 나를 '고진이 아들'이라고 불렀다. 나는 버력에서 주운 금덩어리를 광주에게 돌려주고 '고진'이라는 이름 하나 얻은 아버지를 참으로 어리석다고 생각했었다.

광주의 아버지가 한학자였다는데, 아들에게 아버지가 가져다준 금덩어리 얘기를 듣고 그 자리에서 먹을 갈고 붓을 들어 높을 고(高)자에 참 진(眞)자를 써 주었다는 말을 나중에 들었다. 물론 아버지는 고진(高眞)이라는 이름조차 쓰지 않았다.

군에서 만기제대를 하고 돌아오던 날 차부에서 나를 알아본 어른들이 다가와 "혹시 고진어른 자제분이 아니시냐?"고 내게 공손하게 물었을 때 까마득히 잊고 있었던 그 이름은 내 혼을 번쩍 일깨우는 커다란 울림이었다.

그 뒤 아버지와 금덩어리와 고진은 내 화두가 되었다. '아버지에게 금덩어리는 뭘까!' 나는 그 화두를 풀기 전 아버지가 내다 버린 벼락에서 금덩어리를 주운 나이쯤 되었을 때 나도 길을 가다 그만한 돈 가방을 주었다. 나는 돈 가방과 고진 둘 중 하나를 선택해야 했다. 밤새 아버지와 엄마를 떠올리며 고민했던 나는 결국 엄마가 아버지 뜻에 따랐듯이 돈 가방을 들고 집을 나섰다.

그런데 참으로 알다가도 모를 게 사람의 마음이었다. 돈 가방을 들고 택시에서 내려 몇 걸음 걷다 나는 뒤를 돌아봤다. 나를 내려준 택시가 불을 밝혀 놓은 채 그대로 서 있었다. 불현듯 도로 택시를 타고 집으로 돌아가고 싶은 충동에 더는 발걸음이 떨어지지 않았다. 잠시 오도가도 못 한 그 순간 다시 아버지가 떠오르고, 엄마가 떠오르고, 나를 '고진어른 자제분'으로 불러주던 연로한 어른들이 주마등처럼 지나갔다. 나는 또다시 내 몸에 피를 뽑아 팔아먹고 살지라도, 아버지처럼 산에 가 솔잎을 따다 썰어 먹고 살지언정 '고진'만은 버릴 수 없었다.

나는 사장에게 속마음을 두서없이 털어놨다. 사장은 내게 부전자전(父傳子傳)이라면서도 믿기지 않았는지 행정우편에 나와 있는 전화번호로 전화를 걸어 확인까지 했다.

그날 퇴근하여 집에 들어가 치안본부에서 온 행정우편을 아내에게 넘겨준 뒤 물었다.

"그날 밤 왜 나를 깨우지 않았어?"

아내는 행정우편을 열어보고 모처럼 활짝 웃으며 대답했다.

"나는 당신이 회삿돈 훔쳐 갖구 나온 줄 알았쥬."

아마 아내는 내가 회사에 출근하지 않을 줄로 알았던 모양이었다. 나는 다시 물었다.

"그럼 내가 그 돈 가방 들고 혼자 달아날지도 모른다는 생각은 안 했어?"

아내가 피식 웃으며 말했다.

"당신이 그럴 사람이었다면 아마 내가 먼저 갖구 도망쳤을 규."

그랬구나! 아내도 돈 가방을 갖고 싶은 생각이 있었나 보다고 생각하니 온몸에 소름이 돋았다. 나는 '남에게 해코지하지 않고 지은 죄가 없다면 세상에 무서울 게 없다'는 아버지 말씀을 그제야 깨달았다. 그날 밤 우리는 꿀잠을 잤다.

봉은고등학교 신축공사는 공기보다 7개월 앞당겨 준공했다. 회사는 준공식을 성대하게 치른 뒤 승진 인사발령을 냈다. 나는 사원에서 주임으로 승진했고, 동시에 회사가 수주한 항만공사 현장으로 발령을 받았다. 항만공사는 봉은고등학교 준공을 며칠 앞두고 수주한 대형공사였다. 나는 항만공사 현장으로 가기 전 아내에게 송아지 한 마리 값을 주어 시골 부모님께 보냈다. 아내가 그동안 내 월급봉투를 한 장도 버리지 않고 차곡차곡 쌓아가며 여전히 남의 채소밭에 들어가 시래기를 줍고 나물을 뜯어다 저녁 한 끼는 반드시 시래기죽이나 나물죽을 먹으며 참으로 지독하게 모은 돈이었다.

고향에 다녀온 아내는 내가 예상했던 대로 장날 우시장에 들어가 제일 작은(아내 말로는 개만 한) 암송아지 한 마리를 샀는데, 안 끌려가려고 버티는 것을 아버지가 앞에서 끌고 뒤에서 엄마하고 같이 몰아다 외양간에 매어 놓고 돌아서는데 발걸음이 떨어지지 않더라고 눈물을 글썽이며 말했다. 다음 날 나는 아이들과 송아지가 무럭무럭 자라는 꿈을 안고 항만공사 현장으로 출근했다.

멸치 한 마리 놓고 어물전 차리듯 꼴마저 제대로 갖춰지지 않은 건설회사로 출발한 대한건설은 서울 한복판에 신사옥을 지어 이전하고 격동기를 거치면서 방조제 축조공사, 방파제 공사, 도로공사, 교량공사, 댐공사, 항만공사, 발전소 건설공사, 간척사업을 하다가 경부고속도로 건설공사에 참여하게 되었다. 그동안 대한건설은 국내에서 다섯 손가락 안에 드는 대형 건설회사로 성장했다. 경부고속도로 건설공사를 수주한 뒤 대한건설은 기구를 전면적으로 개편하고 대한그룹 회장으로 최태웅 사장이 취임했다.

대한그룹 모기업인 대한건설 후임 사장으로는 외국 유학을 마치고 돌아와 과장으로 입사하여 경영수업을 쌓아온 최 회장의 장남 최영산 부사장이 승진했다. 신임 사장은 사원을 대폭 증원하고 정기인사를 앞당겨 단행했다. 나는 주임에서 계장으로 승진한 뒤 경부고속도로 건설공사 현장으로 발령을 받았다.

고속도로 건설현장 사람들

경부고속도로 공사는 시작부터 격렬한 전쟁터의 군사작전을 방불케
했다. 공사현장으로 한 번 발령 받으면 사직서를 내면 모를까 떠날
수 없었다. 회사는 1년 내내 '비상 백일작전'이나 '비상 돌관공사'로
직원들을 꼼짝할 수 없도록 만들었다. 대형공사를 수주해도 경부고
속도로 건설공사 현장직원들은 단 한 사람도 빼 가지 않았다. 휴일
도, 휴가도, 명절도 없었다. 공사장 인부들은 더욱 심했다.

공사현장에 화장실이 없었다. 이동식 화장실은 식당과 숙소에만
있고, 공사장엔 간이화장실이고 나발이고 없었다. 까마득한 암벽에
매미처럼 달라붙어 바위에 구멍을 뚫는 착암공들은 한 손으로 착암
기를 들이대고 한 손으로 연장을 꺼내 잡은 채, 터진 수도꼭지처럼
오줌을 깔겼다. 아랫도리를 옥수수껍질 벗기듯 홀딱 까고 암벽 위에
서 짐승처럼 똥을 쌌다. 허허벌판에 끝없이 펼쳐진 고속도로 공사장
에 인부들이 그들먹하게 싸질러놓은 똥 무더기가 빈대떡처럼 즐비
했다. 똥 누러 갔다가 똥 밟고 나오는 일도 허다했다. 그걸 치우지
도 않았다. 눈비 맞으며 들짐승, 날짐승들이 먹고, 남은 건 불도저
가 한 번 쓰윽 밀고 지나가면 끝이었다.

현장은 온종일 흙먼지를 뭉게구름처럼 일으키며 공사용 차량이 드나들고 중장비가 굉음을 내며 산을 뚫고 강물 위로 다리를 놓고 습지를 메워가며 길을 냈다.

우리는 철 따라 옷을 갈아입을 일도 없었다. 회사에서 여름 작업복 내주면 여름이고, 겨울 작업복 내주면 겨울이었다. 여름 작업복은 늦은 봄부터 이른 가을까지 입었다. 그렇게 작업복을 두 번 갈아입으면 1년이 놀란 토끼 달아나듯 후딱 지나갔다.

뭐 이렇다 저렇다 길게 얘기할 것도 없다. 내가 경부고속도로 건설현장에 근무하는 동안 작은할아버지가 돌아가셨고, 큰아버지가 돌아가셨고, 동생 둘이 결혼했고, 처남이 결혼했고, 아이들이 초등학교에 들어갔다. 그때마다 아내 혼자 다녔지 나는 어느 한 곳도 참석하지 못했다. 내 생일은 차치하더라도 아내 생일이나 아이들 생일조차 단 한 번도 같이 보내지 못했다. 우리집도 주인집도 전화가 없어 달이 가고 해가 바뀌어도 아내의 목소리 한 번 들어볼 수 없었다.

어쩌다 경부고속도로 건설현장을 방문한 방문객이 현장사람들의 몰골을 동물원에 갇힌 동물 구경하듯 쳐다보며, 집에는 언제 가느냐고 물었다. 공사현장 사람들은 열이면 열, 백이면 백 모두 하나같이 공사가 끝나지 않았는데 어떻게 집에 가느냐고 했다. 그랬다. 단군 이래 최대의 토목공사로 알려진 경부고속도로 건설공사에 종사했던 현장사람들은 모두 그렇게 생각했다.

그런데 어느 날 토목 백동선 주임이 집에서 '금일 새벽 득남'이라고 보낸 전보용지를 움켜쥐고 캥거루처럼 껑충껑충 뛰어오더니 소장에게 넙죽 절하며 큰 소리로 말했다.

"소장님, 오늘 새벽에 우리 마누라가 아들 낳았대유."

소장이 대뜸 눈을 부라리며 벼락 치듯 호통을 쳤다.

"야 임마, 너 언제 집에 갔다 왔어? 어엉."

"다 소장님 덕분이지유, 뭐."

당황한 백 주임이 얼떨결에 대답해놓고 뒤통수를 긁적거렸다.

"뭐여? 이 자식아, 네 마누라가 아들 낳은 게 내 덕이라니?"

화들짝 놀란 소장이 왕방울 같은 눈으로 백 주임을 멀뚱멀뚱 쳐다보다 갑자기 풀썩 웃으며 돌아섰다.

경부고속도로 공사현장으로 발령받기 전 이미 날을 잡은 백 주임은 결혼식 전날까지 근무하다 오후 늦게 집에 들어가 함을 받았다. 백 주임은 다음 날 결혼식만 치르고 곧바로 돌아온 뒤 1년이 지나도록 집에 가지 못했다. 첫날밤을 치르지 못했으니 아이가 태어날 리 만무했다. 언제 갈 수 있을지도 몰랐다.

1년이 지나도록 자식이 돌아오지 않자 억척스러운 백 주임 어머니가 날을 잡아 며느리를 앞장세우고 현장으로 들이닥쳤다. 그도 그럴 것이 체구가 왜소하고 비리비리한 백 주임은 4대 독자였다. 사정이야 어찌 되었든 현장에 두 사람이 첫날밤을 보낼 방이 없었다.

직원들 합숙소는 군대 야전막사 같은 조립식 건물이었고, 방 하나에 십여 명씩 기거했다. 여러 번 뜯어 옮겨 지은 허술한 합숙소에는 독사가 연탄가스처럼 기어들었고, 쥐는 제집처럼 들락거렸고, 지네도 자주 눈에 띄었다. 어느 날 밤 내가 잠이 설핏 들었는데 느닷없이 얼굴 위로 뭐가 얼기설기 기어 올라와 아악 소리를 내지르며 상체를 벌떡 일으켰다. 얼굴 위로 기어오르던 것이 양쪽 침상 가운데 통로로 뚝 떨어졌다. 커다란 지네였다. 내 옆에 자다 놀란 백 주임이 벌떡 일어나 칼로 오이 자르듯 지네를 토막토막 잘라놓고 잠들었다. 다음 날 아침에 일어났을 때 토막 낸 지네 대가리와 꼬랑지는 어디론가 달아나고 시뻘건 몸통만 남아있었다.

독사가 침상 밑으로 들어와 똬리를 틀고 있는 것을 발견하면 서로 잡으려고 야단법석을 떨다 독사를 차지한 사람이 잡아들고 나가 구워 먹었다. 백 주임은 뱀을 보는 족족 잡아먹었다. 언젠가 백 주임이 보기 드문 고슴도치를 잡아 책상다리에 묶어놓고 틈만 나면 낄낄거리며 며칠 가지고 놀다 구워먹고 있었다. 나도 어린 시절 뱀, 개구리, 두더지를 잡아먹었기에 이상할 건 없었으나 내가 먹어보지 못한 고슴도치 맛이 궁금해 물었다.

"야 임마, 그걸 무슨 맛으로 먹냐?"

"그냥저냥 먹을 만허니께 계장님두 한 번 맛 보실류? 이게 정력에 끝내준대유."

백 주임이 다리 한 짝을 쭉 찢어 내 입으로 불쑥 디밀었다.

화들짝 놀란 내가 한 발 뒤로 물러서며 고개를 휙 돌렸는데, 합숙소에서 나는 노리끼리한 냄새가 후욱 끼쳤다.

우리는 별이 초롱초롱한 새벽에 출근하여 불끈 쥔 주먹으로 허공을 내지르며 "무에서 유를 창조하자!", "하면 된다. 안 되면 되게 하자!"고 바락바락 악을 쓰며 비상 백일작전을 끝내면, 다시 비상 돌관공사로 이름만 바꿔 공사를 몰아치니 늘 피곤하고 시간에 쫓겨 제대로 씻지 못해 숙소에서 늘 노리끼리한 냄새가 났다.

어느 날 잠자리에서 뭉그적거리는 백 주임에게 "야 새신랑, 세수하러 가자"고 했더니 "아따 세수를 어티기 매일 헌대유. 저는 메칠

전에 했슈"라며 껄껄 웃었다. 자기 전 대충 씻고 자는 놈도 더러 있었는데 숙소에 들어가면 양말도 벗지 못하고 그대로 픽픽 쓰러져 자는 놈이 허다했다.

우리가 사용하는 이불, 요, 베개는 회사에서 지급했다. 국방색 천에 솜 대신 '거지 담요'라고 부르는 부직포를 넣고 누빈 것이었다. 그걸 깔고 덮고 자다 보면 부직포가 이리 뭉치고 저리 뭉쳐져 오뉴월 쇠불알만 한 것이 등에 닿으면 등허리가 뻐근했고, 옆구리에 닿으면 옆구리가 욱신욱신 결렸다. 그래도 그 속에 들어가 방귀를 빵빵 뀌며 자는 놈, 자다 말고 벽 쪽으로 돌아누워 이 앓는 소리를 내며 수음하는 놈, 가위에 눌려 물에 빠진 놈처럼 양손을 쳐들고 허우적거리는 놈, 섬뜩하게 눈 뜨고 자는 놈, 빠드득빠드득 이 갈며 자는 놈, 새벽이 되어도 일어서지 않는다며 사타구니에 손을 집어넣고 주물럭거리는 놈, 몽정(夢精)하고 일어나 슬며시 속옷 갈아입는 놈, 돼지꿈이라도 꿨는지 아침에 일어나 '복권 사러 가고 싶다'고 구시렁거리는 놈도 있었다.

현장 사정을 모를 리 없는 백 주임 모친이 신혼여행도 가지 못한 며느리를 데리고 현장에 들이닥쳤으니 소장은 몹시 난처했다. 현장 주변에 식당도, 여관도 없었다. 송곳으로 찔러도 피 한 방울 나올 것 같지 않은 소장도 며느리를 앞세우고 하룻길을 달려온 백 주임 어머니를 그대로 돌려보낼 수 없었다. 소장은 고민 끝에 합숙소를 대충 치우고 잠시 백 주임을 들여보냈다. 한데 가지밭에 오줌만 눠도 애 배는 여자가 있다고 백 주임 부인은 그날로 임신하여 떡두꺼비 같은 아들을 낳았다고 했다.

철야 공사장의 사고

착공식 때부터 이미 예상했던 일이긴 하지만 각하는 경부고속도로 건설의 역사적 사명을 띠고 이 땅에 태어난 사람처럼 시도 때도 없이 현장에 불쑥불쑥 나타났다. 특히 공사가 부진하면 귀신같이 알고 나타났다. 그건 각하 집무실에 경부고속도로 건설공사 현황판이 설치되어 있어 그렇다고 했다. 현장에도 그와 같은 현황판을 만들어 놓고 매일 공사 진척상황을 파악하여 발주처에 보고하는 전담부서를 따로 두었다. 중요한 공사는 실시간으로 보고했다.

만약 공사 진행이 더뎌 공정목표 달성에 차질이 생기면 각하가 직접 건설부 장관을 대동하고 현장에 내려와 진두지휘했다. 지휘체계는 각하 - 건설부 장관 - 현장공사 감독이었는데, 모두 군 출신들로 각하의 명령이 한 번 떨어지면 일사불란하게 움직였다. 각하를 등에 업은 발주처 감독들은 공기 단축을 위해 군사작전 명령을 내리듯 공사를 몰아쳤다. 발주처를 등에 업은 시공회사는 공사비 절감을 위해 전쟁하듯 공사를 쳐부쉈다.

죽어나는 건 현장 인부들이었다. 밤낮 부실한 안전시설에 변변한 안전장구 하나 없이 작업하던 인부들이 여기서 떨어져 죽고, 저기서 깔려 죽고, 낙하물에 맞아 죽고, 끼어 죽고, 눌려 죽고, 받쳐 죽고, 치여 죽고, 찔려 죽고, 불에 타 죽고, 빠져 죽고, 감전돼 죽고, 질식해 죽고, 과로로 자다가 죽었다. 이래저래 한(恨) 많은 목숨이 참 많이 다치고 많이 죽어 나갔다.

두 사람이 같은 장소에서 사흘 도리로 죽어 나가기도 했다. 덤프트럭 기사 차상원과 자재창고에서 일하다 신호수로 발탁되어 간 허무영였다. 회사에 사건 사고를 전담하는 안전관리부가 있었는데, 안전부장 오동주가 교육출장을 떠났고, 업무대행자인 내가 사고경위를 파악해야 했다. 물론 처음 하는 일은 아니었다. 나는 사고현장에 나가 직접 목격자 진술을 듣고 사고경위를 파악했다.

고속도로 공사현장에는 중장비를 지휘하거나 덤프트럭으로 실어오는 흙을 받는 신호수가 있었다. 신호수들은 대부분 나이가 많았다. 신호수가 하는 일 중에 가장 중요한 것은 흙을 싣고 들어오는 덤프트럭을 세우는 정지선 신호였다. 덤프트럭을 너무 도로 끝으로 내몰면 덤프트럭이 빠지거나 낭떠러지로 굴러 떨어질 위험이 있고, 흙을 앞쪽에 부리면 길이 막혀 다음 덤프트럭이 뒤로 나갈 수 없어 삽으로 길을 내야 했다. 덤프트럭이 잘못 부린 흙을 아무런 장비 없이 삽으로 길을 내려면 여간 힘든 게 아니었다.

문제는 힘든 일로 끝나는 게 아니었다. 덤프트럭으로 흙을 실어 나르는 것을 '탕 떼기'라고 했는데, 운반비는 그들이 흙을 실어 나른 운반 대수로 계산했다. 운행 중에 길이 막히면 지체되는 만큼 운반비 손실로 이어져 덤프트럭 기사들에겐 신호수의 말과 신호가 절대적이었다.

신호수는 흙을 싣고 후진으로 들어오는 덤프트럭 뒤 타이어를 지켜보며 강아지 부르듯 손짓으로 신호를 보내며 연이어 '오라이, 오라이'를 외치다가 정지선이다 싶으면 불끈 쥔 주먹을 번쩍 들어올리며 '스톱!'을 외쳤다. 신호수의 손짓을 보고, '스톱' 소리를 들은 덤프트럭 기사는 그 자리에 우뚝 멈추고 짐받이를 들어올려 흙을 부렸다.

　신호수 지시에 따라 후진하던 덤프트럭 기사 차상원이 운전석에서 창밖으로 목을 길게 빼고 후진하고 있었다. 옆에서 대기하던 마동철 기사가 보니까 고만 나가도 될 것 같은데, 신호수가 계속 '오라이'를 외치자 차상원 기사가 다시 액셀을 밟는 순간 성토한 흙이 무너지면서 덤프트럭이 구렁텅이로 굴렀다. 덤프트럭이 까마득히 내려다보이는 구렁텅이로 사정없이 굴러가 처박히는 것을 바라본 신호수가 눈을 번쩍 뜨며 소리쳤다.

　"아이구, 나는 몰러. 나는 오라이 했씽게."

　옆에서 지켜보던 마동철 기사의 목격담이었다. 마 기사가 운전석에서 신호수를 향해 소리쳤다.

　"이 답답한 양반아, 스톱 했어야지. 스톱."

　그제야 신호수는 비몽사몽간에 '스톱' 했어야 할 때도 계속 '오라이' 신호를 보낸 것을 번쩍 깨달았다. 내가 확인한 신호수는 밤낮 토막잠을 자며 가(假)수면 상태로 일하고 있었다.

　신호수의 어이없는 실수로 덤프트럭 기사가 사망한 뒤 사흘 만에 또 그 자리에서 신호수가 로드롤러에 깔려 죽었다.

　덤프트럭으로 흙을 실어다 성토한 뒤 그레이더로 땅을 평탄하게 고르고 로드롤러로 다졌다. 땅을 고르는 그레이더와 땅을 다지는 로드롤러의 작업방식은 완전히 달랐다. 그레이더는 자유자재로 돌아다니며 작업하고, 로드롤러는 방향을 바꾸지 않고 앞뒤로 왔다 갔다 작업했다. 그레이더는 작업을 시작하고 끝날 때까지 신호수가 필요하고 로드롤러는 기본작업이 끝나면 신호수가 없어도 작업하는 데 별 지장이 없었다. 물론 숙련된 기사라면 신호수 없이도 작업할 수 있었겠지만 경부고속도로 공사를 하면서 폭발적으로 늘어난 기능공들을 모두 숙련공으로 채울 수 없었다. 경부고속도로 공사에 투입된 중장비 기사들은 대부분 학원을 나와 단기간 내에 면허를 취득한 신출내기들이었다.

야간작업에 들어간 신 기사는 신호수 지시에 따라 로드롤러를 몰고 앞뒤로 왔다 갔다 땅 다짐 작업을 계속했다. 그런데 어느 순간 후진등 불빛에 언뜻언뜻 보이던 신호수가 보이지 않았다. 신 기사가 마지막으로 신호수를 본 것은 뒤로 다져나가는 흙무더기 위에 쪼그리고 앉아 병든 병아리처럼 꼬박꼬박 졸던 모습이었다.

가뜩이나 신호수가 모자라는 판에 덤프트럭에 신호를 잘못 보내 사망사고를 낸 신호수가 갑자기 빠지자 로드롤러 신호수도 토막잠을 자며 작업을 했다. 물론 신호수 할 사람이 없어 그런 것은 아니었다. 신호수는 단순 직종으로 부족한 인원은 현장에서 얼마든지 곧바로 충원할 수 있었다. 문제는 회사에서 공사비를 줄이려고 신호수 서너 사람 쓸 것을 돌려가며 한 사람만 썼다.

신호수 사정을 누구보다 잘 알고 있던 신 기사는 작업지시를 한 뒤 꼬박꼬박 졸던 신호수가 보이지 않자 인근 주막으로 소주 한잔하러 간 줄 알고 밤새 혼자 땅 다짐 작업을 계속했다. 신 기사도 주막에 다닌 경험이 있어 주막 사정을 손바닥 들여다보듯 훤히 알고 있

었다. 신 기사뿐 아니라 현장 사람들은 너나없이 대부분 주막에 다
닌 경험이 있었다.

　고속도로 공사장 주변에 실 가는 데 바늘 가듯 늙수그레한 작부들
이 천막으로 주막을 짓고 술장사를 했다. 건설현장 사람들이 야간작
업하고 불 꺼진 숙소로 돌아갈 때면 속도 출출하고, 술도 고프고,
마음은 더욱 허전하여 불나방처럼 주막에 걸어놓은 남폿불을 바라
보며 시적부적 걸어서 작부를 찾아갔다. 주막을 다니다 보면 초록은
동색이라고 관리직들이 자주 가는 집이 있고, 중장비 기사들이 단골
로 다니는 집이 따로 있었다. 주막을 찾아갈 때 혼자 가기도 하지만
대개 두세 사람이 동행했다.
　한두 번 다녀 보면 그 집이 그 집이고 별반 다를 것도 없었다. 굳
이 다르다면 페인트로 천막에 휘갈겨 써 놓은 간판이었다. 작부 혼
자 있는 집은 과부집, 둘이 있으면 쌍과부집, 둘이 넘으면 떼과부
집이라고 했다. 전기가 들어가지 않은 주막집 말뚝에 남폿불이 걸려
있으면 주막에 손님이 없다는 신호였다. 누가 되었든 먼저 가는 사
내가 남폿불을 떼어 들고 안으로 들어가면 다시 말뚝에 남폿불을 내
다 걸기 전 누구도 찾아가지 않는 것이 관례였다.
　남폿불을 떼어 들고 들어가 캄캄한 주막 안을 밝혀봐야 눈에 띄는
세간도 없었다. 고작해야 나무로 만든 사과 상자 두서너 개 갖다 신
문지로 바른 뒤 성냥갑 쌓듯 포개놓거나 맞대놓은 게 전부였다. 작
부가 개다리소반을 들어다 놓고 얼룩진 상보를 제치면 새카맣게 끄
슬린 김치 양재기가 덩그러니 놓여있었다. 자리를 잡고 앉아 잔을
치고, 잔을 들어 한입에 털어 넣고, 안주로 김치 쪼가리 한 점 집어

입에 넣으면 온몸이 부르르 진절머리가 쳐지도록 시고 짰다. 시어
터지고 짜디짠 김치 양재기에 멸치 몇 마리 넣고 물을 좀 부은 뒤 연
탄불 위에 올려놓고 보글보글 끓을 때 마시고 또 마셨다.

작부와 둘러앉아 주거니 받거니 하다 보면 얼큰하게 술이 오른다.
술이 오르고 흥이 오르면 아무나 먼저 벌떡 일어나 빈 소주병에 숟
가락을 꽂아 사타구니에 끼고 촐싹촐싹 춤을 추며 한 곡조 뽑았다.

"에헤헤헤 에헤헤헤 앵헤이 앵해야 앵헤이 앵해야. 사랑이 깊으
면 얼마나 깊어 여섯 자 이내 몸이 헤어나지 못하나. 하루에 품 삯은
열두 냥인데 우리 님 보는 데는 스무 냥이라."

사내가 깜냥대로 신명을 내며 한껏 흥을 돋웠다. 으쓱으쓱 어깨춤
을 추며 젓가락을 두드리던 작부가 벌떡 일어나 사타구니에 소주
병을 끼고 촐싹대는 사내 뒤로 돌아가 괴춤을 부여잡고 엉덩이를
들썩이며 노래 불렀다.

"네가 좋으면 내가 싫고, 내가 좋으면 네가 싫고, 너 좋고 나 좋으
면, 앵헤이 앵해야 앵헤이 앵해야."

달궈진 프라이팬에 기름을 치듯 다음 절은 작부가 치고 나갔다.

"사랑이 좋으냐 친구가 좋으냐, 막걸리가 좋으냐 색시가 좋으냐."

사타구니에서 요령소리가 나도록 촐싹거리던 사내가 작부 뒤를
이어 벌겋게 달아오른 관자놀이에 핏대를 세우며 목청껏 토해냈다.

"사랑도 좋고 친구도 좋지만, 막걸리 따라주는 색시가 더 좋더라.
앵헤이 앵해야 앵헤이 앵해야. 네가 좋으면 내가 싫고, 내가 좋으면
네가 싫고, 너 좋고 나 좋으면, 앵헤이 앵해야."

흥이 절정에 오른 사내가 사타구니에 끼었던 소주병을 팽개친 뒤
작부를 얼싸안고 부비부비 돌아가며 삼절을 함께 불렀다.

"우리가 놀며는 놀고 싶어 노나, 비 쏟아지는 날이 공치는 날이다. 비 오는 날이면 임 보러 가고, 달 밝은 밤이면 별 따러 간다. 앵헤이 앵해야 앵헤이 앵해야. 네가 좋으면 내가 싫고, 내가 좋으면 네가 싫고, 너 좋고 나 좋으면, 앵헤이 앵해야아."

'열두 냥짜리 인생' 가사는 부를 때마다 우리네 인생살이만큼이나 달랐다. 술기운이 거나하게 오른 사내가 등에 베개를 집어넣고 곱사등이로 돌아가며 '에헤헤헤' 하고 운을 떼고, 작부가 '에헤헤헤' 하며 따라붙으면 사내가 기다렸다는 듯이 '우리가 살며는 얼마나 사나' 하고 은근히 목소리를 깔았다. 작부가 뒤를 이어 '우리가 사는 게 살고 싶어 사나' 하고 투정 부리듯 화답할 때 사내가 손을 뒤로 돌려 작부의 손목을 슬며시 잡으며 '천금을 주고도 못사는 인생' 하면, 작부가 사내 손을 휙 뿌리치며 '열두 냥 내놓고 졸라를 댄다' 하고 받았다.

사내가 낄낄거리다 말고 뜬금없이 '돼지를 잡을 때 얼굴 보고 잡나' 하면, 작부가 '제에미 씨부랄눔. 할 짓은 다 하면서 또 지랄한다' 하며 냅다 사내 등짝을 후려쳤다.

열두 냥짜리 인생은 가사도 곡조도 필요치 않았다. 가사는 신들린 무당처럼 입에서 나오는 대로 불렀고 곡조는 어깨가 올라가면 올라가고 어깨가 처지면 곡조도 처졌다. 흥이 나면 나는 대로 울적하면 또 울적한 대로 한두 바퀴 돌고 돌면 가사도 곡조도 돌고 돌았다. 이 사람은 이렇게 부르고 저 사람은 저렇게 부르고 속울음이 터져 나올 땐 사자가 울부짖듯 포효했다.

용암이 분출하듯 가슴을 뚫고 나오는 노래는 가사도 곡조도 기억해둘 필요가 없었다. 가사와 곡조는 그날그날 신산한 삶에서 마른 수건 쥐어짜듯 짜낸 땀이요, 피눈물이요, 불이요, 회한이었다.

불의 잔, 얼음의 잔, 회한의 잔을 들어 마시고 또 마시고 노래하며 춤을 추다 술상을 윗목으로 썩 밀어붙여 놓으면 감을 잡은 작부가 뒤로 벌렁 누워 가랑이를 활짝 벌려주었다. 사내는 아랫도리를 홀랑 벗어 던지고 무릎걸음으로 다가가 통치마를 훌렁 걷어 올려 자글자글 주름진 작부의 얼굴을 푹 들씌웠다.

물이 쪽 빠져 바짝 마른 논바닥처럼 작부의 쭈글쭈글한 사타구니에 고바우 영감 머리카락처럼 꼬불꼬불한 거웃 몇 개가 용케 남아 버티고 있다. 사내는 마른 통나무에 막대기로 마찰을 일으켜 불을 피우듯 벌떡 일어선 연장으로 축 늘어진 작부의 불두덩을 들썩들썩 들쳐 올리고 비비적비비적 밀어 넣은 뒤 깔아놓은 멍석에 무릎이 홀딱 까지도록 일진일퇴를 거듭했다.

쌍과부 집이나 떼과부 집에 갈 때는 천막 가운데에 줄을 매고 홑청으로 칸막이를 한 뒤 작부를 안았다. 장마철에 물을 안고 돌아가는 물레방아 돌아가듯 작부를 부둥켜안고 한참 돌고 돌다 보면 저쪽 다리가 이쪽으로 넘어오고 이쪽 다리가 저쪽으로 넘어가기도 했다. 드럼통이 구르듯 저쪽 놈이 이쪽으로 불쑥 넘어오기도 했고 이쪽 놈이 저쪽으로 훌렁 넘어가기도 했다.

먹고 마시고 노래하고 춤추고 작부와 배꼽을 맞추고 일어난 사내가 옷을 추스른 뒤 들어올 때 걸어두었던 남포불을 떼어 들고 나가 주막 말뚝에 다시 걸어놓고 왔던 길을 시적부적 되짚어 돌아갔다.

철야작업에 들어간 신 기사는 작업 중에 신호수가 보이지 않자 늙은 말이 콩 마다하지 않듯 그저 그러려니 하면서도 꽤씸한 생각이 들기도 했단다.

"그러니께 그게 꼭 먹어야 맛이 아니쥬. 신호수가 작업을 부쳐놓구 슬그머니 현장을 빠져나갔으면, 볼일 다 보구 난 뒤 쐬주 한 병 차구 들어와 고생헌다며 한 잔 따라주는 것이 인지상정인디, 네미랄 거 쓰디쓴 술 한 잔은 고사허구 날이 훤히 밝아오는디 코빼기조차 디밀지 않으니께, 나두 모르게 울컥 부아가 치밀대유.

나는 늙어빠진 영감탱이가 어찌나 괘씸허던지 있거나 읊거나 찾어볼 생각조차 안 허구 바루 숙소에 들어가 대충 씻구 누워 막 잠이 들었슈. 한참 잠을 자고 있는디 드르륵 드르륵 구내 전화벨 소리가 끊이질 않는 규. 안 받을 수 읎어 일어나 받었더니 당직 김 과장이 대뜸 지난밤에 나허구 같이 철야작업을 했던 신호수 허무영이 죽었다며 빨리 들어오라대유.

그야말루 청천 하늘에 날벼락 떨어지는 소리였슈. 부랴부랴 현장으루 달려갔더니 주막에 간 줄 알었던 신호수는 내가 로드롤러에 올러앉어 밤새도록 앞으루 갔다 뒤루 갔다 다져놓은 땅바닥에 머리통부터 발끝까지 오징어포처럼 납작허게 깔려 있더라구유. 아마 흙무데기 위에 쪼그리구 앉어 꼬박꼬박 졸던 신호수가 후진허는 로드롤러 바퀴 밑으루 굴러 떨어진 것을 모르구 밤새 왔다 갔다 다져놓았던개뷰."

신호수가 깔려 죽다니! 나는 상상조차 할 수 없는 참혹한 사고경위를 조사하면서 하도 기가 막혀 '도대체 어떻게 이런 일이 일어날 수 있느냐? 비명도 듣지 못했느냐? 신호수를 타고 넘어갈 때 정말 아무런 느낌도 없었느냐?'고 물었다. 신 기사는 아무 소리도 듣지 못했고, 전혀 보지도 느끼지도 못했다고 했다. 아마 신호수가 꼬박꼬박 졸다가 성토한 흙무더기 위로 굴러 팥죽에 새알심 빠지듯 로드롤러 바퀴에 눌려 땅속으로 들어간 모양이었다.

기왕에 말이 나왔으니 하는 말이지만 고속도로 부지를 성토할 때 떡시루에 떡가루 안치듯 켜켜이 다져가며 성토해야 하는데, 공사비 줄이고 공기를 앞당기려고 한 번에 성토하고 한 번에 다졌다. 당연히 공사 기간을 앞당기고 공사비는 대폭 줄일 수는 있지만 아래층과 중간층이 다져지지 않아 지반이 침하되거나 갈라져 끊임없이 하자 보수공사를 해야 했다.

공사에 무한책임을 져야 하는 당사자들은 입술에 침도 바르지 않고 말했다. 장비가 턱없이 부족했고 축적된 기술도 경험도 없었다고. 핑계 없는 무덤 없다고 모두 이 핑계 저 핑계일 뿐이었다. 장비가 부족하면 작업시간을 길게 잡으면 되었다. 성토하고 다지는 데 무슨 그리 대단한 기술이 필요하단 말인가. 이미 나와 있는 도면대로, 시방서대로 하면 되었다. 경부고속도로 건설현장에서 가장 많이 들었던 말은 공기 단축과 원가 절감이었고, 설마가 사람 잡는다고 '빨리빨리, 대충대충, 웬만하면, 괜찮아'였다.

인부들이 파리 목숨처럼 죽어 나가도 공기 단축과 원가 절감만 강조했다. 안전용품을 사고 안전시설에 들어가는 비용과 시간은 모두 돈 지랄이고 헛짓거리라고 여겼다. 인부들이 변변한 안전장구 없이 부실한 안전시설에서 줄줄이 사고를 당해도 당사자들은 눈도 깜짝이지 않고 말했다. '대형공사를 하다 보면 희생이 따르게 마련'이고, '안전간판 붙여 놓고 안전교육 시켰는데 그래도 죽는 놈은 제명 짧아 죽은 것'이라고. 사고원인은 날조된 목격자 진술서와 사고경위서를 꾸며 사망자 과실로 처리되었다. 사망자에게 주는 보상금도 천차만별이었다. 유가족들은 대부분 대기업에서 수십여 년 관을 등에 업고 사건 사고를 전담한 산재 담당자를 당해낼 재간이 없었다.

　나는 덤프트럭 기사 차상원과 신호수 허무영의 사망사고 경위서
를 작성하고 목격자 진술을 받아 안전과로 넘겼다.

노선 설계변경이라는 마술

경부고속도로 건설 당시 자동차보다 귀하게 여겼던 것이 전화기였다. 그때는 경부고속도로 건설을 반대하는 이유로 "한국의 모든 자동차를 끌어다 줄 세워봐야 경부고속도로를 다 채우지 못할 것이다. 경부고속도로는 부유층을 위한 호화시설이 될 뿐"이라고 했다. 그런데 신문기자가 당대의 유명한 여배우에게 새해 소망을 물어보면 자동차가 아니라 '새해에는 집에 전화기 한 대 놓는 것이 소원'이라고 말했을 정도로 통신 사정은 더욱 열악했다. 전화국에 전화를 신청해도 회선이 턱없이 부족해 가입이 되지 않았다. 사용권을 남에게 넘겨줄 수 있는 '백색전화'라는 게 있긴 있었는데, 전화 한 대 값이 서울의 집 한 채 값과 맞먹을 정도였다.

외부와 단절된 건설현장의 통신사정은 더 열악했다. 밖에서 들어온 소문은 꼬리에 꼬리를 물고 이어졌다. 어느 날 현장에서 보조 기층을 깔고 있던 백동선 주임이 뜬금없는 소리를 했다.

"계장님, 충청도는 핫바지라 추풍령휴게소를 타도에 뺏길 거라구 허던디 들으셨슈?"

충북 보은이 고향인 백 주임은 자기 집 앞마당이라도 빼앗긴 사람처럼 몹시 흥분했다. 경부고속도로가 지나가는 추풍령은 백두대간의 허리 부분으로 충북 영동군 추풍령면과 경북 김천시 봉산면에 걸쳐 있었다. 추풍령휴게소라면 의당 추풍령면에 만들지 봉산면에 만들어 놓고 추풍령휴게소라고 할 리 없다는 생각이 들기도 했다. 나는 대수롭지 않은 일로 생각되어 지나가는 말로 물었다.

"새애끼, 누가 멍청도놈 아니랄까 봐. 그런 말도 안 되는 소문은 어디서 주워들었냐?"

백 주임이 펄쩍 뛰었다.

"안유. 진짜유."

소문은 진짜라고 우길수록 지나고 보면 가짜인 경우가 많았다. 반대로 가짜라고 눈에 불을 켜고 부인하면 진짜일 가능성이 매우 높았다. 뭐 꼭 정치하는 사람들을 두고 하는 말은 아니었다. 나는 백 주임이 하는 말을 퉁명스럽게 받았다.

"야 임마. 소문은 소문일 뿐이지. 진짜, 가짜가 어딨어?"

백 주임은 내 말을 듣는 둥 마는 둥 쌍심지를 켜고 대들었다.

"에헤, 참 진짜라니께 왜 자꾸 그러신대유? 처음엔 나두 반신반의했는디 벌써 측량을 시작했다는디유, 뭐어."

나는 그때까지 추풍령휴게소 자리가 경부고속도로 중간지점이라는 말은 들었어도, 국가 최고의 권력이 개입할 만큼 중요한지 몰랐다. 더욱이 추풍령휴게소는 우리 회사가 시공하는 구간도 아니었다. 물론 휴게소가 어디에 들어서건 거기가 거기일 것이라고 흘려들었지 별로 관심을 두지 않았는데, 이미 노선변경 측량을 시작했다면 아주 허무맹랑한 소문만은 아닌 듯싶었다. 나는 밥 먹다 밥그릇 빼앗긴 강아지처럼 잔뜩 화가 난 백 주임에게 퉁명스럽게 물었다.

"누구한테 들었냐, 그 얘기?"

내가 관심을 보이자 백 주임은 그럴 줄 알았다는 듯 한 발 다가서며 말했다.

"추풍령휴게소 구간을 시공허는 아산건설 현장 소장헌티 직접 들었슈."

아산건설은 우리 회사가 시공하는 구간을 지나 시공하는 건설회사였다. 물론 아산건설 현장 사무실과 우리 회사 현장 사무실은 수십 킬로미터 떨어져 있어 쉽게 왕래할 수 있는 거리는 아니었다. 나는 백 주임이 없는 말을 지어낼 사람이 아니기에 다시 물었다.

"아산건설 소장한테 직접 들었다고?"

백 주임은 여전히 화가 풀리지 않은 목소리로 말했다.

"그럼유. 내가 왜 익은 밥 먹구 댕기면서 선소리 허겠슈. 그런디 그건 약과유."

백 주임이 진짜 하고 싶은 말은 추풍령휴게소 문제 말고도 더 있는 모양이었다. 그런 대답을 듣고 묻지 않을 수 없었다.

"약과라니? 그건 또 무슨 소리야?"

백 주임은 그것도 모르느냐는 듯 나를 빤히 쳐다보며 말했다.

"계장님은 경부고속도로가 대전에서 대구까지 어디를 경유허는지 알구나 있슈?"

어이없는 질문을 받고 무시당한 기분이 들어서 나도 모르게 큰 소리로 핀잔을 주었다.

"야 임마, 물을 걸 물어야지. 고속도로 공사하는 사람치고 그것도 모르는 사람 있냐?"

백 주임은 핀잔을 듣고도 물러서지 않았다.

"글쎄 계장님이 알구 있으면 얘기해 보라니께유, 어디루 지나가는지."

백 주임 의도를 알 수 없어 내가 아는 대로 말할 수밖에 없었다.

"그거야 설계에 나와 있는 대로 대전, 김천, 왜관, 대구로 곧게 나가고, 추풍령휴게소는 대전에서 김천 가기 전 충북 영동 추풍령면에 들어서는 것으로 되어 있잖아?"

백 주임은 내 말이 떨어지기 무섭게 손사래를 치며 말했다.

"에헤, 참. 그건 옛날얘기유."

백 주임은 펄쩍 뛰었다. 휴게소야 어디에 들어서건 관심 밖이었지만, 노선이 변경된다면 그건 보통 일이 아니었다. 공사 기간과 공사비가 달라지기 때문이었다. 물론 노선이 바뀌면 어디로, 어떻게, 왜 바뀌는지 궁금하기도 했다. 백 주임 의도대로 말려드는 기분이 들었지만 다시 묻지 않을 수 없었다.

"옛날얘기라니?"

백 주임은 확신에 찬 목소리로 말했다.

"대전에서 김천을 지나 왜관으루 똑바로 가지 않구 구미루 돌어간대유. 구미루."

경부고속도로 설계에 구미는 애당초 들어가지 않았다는 것만은 확실히 알고 있었던 나는 나도 모르게 발끈 성을 내고 말았다.

"짜아식, 낮술 처먹었나. 야 임마, 구미에 인구가 많길 하냐, 물동량이 있냐? 도대체 왜 성지 순례하듯 구미로 돌아가?"

각하가 독일 방문 때 아우토반 자동차전용 고속도로를 보고 경부고속도로를 구상하고, 귀국한 뒤 헬기를 타고 수차례 답사하며 경부고속도로 노선도를 그렸다고 했다. 세간에 나도는 얘기를 들어보면 각하가 노선을 정할 때 현장답사를 수차례에 걸쳐 얼마나 꼼꼼하게 했던지 경부고속도로 구간 어디에 산이 있고, 물이 있고, 바위가 있고, 나무가 있는지, 답사 한 번 나갈 때마다 그동안 강물이 얼마나 불어나고, 줄어들고, 나무가 있고 없는지까지 손바닥 들여다보듯 훤히 알고 있었다고 했다. 그런데 감히 어느 누가 설계변경을 한단 말인가. 나는 상상조차 할 수 없는 일이었다.

백 주임이 '계장님은 소식이 깡통이구먼. 소식이 깡통이셔' 하고 혼잣말하듯 중얼거리다 못 참겠다는 듯 버럭 소리를 질렀다.

"글쎄 대전에서 김천을 지나 왜관으루 직접 가지 않구 김천에서 구미루 돌아서 왜관으루 가는 게 확실허다니께유."

나는 어떤 말보다 김천에서 구미로 돌아 왜관으로 간다는 말을 듣고 어이가 없었다.

"야 임마, 왜관은 김천 앞마당이나 다름없는데, 왜 한참 옆에 붙어 있는 구미로 돌아가?"

내 말이 떨어지기 무섭게 백 주임이 소리쳤다.

"에헤, 참. 그게 아니라니께유."

백 주임 고향인 충북 보은과 추풍령은 같은 도에 속한 아주 가까운 거리였다. 나는 백 주임이 추풍령휴게소를 다른 도에 뺏기는 것이 분해 그러는 줄 알고 벌컥 성을 내고 말았다.

"야 임마, 에헤 참이고 지랄이고 말이 되는 소리를 해야지. 그게 말이 돼?"

도대체 왜, 무엇 때문에 성지 순례하듯 모든 사람이 구미로 돌아가야 하나. 아무리 엿장수 마음대로라지만 나는 구미로 돌아갈 이유를 찾지 못했다. 무슨 꿍꿍이속이 있는지 나로서는 알 수 없으나 구미로 고속도로를 연결하고 싶다면 굳이 경부고속도로를 줄다리기하 듯 힘으로 질질 끌고 내려갈 게 아니라, 지선으로 얼마든지 연결할 수 있었기 때문이었다. 만일 백 주임 말이 사실이라면 대전에서 김천까지 잘 나가다 코앞에 왜관을 두고 구미로 빠져 빙빙 돌아 다시 왜관으로 가야 했다. 그렇게 돌아가면 공사비가 추가로 들어가고 공사 기간도 길어질 수밖에 없었다.

야당이 경부고속도로 건설을 반대하는 이유 중 하나가 정부 예산의 이십삼 프로가 공사비로 투입되어 국가재정이 파탄될 우려가 있다는 것이었다. 심지어 대원군이 경복궁을 짓다가 나라를 망하게 했듯이, 이 정부는 경부고속도로를 건설하다가 망할 것이라는 말이 다른 곳도 아닌 국회에서 연일 쏟아져 나왔다.

만약 경부고속도로가 김천에서 왜관으로 직접 가지 않고 구미로 돌아간다면 온 국민이 자자손손 입게 될 것은 물론 당장 공사비가 대폭 늘어날 것이고, 공사 기간도 그만큼 길어질 것은 불을 보듯 했다. 더욱이 전 국민이 지켜보고 있고 야당의 양 김을 비롯하여 국회의원들이 국민과 더불어 연일 극렬하게 반대하는 판에 하물며 그들이 구미로 돌아가도록 내버려 둘 리가 만무하다고 생각했다. 아니 적어도 나는 그렇게 믿었다.

내게 호된 핀잔을 듣고 멀뚱히 서 있는 백 주임을 보고 미안한 생각이 들어 부드러운 목소리로 물었다.

"야 임마, 온 국민이 지켜보고 있고, 양 김이 결사반대하는데 그게 가능하겠냐?"

백 주임은 여전히 뚱한 표정으로 퉁명스럽게 대답했다.

"아이구 참, 계장님두. 아니 행정구역두 지들 맘대루 떼었다 붙였다 허는 놈들인디 고속도로 노선변경이야 식은 죽 먹기것쥬. 그류, 안 그류?"

그건 그렇다. 행정구역을 마음대로 떼었다 붙였다 한 놈들은 1961년 5월 16일 새벽에 군사쿠데타로 나라를 엎고 정권을 잡은 군인들을 두고 하는 말이었다. 참새가 대붕(大鵬)의 뜻을 어찌 알랴만 그 시절 입은 닫고 살았어도 귀와 눈은 열려 있어 참새 무리도 그들이 하는 짓을 보고 속짐작은 할 만큼 하고 있었다. 그들이 발표한, 언제든지 정권을 이양하고 본연의 임무에 복귀한다던 혁명공약은 애당초 원숭이 똥구멍 같은 거짓말이었다. 그것은, 그들이 형님 먼저, 아우 먼저 하는 식으로 행정구역을 개편하여 자신들의 출신 지역 기반을 확충하고 의뭉스럽게 지역감정을 부추기는 걸 보면 그들의 속셈을 어렵지 않게 간파할 수 있는 일이었다.

다시 말해 그들은 짧은 군정(軍政) 기간에 헌법을 직선제로 개헌했고, 강원도 울진군을 형님 고향인 경상북도에 편입시켰고, 전북 금산군을 아우 고향인 충청남도에 편입시켰다. 그러고도 동생은 금산군만으로 양이 덜 찼거나, 아니면 울진군을 가져간 형보다 손해를 봤다고 생각했거나, 그것도 저것도 아니라면 되게 탐이 났던지 하여튼 전북 익산군에 속한 황하면까지 뚝 떼어 충청남도에 편입시켜 버렸다.

그들은 행정구역을 개편한 이유로 교통과 민원업무 불편을 들었으나 그건 석 달 열하루 한나절 동안 삶은 호박에 도래송곳도 안 들어갈 소리였다. 어찌 교통과 민원업무가 그곳만 불편했겠나. 차라리 경기도를 서울특별시에 편입시키는 게 더 설득력이 있을 것이다.

경기도청이 광화문 한복판에 있었으니 말이다.

　나는 백 주임과 더 이상 얘기하고 싶지 않아 사무실로 들어갔다. 백 주임도 따라오지 않았다. 어찌 되었든 경부고속도로 공사는 줄기찬 반대에도 불구하고 막바지로 치닫고 있었다. 문제는 경부고속도로 공사 중 마지막까지 애를 먹이는 당산터널 공사였다.

아! 당산터널

당산터널 공사 구간은 퇴적층이었다. 푸석푸석한 퇴적층은 단단한 화강암보다 뚫고 들어가기가 몇 배 더 힘들었다. 화강암은 계획대로 꾸준히 뚫고 들어갈 수 있는데 퇴적층은 일 미터를 뚫고 들어가면 이삼 미터가 와르르 무너지기도 했다. 터널이 무너지면 무너지는 것으로 끝나는 게 아니라 그 안에 들어가 있던 인부들이 떼죽음을 당했다. 인부들이 떼죽음을 당해도 살인적인 공기(工期)에 쫓겨 인해전술 펼치듯 공사를 강행하자 가뜩이나 부족한 인부들이 우선 살고 봐야 하지 않겠느냐며 소리 소문 없이 달아났다. 데려다 놓으면 달아나고. 또 데려다 놓으면 또 달아나고. 노무과 직원들은 매일 숨바꼭질하듯 인부 구하러 다니는 게 일이었다.

문제는 달아난 인부들보다 현장 사정을 속속들이 알고 있는 그들이 밖에 나가 퍼뜨리는 소문이 더 큰 문제였다. 현장을 빠져나간 인부들이 밖에 나가 이런 소문을 퍼뜨렸다.

"당산터널 입구에 수백 년 된 당산나무가 있었는데, 그걸 베어버린 사람이 즉사했다더라."

"불도저 기사가 당산나무를 잘라낸 밑동을 불도저로 밀었는데 불도저 삽날이 벼락에 맞은 듯 딱 소리를 내며 뚝 부러져 내려가 보니 몸통이 드럼통만 하고 대가리는 황소 대가리만 한 구렁이가 불도저를 막고 있었다더라. 기사가 그걸 쳐다보는 순간 갑자기 눈이 멀어 눈앞이 캄캄해지고 발밑은 지진이 일어난 것처럼 흔들리다가 한참 만에 주변이 잠잠해지며 시력이 회복되었는데 그사이 눈앞에 있던 구렁이는 보이지 않고 구렁이가 달아난 길은 홍해가 갈라지듯 울창한 수목들이 산등성이까지 양쪽으로 짝 갈라져 있었다더라."

"당산나무 밑에 살던 구렁이는 용이 되려고 승천하다 떨어진 이무기라고 하더라."

"당산나무에 제를 지내는 무당이 공사현장을 찾아와 불도저를 막았던 구렁이는 당산나무 수호신인데, 터널 공사를 중지하지 않으면 수호신이 노하여 터널을 폭삭 무너뜨려 터널 안에 있는 사람들을 몰살시킬 것이라고 했다더라."

"당산나무 밑동을 밀어내려던 불도저 기사가 불도저 삽날을 부러뜨린 구렁이를 보고 혼비백산하여 그날로 달아났다고 하더라."

인부들이 퍼뜨린 소문이 모두 뜬소문만은 아니었다. 터널 공사 중에 마을에서 수백여 년 동안 신성시하며 섬겨오던 당산나무를 베어낸 것도 사실이고, 당산나무를 베어버리라고 지시한 감독이 갑자기 죽은 것도 사실이었다. 당산나무 밑에서 얼마나 큰 구렁이가 나왔는지 알 수 없어도 구렁이가 나온 것도, 불도저 삽날이 부러진 것도, 불도저 기사가 달아난 것도 모두 사실이었다.

그 모든 사실을 알던 인부들이 터널 안으로 들어가기를 꺼렸다.

회사는 매일 새로운 인원으로 충원하였지만, 터널 공사는 도무지 진척되지 않았다. 마지막 터널 공사가 진척이 없자 각하가 불시에 현장에 들이닥쳤다. 각하는 제자리걸음을 하는 터널 공사현장을 확인하고 크게 화를 내자, 그날로 터널 공사현장은 초비상이 걸렸다.

소장은 각하가 올라간 뒤 작업 인원을 대폭 보강하고 무당을 데려다 떡을 하고 돼지를 잡아 고사를 지낸 뒤 심기일전하여 다시 비상백일작전에 돌입했다. 현장은 밤낮으로 벌집을 쑤셔 놓은 듯 온통 난리였다. 공사용 자재, 장비와 공구를 내주고 받아들이는 자재창고도 온종일 북새통을 이뤘다. 건설장비도 왕왕 돌아갔다.

비상 백일작전을 시작하고 달포가 지나자 기이한 현상이 벌어졌다. 매일 퇴근하여 술 마시고, 노래하고, 춤추고, 여자를 안던 인부들이 현장에 발이 묶이자 우리에 갇힌 맹수처럼 성깔이 예민해지고 날카로워졌다. 인부들끼리 하찮은 일을 가지고 사사건건 다투었고, 미친 듯이 소리를 꽥꽥 내지르며 불 맞은 멧돼지처럼 펄쩍펄쩍 날뛰는가 하면, 매일 눈만 뜨면 마주치는 인부들끼리 마주보다 말고 왜 째려보느냐고 시비를 걸고, 어깨만 부딪쳐도 왜 치느냐고 눈을 부라리며 멱살을 움켜잡고 피 터지게 싸웠다. 심지어 식사시간에 밥 먹다 말고 식당을 난장판으로 만들어 놓기도 했다.

점심시간이었다. 인부 식당에 설치해 놓은 조그만 흑백TV에 여가수가 엉덩이를 살랑살랑 흔들며 노래를 부르고 있었다. 먼저 식사하고 식당을 나가던 인부가 TV를 막아섰다. 뒤쪽에서 TV를 시청하며 식사하던 인부가 소리를 버럭 내질렀다.

"저리 비켜. 테레비가 안 보이잖아."

TV를 막아선 인부가 꼼짝도 안 하고 선 채로 받았다.

"안 보이면 보이는 디루 나오면 될 거 아녀?"

뒤쪽에서 밥 먹던 인부가 다시 소리쳤다.

"이런 씨팔, 테레비는 당신 혼자 전세 냈어?"

TV를 막아선 인부가 뒤로 휙 돌아서며 소리를 꽥 질렀다.

"그래 씨팔눔아. 테레비도 내 맘대로 못 보냐?"

"뭐-어, 씨팔-눔?"

밥 먹던 인부가 느닷없이 벌떡 일어나 식판을 집어 TV를 막아선 인부에게 던졌다. 식판이 휙 날아가다 천장에 탁 맞고 뚝 떨어지며 앞쪽에 앉아 밥 먹던 인부 머리통을 때렸다. 밥 먹다 말고 식판벼락을 맞은 인부가 벌떡 일어나 벼락 치듯 "야 이 개새끼들아!"라고 소리를 내지르며 냅다 식판을 뒤쪽으로 날렸다. 식판이 날아갈 때 식판에 담겨있던 밥과 반찬이 우박처럼 흩어지고 시크름한 김칫국물이 소나기처럼 쏟아져 중간에 앉아 식사하던 사람들의 옷을 시뻘겋게 물들여 놨다. 밥 먹다 시뻘건 김칫국물을 뒤집어쓴 인부들이 먹던 식판을 사방으로 집어 던지면서 식당은 순식간에 아수라장으로 변해버렸다.

수백여 명이 투석전을 벌이듯 사방에서 '씨팔놈', '개새끼', '잡아 죽여', '밟아 죽여' 고래고래 소리 지르며 닥치는 대로 집어 던지고, 밟아 버리고, 넘어뜨리고, 때려 부쉈다. 밥그릇, 국그릇이 날아갔다. 수저통에 들어있던 숟가락, 젓가락을 한 주먹씩 쥐고 날려 전쟁터의 화살처럼 빗발쳤다. 숟가락, 젓가락이 관리직들이 식사하는 식탁까지 무수히 날아왔다.

한바탕 난리를 치른 뒤 관리직들이 나서서 겨우 뜯어말렸다. 오후에 인부들이 대부분 숙소에 들어가 나오지 않았고 나온 인부들마저 하라는 작업은 안 하고 후미진 곳에 들어가 전선을 끊어 놓아 현장을 마비시키고, 배관작업이 끝난 파이프 구멍을 장갑으로 막아놓고, 장비를 부수고, 아무 데나 오줌똥을 싸지르고, 페인트로 낙서를 하고, 공사를 방해하고, 일을 시키는 대로 하지 않고 제멋대로 해 철거하고 재시공을 해야 했다.

결국 참다못한 소장은 인부들에게 본때를 보이겠다며 기물을 파손하고 공사를 방해한 주동자들을 색출하여 고발했다. 불순분자로 고발된 인부들은 다시 현장으로 돌아오지 않았다. 주동자를 고발한 뒤에도 현장이 정상화될 기미가 전혀 보이지 않자 총무가 부서장들을 모아 놓고 길길이 날뛰었다.

"야 이 머저리 같은 새끼들아, 너희들 모두 뭐 하는 새끼들이야? 현장 인부들을 손아귀에 틀어쥐고 좌지우지해야 할 놈들이 되레 인부들에게 질질 끌려다니잖아. 도대체 인부들에게 언제까지 끌려다닐 거야. 꼭 내가 나서서 뜨거운 맛을 한번 보여줘야겠어? 어엉?"

하필이면 그날 목공이 합판 거푸집을 설치하다 콘크리트 바닥 위로 삐죽이 올라온 전선을 잘라버렸다. 작업에 방해가 되어서였다. 문제는 그 전선이 임시로 설치한 가설전기용 전선이 아니었다. 목공이 잘라낸 전선은 당산대교와 당산터널로 연결된 본공사용 고압전선이었다. 본공사용 고압전선은 안전성 문제로 이어 쓸 수가 없었다. 현장에 거미줄처럼 연결된 전선을 가려내 재시공하려면 공사가 지연될 뿐만 아니라 많은 공사비가 발생했다. 목공이 그걸 알 턱이 없었다. 전기공사를 하던 전공이 고압전선이 잘려져 나간 것을 발견한 즉시 감독에게 신고했다.

잠시 뒤 전선을 잘라낸 목공은 거푸집 공사를 하다가 누군지도 모르는 요원에게 끌려갔다. 그날 목공은 돌아오지 않았다. 다음 다음날 어두운 새벽에 인부 숙소로 잠입하듯 돌아온 목공의 얼굴은 얼른 알아볼 수 없을 만큼 뭉개져 있었다. 얼굴은 온통 피멍이 들었고 터진 입안 왼쪽 어금니 3개가 부러지거나 깨져 있었다.

그런 끔찍한 일을 당하고도 목공은 누가 뭘 물어도 온종일 입을 굳게 다물었다. 그날 저녁 잠을 못 이루던 목공은 옆자리 동료에게 터진 입으로 연신 침을 삼키며 소곤소곤 말했다. 자기는 아무것도 모르고 어딘지도 모르는 곳으로 끌려갔는데, "북한의 사주를 받고 고압전선을 잘라 버린 것 아니냐?"고 묻기에 아니라고, "저는 고압전선과 일반전선을 구분할 줄도 모른다고, 작업 중에 거치적거려 잘라버렸다"고 해도 밤새 똑같은 질문을 반복하면서 샌드백 치듯 때리더라고 했다.

다음 날 목공은 현장식당에서 수백여 명의 인부들과 같이 점심식사 하던 중 다시 요원들에게 끌려갔다.

"당신들 누구야? 이 사람을 어디로 왜 데려가는 거야?" 하고 묻는 사람도 막는 사람도 없었다. 요원들이 들이닥쳐 목공을 끌고 나갈 때 모두 죽은 듯이 엎드려 숟갈질만 했다. 목공을 채용하고, 먹이고, 재우고, 작업을 시키고, 노임을 주는 담당 직원들도 마찬가지였다. 목공은 그날 돌아오지 않았다. 그를 찾는 사람도 없었고 그가 어디에 있는지 아는 사람도 없었다.

이십여 일 만에 돌아온 목공은 동료들을 제대로 알아보지 못했다. 그는 만취한 사람처럼 눈동자가 풀렸고 다리를 제대로 가누지 못했다. 동료들은 어디 갔다 왔느냐고 묻지 않았다. 누가 그랬느냐고 따지지도 않았다. 그와 친했던 동료들조차 그냥 지켜볼 뿐이었다.

총무는 목공이 돌아온 날 밀린 노임을 주고 숙소에서 그를 내쫓았다. 그날은 현장에서 안전기원제를 지내는 날이었다. 목공과 한 방에서 같이 지내던 동료들이 고사 지내고 받은 고사떡을 한 쪼가리씩 떼어 주었다. 고사떡을 받아들고 현장을 떠난 목공이 다음 날 새벽 교각 밑에 쪼그리고 앉은 채 숨겨 있는 것을 주민이 발견하여 신고했다. 경찰의 연락을 받고 노무과장이 급히 달려갔는데 죽은 목공 앞에 먹다 남은 고사떡 한 덩어리가 있었다고 했다. 그날 사고경위서에는 '목공이 떡을 먹다 기도가 막혀 죽었다'고 적혀 있었다.

공사부와 달리 자재부에 소속된 인부들에겐 불미스러운 일은 단 한 건도 일어나지 않았다. 나는 그것을 다행이라고 여기기보다 오히려 측은하게 생각했다.

공사부 소속 기능공들은 목공, 철근공, 콘크리트공, 미장공, 비계공, 착암공, 화약공, 용접공, 기계공, 배관공, 전공 등 어느 직종이든 한 가지 이상 기술을 가진 기능공들이었다. 그들은 당장 회사를 떠나도 갈 곳이 있었다. 자재창고에서 일하는 인부들은 공사장 주변에서 농사짓는 농사꾼들과 기능공 숙소에서 기거하는 떠돌이 인부가 반반이었는데, 그들에게 붙여줄 직종이 없었다. 회사는 그들을 남녀 통틀어 '잡부'라 했고, 문서에 '일용근로자'라고 적었다.

노임 차별도 심했다. 기능공 노임은 인상해도 잡부 노임은 고정되었고 위험수당도 지급되지 않았다. 기능공들은 주요 공사를 시작하고 끝날 때 고사를 지내며 회식을 자주 했는데 자재창고 인부들은 그런 즐거움조차 누릴 수 없었다. 잡부들은 부당한 대우를 받으면서도 어쩔 수 없는 자신을 '땜빵용'이라고 '개잡부'라며 자조했다.

어느 날 내가 자재창고 인부들이 민물고기를 잡아다 매운탕을 끓여 밥도, 술도 없이 먹는 걸 보고 한 달에 한 번 회식하자고 했더니 아주 좋아했다. 자재창고는 화목이 산더미처럼 쌓여 있고. 사무실과 뚝 떨어진 외진 곳에 있어 회식하는 데 안성맞춤이었다.

나는 고기를 안심, 등심, 사태 등 부위별로 구분할 줄 몰랐다. 그냥 소고기는 소고기고 돼지고기는 돼지고기였다. 정육점에 들어가 소고기나 돼지고기를 주문하면 정육점 주인이 마음대로 잘라줬다. 자재부 회식에 소고기나 돼지고기는 그림의 떡이었다. 라면도 귀한 시절이라 라면조차 실컷 먹을 수 없었다.

내가 회식 날짜를 잡아주면 그날 인부들이 출근할 때 각자 김치, 된장, 고추장, 고추, 마늘, 파 등 필요한 식재료를 가져왔다. 그들은 누구네 장독대에 뭐가 있는지, 장맛이 어떤지, 텃밭에 뭐가 자라는지 훤히 알고 있었다. 점심시간에 공사장 주변에 사는 인부 두서너 명을 밖으로 내보냈다. 그들이 하천에 들어가 참붕어, 갈겨니, 미꾸라지, 쏘가리, 가물치, 모래무지, 가재, 징거미새우, 다슬기 등 닥치는 대로 양동이가 그들먹하게 잡아 왔다. 나는 막걸리 한 통, 라면 한 상자와 국수 몇 뭉치를 창고로 보내고 퇴근시간에 당직만 남겨두고 직원들과 함께 자재창고로 갔다.

창고에서 일하는 아주머니들이 화덕에 양은솥을 걸고 매운탕을 끓였다. 식탁도, 의자도 없었다. 땅바닥에 천막을 깔고 긴 각목을 들어다 앉을 자리를 만들었다. 아무 자리나 걸터앉으면 어죽 한 그

룻하고 종구라기로 막걸리를 돌렸다. 국수와 라면을 넣고 끓인 얼큰한 어죽에 막걸리가 두서너 순배 돌아가면 회식 분위기가 백팔십도로 달라졌다.

자재창고 인부 중 덩치가 사천왕처럼 우람한 남대구를 '깍짓동'이라고 불렀다. 깍짓동은 워낙 체구가 큰 데다 행동은 굼떠도 힘이 장사였다. 반면 약골인 하의도는 개그맨 서영춘을 닮아 '살살이'라고 불렀는데 이야기를 곧잘 했다. 물론 살살이가 하는 얘긴 모두 한물간 얘기였다. 가수 김정구는 평생 '두만강'을 불렀고, 현인은 '신라의 달밤'을 불렀어도 박수갈채를 받았는데, 이야긴 아무리 재밌는 얘기라도 두 번 하면 잔소리에 불과하다. 그런데 같은 얘기라도 살살이가 하면 좀 달랐다. 쉬는 시간에 분위기를 잡는 사람은 언제나 살살이였다. 회식이 얼추 끝날 무렵 깍짓동이 말했다.
"야 살살이, 이제 먹을 만큼 먹었으니께 얘기나 한마디 혀!"
늘 하던 짓도 멍석 깔면 안 한다고 살살이는 뒤로 뺐다.
"싫어, 새꺄."
나는 고만 일어설까 하는데 백발영감이 살살이를 부추겼다.
"어이 살살이, 여기 계장님두 계시니께 어디 한번 해봐."

백발영감이 대한건설 자재창고로 오기 전에는 '찜바영감'이라고 불렀다. 정일우 영감이 찜바영감으로 불리게 된 연유는 이렇다. 찜바영감이 대한건설 자재창고로 오기 전 하청회사인 신화건설 자재창고에서 일했다. 자재창고 인부들은 대부분 인근 지역 사람들로 점심 도시락을 지참하고 출근하여 창고에서 식사했다. 인부 십여 명이 점심식사를 마친 뒤 한 인부가 담배를 피우려고 창고 입구에 쪼그리고 앉아 담뱃불을 켜는 순간 시너 통에 불이 확 붙었다. 페인트 작업을 하던 인부가 점심을 먹으러 창고 안으로 들어가면서 사용하던 페인트와 시너를 입구에 놓아둔 것이었다. 당황한 인부는 시너 통을 멀리 내던지려고 뒤로 뺐다가 앞으로 휘익 던졌는데 통 안에 들어있던 시너가 왈칵 포물선을 그리며 뒤로 날아가 부챗살 펴지듯 창고 안에 쫙 뿌려지고 밖으로 나가떨어진 것은 빈 깡통이었다.

눈 깜짝할 사이에 창고는 불바다가 되어버렸다. 창고바닥에 붙은 불은 여자들이 작업복으로 갈아입고 벽에 걸어놓은 나일론 치마를 타고 올라가 순식간에 천장까지 번져버렸다. 창고 안에는 점심식사를 끝내고 장기를 두는 사람, 잡담을 나누는 사람, 몇몇은 드러누워 있다가 갑자기 '불이야!' 소리를 듣고 혼비백산하여 창고를 빠져나가려고 했지만 입구부터 맹렬하게 타들어오는 불길을 뚫고 나갈 수가 없었다. 불을 낸 인부는 불붙은 시너 통을 집어던지다가 제 몸에 불이 붙어 바로 화재신고를 하지 못했다.

현장 식당에서 점심식사하고 나오던 수백여 명의 인부들이 뭉게구름처럼 검붉은 연기를 뭉텅뭉텅 피워 올리며 불타고 있는 자재창고를 보고 달려가 드럼통에 담아둔 방화사 방화수를 모조리 퍼다 끼얹었어도 불길이 잡히지 않았다.

사택 식당에서 점심식사하던 관리직들이 통근버스를 타고 달려갔지만 속수무책이었다. 나는 우리 자재창고에 비치해 둔 소화기를 몽땅 싣고 가 뿌려댔지만 소용없었다. 창고용 소화기는 초기 진압용이지 화산이 폭발하듯 타오르는 불길에는 무용지물이었다. 원전을 설계하고, 건설하고, 감독하는 최첨단기술을 가진 사람들도, 국내외에서 박사를 딴 고급두뇌들도 모두 방화사, 방화수, 소화기만 찾으며 우왕좌왕 갈팡질팡 허둥거렸다.

'팡' '팡' 느닷없이 창고 안에서 무엇이 터지는 소리가 천지를 흔들었고, '팡' '팡' 터질 때마다 벽과 추녀 사이로 검붉은 연기가 뭉텅뭉텅 치솟았다. 창고에 갇힌 인부들이 악머구리처럼 살려달라고 울부짖었다. 불이 창고 한쪽으로 쌓아놓은 스티로폼에 옮겨 붙기 시작하자 연기에 싸인 검붉은 불길이 추녀와 벽 사이로 빛살처럼 뿜어져 나오기 시작했다. 창고 안에 갇힌 십여 명의 인부들이 살려달라고 내지르는 피맺힌 절규가 절망적이었다. 신화건설 사장도, 말 한마디로 현장을 휘어잡던 소장도 아무런 지시를 내리지 못하고 허둥대기는 마찬가지였다.

그때였다. 갑자기 창고 안에서 악머구리처럼 울부짖던 비명 소리가 뚝 그치고 느닷없이 '쾅' '쾅' 벽을 치는 소리가 들렸다. '쾅' '쾅' … '펑' 하고 창고 뒤쪽 벽에 구멍이 뚫렸다. 벽을 치는 해머 소리가 날 때마다 구멍이 점점 커졌다. 구멍이 사람 하나 빠져나올 만큼 커지자 안에 갇혀 있던 사람들이 줄줄이 빠져나왔다. 열한 명이 빠져나온 뒤 창고 안에 있던 정일우 씨 손에 커다란 해머가 들려있는 것이 보였다.

그가 해머를 내동댕이치고 구멍을 빠져나오는데 뻥 뚫린 구멍 위에 가로로 얹혀있던 콘크리트블록이 '쿵' 떨어지면서 정일우 씨 발목을 내리찍었다. 정일우 씨는 대기하고 있던 간호사의 응급처치를 받고 병원으로 실려 갔다. 그사이 창고는 모두 잿더미로 변해버렸다. 그제야 뒤늦게 신고한 소방차가 요란한 사이렌을 울리며 정문을 향해 달려오고 있었다. 사이렌 소리를 들은 소장은 갑자기 돌변하여 정문 경비반장에게 전화했다.

"야아 경비반장. 나 소장인데 자재창고에 불이 난 게 아니고 자재창고 인부가 점심시간에 쓰레기를 태웠어. 누가 그걸 화재로 오인하고 119에 신고했나 봐. 그러니까 소방차는 현장으로 들여보내지 말고 그냥 돌려보내!"

신화건설 자재창고는 펌프하우스의 콘크리트 벽 한 면을 이용하여 지었다. 공사 중에 화재 난 건물은 작업을 중단하고 안전진단을 받은 뒤 결과에 따라 후속 조치를 해야 하는데 그 모든 책임은 원청회사에 있었다. 공사는 마냥 지연되고 많은 비용이 발생하는 것은 물론 차기 공사 수주하는 데 매우 불리했다. 소장은 자재창고 화재 사건을 쓰레기 태운 것으로 덮어버렸다. 그 바람에 절체절명의 위기에 처한 십여 명의 목숨을 구한 정일우 영감의 영웅적 활약은 빛을 보지 못했다.

정일우 영감은 치료를 받고 퇴원한 뒤에도 다리를 절름절름 절었고, 자신의 입으로 왼쪽 다리가 '찜바한다'고 말했다. 그 뒤로 창고 인부들은 정일우 영감을 찜바영감이라고 불렀다.

신화건설이 하도급 공사를 끝내고 현장을 철수했다. 찜바영감은 갈 데가 없었다. 나이 많고 다리까지 절름절름 절어 산재 사고의 위험성이 매우 높기 때문이었다. 찜바영감이 우여곡절 끝에 신원보증을 세우고 대한건설 자재창고로 온 뒤부터 백발영감이라고 불렀다. 물론 조롱하거나 낮잡아 찜바영감이라고 부르는 것은 아니었다. 귀한 자식일수록 천하게 이름을 짓듯, 그날이 오면 기사회생한 인부들이 모여 같이 식사하고 자신들의 목숨을 살린 찜바영감의 고귀한 발을 씻어주는 세족식을 갖는다. 그래도 찜바영감 소리를 들을 때마다 그때의 악몽이 되살아날 것 같았고, 그의 머리가 반백이 넘었기에 백발영감이라고 새로 지어주었다.

백발영감이 나를 핑계 삼아 얘기를 하라는데 내가 판을 깰 수 없었다. 율포댁도 거들었다.

"그류. 쉬는 시간에 하 씨 얘기 빠지면 비빔밥에 고추장 읎는 거나 마찬가지지유."

살살이는 하고 싶은 얘기는 하지 말라고 말려도 할 사람이었다. 그렇다고 곧바로 얘기를 시작하면 재미가 없다. 좀 뻐기고 싶은 살살이는 밀고 당기는 묘미를 즐기고 있었다. 살살이 속셈을 훤히 알고 있는 사람들은 느긋한데 깍짓동만 또 애가 닳았다.

"야아 새꺄, 하나만 해보라니께. 딱 하나만."

깍짓동이 어린아이 보채듯 조르자 살살이가 못 이기는 척하며 깍짓동에게 다짐을 받았다.

"너, 얘기 중간에 껴들지 마! 또 껴들면 다시는 안 헐 테니께."

살살이가 이야기를 시작하면 말귀가 어두운 깍짓동이 주제 파악을 못 하고 중간에 자꾸 껴들어 티격태격 말싸움이 일어났다. 얘기가 듣고 싶은 깍짓동이 말했다.

"알었어 새꺄. 입에 자물통을 꽉 채우구 들을 테니께 빨랑 혀."

그제야 살살이가 목을 몇 번 가다듬고 이야기를 시작했다

"그러니께 지난여름 우리 마을 이장이 반장들허구 댓 명이 부부동반으로 천렵을 갔거든. 계곡에 들어가 물괴기를 잡어 즘심을 해먹구 나니께 도통 헐 일이 읎는 겨…."

"야 새꺄, 왜 헐 일이 읎어? 고스톱을 치든가 여자들허구 옷 벗기

화투 치면 되지."

이야기 중간에 끼어들지 말라고 그렇게 다짐을 받았건만 낄 때,
빠질 때를 분간할 줄 모르는 깍짓동이 그새를 못 참고 또 껴들었다.
살살이가 어이없는 표정으로 말했다.

"하아 씨발놈 유치허긴. 야 새꺄, 그러키 잘 허면 늬가 혀."

살살이가 이야기 중에 김이 팍 샜다는 듯 입을 꽉 다물었다. 자신
도 모르게 중간에 껴들어 산통을 깬 깍짓동이 당황했다.

"하아 그 새끼, 그거 승질빼기 한번 드럽네. 야 새꺄, 그게 그렇다
는 얘기지."

깍짓동이 얼렁뚱땅한다고 그냥 넘어갈 살살이가 아니었다.

"그러니께 늬가 혀. 난 이제 열 번 죽었다 깨나두 안 헐테니께."

살살이가 정말 이야기를 안 하겠다는 듯 돌아앉았다.

"깍짓동이 다시 안 껴든다구 했으니께 어디 한번 믿어봐!"

백발영감이 나서서 살살이를 달랬다. 살살이가 벌떡 일어나 어린
아이가 고자질하듯 깍짓동에게 손가락질을 해대며 소리쳤다.

"글쎄 내가 얘기를 시작허면, 꼭 저 씨발놈이 개씹에 보리알 끼듯
자꾸 껴들잖어유."

살살이가 욱했다. 노가다로 잔뼈가 굵은 그들은 온종일 육두문자
에 음담패설을 입에 달고 살았다. 부평초처럼 떠돌아다니는 그들이
모여 앉아 하는 얘기를 들어보면 정치적 얘기도 아니고, 먹고 사는
얘기도 아니고, 육두문자에 음담패설이었다.

서울역 앞 양동, 도동, 종삼, 청량리 오팔팔, 미아리 종암동, 파
주 용주골, 인천 옐로하우스, 대구 자갈마당, 부산 완월동…. 정
말 가보고 하는 얘긴지, 들은 풍월인지 거기에 가면 아가씨들이 사

102

타구니에 붓대를 박고 붓글씨를 쓴다는 둥, 병따개를 집어넣고 뻥뻥 맥주병을 딴다는 둥, 바나나를 똑똑 자른다는 둥, 달걀을 집어삼켰다가 뱉어낸다는 둥, 달걀을 집어삼키고 뱉는 걸 깜빡한 아가씨가 며칠 뒤에 화장실에 갔는데 사타구니에서 병아리가 삐악거리며 나오더라는 둥 현장 사람들의 입에서 나오는 육두문자에 음담패설은 끝이 없었다. 율포댁이 또 살살이를 구슬렸다.

"그류. 기왕 허던 거니께 마저 해 봐유."

청상과부가 되어 출가한 딸과 함께 사는 율포댁은 성격이 활달하여 남정네들하고 스스럼없이 어울렸다. 살살이는 저보다 열여섯 살이나 더 먹은 율포댁을 물색없이 좋아했다. 백발영감이 나서고 율포댁이 부추기자 열 번 죽었다 깨어나도 안 하겠다던 살살이가 율포댁을 향해 어깨를 한 번 으쓱하고 다시 이야기를 시작했다.

"그런디 내가 얘기를 어디까지 했지?"

살살이가 눙치며 깍짓동에게 슬쩍 물었다. 애가 닳은 깍짓동이 소리를 질렀다.

"하아 그 새끼 그거 증말. 야 새꺄, 지난여름 느이 마을 이장이 반장들허구 부부동반으루 천렵을 가 물괴기를 잡어 즘심을 해먹구 나니께 도통 헐 일이 읎었다구 거기까지 했잖어."

"아 참, 거기까지 했지."

살살이는 그제야 생각났다는 듯이 고개를 몇 번 주억거리다 이야기를 이어갔다.

"그러니께 그들이 모여 계곡에 들어가 물괴기를 잡어 즘심을 해먹구 나니께 도통 헐 일이 읎는 겨. 그래서 깍짓동 말대루 남자들은 고스톱을 치구, 여자들은 흐르는 계곡물에 발을 담그고 둘러앉어 맥주를 마시며 수다를 떨었지. 남자들은 이늠 저늠이 뒈지기두 허구 광두 팔구 한참 끝빨이 오를 땐 흔들구 쓰리 고에 피박에 광박이니 대박이니 희희낙락거리며 고스톱을 치는디, 여자들은 수다를 떨다 밑천이 딱 떨어지니께 하필 지 남편 정력을 가지구 옥신각신 말싸움을 시작헌 겨. 모두 지 남편 정력이 제일 세다며 입에 게거품을 물구 생난리를 치는 거지. 그렇다구 그게 쉽게 결론이 나졌어? 다른 건 몰러두 지 남편 정력은 지들 자존심인디 씨팔 누가 질라구 허겄어. 참새가 곧 죽어두 쩩 허구 뒈진다구 뒈질 땐 뒈지더라두 질 수야 읎지. 여자들은 끝까지 결론이 안 나니께 내기를 허자며 지들끼리 머리를 맞대구 쑥덕쑥덕 내기 방법을 결정한 뒤 고스톱 판으루 우르르 몰려갔어.

도대체 무슨 일이 벌어질지 한 치 앞을 모르는 남자들이 고스톱을 한참 열나게 치는디, 여자들이 황야의 무법자처럼 자신만만허게 걸어오더니 고스톱 판을 한 방에 엎어버리구 초등학생 줄 세우딕기 남자들을 옆으루 나란히 좌-악 세우는 겨. 아무 영문두 모르는 남자들이 일렬루 서자 여자들이 지 남편에게 달려들어 다짜고짜 아랫도리를 홀딱 까 내리구 연장을 주물럭거려 발딱 세운 뒤 끈으루 묶어 가지고 간 맥주병을 지 남편 연장에 턱 허니 걸어놓구 누가 오래 버티나 시합을 헌 거지. 결국은 지는 놈이 나올 테니께.

맥주병을 걸자마자 자기 남편 정력이 제일 세다구 입에 게거품을 물구 기고만장허던 이장 부인이 지 남편 연장이 제일 작은 것두 늬기미 씨팔 자존심이 팍팍 상허는디 남편 좆이 아래루 자꾸자꾸 처지거든. 당황한 이장 부인이 지켜보다 말구 갑자기 벌떡 일어나 '여보 나즘 봐?' 허구 냅대 소리를 내지르며 제 아랫도리를 홀딱 벗구 사타구니를 쫙 벌려 보여주니께 어렵쑈! 이장은 자기 마누라 거시기를 보자마자 연장이 아래루 푹 꺾이는디 반장놈들 연장은 하늘루 벌떡 치솟아 껄떡껄떡 허더랴."

살살이가 얘기를 끝내자 남정네들은 하늘을 올려다보며 으하하, 푸하하 웃음을 터뜨렸다. 살살이가 음담패설을 늘어놓으면 안 듣는 척 딴전을 피우던 아주머니들은 땅바닥을 내려다보며 말뚝 박듯 쿡쿡 말뚝웃음을 토해냈다. 이야기를 끝내고 일어난 살살이가 허허 웃고 있는 백발영감 옆구리를 쿡 찌르며 말했다.

"근디 영감님은 밤새 쭈물떡 거려두 새벽에 도나쓰 한 개두 못 걸지유?"

살살이 말이 떨어지기 무섭게 도미노가 무너지듯 모두 '와아!' 까르르 웃음을 터뜨렸다. 분위기에 으쓱해진 살살이가 다시 백발영감에게 진드기처럼 달라붙었다.

"영감님은 뭐 좀 읇슈?"

"에이 난 읇어."

"에이 그러지 말구 한 마디만 해 봐유. 한 마디만."

"에헤 난 증말루 읇다니께 그러네."

"에헤 영감님이 살아온 세월이 얼만디 설마 읇겠슈?"

"으흐흐. 언젠가 마누라가 목욕탕에 갔다 와서 한 얘기가 하나 있긴 있는디 …."

살살이가 무릎을 탁 치며 말했다.

"그러면 그렇츄! 그럼 뜸들이지 말구 얼릉 해봐유."

깍짓동도 아주머니들도 의외라는 듯 모두 놀란 토끼처럼 귀를 쫑긋 세우고 백발영감 입을 쳐다봤다. 자재창고는 자재를 옮기고, 정리하고, 쓸고, 닦는 일이 많아 남자보다 여자가 더 많은 편이었다. 백발영감은 원래 숫기가 없는 사람이라 손사래를 치며 말했다.

"여기 아주머니들두 있는디 여자 목욕탕서 일어난 얘기를 어티기 혀. 남세스럽게."

생각지도 못했던 백발영감이 얘기가 있다고 하자 깍짓동은 그새를 못 참고 끼어들었다.

"괜찮어유. 아주머니들두 다 이해헐 테니께 얼릉 해봐유."

깍짓동까지 재촉하자 백발영감이 마른기침으로 목을 몇 번 가다듬고 이야기를 시작했다.

"그러니께 지난겨울이었어. 우리 마누라가 오랜만에 뜨끈뜨끈헌 목욕탕에 들어가 몸을 푹 담그구 있었는디 웬 아주머니가 들어오는디 보니께 다른 디는 모두 눈같이 하얀디 배만 새카맣더랴. 궁금헌 건 참지 못허는 마누라가 '아주머니, 아주머니 배는 왜 그렇게 검어유?' 허구 물어보니께 그 아주머니가 '우리집 양반이 연탄장수유.' 그러드랴."

모두들 깔깔 웃을 때 나는 일어서야겠다고 생각했다. 아니 백발영감이 얘기를 시작하기 전 나는 이미 일어날 채비를 했다. 내가 일어날 낌새를 보이자 살살이가 잡고 늘어졌다.

"계장님은 뭐 좀 읎슈?"

나는 아차 싶어 벌떡 일어서며 말했다.

"나는 할 얘기도 없고 말주변 없는 건 모두 알잖아요."

줄행랑을 치려는데 살살이가 잽싸게 내 팔뚝을 잡았다.

"세상에 주인 읎는 공사가 워딨슈? 내 얘기라면 모를까 백발영감님 얘기까지 듣구 그냥은 못 보내드려유. 뭐든 좋으니께 한 마디만 해유. 딱 한 마디만."

그냥 달아나자니 뒤통수가 걸리고 이야기를 이어받자니 말주변이 없어 낯이 뜨거울 것 같았다. 나는 엉거주춤 돌아섰다.

"나는 다음에 할게요. 오늘은 시간도 늦었고요."

내 말이 떨어지기 무섭게 살살이는 숫제 나를 자리에 도로 앉히며 말했다.

"외상은 소두 잡어 먹는다는디 그건 안 되쥬. 시간이 좀먹는 것두 아니잖어유?"

나는 문득 일본으로 출장 갔다 들은 이야기가 떠올랐다. 우리 회사는 부족한 건설장비를 주로 일본에서 들여왔다. 장비를 들여와도 장비를 처음 다뤄보는 기사들이 구조나 성능을 모르는 데다 가동하고 관리하는 기술이 미흡하여 고장이 잦았다. 나는 고장 난 장비부품을 본사에 청구했다. 본사에서 수입한 부품이 도착하여 장비를 수리하고 월말에 부품대금 명세를 받아보고 경악했다. 장비를 사는 값보다 부품값이 터무니없이 비쌌다. 아니 벌건 대낮에 눈 뜨고 도둑맞는 기분이 들었다. 소장이 결재하다 말고 산보다 호랑이가 더 크다며 '돈 벌어 일본만 부자나라 만들어준다'고 탄식했다. 일본은 우리 시장에 소재도, 부품도 없다는 것을 손바닥 들여다보듯 훤히 알고 자기들 마음대로 단가를 올려 받았다. 그때부터 우리나라와 일본 간의 무역 역조 현상은 눈덩이처럼 불어났다.

우리는 그걸 알면서도 울며 겨자 먹기로 일본에서 부품과 소재를 수입할 수밖에 없었다. 어느 장비는 우리나라에 처음 들어온 한 대뿐인 장비라고 따로 관리자를 두기도 했는데 그것도 가동 중에 운전

미숙으로 고장이 났다. 장비가 고장 나면 부품값도 부품값이지만 부품을 수입해오는 동안 가뜩이나 부족한 장비를 가동할 수 없어 엄청난 손실이 발생했다. 결국은 특수장비를 수입할 땐 관리자들이 일본에 가 장비의 구조, 기능, 성능, 정비, 유지관리에 관한 것을 배우도록 했다.

나는 기술직들과 일본으로 출장을 갔다. 장비 구매가 결정되고 오후 시간에 들어온 강사가 식곤증에 빠진 수강생들을 보고 싱글싱글 웃으며 한 얘기였다.

"실은 나도 하나 있긴 있는데 하필 일본으로 출장 갔다 들은 얘기라 좀 그러네요. 여기 아주머니들도 계시고."

아주머니들 앞에 할 수 없는 얘기라면 남자들이 좋아할 것 같은데 오히려 여자들이 더 관심을 보였다. 살살이가 화들짝 놀라 말했다.

"우와! 일본두 가 보셨슈?"

그때는 해외여행이 자유롭지 못해 외국에 나갔다 온 사람이 흔치 않았다. 나는 고개를 끄덕이며 말했다.

"예에. 건설장비 사러 갔다 왔습니다."

살살이가 내 팔뚝을 꽉 잡고 말했다.

"우린 일본 갈 일두 읎을 테니께 얘기라두 한 번 들려줘유."

살살이 말끝에 백발영감이 또 어성꾼처럼 거들고 나섰다.

"그류. 한번 해 봐유. 여럿이 출장 가서 들은 얘기라면 못 헐 것두 읎잖어유?"

나는 꼼짝없이 출장 중에 들은 이야기를 해야 했다.

"그럼 제가 말주변은 없지만 들은 대로 한번 해보겠습니다. 나는 우리 아이들을 낳을 때 모두 집에서 낳았거든요. 그래서 산부인과 의사가 여자인지 남자인지 모릅니다. 그런데 일본은 산부인과에 남자 의사가 부인을 진료하고 아이를 받는 모양입니다. 하루는 중년 부인이 진료실에 들어서며 남자 의사에게 인사를 했습니다. 의사는 그 부인을 전혀 알아보지 못했죠. 그런데 진료를 시작한 의사가 여자 사타구니를 들여다보더니 갑자기 벌떡 일어나 '아이구 사모님, 안녕하세요?' 하고 사모님 거시기에 대고 굽실굽실 절을 하더래요."

그날 강사는 강의를 마치며 독백하듯 이렇게 말했다.

"우리 일본은 모방의 천재다. 그러나 모방은 모방일 뿐 거기에 영혼이 없다."

그가 왜 그런 말을 했을까! 나는 참 묘한 기분이 들었다. 그래도 나는 그때 우리 직원들의 초롱초롱한 눈망울을 바라보며 생각했다. 귀국하거든 제발 모방이라도 좀 잘해달라고.

고속도로의 노래

비상 백일작전을 하는 동안 아무리 인부를 많이 동원해도 터널 공사는 장소가 협소하여 장비와 인부를 투입하는 데 한계가 있었다. 더욱이 공사가 막바지로 접어들며 인부들 사기가 말이 아니었다. 어차피 끝나가는 공사인지라 인부들은 한식에 죽으나 청명에 죽으나 그게 그거 아니냐며 노임을 지급한 다음 날이면 탈영병처럼 수십여 명씩 사라졌다.

어느 날 소장이 작업회의 시간에 공지사항을 전달한 뒤 전 직원에게 유인물을 한 장씩 나눠줬다. 나는 무슨 특단의 비상조치가 있을 줄 알았는데 유인물은 뜻밖에도 '고속도로의 노래' 악보였다. 유인물을 한 장씩 나눠준 소장은 자다가 봉창 두드리는 소리를 했다. 소장은 상부의 지시라며 관리직들이 먼저 고속도로의 노래를 빨리 배워 모든 인부에게 가르치라는 것이었다. 옴치고 뛸 수도 없는 직원들은 위에서 시키면 시키는 대로 따라갈 수밖에 없다.

문제는 공사장에서 일하는 인부들이었다. 그것도 작업시간 외에 가르치라니 참으로 어이없는 발상이었다. 첫날은 관리직들이 모두 나서서 퇴근하는 인부들을 무조건 사무실 앞마당에 직종별로 모아

놓고 고속도로의 노래 가사가 담긴 인쇄물을 한 장씩 나눠줬다. 인부들은 작업시간이 끝난 뒤 갑자기 회사 앞마당으로 모이라고 하자 특별 위험수당이라도 올려주려는 줄 알았는데 상부의 지시라며 노랫말이 적힌 종이를 한 장씩 주면서 노래를 부르라니 기가 찰 노릇이었다. 착암공 줄에 있던 인부가 소리를 버럭 내질렀다.

"에끼 여보슈. 당신들은 사무실에 앉아 펜대나 굴리니까 고속도로의 노래를 부르든 열두 냥짜리 인생을 부르든 우리가 알 바 아니지만, 퇴근시간에 허기지고 지친 사람들을 붙들어 놓고 이게 무슨 짓거리요?"

위험수당을 올려주려는 줄 알았다가 실망한 인부들이 사방에서 웅성거렸다. 콘크리트공 줄에 서 있던 인부가 소리쳤다.

"씨팔, 누가 아니래. 빨리 저녁 먹고 한숨 자야 죽든 살든 또 일허지."

콘크리트공 말이 끝나기 무섭게 목공이 화를 벌컥 내며 소리쳤다.

"아니 작업시간도 아닌데 지들이 뭐라고 이래라저래라 하는 거야. 건방지게."

뒷줄에 섰던 발파공이 한 마디 거들었다.

"개새끼들. 울구 싶은 놈 뺨 때리는 거지."

사무실 앞마당에 모인 인부들의 분위기가 점점 험악해졌다. 날씨마저 구름이 잔뜩 끼어 음산했다. 그렇다고 일껏 불러들인 인부들을 아무런 대책도 없이 그대로 해산시킬 수는 없었다. 고속도로의 노래 교육 책임자로 선정된 관리부 성재열 부장이 앞으로 나섰다.

"조용히 하세요. 우리도 이렇게까지 하고 싶지 않은데 상부에서 지시가 내려왔으니 어쩌겠어요. 내가 한 소절씩 선창할 테니 여러분들은 그냥 따라 부르기만 하면 됩니다."

성 부장 말이 끝나기 무섭게 철근공이 되받아쳤다.

"늬기미 씨팔, 노가다 개잡부에게 상부라니. 그게 무슨 도깨비 염불하는 소리여."

인부들의 소란은 좀처럼 수그러들지 않았다. 성 부장은 인부들의 불만을 잠재우려는 듯 큰 소리로 선창했다.

'아침햇살 신선한 푸른 하늘, 산 좋고 물 맑은 고을 고을'

앞줄에 선 인부 몇 사람만 입술을 달싹거릴 뿐 뒷줄은 여전히 웅성거렸다. 지켜보던 관리직들이 자기 부서 인부들 사이로 들어가 조용히 하라고 일렀지만 모든 입을 틀어막을 수는 없었다. 비계공 줄에 섰던 인부가 비아냥거리듯 말했다.

"아이고메, 참말로 노래면 다 육자배긴 줄 아는개비네이. 난 암만 들여다봐두 콩나물 대가리는 도통 모르요. 그렁게로 싸게싸게 고만 집어치우쇼잉."

옆에 섰던 인부가 어깨를 으쓱거렸다.

"안 집어치우면 계속 따라헐랑가. 우리 모두 그냥 나가더라고. 지들이 우리를 죽일 것이여 살릴 것이여."

성 부장은 못 들은 척 다음 소절로 넘어갔다.

'겨레의 숨결이 배어 든 곳, 꿈에도 내 소원 조국 번영'

"성 부장님이요!"

터널 안에 들어가 버력을 쳐내는 인부들 사이에서 누군가 성 부장을 큰 소리로 불렀다. 그가 성 부장을 부르자 갑자기 조용해졌다. 그의 날선 목소리가 다시 들렸다.

"성 부장님이요, 꼭 요로코롬 허야 쓰겠쏘오? 나가 고속도로 공사

땀시 이 땅에 태어난 것이 아닝께로 자꾸 이래라 저래라 허지 마쇼
잉. 제에미 씨팔, 참는 디두 한계가 있쏭께로."

토목 김 과장이 그를 데리고 줄 밖으로 나갔다. 나는 자재창고 인
부 중 바른말 잘하는 살살이가 신경이 쓰였는데 살살이도, 깍짓동도
노래에 전혀 관심 없다는 듯 백발영감과 잡담을 하고 있었다. 노래
를 잠시 중단했던 성 부장이 마지막 소절은 빠르게 불렀다.

'달려라 자주의 길, 달려라 부강의 길, 천리를 주름잡는 고속도로'

성 부장이 억지로 1절을 선창하자, 인부들이 다시 줄을 흩뜨리며
웅성거렸다. 그때 당산터널로 이어지는 당산대교 현장 인부들이 서
있는 줄에서 우렁찬 목소리가 터져 나왔다.

"이제 고마 차삐소. 공사도 끝나가는 판에 얼라들 데리고 장난치
는 깁니꺼? 마아 뱃가죽이 등가죽에 붙었는기라. 이래서 되겠능교?"

성 부장이 몇 번 목청을 가다듬고 말했다.

"여러분, 좀 조용히 하세요. 거듭 말씀드리지만 상부에서 시키는
데 우린들 어쩌겠습니까. 여러분도 힘들고 나도 힘듭니다. 2절부터
내가 가사를 읽을 테니까 여러분은 그냥 따라 읽으세요. 우선 가사
를 빨리 외워야 하니까요."

성 부장은 웅성거리는 소리가 잠시 멎은 틈을 이용해 손에 들고
있던 인쇄물을 높이 들고 2절부터 읽기 시작했다.

'어제보다 내일을 바라보는, 슬기론 이 나라 자손이다. 지혜와 정
성과 힘을 뭉쳐, 조상 때 못한 일 이루었네. 달려라 자유의 길, 달려
라 평화의 길, 세계를 앞당기는 고속도로'

성 부장이 2절을 읽는 동안 앞줄에 있는 몇 사람만 따라 읽고 나머
지 사람은 줄을 벗어나 끼리끼리 모여 잡담을 하고 있었다. 구름이

잔뜩 낀 하늘에서 빗방울이 한두 방울씩 뚝뚝 떨어졌다. 그때 누군가가 걸쭉한 목소리로 어깃장을 놓았다.

"제에미 씨팔. 쏘내기나 왕창 쏟아져삐라."

"옳거니! 슥달 열흘 쏟아지면 더 좋지."

콰앙 쾅 쾅. 화약주임이 야간 발파를 하고 있었다. 스산한 비바람이 흙내를 일으키며 지나갔다. 인부들은 오합지졸로 웅성거렸다. 살살이가 내게로 다가와 뒤로 슬쩍 빠지겠다며 못 본 척하라고 했다. 나는 곧 끝날 테니 조금만 더 참아달라고 했다. 살살이가 알았다며 제자리로 돌아갔다. 빗방울은 점점 굵어졌다. 고속도로의 노래는 3절까지 있었다. 성 부장은 자기에게 부여된 책임을 다하겠는 듯 나머지 3절을 빠르게 읽어나갔다.

'빛을 향해 달리는 우리 행진, 뒷날의 역사는 증언하리. 나약과 빈곤을 불사르고, 고난과 시련을 이겼다고. 달려라 승리의 길, 달려라 통일의 길, 역사를 창조하는 고속도로.'

성 부장이 3절을 쫓기듯 읽은 뒤 손에 쥔 종잇장을 깃발처럼 흔들며 목청을 키웠다.

"자 여러분, 조용히 하세요. 오늘은 이만 끝내겠습니다. 내일도 작업을 마치는 대로 한 사람도 빠짐없이 오늘 나눠준 인쇄물을 가지고 이 자리에 다시 모이시기 바랍니다. 오늘도 수고 많으셨습니다."

성 부장은 자신의 책임을 다했다는 듯 뒤로 돌아 사무실로 들어갔다. 성 부장 뒤를 이어 인부들이 우르르 몰려나가며 누가 시키지 않았는데도 군가를 부르듯 노래를 힘차게 부르기 시작했다. 일껏 가르친 고속도로의 노래가 아니라 '열두 냥짜리 인생'을 부르고 '응원가'를 불렀다. 응원가는 '이 세상에 OO가 없으면 무슨 재미로…' 이렇게 시작했는데 열두 냥짜리 인생처럼 OO 안에 들어가는 가사를 부르는 사람 마음대로 바꿔 불렀다.

다음 날 사무실 앞마당에 모인 인부는 고작 십여 명에 지나지 않았다. 그나마 전날 나눠준 인쇄물을 가지고 나온 사람은 한 사람도 없었다. 자재창고 인부는 아예 눈에 띄지 않았다. 성 부장은 십여 명을 데리고 노래를 가르칠 수 없어 모두 돌려보냈다.

이튿날 공정회의에 들어갔다. 매일 주간 작업이 끝나면 퇴근 전에 전 직원이 참석하는 일일 작업회의가 있고, 아침에 출근하여 바로 소장실에 모이는 공정회의가 있었다. 공정회의는 부서장만 참석했다. 회의에 들어가기 전 성 부장이 소장에게 말했다.

"소장님, 이대로는 인부들에게 고속도로의 노래를 가르칠 수 없습니다."

이맛살을 찌푸리며 성 부장의 보고를 받던 소장이 물었다.

"그래? 뭐가 문제야?"

"우선 작업시간이 끝난 뒤 수당을 한 푼도 주지 않고 강제로 노래를 부르게 할 수 없습니다. 가능하면 작업시간을 한 시간 일찍 끝내고 시작하는 것이 좋겠습니다."

"그리고 또?"

"저녁 먹을 시간에 맨입으로 노래를 부르게 할 수도 없습니다. 그렇다고 저녁식사를 하고 다시 모인다는 것은 불가능한 일이고요."

그건 그렇다. 인부들이 퇴근하여 각자 흩어지면 다시 모이게 할 방법이 없었다. 성 부장 보고를 받던 소장이 눈살을 찌푸리며 짜증스럽게 말했다.

"그럼 어쩌자는 거야? 여러 말 말고 요점만 말해, 요점만."

성 부장은 주저 없이 말했다.

"제 생각은 노래를 부르기 전 시장기도 달랠 겸 막걸리를 한 잔씩 주는 게 좋을 듯합니다. 뭐니 뭐니 해도 노래를 부르는데 막걸리만 한 것도 없거든요."

성 부장의 보고를 받으며 고개를 끄덕이던 소장이 말했다.

"막걸리를 주면 안주도 줘야 할 거 아냐?"

성 부장은 이미 안주까지 생각해 두었던지 바로 말했다.

"네에. 안주는 이것저것 생각해봤는데 마른 멸치가 좋을 것 같습니다."

성 부장의 보고를 받은 소장은 고개를 끄덕였으나 자신의 재량권으로 할 수 있는 일이 아니었다. 준공일자를 목전에 두고 촌각을 다투는 작업시간을 한 시간씩 일찍 끝내는 것도 그렇고, 막걸리와 안주를 사려면 적잖은 비용이 들기 때문이었다. 회의는 뒷전으로 미뤄놓고 한동안 생각에 잠겨 있던 소장이 결심한 듯 전화를 걸어 사장에게 보고했다. 사장에게 보고를 마치고 돌아온 소장이 말했다.

"사장님이 막걸리와 안주 사는 비용은 부담할 수 있는데, 작업시간을 단축하는 것은 자신의 권한 밖이라며 발주처와 협의해 바로 연락하겠다고 했으니까, 지금부터 회의 시작해."

현장 소장이 사장에게 보고하고 사장은 발주처에 보고했다. 결과는 역순으로 내려왔다. 회의 중 사장에게 걸려 온 전화를 받은 소장이 말했다.

"사장님이 고속도로 공사가 아무리 중요하다고 해도 각하를 감동하게 하는 일보다 더 중요한 일은 없다고 작업시간을 단축해서라도 고속도로의 노래를 가르치라는 통보를 받았다니까, 오늘은 각 부서로 전달하고 하루 쉬었다가 내일부터 다시 시작해."

나는 회의를 마치고 나오는 대로 양조장에 막걸리를 주문한 뒤 건어물 가게에 들어가 멸치를 사다 총무과에 넘겼다. 막걸리는 양조장에서 직접 배달해주기로 했다. 다음 날부터 한 시간 일찍 작업을 끝내고 노래를 부르라고 하자 인부들이 한 사람도 빠짐없이 모두 모여 고속도로의 노래를 불렀다. 이삼 주 지나자 더는 가르칠 게 없었다.

하지만 인부들은 사무실 앞마당에 모여 부를 때만 고속도로의 노래를 불렀다. 앞마당을 벗어나면 시위하듯 '열두 냥짜리 인생'이나 '응원가'를 부르며 각하를 비하하고 조롱하는 가사로 바꿔 마치 전쟁터로 나가는 군인들이 출정가를 부르듯 불렀다. 예감이 불길했으나 일과시간이 끝난 뒤 각자 부르는 노래를 막을 수도 없었다.

벌어 먹고산다는 것

경부고속도로 공사 중 가장 난공사로 알려진 당산터널 공사는 남쪽에서 북쪽으로 올라가고 북쪽에서도 남쪽으로 내려오고 있었다. 동시에 시작한 두 현장의 작업조건은 똑같았다. 인원, 자재, 장비도 똑같이 지원했다. 현장에서 무소불위의 직권을 가진 소장은 모든 수단을 동원하여 경쟁을 시켰다. 매일 작업회의 시간에 양쪽 현장 공사실적을 비교하며 공사가 부진한 담당자를 세워놓고 인민재판 하듯 했다.

매일 아무리 죽을 둥 살 둥 공사를 해도 반드시 부진한 현장이 나올 수밖에 없었다. 공사실적이 계속 저조한 담당자는 본보기로 가차없이 대기발령을 내버렸다. 자연히 양쪽 공사 담당자들은 살아남기 위해 목숨을 걸고 죽기 살기로 경쟁했다. 공정계획에 차질 없이 기자재를 조달해야 하는 자재부도 하루하루가 살얼음판이었다. 자칫 방심했다간 궁지에 몰린 시공 담당자가 공사부진 사유를 자재조달 지연 탓으로 돌릴 수 있기 때문이었다.

나는 자재창고에 올라가 자재수급 상황을 점검하고 있었는데 무전이 들어왔다. 소장이었다. 일본에서 구입한 공사용 장비가 김포

118

공항에 도착했다며 지프를 내줄 테니 장두식 기사와 같이 공항에 가 직접 장비를 인수하여 내일 오전까지 현장에 도착시키라고 했다. 나는 급히 사무실로 들어갔는데 지프와 장 기사는 보이지 않았다. 총무과 김 과장이 장 기사 행방을 찾고 있었다. 아마 소장이 장 기사 행방을 찾아보라고 지시한 모양이었다. 김 과장이 정문 경비반장에게 전화를 걸어 다그쳤다.

"야 임마, 장 기사가 왜 아직도 안 들어오는 거야? 뜨물에 좆 담근 놈처럼 멍청하게 서 있지 말고 직접 주유소에 나가 봐. 이 새꺄. 뭐? 지금 막 들어갔다고?"

김 과장이 전화기를 내려놓기 전 장 기사가 정문을 통과해 들어오는 것이 창문 너머로 보였다. 장 기사는 주차장까지 가지 않고 현관 앞에 차를 세우고 헐레벌떡 뛰어 들어왔다.

경부고속도로 건설현장에 정부 고위관리들이 자주 방문했다. 소장은 그들을 영접하는 차량이 문제였다. 고속도로 공사현장은 범위가 수 킬로미터씩 이어져 있어 차량 없이는 현장순찰이 불가능했다. 결국은 본사에 요청하여 지프를 들여오고 지프를 운전하는 기사는 현장에서 채용했다. 지프 배차권은 총무과장이 갖고 차량 이용규칙에 따라 긴급 업무가 있는 직원들은 배차신청을 하여 이용할 수 있도록 했다.

문제는 소장이 차량 이용규칙을 지키지 않는 것이었다. 총무과장이 가지고 있던 배차권도 소장에게 넘어갔다. 그 뒤 누구도 배차신청을 할 수 없었다. 차량 이용규칙은 있으나 마나였고 지프는 주로 발주처 감독뿐 아니라 정관계 고위직들과 술자리가 잦은 소장이 사용했다. 말 타면 경마 잡히고 싶다고 지프는 들여온 지 얼마 지나지 않아 소장의 전용차가 되었다. 무논에 개구리 뛰어들듯 장 기사가 사무실로 펄쩍 뛰어들자 잔뜩 벼르고 있던 김 과장이 발끈했다.

"야 새꺄, 너 어디 갔다 이제 왔어? 어엉."

배차권이 김 과장에게 있을 때 고분고분하던 장 기사 태도가 배차권이 소장에게 넘어간 뒤 싹 달라졌다. 소장 부재 시 김 과장이 지프를 이용하려고 해도 소장 지시라며 운행을 거부했다. 그렇다고 소장을 탓할 수 없는 김 과장은 장 기사에게 화풀이했다. 김 과장이 뭐래도 장 기사는 기죽지 않고 느물느물 말했다.

"지가 가면 어디를 가겄슈? 차에 기름 넣구 정비공장에 들어가 안전점검 했쥬."

장 기사는 당연한 것 아니냐는 투로 말했다. 김 과장이 다시 발끈했다.

"이런 씨팔놈. 누가 너보고 차에 기름 넣지 말고 점검하지 말랬어? 갈 땐 어디로 뭐 하러 가는지 말을 하고 가야 할 것 아냐, 말을. 이 쌍놈으 새꺄!"

김 과장이 책상 위에 있던 안전모를 번쩍 집어 들고 여차하면 대번에 대갈통을 후려칠 듯 장 기사를 노려보며 족쳤다. 장 기사가 움찔하고 한 발 뒤로 물러섰다.

"지금 한시가 급한데 뭣들 하고 있어? 야아, 장 기사."

소장이 기척도 없이 사무실로 들어섰다. 소장도 이미 알고 있었다. 배차권을 빼앗긴 김 과장이 애꿎은 장 기사를 괴롭힌다는 것을. 등 뒤에서 갑자기 소장이 나타나자 김 과장이 찔끔하고 한 발 뒤로 물러서고 그 틈에 장 기사가 앞으로 한 발 나서며 대답했다.

"예에. 소장님."

"지금 정 계장 태우고 김포공항에 갔다 와."

"예에."

궁지에 몰렸던 장 기사가 드디어 살았다는 듯 사무실 밖으로 뛰어나갔다. 나는 출장용 가방을 챙겨 들고 사무실을 빠져나갔다. 지프는 사무실 앞마당에 시동이 걸린 채 있었다. 사무실 밖은 달궈진 불판처럼 뜨거웠다. 장 기사는 김 과장에게 된통 당하고도 무엇이 그리 즐거운지 싱글벙글 웃으며 차를 출발시켰다.

"장 기사, 너 어디 갔다 왔어?"

내가 장 기사를 넌지시 떠보았다.

"차에 기름 넣구 정비공장에 들어가 안전 점검허구 왔다니께유."

장 기사가 김 과장에게 했던 말을 내게도 되풀이했다. 나는 장 기사에게 단도직입적으로 물었다.

"너, 주유소 가기나 했어?"

장 기사는 천둥소리에 놀란 삽살개 모양 펄쩍 뛰었다.

"아이구 참 계장님두. 지가 왜 거짓말을 해유. 공연히 생사람 잡지 마유."

나는 장 기사가 그렇게 나올 줄 이미 짐작하고 있었다. 나는 다시 물었다.

"내가 생사람 잡는다고. 그럼 기름을 얼마나 넣었냐?"

"58리터유."

"58리터? 그게 정말이야?"

"네에. 계장님은 아직두 저를 그러키 못 믿어유?"

장 기사는 정말 억울하다는 듯 볼멘소리로 대꾸했다. 체구가 여자처럼 호리호리한 장 기사는 눈치 빠르고 붙임성까지 좋은 데다 현장에서 일어난 일은 시시콜콜한 것까지 일일이 캐내어 소장에게 고자질했다. 소장은 자신의 눈이 되고 발이 되어주는 장 기사를 절대적으로 신임했다. 소장의 신임이 두터워지면 두터워질수록 장 기사는 점점 더 시건방져갔다. 직원들은 장 기사를 두고 '똥이 더러워 피하지 무서워 피하냐'며 아예 상대하지 않으려고 했다. 나는 장 기사를 다부지게 몰아붙였다.

"너, 어제 차량운행일지에 전일 기름 탱크 재고가 58리터였잖아? 오늘 운행한 것도 없는데 또 58리터를 주입했어? 야 임마, 거짓말을 해도 입에서 나오는 대로 지껄이지 말고, 오일게이지를 보고 해. 지금 오일 재고가 얼마냐?"

내가 출근해 장 기사가 써낸 차량운행일지를 결재할 때 금일로 이월된 전일 기름 재고가 58리터였다. 소장이 식당에 다녀오고 겨우 한두 차례 현장 순찰한 것밖에 없었다. 그걸 이상하게 생각한 내가 차에 오르며 오일게이지부터 확인했다. 오일게이지는 일지에 적힌 58리터에서 별로 움직이지 않은 것처럼 보였다. 장 기사는 얼떨결에 대답한 뒤 '아차!' 했을 테지만 이미 엎지른 물이었다.

"하하, 하하하. 계장님은 차라리 수사관이 되시든가. 지가 계장님을 속이려구 그런 건 아니구유. 그 상황에 헐 수 있는 그짓말이 그거밖에 더 있슈? 으하하."

장 기사가 금방 꼬리를 내렸다. 나는 잠시도 틈을 주지 않고 다그쳤다.

"야 임마, 그건 나도 눈치 챘어. 나는 네가 그 시간에 어디 가서 뭐 했냐고 묻는 거야."

장 기사가 남의 밭에 들어가 무 뽑다 들킨 놈 표정으로 말했다.

"사실은 은하다방 설 마담 만나구 왔슈."

다방에서 운전기사 인기는 대단했다. 자동차도 귀했고 운전면허증을 가진 사람도 드물었다. 심지어 운전면허증을 따려고 입대하는 지원병이 넘쳤다. 경부고속도로 건설공사를 시작하고부터 갑자기 수요가 폭발적으로 늘어난 자동차 운전기사, 중장비 운전기사, 측량기사, 자동차 정비사, 중장비 정비사, 발전사, 용접사를 비롯하여 하여튼 '사' 자가 들어간 기능공들은 특수 직종으로 대접받을 수 있었다. 그들은 자기가 아니면 안 된다는 아주 못된 근성을 가지고 있어 다루기가 여간 힘든 게 아니었다. 실제로 그들이 일손을 놓으면 현장이 한동안 마비될 수밖에 없었다.

나도 신출내기 때 현장에서 잔뼈가 굵은 고참 기사들에게 많이 당했다. 자재창고에는 지게차 1대와 타이탄 2대가 있다. 타이탄 1대는 현장 자재운반용이고, 다른 1대는 자재구매용이었다. 자재창고는 작업을 시작할 때와 끝날 때가 가장 바쁘다. 하필이면 그 시간대에 지게차 기사도, 타이탄 기사도 사무실에 알리지 않은 채 갑자기 아프다고 숙소로 들어가거나 엔진오일 교환한다고 정비고에 들어가 보닛을 열어놓고 마냥 앉아 있다. 자재조달이 지연되면 수십여 명, 때로는 수백여 명이 일손을 놓아 현장이 마비될 수밖에 없었다. 뒤늦게 수습한 뒤 이유를 물어보면 자재를 싣고 현장에 갔다 온 사이 창고 인부들이 자기들만 쏙 빼놓고 라면을 끓여 먹어서 그랬다며 자기들이 없어 봐야 귀한 줄 안다는 것이다. 말문이 막히도록 어이가 없었다. 직업의식도 없고 책임감을 느끼지 못하는 그들에게 아무리 알아들을 만큼 얘기해도 소귀에 경 읽기였다.

그렇다면 나도 그들에게 본때를 보여줘야 했다. 내가 먼저 지게차 운전면허를 취득했다. 그 뒤 자재직원들은 전원 자동차 운전면허와 지게차 운전면허를 취득하도록 했다. 물론 장비키도 여벌로 만들어 자재과 열쇠함에 보관한 뒤부터 그런 일은 단 한 번도 일어나지 않았다. 장 기사도 다르지 않았다. 소장 외에는 안중에도 없었다. 나는 장 기사의 못된 버르장머리를 당장 뜯어고치겠다는 듯이 길가에 차를 세우게 하고 호되게 꾸짖었다.

"이런 건방진 놈. 야 임마, 근무시간에 근무지를 이탈한 것도 문제지만 당직이 찾으면 바로 들어왔어야지. 너 이제 당직까지 무시하는 거야? 어엉."

내가 숨 돌릴 겨를 없이 몰아붙이자 당황한 장 기사가 말했다.

"죄송해유. 지가 잘못했슈. 다시는 안 그럴게유."

장 기사가 고개를 숙이고 잘못했다고 했다. 나는 장거리 운전하는 장 기사를 더는 닦달할 수 없어 다시 한 번 엄하게 꾸짖고 차를 출발시켰다.

장 기사와 별말 없이 한참을 달려가는데 길가에 수박과 참외를 수북하게 쌓아 놓은 원두막이 보였다. 원두막 너머로 비스듬히 올려다보이는 울창한 참나무 숲 위로 새매 한 마리가 지상을 노리며 빙글빙글 돌고 있었다. 도로는 마냥 심심했다. 원두막을 발견한 장 기사가 갑자기 속도를 줄이며 원두막에 들어가 딱 참외 한 개씩만 먹고 가자고 했다. 나는 잠시 쉬었다 갈 겸 길가에 차를 세우고 원두막으로 올라갔다. 원두막 기둥에 달라붙어 목청껏 울어대던 왕매미가 울음을 뚝 그치고 참나무 숲속으로 날아갔다. 평상 위에 빈 쟁반이 있었고 쟁반에 참외 깎는 칼이 두세 개 놓여 있었다. 원두막 안으로 들어가 평상에 올라앉자 달짝지근한 참외 냄새가 물씬 풍겼다. 참나무 숲 위를 맴돌던 새매는 그새 어디론가 날아가고 창공은 텅 비어 있었다.

비탈밭 아래에 수박을 심고 위쪽으로 참외를 심었는데 밭 가장자리에 듬성듬성 심어놓은 동부 줄기가 밭둑을 따라 길게 덤불져 있었다. 밭둑을 타고 내려간 장 기사가 참외무더기로 걸어가자 수박밭에 있던 원두막 할아버지도 밭을 나와 참외무더기 쪽으로 걸어갔다. 장 기사가 참외를 집어 들고 강아지처럼 참외 배꼽에 코를 대고 킁킁 냄새를 맡아보기도 하고 손바닥 위에 올려놓고 높게 던졌다가 내리받으며 무게를 가늠해 보기도 했다. 옆에서 지켜보는 원두막 할아버지와 이야기를 나누며 참외 뒤에 잔뜩 쌓아 놓은 수박을 두드려보고 어린아이 안듯 안아보고 가격을 물어보기도 했다. 장 기사는 그렇게 싱거운 짓거리를 한바탕 치른 뒤 소쿠리에 달랑 참외 두 개를 담아 들고 올라왔다. 내가 먼저 참외 한 개를 집어 들고 깎으며 물었다.

"야 이 싱거운 놈아, 사지 않을 수박을 왜 살 것처럼 그랬어?"

장 기사는 마치 내가 그렇게 물어볼 줄 알았다는 듯 망설임 없이 대답했다.

"아이고 참 계장님두. 그거야 참외를 싸게 살려구 그랬쥬. 그걸 몰라서 물어유? 으하하."

나는 장 기사 말에 어이가 없어 다시 물었다.

"참외를 싸게 사려고 그랬다고?"

장 기사가 원두막으로 올라오는 할아버지를 가리키며 말했다.

"그럼유. 저런 팥죽냄새 나는 늙은이가 개뿔이나 뭘 알겠슈. 수박을 살 것처럼 흥정허다 보면 수박을 팔어 먹으려구 참외는 싸게 줄 것 아니겠슈? 으하하."

내게 야단맞고 한동안 의기소침해 있던 장 기사가 갑자기 의기양양했다. 웬일인지 원두막으로 올라오던 할아버지가 주춤주춤하더니 발길을 되돌려 다시 수박밭으로 들어갔다. 나는 원두막 할아버지가 멀리 떨어져 있어 장 기사가 주절주절 늘어놓은 말을 듣지 못했을 거라고 생각은 하면서도 장 기사의 말투가 몹시 거슬려 그냥 넘어갈 수 없었다.

"야 임마, 너 말버릇이 왜 그래? 그냥 할아버지라고 하면 되지 건강한 노인에게 팥죽냄새 나는 늙은이는 뭐고 개뿔이 뭐야, 개뿔이? 그리고 원두막에서 달랑 조막만 한 참외 두 개를 싸게 사면 도대체 얼마나 싸게 사겠다고 그따위 농간을 부려?"

내가 숨 돌릴 겨를 없이 몰아붙이자 장 기사가 멋쩍은 듯 뚱한 표정으로 말대꾸를 했다.

"그래두 사람이 벌어먹구 산다는 게 어디 그런가유."

'그럴까!' 나는 장 기사가 혼잣말하듯 내뱉은 말 한마디에 흠칫 놀랐다. 정말 사람이 벌어 먹고산다는 게 뭘까! 나는 목이 바싹 마르도록 달려가다 쓰고 단지도 모르는 참외 몇 개를 고르고, 값을 흥정하고, 쓰든 달든 먹고 일어나 가던 길을 또 가야 했다.

내가 참외 한 개를 집어 들고 깎을 때 군인들을 가득 태운 군용트럭이 줄지어 달려오고 있었다. 더위 속을 달려온 군인들은 모두 완전군장을 하고 있었는데 얼굴은 홍시처럼 발갛고 땀에 흠뻑 젖은 군복은 금방 물에서 건져 올린 빨래처럼 후줄근했다. 덮개도 없는 군용트럭을 물끄러미 바라보던 원두막 할아버지가 갑자기 수박 한 통을 번쩍 들어 냅다 군인들에게 던졌다. 퍼억. '하아 저런!' 수박은 군용트럭 근처도 못 가고 반대 차선에 떨어져 박살났다. 두 손으로 날아오는 수박을 서로 받으려고 벌떡 일어섰던 군인들은 몹시 아쉬워하며 그냥 지나갔다.

그 광경을 지켜보던 장 기사가 느닷없이 벌떡 일어나 노루 새끼처럼 펄쩍펄쩍 뛰어 내려가 다짜고짜 지나가는 군용트럭을 향해 수박을 마구 집어던졌다. 부동자세로 앉아 있다 용수철 튀어 오르듯 벌떡 일어나 날아오는 수박을 받아든 군인들이 환호성을 내질렀다. 눈치 빠른 운전병은 원두막 앞을 느릿느릿 지나갔다. 보름달만 한 수박이 날개라도 돋친 듯 쉴 새 없이 허공으로 펄펄 날아갔다. 신바람이 난 군인들은 아예 총을 내려놓고 있다가 날아오는 수박을 실수 없이 받아들고 연신 '야호'를 외쳤다. 장 기사가 수박을 집어던질 때마다 원두막 할아버지도 신바람을 내며 원두막이 쩌렁쩌렁 울리도록 '하나, 둘, 셋, 넷 …' 세어 나가고 수박 27통을 던지고 나서야 끝났다.

맹수에 쫓기는 짐승처럼 헐떡거리며 원두막으로 올라온 장 기사가 다시 평상에 올라앉아 먹던 참외를 집어 들고 게걸스럽게 먹었다. 그때 구렁이가 담을 넘듯 장 기사 뒤를 슬금슬금 따라 올라온 원두막 할아버지가 눈 한 번 깜빡이지 않고 군인들에게 던져준 수박 27통 값을 몽땅 내놓으라고 했다.

"예엣! 저보구 수박값을 달라구유?"

장 기사가 얼마나 놀랐던지 와삭와삭 씹던 참외를 꿀꺽 삼키다 그만 목에 탁 걸리고 말았다. 캑캑. 재채기를 할 때 장 기사 입에서 참외 조각이 팍팍 튀어나오고 놀란 눈에 눈물이 금방 쏟아질 듯 그렁 그렁 고였다. 잠시 뒤 장 기사가 어느 정도 진정된 기미를 보이자 가만히 지켜보던 원두막 할아버지가 어린아이를 타이르듯 말했다.

"에이그 이 사람아, 자네가 군인들에게 던져 준 수박값은 당연히 줘야지. 안 그런가?"

나는 그제야 원두막 할아버지를 가까이 볼 수 있었다. 키는 작달막하고 깡마른 체구에 옴팡한 눈에서 내뿜는 눈빛이 사람을 꿰뚫을 듯 형형히 빛났다.

"그건 아니쥬. 할아버지가 수박을 못 던지니께 지가 대신 던져주었잖어유? 저기 봐유."

몹시 흥분한 장 기사가 아스팔트 위에 박살난 채 물이 줄줄 흐르는 수박쪼가리를 가리키며 말했다. 그럴수록 원두막 할아버지는 아주 침착하게 장 기사 말을 되받았다.

"어허 젊은이, 자네 아주 큰일 낼 사람일세 그려. 입은 삐뚤어졌어도 말은 바로 해야 된다고. 내가 언제 나를 대신해서 자네더러 수박 던져주라고 했나? 손자 같은 군인들이 딱해 보이기에 수박 한 통 던져준다는 것이 그만 힘에 부쳐 길바닥에 떨어졌으면 고만이지. 팥죽냄새 나는 늙은이가 여름 내내 수박 농사지어 군인들에게 몽땅 던져주면 나는 개뿔이나 뭘 먹고 사나?

그리고 내 수박은 내가 던져주거나 말거나, 수박이 길바닥에 떨어져 박살나거나 말거나. 자네 수박이 아니니 자네는 애당초 상관할 일이 아니잖은가? 내 수박을 자네 마음대로 군인들한테 던져주었으니 당연히 수박값은 줘야지. 날도 더운데 여러 소리 말고 어서 수박값이나 내놓게. 수박값 안 내놓으면 저 차는 보내줄 수 없네."

원두막 할아버지는 장 기사가 '어! 어!' 하는 사이 길가에 시동이 걸린 채 서 있는 자동차 키를 빼 들고 올라왔다. 이미 원두막 할아버지 손안에 들어간 자동차 키를 본 장 기사의 얼굴이 갑자기 노래지며 뭐라고 변명하긴 하는 모양인데 도무지 씨가 먹히지 않았다. 나는 더 이상 모르는 체 할 수 없어 먹던 참외를 내려놓고 원두막 할아버지에게 말했다.

"할아버지, 우선 시원한 원두막 안으로 들어오시지요?"

내가 일어나 앉을 자리를 권했지만, 원두막 할아버지는 요지부동이었다.

"괜찮네. 피차 벌어먹고 살기 바쁜데 수박값이나 빨리 주구 어서 가던 길이나 가게. 나같이 팥죽냄새 나는 늙은이가 개뿔이나 뭘 알겠나?"

하아 이런! 원두막 할아버지가 '팥죽냄새 나는 늙은이가 개뿔이나 뭘 알겠느냐'고 거듭 대꾸할 때마다 나는 몹시 당황했다. 할아버지는 장 기사가 생각 없이 내뱉은 말을 모두 들었던 모양이었다. '팥죽냄새 나는 늙은이'는 죽을 때가 가까운 노인을 빗대어 한 말이었다. 아무리 나이를 많이 먹은 노인도 죽는 것을 달가워할 리 없다. 무안해진 나는 할아버지 앞에 저절로 고개가 수그러졌다.

"할아버지, 죄송합니다. 모두 제 불찰입니다."

나는 원두막 할아버지에게 진심으로 사과했다.

"이제 그만하면 됐네. 나도 바쁜 사람이니 수박값이나 내놓고 어서 가던 길이나 가라니까 그러네. 자네마저 오늘 내 일당까지 몽땅 물어줄 텐가?"

원두막 할아버지가 나를 지그시 바라보며 아직도 정신 못 차렸느냐는 듯 묻는 말에 나는 정신이 번쩍 들었다.

"그럼요. 수박값은 당연히 드려야지요."

나는 바로 지갑을 꺼내 들며 말했다.

"모두 얼마지요?"

원두막 할아버지는 얼마나 괘씸하게 생각했던지 수박 한 통 값도 깎아주지 않았다. 나는 정중히 사과드리고 수박 27통 값을 에누리 없이 물어주었다. 물론 수박값을 깎아달라는 말조차 붙여보지 못했다. 나는 적잖은 생돈을 물어주면서도 전혀 생돈이라는 생각은 들지 않았다. 원두막 할아버지의 삶의 지혜와 지혜를 발휘하는 슬기로움에 절로 머리가 수그러졌다. 그의 순발력에 감탄했고, 태산 같은 여유가 부러웠다. 아무래도 벌어먹고 사는 데 원두막 할아버지가 나보다 한 수 위였다.

나는 원두막을 내려오다 뒤를 돌아봤다. 원두막 안에 할아버지가 법당의 부처님처럼 앉아 돌아가는 우리를 내려다보고 있었다. 나는 문득 엄마가 길러 먹던 콩나물이 떠올랐다. 콩나물시루에 물을 주면 물이 밑으로 다 빠져나가도 콩나물이 자라듯이 사람의 세월은 빠져나가도 연륜은 나이테처럼 쌓여간다는 것을 원두막 할아버지를 만나 깨닫게 되었다. 나는 아주 통쾌한 기분으로 원두막을 내려와 장기사에게 한마디 툭 던졌다.

"장 기사, 네 말대로 사람이 벌어먹고 산다는 게 뭔지 모르지만, 너는 아주 놀라운 선견지명을 갖고 있어 그나마 천만다행이야."

내 말끝에 장 기사는 흔들고, 쓰리 고에, 피박에, 광박까지 쓴 놈처럼 말했다.

"아이구 참 계장님두. 지가 선견지명이 있었으면 그랬겠슈?"

130

나는 그래도 피박은 면했다는 듯이 말했다.

"아냐. 네가 참외를 싸게 사려고 수박값을 물어봤기에 망정이지 만약 수박값마저 모르고 있었으면 개뿔이나 어쩔 뻔했어. 하지만 앞으로 언행을 조심해. 나도 언제 원두막 할아버지처럼 수박값 달라고 할지 모르니까."

"야아. 죄송해유."

장 기사는 참외 먹다 벌레 씹은 표정으로 차에 올랐다. 그사이 차는 찜통이 되어있었다. 장 기사가 원두막에서 지체한 시간을 벌충이라도 하려는 듯 연신 액셀을 밟아대도 비포장도로는 굴곡지고 파인 곳이 많아 자동차만 요동칠 뿐 좀체 속도를 낼 수 없었다.

나는 장 기사에게 서두르지 말고 우체국으로 가자고 했다. 당시는 우체국 말고는 전화할 수 있는 곳이 없었다. 물론 다방에 들어가 전화를 빌려 쓸 수도 있겠지만 우체국 전화요금의 몇 배를 줘야 했다. 한참 만에 비포장도로를 벗어나 시내로 들어서자 우체국이 보였다.

나는 우체국에 들어가 본사 자재부 배충재 계장에게 전화를 걸었다. 배 계장은 나와 항만 공사현장에서 같이 근무했는데 본사 자재부로 들어가 외자를 담당하며 공항업무를 겸하고 있었다. 나는 배 계장에게 장비를 찾아달라고 부탁했다. 배 계장은 매일 출근해서 하는 일이 그 일이라며 아무 걱정하지 말고 올라오라고 했다.

서울에 도착한 나는 배 계장과 만나기로 약속한 다방을 찾아갔다. 한강이 내려다보이는 은모래다방은 본사로 출장 갈 때 배 계장과 몇 번 만났던 장소였다. 배 계장이 먼저 도착해 있었다. 차를 주문한 뒤 배 계장은 우리 회사 수주팀이 중동에 나가 있다는 말을 했다. 자신도 곧 해외공사부로 발령 날 것이라는 말도 했다. 나도 우리 회사가 중동에 진출한다는 얘기를 오래전부터 듣고 있었다. 어느 날 본사 인사부장이 뜬금없이 내게 전화를 걸어 출국하는 데 무슨 문제는 없느냐고 묻기도 했다. 물론 해외 근무에 전혀 문제가 없다고, 언제라도 출국할 준비가 되어있다고 했다. 내가 해외 근무를 하지 않고는 평생 지하 셋방을 면할 길이 보이지 않아서였다.

나는 다방을 나와 배 계장과 저녁 식사를 하고 헤어진 뒤 수도권을 한참 벗어나 눈에 띄는 여관으로 들어갔다.

다음 날 통금이 풀리자마자 장 기사를 깨워 현장으로 출발했다. 예상했던 것보다 한 시간가량 일찍 현장에 도착할 수 있었다. 나는 현장으로 들어가기 전 장 기사와 좀 이른 점심을 하고 사무실로 들어갔다. 모두 식사하러 나가고 당직자 혼자 지키고 있는 사무실은 적막했다. 신문을 펼쳤지만 오는 동안 읽었기에 바로 흥미를 잃고 도로 접었다.

아! 그렇지. 할 일이 떠올랐다. 보안검열에 지적받은 이단 파일박스 잠금장치를 손봐야 했다. 내가 사용하는 이단 파일박스에 걸고리가 헐겁고 뒤틀린 잠금장치를 손보려면 망치와 드라이버가 필요했다. 물론 마모된 나사못도 몇 개 필요했다. 점심시간에 자재창고 문은 잠가놓는데 사무실에 예비용 열쇠를 보관하고 있어 문제 될 건 없었다. 나는 열쇠 보관함에서 열쇠를 꺼내 들고 자재창고로 올라갔다.

어쩐 일인지 창고 문은 닫혔는데 걸쇠에 자물통이 걸려 있지 않았다. 문은 안으로 잠겨 있었다. 창고 안에 사람이 있다면 굳이 문을 잠글 이유가 없었다. 나는 문을 두드렸다. 아무런 반응이 없었다.

누가 문을 걸어 잠그고 낮잠을 자고 있을지 모른다는 생각에 다시 문을 두드리려고 손을 높이 쳐들었는데 안에서 '철썩' 하는 소리가 났다. 그 소리는 내 귀를 묘하게 자극했다. 나는 자신도 모르게 들었던 손을 내리고 문틈으로 귀를 갖다 댔다. 창고 안에서 다시 '철썩' 하는 소리에 이어 여자의 목소리가 따라 나왔다.

철썩. "아퍼, 그냥 혀."

철썩. "아퍼, 그냥 허라니께."

철썩. "아이구 참말루 아프다니께 그러네."

누가 여자를 때리나? 귀를 기울여 들어보면 싸우는 소리는 아닌 듯했다. 그냥 거의 비슷한 간격으로 '철썩' 하고 맨살을 때리는 소리에 이어 '아퍼' 하는 여자의 무덤덤한 목소리가 새어나왔다. 목소리를 들어보면 맞는 사람은 여자가 분명한데 때리는 사람은 도통 말이 없으니 남자인지 여자인지 분간할 수 없었다. 나는 문틈으로 눈을 갖다 댔다. 밝은 곳에서 문틈으로 들여다보는 창고 안은 어두컴컴해 아무것도 보이지 않았다.

두 손으로 햇빛을 가리고 눈을 깜빡이며 집중해 살펴보았다. 눈이 어둠에 익숙해지자 창고 안으로 죽죽 늘어선 자재 진열장 앞으로 양수기와 용접기 몇 대가 보이고 둥글게 사려놓은 고무호스가 눈에 들어왔다. 창고 안으로 좀더 깊숙이 살펴보았어도 사람의 목소리는 들리는데 사람의 모습은 보이지 않았다. 나는 창고건물 옆으로 돌아가 유리창으로 안을 들여다보고 그만 기겁했다. 하얀 스티로폼 위에 포개진 알몸뚱이가 보였는데 자재 진열장에 가려 상반신은 전혀 보이지 않고 엉덩이만 보였다. 남자 밑에 깔린 여자는 누구인지 알 수 없으나 여자 위에 올라탄 사내는 깍짓동이라는 걸 금방 알 수 있었다.

아랫도리를 홀랑 벗고 여자를 올라탄 깍짓동의 두루뭉술한 알궁둥이는 큰 하마 궁둥이와 흡사했다. 그가 궁둥이를 불쑥 들어 올려야 밑에 깔린 여자 아랫도리가 보였고 쿵 내리박으면 암탉 날갯죽지 속으로 들어간 병아리처럼 여자는 전혀 보이지 않았다.

희한하게도 깍짓동이 절구통만 한 궁둥이를 불쑥 들어 올리고 내리박을 찰나에 밑에 깔린 여자 엉덩이를 주먹으로 냅다 쥐어박았다. 맞은 여자가 '아퍼' 하는 사이 깍짓동은 여자 사타구니에 오뉴월 쇠불알처럼 축 늘어진 불알이 덜렁하도록 연장을 내리박았다.

철썩. "아퍼, 그냥 혀." 철썩. "아퍼, 그냥 허라니께." 철썩. "에헤 참말루 아프다니께 그러네."

여자가 아프다는데 깍짓동은 왜 커다란 주먹으로 여자 엉덩이를 연신 쥐어박으며 연장을 내리박는지 알 도리가 없었다. 깍짓동이 때리는 여자의 왼쪽 엉덩이가 시퍼렇게 멍든 것을 보면 그들이 처음 관계하는 것이 아닌 모양이었다. 나는 해괴한 짓거리를 지켜보다 돌아서려는데 느닷없이 딸랑이를 흔들듯 축 늘어진 불알이 정신없이 딸랑거리고 '탁, 탁, 탁' 점점 힘을 넣어 때리는 소리에 이어 '아퍼, 아퍼, 아퍼' 무덤덤하게 들리던 여자의 목소리가 늙은 당나귀 콩 먹는 소리로 바뀌는가 싶더니 갑자기 패대기친 개구리처럼 두 다리를 쭉 뻗으며 부르르 경련을 일으켰다. 나는 살다 살다 별 희한한 짓거리를 다 봤다고 생각하며 그들이 일어나기 전 창고 앞으로 돌아가 한참을 기다렸다가 다시 문을 두드렸다.

아무런 반응이 없었다. 안에서 잠근 문을 밖에서 두드리는데 안 열어줄 수 없을 거라는 생각에 다시 몇 번 더 세게 두들겼다.

이윽고 안에서 깍짓동이 내뱉는 마른기침 소리가 났다. 빗장 푸는 소리에 이어 깍짓동이 문을 열고 얼굴을 불쑥 내밀었다. 나와 마주친 깍짓동은 자다가 불침 맞은 놈 모양 화들짝 놀라 뒤로 한발 물러섰다. 나는 시치미를 뚝 떼고 지나가는 말로 물었다.

"왜 식사하러 안 갔어요? 뭐 바쁜 일 있어요?"

깍짓동도 별일 아니라는 듯 시큰둥하게 말했다.

"아뉴. 그냥 밥 생각이 읎어 이따 라면이나 한 개 끓여 먹을려구 안 갔슈."

평상심을 잃지 않으려고 했던 나는 깍짓동이 밥 생각이 없어 라면이나 한 개 끓여 먹겠다는 말을 듣고 폭탄 터지듯 '푸하하' 웃음을 터뜨리고 말았다.

언젠가 자재창고에서 회식하던 날 깍짓동이 라면을 한 번 실컷 먹어보는 게 소원이라고 했다. 물론 라면이 귀했고 귀한 대접을 받을 때였다. 나는 깍짓동에게 라면을 한 번에 몇 개나 먹을 수 있느냐고 물었다. 깍짓동이 열 개는 먹을 수 있다고 했다. 깍짓동 말이 떨어지기 무섭게 듣고 있던 살살이가 라면 열 개를 어떻게 한 번에 다 먹을 수 있느냐며 허풍떨지 말라고 면박을 주었다. 그 자리에 있던 사람들도 라면 열 개를 한 번에 다 먹을 수 있다고 말하는 사람은 없었다. 내 생각도 그랬다.

깍짓동은 끝까지 먹을 수 있다고 장담했다. '먹을 수 있다, 못 먹는다' 옥신각신하다가 라면 한 상자 내기를 걸었다.

나는 약속한 대로 다음 날 점심시간에 라면 한 상자를 차에 싣고 자재창고로 올라갔다. 내기 바람에 그날 점심은 라면을 먹기로 했다. 화덕에 올려놓은 양은솥에 맹물이 펄펄 끓고 있었다. 깍짓동이

라면 열 개를 받아 끓는 물에 모두 넣었다. 라면이 부글부글 끓어오르자 깍짓동 허리통만 한 양은솥이 그들먹했다. 깍짓동은 화덕에 타고 있는 불을 아궁이 밖으로 끌어낸 뒤 솥뚜껑을 들고 선 채로 라면을 건져 먹기 시작했다. 모두 화덕 주위로 몰려들어 깍짓동이 라면 먹는 것을 지켜봤다. 깍짓동은 누가 지켜보거나 말거나 아랑곳없이 전을 부칠 때 사용하는 길쭉한 대나무 젓가락으로 물속에 잠긴 그물을 끌어 올리듯 라면을 건져 올려 쭉쭉 빨아들이듯 먹었다. 빙 둘러싸고 구경하는 사람들은 깍짓동이 라면을 건져 올릴 때마다 앞으로 조금씩 다가서며 쑥쑥 줄어드는 양은솥을 지켜봤다. 깍짓동은 쉴 새 없이 솥뚜껑에 라면을 건져 올려놓는가 하면 이내 부리부리한 눈을 치켜뜨고 딱 벌린 아궁이만 한 입속으로 라면이 쓸려 들어가듯 들어갔다.

드디어 젓가락이 솥 밑바닥을 긁는 소리가 났다. 내기에 꼼짝없이 질 수밖에 없는 살살이가 낭패한 표정으로 더듬이 잘려나간 귀뚜라미처럼 안절부절못했다.

"야 새꺄. 라면만 먹으면 안 되니께 국물 한 방울두 냉기지 말구 다 먹어야 혀."

깍짓동은 누가 뭐래도 들은 척 만 척 아무런 대꾸 없이 라면을 다 건져 먹고 소가 뜨물을 들이켜듯 국물을 후후 불어가며 후루룩, 후루룩 마셔버렸다.

그랬던 깍짓동이 밥 생각이 없어 라면이나 한 개 끓여 먹겠다는 말이 왜 그렇게 우습게 들리던지. 나오는 웃음을 억제하지 못하고 그만 폭소를 터뜨렸다. 내가 왜 웃는지 모르는 깍짓동이 뻘쭘한 표정으로 나를 쳐다봤다. 나는 간신히 웃음을 수습한 뒤 깍짓동에게 물었다.

"나 망치 한 개, 드라이버 한 개, 그리고 나사못 몇 개가 필요한데 그게 어디 있지요?"

내가 창고 안으로 한 발 들여놓자 깍짓동이 돌변하여 내 앞을 탁 막아서며 말했다.

"들어오시면 옷 베려유. 지가 갖다 드릴 테니께 여기서 지둘러유."

내 앞을 막아서는 깍짓동에게서 쉬지근한 땀 냄새가 물씬 풍겼다. 창고 안에서 다른 사람의 발짝 소리가 났다가 이내 사라졌다. 깍짓동도 그 소리를 들었는지 움찔했다. 아마 여자는 내가 창고 안으로 들어올 줄 알고 안으로 깊숙이 들어가 숨은 모양이었다. 나는 그 여자가 누군지 궁금했다. 혹시 살살이가 물색없이 좋아하는 율포댁이 아닐까 하는 생각이 들었지만, 물어볼 수는 없었다. 창고 안은 쥐 죽은 듯이 고요했다. 나는 침묵을 깨고 말했다.

"괜찮아요. 나도 작업복 입었는데 뭐."

나는 막아선 깍짓동을 밀고 한 발마저 창고 안으로 들여놓았다. 내가 창고에 들어가도 옷 버릴 일은 없었다. 그래도 깍짓동은 나를 막아서며 말했다.

"그래두 여기 계슈. 창고는 지가 계장님보다 더 잘 아니께 금방 찾 아다 드릴께유."

깍짓동도 물러서지 않았다. 나는 일단 가지고 간 나사못을 넘겨주 며 말했다.

"그럼 망치 한 개, 드라이버 한 개, 이것하고 똑같은 나사못 여덟 개만 찾아다 줘요."

평소에 굼뜨던 깍짓동이 나사못을 받아들고 잽싸게 창고 안으로

들어갔다. 깍짓동 뒷모습을 바라보던 나는 문득 자갈 무더기 위에서
비명을 지르던 여자가 떠올랐다.

내가 야간 당직 서던 날 배처플랜트로 순찰을 나갔다. 콘크리트
생산을 끝낸 배처플랜트는 불을 환히 밝혀 놓은 채 멈춰 있었다. 모
래와 자갈을 산더미처럼 쌓아 놓은 골재 야적장을 지나가는데 갑자
기 골재 무더기 뒤쪽에서 여자의 다급한 목소리가 들렸다. '아이구
나죽네. 아이구 나죽어.' 나는 직감적으로 안전사고가 일어난 줄 알
고 단숨에 골재 무더기 뒤로 달려갔는데 '어라!' 덩치가 멧돼지 같은
놈이 아랫도리를 홀딱 벗은 여자를 자갈 무더기 위에 눕혀 놓은 채
올라타고 밑에 깔린 여자가 아파 죽는다고 비명을 질러대는데도 절
구질하듯 쿵덕쿵덕 조져대고 있었다. 나는 좌고우면할 겨를 없이 한
걸음에 달려가 여자를 올라탄 사내자식 귀싸대기를 머리통이 팩 돌
아가도록 올려붙이며 소리쳤다.
"야 새꺄, 여자를 자갈 무더기에 눕히면 어떡해?"
내가 갑자기 나타나자 비명을 지르던 여자는 옆으로 고개를 휙 돌
리고 여자를 올라탄 사내자식은 빼도 박도 못한 채 소리쳤다.
"아이구 참. 나두 츰엔 푹신한 모래 위에 자빴뜨렸지유. 그런디
내리박으면 궁딩이를 요리 빼구 조리 빼어 사람 참 미치구 환장허겠
는디 당최 주지를 안어유. 그래서 자갈 무데기루 끌구 와 자빴트렸
더니 꼼짝 못 허구 내주대유. 저기 즘 봐유, 저기유."
두 사람이 얼마나 실랑이를 벌였던지 그놈이 가리킨 모래 무더기
가 포탄 떨어진 자리처럼 움푹 파여 있었다. 자갈 무더기에 누워 아
파 죽는다고 비명을 지르던 여자는 죽은 듯이 누워 있었다. 오히려

곤혹스러운 건 나였다. 두 사람이 떨어지지 않고 서로 붙어 있는 한 내가 먼저 자리를 피해야 했다.

배처플랜트 사무실에 들어가 조 과장에게 알아보았더니 레미콘을 생산할 때 시료를 채취하여 공시체를 만드는 인부들이라고 했다. 그들은 다음 날 출근하지 않았다. 다른 인부로 대체하고 며칠 지난 뒤 여자인부 남편이라는 사람이 술에 잔뜩 취해 사무실로 조 과장을 찾아와 '아침에 배처플랜트로 일하러 간 마누라가 보름이 지나도 돌아오지 않았다. 마누라를 당장 찾아내'고 소란을 피웠다.

조 과장이 그를 돌려보낸 뒤 말했다. 여자를 자갈 무더기 위에 눕힌 사내는 인부 숙소에 기거하는 떠돌이 인부였고, 그를 따라간 여자는 지역주민이었다고. 도대체 자갈 무더기 위에 눕히는 놈을 뭐 믿고 따라갔는지 모르겠다고, 안 해도 좋을 걱정까지 했다.

창고 안으로 들어간 깍짓동이 망치와 드라이버와 나사못을 금방 찾아다 주었다. 나는 모르는 척 그냥 넘어갈까 하는 생각이 들기도 했지만 내가 모르면 몰라도 알면서 두 사람을 한 곳에 둘 수 없었다. 나는 깍짓동에게 말했다.

"오늘 퇴근길에 나한테 잠깐 들러요!"

그날 깍짓동은 퇴근시간이 한참 지난 뒤 사무실에 처음 들어오는 사람처럼 두리번거리며 걸어왔다. 사무실에 나와 당직 두 사람만 남아 있었다. 나는 당직에게 순찰 돌고 오라고 내보낸 뒤 단도직입적으로 물었다.

"내가 오늘 창고에 갔다 본의 아니게 남 씨가 어떤 여자하고 관계하는 것을 우연히 봤거든요. 혹시 그분이 유부녀인가요?"

나는 그 여자가 유부녀인지 독신인지 그것부터 물었다. 내가 당직 순찰 중 골재 야적장에서 본 여자는 초등학교와 중학교에 다니는 세 자녀를 둔 가정주부였다. 그 여자가 그 남자를 따라 집을 나간 뒤 그 가정은 풍비박산이 되었다고 들었다. 깍짓동이 말했다.

"안유. 남편하구 6년 전에 사별했대유."

나는 유부녀가 아니라는 말을 듣고 일단 마음이 놓였지만 그렇다고 그대로 넘길 일은 아니라는 생각에 다시 말했다.

"아 그래요. 하지만 내가 안 봤으면 몰라도 두 사람의 관계를 알면서 창고에 같이 있게 할 수 없습니다. 누구든 한 사람은 다른 데 일자리를 알아보세요."

깍짓동은 순순히 자기 잘못을 시인하고 자기가 다른 하청회사로 갈 테니 누구에게도 말하지 말아 달라고 했다. 현장에 그런 소문이 퍼지면 하청회사마저 갈 수 없기 때문일 것이다. 나는 껄껄 웃으며 말했다.

"그러신다면 나도 남 씨가 상대한 여자가 누구인지 묻지 않고 남에게 말하지 않겠습니다. 그런데 궁금한 게 있습니다. 남 씨가 여자하고 관계하면서 여자가 아프다고 하는데 왜 주먹으로 여자 엉덩이를 자꾸 쥐어지르는지 그게 궁금합니다. 말해줄 수 있습니까? 얘기하기 곤란하면 안 하셔도 되고요."

뜨악한 표정으로 내 말을 듣던 깍짓동이 여자하고 관계했던 얘기를 꺼내자 그도 참지 못하고 아궁이만 한 입으로 폭소를 터뜨렸다. 깍짓동 입이 쩍 벌어질 때 드러나 보이는 목젖이 꼭 동굴 속의 종유석처럼 보였다. 깍짓동이 입을 다시 활짝 열었다.

"으하하. 남자찌리 못 헐 것두 읎쥬 뭐. 걸리는 게 읎어 그랬슈.

걸리는 게 읎어서."

'걸리는 게 없다니!' 깍짓동이 뚱딴지같은 소리에 나는 더욱 의아스러워 다시 물었다.

"걸리는 게 없다니요. 거기다 뭘 거는 데 안 걸려요?"

동굴 같은 깍짓동 입이 다시 쩍 벌어졌다.

"으하하. 그게 아니구유, 여자가 늙어서 축 늘어진 사타구니에 연장을 아무리 빡세게 내리 박아두 허공을 찌르는 것맹키루 당최 걸리는 게 읎더라구유."

"그래서요?"

"그래서 엉덩이를 냅다 주먹으루 쥐어지르면 여자가 아프다며 사타구니를 움찔허구 바짝 조여 줄 때 얼른 내리박지유 뭐. 으하하."

나도 웃음을 참지 못하고 깍짓동을 따라 웃다가 물었다.

"말은 그럴듯한데 그걸 어떻게 아셨지요?"

깍짓동은 내가 웃든 놀라든 아랑곳없이 금방 튀어나올 것 같은 커다란 눈망울을 뒤룩뒤룩 굴리며 아주 능청스럽게 말했다.

"그건 우연이었슈. 츰엔 암평아리처럼 한 주먹 거리두 안 되는 쬐깐한 여자가 자꾸 눈앞에서 알짱거리기에 다짜고짜 뒤루 벌러덩 눕힌 뒤 덥석 올라타고 내리박었는디 허공에 내지른 것맹키로 도무지 걸리는 게 읎대유. 나는 잘못 지른 줄 알구 다시 한 번 내질렀쥬. 다시 질러두 걸리는 게 읎더라구유. 그냥 내려오기 멋쩍어 만날 밥 먹구 구멍만 키웠냐구 주먹으루 궁둥이를 툭 치니께 움찔허며 바짝 조이길래 그 순간 냅다 내질렀쥬. 그러니께 걸리대유."

깍짓동은 정글에서 수많은 경쟁자를 모조리 물리치고 암컷을 몽땅 차지한 수컷처럼 당당히 말했다. 나는 장난기가 발동했다.

"혹 남 씨 고추가 탄저병 걸린 고추 모양 자라다 만 것 아닙니까?"

깍짓동 얼굴이 갑자기 얼음처럼 굳어지며 펄쩍 뛰었다.

"어휴 계장님두. 무슨 말씀을 그러키 해유. 지가 그 정도는 아니거든유."

'아차! 내가 실없는 농담을 했구나' 라는 생각에 얼른 둘러댔다.

"아, 그건 농담이고요. 그런데 여자가 '아퍼, 아퍼' 하면서도 좋아해요?"

내가 묻는 말에 아궁이만 한 깍짓동 입이 다시 희죽이 열렸다.

"그럼유. 좋아허구 말구지유. 지가 메칠만 눌러주지 않으면 아주 쌩난리를 치는디유 뭐."

내가 웃으며 고개를 끄덕이자 깍짓동이 껄껄 웃으며 사무실을 호기롭게 걸어 나갔다.

며칠 뒤 깍짓동이 하청회사로 자리를 옮겼다는 보고를 받았다. 나는 문득 외로운 사람들끼리 서로 만나 정을 쌓아가는데 내가 갈라놓은 것 아닌가 하는 생각이 들었다. 깍짓동은 독신자로, 독신자 숙소에 기거하고 있었다. 물론 두 사람이 심사숙고하여 결정했을 것이고, 만약 여자를 보낸다면 그 여자가 누군지 내가 단박에 알 테니까 깍짓동이 여자를 배려해 자신이 갔을 거라고 짐작되었다.

한밤의 목격자

소장은 비상 백일작전에 이어 비상 백일 돌관공사를 선포했다. 터널 공사는 공정계획대로 진척되는데 당산터널로 이어지는 당산대교 공사가 많이 지연되었다. 두 달에 한두 번꼴로 야간 당직이 돌아왔는데, 내가 당직서는 날 당산대교 상판 콘크리트 야간공사가 있었다. 나는 좀 이른 저녁식사를 한 뒤 야간작업 현황을 파악하러 곧바로 현장순찰을 나갔다. 콘크리트를 생산하는 배처플랜트도, 장비도 모두 공회전을 하고 있었다. 야간공사를 감독할 토목 강상철 차장과 발주처 김동휘 감독은 보이지 않았다. 야간공사에 들어간 이재승 십장과 인부들이 출전 명령을 기다리는 병사들처럼 대기하고 있었다.

"이 십장, 왜 작업을 안 해?"

나는 손가락으로 공회전을 하는 레미콘 트럭을 가리키며 화난 사람처럼 소리를 질렀다. 웬만한 소리는 장비 소리에 묻혀 들리지 않았기 때문이었다. 이 십장이 손가락을 높이 쳐들고 허공에 사인하는 시늉을 하면서 소리쳤다.

"니기미, 감독새끼가 작업승인서에 싸인을 안 해준당께요."

잔뜩 흐린 하늘에서 어쩌다 한 방울씩 빗방울이 떨어졌다. 나는 비가 많이 내릴 것 같아 사인하지 않는 줄 알고 다시 물었다.

"사인을 안 해준다고. 왜?"

모든 공사는 도면이 있고, 시방서가 있고, 작업을 시작하고 끝날 때까지 일일이 감독의 지시를 받고 확인을 거친 뒤 콘크리트 생산에 들어가기 때문에 작업승인서에 사인하지 않는 이유가 더욱 궁금했다. 이 십장이 다시 목에 핏대를 세우며 소리쳤다.

"워메 참말로, 계장님은 뭣땀스로 고로코롬 물어쌌소. 척 허면 삼천리고 쿵 허면 호박 떨어지는 소리제. 그래두 그늠들이 배운 것두 있구 보는 눈깔은 있씅께로, 트집 잡으려면 한두 끝두 읎이 수두룩 빽빽허지요잉."

이 십장은 일상적인 일인데 왜 새삼스럽게 물어보느냐는 듯 말했다. 물론 나도 평소라면 그냥 넘어갈 수도 있으나 야간공사 현황을 파악하는 것은 당직 업무이기 때문에 다시 물을 수밖에 없었다.

"아 그래! 이번엔 또 뭐가 걸렸는데?"

이 십장이 거푸집 위로 올라서며 말했다.

"아 글쎄, 그 씨펄늠이 가만히 있다가두 꼭 작업을 시작하려면 나타나 거푸집 청소가 덜 되었다, 결속작업이 안되었다, 콘크리트 공사용 장비가 부족허다고 개지랄을 떨다가두 돈 봉투만 들이밀면 구둣발에 채인 똥개새끼맨치로 슬금슬금 뒤로 내뺀당께요. 방금 강 차장이 지랄 염병허던 김 감독을 데리구 현장 사무실루 들어갔응께로 곧 무슨 조치가 있겠지요잉."

콰앙. 이 십장이 짚고 있던 콘크리트 삽으로 냅다 청소용 물탱크를 내리치며 가래침을 '퉤에' 하고 멀리 뱉어버렸다. 그건 생트집이 아니었다. 감독이라면 반드시 해야 할 일을 신부 집으로 함 팔러 간

144

놈들처럼 돈 봉투를 우려내려고 하니까 공연한 생트집이라고 생각하는 모양이었다. 중이 고기 맛을 알면 절간에 파리 한 마리 남아나지 않는다고 발주처 감독들이 돈 봉투 맛을 알고부터 돈 봉투 없이 되는 일도 없고 돈 봉투로 안 되는 일도 없었다.

콘크리트를 치기 전 거푸집 청소는 빼놓을 수 없는 기본작업이었다. 거푸집을 설치하는 동안 인부들이 작업 중에 버린 각목, 나무부스러기, 합판 쪼가리, 전선토막, 장갑, 비닐, 담배꽁초 심지어 톱이나 망치가 자루째 들어가 있기도 했다. 그런 것들은 모두 콘크리트 치기 전 부엌에서 설거지하듯 말끔히 청소해야 한다. 콘크리트 공사가 부실하면 건물이 갈라지고 벽체나 천장에서 물이 새고 심할 경우 건물이 통째로 붕괴할 수 있었다. 공사현장 감독이라면 당연히 청소상태를 꼼꼼하게 점검해야 한다.

청소작업을 하기 전 시공하는 공사는 철근 공사였다. 철근 공사에 들어가면 감독은 교정된 자를 들고 다니며 시방서대로 배근했는지 철근 간격을 재어 보고 이음 부분을 확인했다. 철근을 배근한 뒤 그물 짜듯 철근과 철근이 교차하는 곳마다 반드시 결속선으로 묶어 줘야 한다. 시방서대로 철근 결속작업을 하면 시간과 품이 많이 들었다. 배근하고 결속작업을 할 때 하나를 건너뛰면 일이 반으로 줄고 빠르다. 일이 반으로 줄어들면 인건비도 반으로 줄었다. 현장에 감독이 없으면 미친년 널뛰듯 결속작업을 건성건성 해치우고 바로 콘크리트 공사에 들어가기도 했다.

청소와 철근 결속작업뿐 아니라 콘크리트 공사에 빼놓을 수 없는 장비가 있다. 그건 콘크리트 바이브레이터였다. 바이브레이터는 거푸집 속에서 수포나 기포가 생기지 않고 자갈과 모래가 잘 섞이도록 진동을 주어 콘크리트 밀도를 고르게 높여주는 장비다. 발주처 감독이 사인하지 않은 이유는 바로 콘크리트 공사용 장비 부족이라고 했다. 다른 이유라면 몰라도 부족한 장비는 당장 해결할 수 있는 문제가 아니었다. 아마 감독은 그걸 문제 삼아 돈 봉투를 우려낼 모양이었다.

군인들이 경부고속도로 건설공사 현장감독으로 나왔을 때 사명감이 투철해 보였다. 그들은 전쟁터에서 병사를 지휘하듯 공사현장을 빈틈없이 관리하고 감독했다. 그들 앞에 안 된다거나 변명은 통하지 않았다. 공사가 중반을 넘기면서 맨입으로 되는 건 아무것도 없었다. 회사는 발주처 감독에게 매월 돈 봉투를 주었고 현장에 문제 있을 때마다 돈 봉투로 해결했다. 야간작업하는 감독에게 야간수당을, 휴일 근무하는 감독에게 휴일수당이라는 명목으로 돈 봉투를 주었다. 감독의 생일은 물론이고 집안의 경조사는 사돈의 팔촌까지 챙겨주었다. 감독이 출장 갈 땐 출장비, 휴가 가면 휴가비도 넉넉하게 대주었다. 명절 때 떡값, 밥 먹으러 가면 밥값, 술 먹으러 가면 술값, 오입하러 가면 여관비에 화대까지 내주었다.
돈 봉투 우려내는 데 이골 난 감독들에게 시달림을 받는 직원들은 고속도로 공사하고 전혀 상관없는 것까지 들춰가며 비난했다. 우리 사회의 만연한 부정부패는 군대에서 비롯되었다고. 남대문시장에 사단 병력이 완전무장할 수 있는 군수품이 있다고.
그들의 말대로 남대문시장에 군수품이 그만큼 있는지 없는지 알 수 없었으나, 거리에 군복 입고 군화 신고 활개 치며 돌아다니는 사람들이 부지기수였다. 특히 군용 야전잠바는 인기가 대단했다. 헌

병들이 불시에 대형 군용트럭을 몰고 다니며 군복 입은 사람들을 사냥하듯 붙잡아 군복을 한 트럭씩 압수해가기도 했다. 아니 벌건 대낮에 돈 주고 사 입은 군복을 돈 받고 팔아 처먹은 놈들이 왜 강제로 벗겨 가는지 알다가도 모를 일이었다. 군복 파는 상인들이 말했다.

"헌 군복 한 차 들어가면 바로 새 군복 한 차가 나와. 그러니까 군복을 염색해 입어. 염색한 군복은 압수해가도 쓸모가 없거든."

그 바람에 한때 염색소가 호황을 누리기도 했다.

내가 지켜보는 동안 아무것도 달라진 것 없이 야간 콘크리트 공사 작업승인서에 사인이 났다.

"이 십장, 오늘 밤에 하늘이 두 쪽 나도 콘크리트 공사를 끝내야 합니다. 반드시 끝내세요!"

이 십장에게 작업지시를 내린 뒤 저녁식사하고 오겠다며 강 차장은 발주처 김 감독을 데리고 밖으로 나갔다. 야간공사 감독들이 이 십장에게 공사를 맡겨놓고 모두 현장을 비우는 것은 있을 수 없는 일로 마치 고양이 보고 반찬가게 지키라는 격이었다. 강 차장 의도대로 발주처 김 감독에게 건네준 돈 봉투의 약발이 제대로 먹혔든 모양이었다.

발주처 감독은 시공회사가 도면과 규정과 시방서를 준수하는지 감독해야 하는 반면에 시공회사 감독은 발주처 감독을 돈 봉투로 구워삶아 공기 단축과 원가 절감을 해야 했다. 공사 감독들이 모두 현장을 빠져나가자 멈췄던 배처플랜트가 돌아가고 공회전하던 장비가 콘크리트를 줄줄이 쏟아 부었다. 바이브레이터공이 바이브레이터를 어깨에 둘러메고 득달같이 달려갔다. 바이브레이터는 진동을 보

내는 본체에 남자 성기와 흡사한 진동봉이 달렸다. 바이브레이터공
은 진동봉을 콘크리트 속에 집어넣으며 소리쳤다.

"히야 이거 아다라신개비네잉. 어메 어메 이년아, 벌려라 쫌 벌
려. 아주 짝 벌리랑께."

덥수룩한 수염에 콘크리트가 덕지덕지 튀어 배긴 바이브레이터공
이 진동봉을 사타구니에 바짝 끼고 콘크리트 속으로 집어넣으며 소
리쳤다. 다닥 탁탁. 철근 사이로 들이밀던 진동봉이 덜컥 고장 났
다. 그는 고장 난 바이브레이터를 거침없이 팽개치고, 예비용 바이
브레이터를 다시 들이대고 작업을 시작했는데 얼마 가지 못했다.

"우와 이건 짜꾸여 짜꾸, 아주 진짝꾸여. 이런 쓰발년아, 쫌 놔주
랑께."

투둑 툭툭. 목재 거푸집 사이를 비집고 들어갔던 진동봉이 썩은
동아줄처럼 툭 끊어지며 콘크리트 속으로 들어가 버리자 깜짝 놀라
며 소리쳤다.

"워메 워메. 이걸 어째쓰까잉. 이걸 어째쓰까잉."

바이브레이터공이 바이브레이터 다루는 요령을 제대로 터득하지
못한 모양이었다. 바이브레이터가 고장 나든 말든 레미콘 트럭에서
레미콘이 폭포처럼 쏟아졌다. 진동봉이 떨어져 나간 바이브레이터
본체를 잡고 속수무책으로 갈팡질팡하는 바이브레이터공을 지켜보
던 이 십장이 소리를 버럭버럭 내질렀다.

"야 이 니기미 씨펄눔아. 남의 씹은 부지깽이루 쑤신다구 좆대가
리를 그렇키 아무디나 쑤셔 박으면 어쩔 것이어."

이 십장이 하나 남은 예비용 바이브레이터를 들고 득달같이 달려
왔다. 건설현장에서 진동봉을 '좆대가리'라고 했다. 이 십장이 바이

148

브레이터를 들고 달려오자 넉살 좋은 바이브레이터공이 낄낄거리며 뒤로 물러서며 능글맞은 목소리로 말했다.

"십장님, 그래두 이러키 안 빠지는 걸 본께로 지가 좆대가리를 박긴 지대루 박었제잉."

이 십장이 발끈했다.

"야 이 개씨부랄자식아, 늬 대갈빡은 안전모 쓰라구 붙여 놓은 겨? 좆대가리를 한 번 더 아무디나 처박구 쑤석거리면 이걸 그냥 늬 아가리에 칵 처박아뿔 것잉께로."

이 십장이 들고 간 진동봉을 물러서는 바이브레이터공에게 들이대고 소리를 꽥꽥 내지르며 거푸집 위로 올라서자 바이브레이터공이 낄낄거리며 뒤로 물러섰다. 이 십장이 콘크리트 속으로 진동봉을 집어넣으며 벼락 치듯 소리를 질렀다.

"야 이 씨펄눔아, 가재새끼맨치로 자꾸 뒷걸음질만 치지 말구 숙달된 나가 다시 한 번 시범을 보일텡께로 잘 봐둬라잉. 아무리 섭이 급혀두 좆대가리는 처녀 사타구니에 밀어넣딕기 요로코롬 살살 밀어넣구, 요쪽으루 한 번 돌리구 저쪽으루 한 번 더 살째기 돌리구 돌려 요렇게 요렇게 몇 번 쑤석쑤석 혔다가 쑥 빼내야지잉. 인자 늬가 한 번 지대루 혀봐라잉. 이 썹두 못 허구 뒈질 새꺄."

이 십장 말대로 바이브레이터는 사랑하는 연인을 대하듯 소중하게 다뤄야 한다. 그런데 시장골목에 들어가 강간이라도 하는 놈처럼 진동봉을 들입다 박아 놓고 빡세게 쑤석거리다 보면 철근에 걸려 고장 나고 거푸집 사이로 들어가면 빠져나오질 않았다. 고장 난 바이브레이터를 거듭 수리하다 보면 성능이 떨어져 아무짝에도 쓸모없는 쇳덩어리에 불과했다.

콘크리트 치기 시작할 때부터 간간 떨어지던 빗방울이 시간이 지날수록 점점 거세졌다. 콘크리트를 치다 빗방울이 떨어지면 즉시 공사를 중지하고 비닐로 덮어야 한다. 바로 덮지 않으면 빗방울이 떨어진 자리에 곰보 자국이 생기고 빗물에 시멘트와 모래가 씻겨 내려가 오글오글한 자갈 무더기만 남는다. 어쩐 일인지 콘크리트 바닥을 비닐로 덮어나가던 인부가 다급한 일손을 놓고 하늘만 쳐다보고 있었다. 이 십장이 벼락 치듯 소리를 내질렀다.

"저런 저 씨펄놈. 야 이 씨펄놈아, 장승맨치루 서 있지 말구 공구리 치는 대루 싸게싸게 덮어나가랑께."

이 십장이 가리키는 쪽을 보지 못한 인부가 소리쳤다.

"워디를 덮으라구유?"

이 십장이 주먹으로 가슴팍을 팡팡 치며 목에 핏대를 세웠다.

"워메 워메, 참말루 답답헌 거. 그 두 눈깔은 뒀다 어따 쓸랑가? 슥달 열흘에 한 번을 봐두 봐야 눈깔이지. 야 이 씨펄놈아, 저쪽 물 찬 디루 빨랑 가 탁 터노랑께. 물 빠지게."

이 십장이 가리킨 쪽으로 달려간 인부가 고래고래 소리를 질렀다.

"십장님, 아무래두 안 되겠슈. 슬래브 위루 물이 또랑물 내려가덕기 촬촬 흘러가는디 어티기 작업을 계속 헌대유? 이제 고만 중단해야겠슈."

그렇다. 콘크리트 공사는 비가 오면 즉시 중단해야 한다. 콘크리트에 물을 타면 더욱 안 된다. 콘크리트는 함수율(含水率), 온도, 시간이 생명이다. 인부들은 그걸 알면서도 현장에 감독이 없으면 콘크리트에 물을 탔다. 콘크리트가 되면 작업하기가 꽁꽁 언 땅을 파는 것보다 더 힘들고 무엇보다 작업시간이 몇 배 오래 걸리기 때문이다. 반대로 콘크리트에 물을 섞어 팥죽처럼 묽어지면 콘크리트 작업은 거저먹기였다. 가만두어도 뱀이 수풀 사이로 기어들듯 콘크리트가 거푸집 속으로 밀려 들어가고 바닥고르기도 저절로 되었다. 문제는 콘크리트 강도에 치명적이어서 공사 중 콘크리트 구조물이 무너질 수도 있다.

현장에 감독들이 코빼기도 보이지 않자 공사에 아무런 책임이 없는 인부들이 사정없이 물을 탔는데, 빗물까지 들어가 도랑물 내려가듯 했다. 당장 콘크리트 작업을 중단시켜야 하는데 그 권한은 작업승인서에 사인한 발주처 감독뿐이었다. 이 십장은 콘크리트 공사를 중단시킬 권한이 없었고 당직인 나도 없었다. 이 십장은 감독이 공사를 중지시키지 않는 한 계속해야 했다.

콘크리트 공사를 중단시키면 살인적인 공기가 지연되는 것은 물론 생산된 콘크리트를 버려야 하고, 장비사용료, 인건비 등 막대한 손실이 발생하기 때문에 강 차장은 발주처 감독을 돈 봉투로 구워삶아 현장 밖으로 나가 돌아오지 않았다. 이 십장은 강 차장이 무엇 때문에 발주처 김 감독을 데리고 현장 밖으로 나갔는지 알고 있었다. 한데 뒷일이나 거드는 주제에 작업을 중단해야겠다고 하자, 이 십장이 같잖게 바라보며 소리를 빽 질렀다.

"하아 이런 건방진 새끼. 오늘 밤 하늘이 두 쪽 나두 공구리는 쳐야 헌께로 좆뺑이 치기 전에 빨랑빨랑 물 빼구 덮어나가라이잉."

하늘만 바라보던 인부가 될 대로 되라는 듯 콘크리트 바닥을 덮어나갔다. 다르락 탁탁. 설상가상으로 한 대 남은 바이브레이터마저 멈춰버렸다. 이 십장이 소리를 버럭버럭 내질렀다.

"에라 이 씨펄눔아, 그거 하나 남은 거마저 고장 내뿔면 어쩔 것이여. 이 염병허다 땀 한 방울두 못 내구 쭉 뻗을 새꺄."

이 십장이 소리를 질러도 바이브레이터공은 들은 척도 안 하고 레미콘 속에 파묻혀 있는 바이브레이터와 진동봉을 싸잡아 쥐고 밖으로 끌어내며 맞받았다.

"하이고메, 말을 꼭 고로코롬 혀야 속이 씨원허요? 고철뗑이가 지금까지 버텨준 것만두 황송헌께로 당최 그런 말씀 허덜마쇼이잉."

바이브레이터공이 고장난 바이브레이터를 밖으로 질질 끌고 나왔다. 바이브레이터 작업을 지켜보던 이 십장이 보다 못해 소리를 버럭 내질렀다.

"저런, 저 씨펄눔. 염병하네 염병해. 야 이 씨펄눔아, 그나마 감독새끼덜 읎는 것이 천만다행인께로 고장난 좆대가리는 쩌리 집어치우구 대나무 장대로 바닥은 안 쑤셔도 된께로 귀퉁이나 늬 좆꼴리는 대루 팍팍 쑤셔대라이잉."

호랑이 없는 골에 토끼가 왕이라고 감독 없는 현장에 이 십장이 북 치고 장구 치고 혼자 다했다. 바이브레이터공이 벌컥 소리쳤다.

"아따 참말로. 그런 건 말씀 안혀두 된께로 십장님은 쩌리 가시요잉. 십장님이 그러코롬 지켜보면 일이 더 안 된당께로."

바이브레이터공이 고장 난 바이브레이터를 내동댕이치고 대나무 장대를 가지러 달려갔다. 대나무 장대는 바이브레이터를 쓰기 전 사용했던 원시적인 방법이었다. 빗발은 점점 더 거세게 쏟아졌다. 건너편에서 거푸집을 손보던 목공이 소리를 질렀다.

"십장니임, 이 십장니임, 만두 옆구리 터지딕기 거푸집이 탁탁 터져나가유. 에헤, 저쪽 거푸집이 또 터졌슈. 저걸 워턱헌대유?"

목공이 터져나가는 거푸집을 두 손으로 막아내자 이 십장이 목공 뒤에서 터진 거푸집을 우두커니 지켜보는 인부를 향해 다급하게 소리쳤다.

"야 이 씨펄눔아, 따오기 가재구멍 들여다보딕기 터진 구멍만 들여다보지 말구 철사루 빨랑빨랑 잡아 매랑께. 그리구 야 김병수, 넌 거기서 뭔 지랄을 허냐? 그거 고만 집어치우구 빨랑 슬래브 밑으루 내려가 동바리 살펴보구 삐딱헌 건 쐐기 쳐서 똑바루 세우랑께."

이 십장이 목이 터져라 소리를 질러대도 김병수는 여전히 거푸집에 각목을 대고 대못을 때려 박고 있었다. 빗속에 바람까지 불어 이 십장 목소리가 입 밖으로 나오자마자 허공으로 흩어졌다. 이 십장이 다시 소리를 버럭 내질렀다.

"김병수! 야 이 씨펄눔아, 늬 귓구멍에 말뚝 박았냐? 어엉."

"뭐라구유? 시방 나 불렀슈?"

김병수가 망치를 든 채 소리를 지르며 빗속으로 뛰어왔다.

"으메 으메, 이런 개자식 좀 보소. 빨랑 슬래브 무너지기 전 동바리 살펴보랑께."

급히 달려온 김병수가 희죽이 웃으며 느물거렸다.

"에이. 난 또 뭐라구. 인자 알아들었으니께 소리 좀 고만 질러유. 귀청 떨어지겠슈."

"알아들었으면 빨랑 늬려가, 이 씨펄눔아."

이 십장이 발길로 냅다 김병수 엉덩이를 걷어찼다. 김병수가 낄낄거리며 잽싸게 피해 슬래브 밑으로 내려갔다. 야간 콘크리트 공사는 억지 춘양으로 마무리 작업에 들어갔다. 탕탕. 김병수가 동바리에 쐐기 치는 소리가 강물 위로 쩌렁쩌렁 울렸다.

나는 김병수가 동바리를 바로 세우는 망치 소리를 들으며 현장을 빠져나왔다. 배처플랜트를 순찰하고 당산터널 공사현장을 둘러본 뒤 사무실로 들어가 당직일지를 작성했다. 당직일지에 당산터널 공사, 배처플랜트, 당산대교 상판 콘크리트 야간공사, 부대공사 순으로 작업인원과 공사내용을 적어나갔다. 나는 당직일지를 덮고 당직실로 들어갔다. 한숨 자고 일어나 새벽에 순찰을 한 번 더 돌아보고 별일 없으면 야간작업을 끝낸 시간을 기록한 뒤 '당직 근무 중 이상 없음'이라고 일지를 마무리하면 당직은 끝난다. 나는 당직실에 들어가 옷을 입은 채로 천장을 바라보며 누웠다.

　새벽에 경비가 순찰 나갈 시간이라고 깨웠다. 나는 벌떡 일어나 새벽 순찰을 나갔다. 비는 그쳤으나 길이 많이 질척거렸다. 당산터널 공사는 여전했고 생산을 끝낸 배처플랜트는 적막했다. 새벽 여명이 부드럽게 밝아오고 있었다. 길섶에 삐죽삐죽 자란 풀잎이 도리질하듯 하늘거리며 아침이슬을 떨어냈다. 강에서 연한 물비린내가 올라왔다. 첨벙. 커다란 물고기가 다이빙하듯 물 밖으로 솟구쳤다 다시 물속으로 들어갔다.

　강가로 돌아가다가 무심코 바라본 강 상류가 휑했다. 아니, 지난 밤 콘크리트를 쳐 놓은 다리 상판이 감쪽같이 사라졌다. 귀신이 곡할 노릇이었다. 진창길을 한걸음에 달려갔다. 상판이 무너져 내린 교각 양단에 깨끗이 발라먹은 생선 가시처럼 앙상한 철근이 빗살처럼 아래로 휘어져 있었다. 강물은 아무 일도 없었다는 듯이 유유히 흘러갔다.

　나는 사무실로 한걸음에 달려가 소장을 깨워 보고했다. 강 차장 숙소에 전화를 걸어도 받지 않았다. 잠시 뒤 소장이 들어오고 뒤를 이어 발주처 총감독이 소장실로 올라갔다. 나는 총감독이 소장실로 올라간 뒤 얼마 지나지 않아 소장에게 들어오라는 전화를 받았다. 소장실에 토목 김 과장이 먼저 들어가 있었다. 내가 소장실로 들어가자 소장이 업무지시를 했다.

"상판은 무너졌어도 인명피해가 없어 그나마 다행이야. 김 과장은 인부들이 출근하는 대로 교각 양단에 가림막을 설치해! 그리고 자갈, 모래, 시멘트는 충분한데 철근이 문제야. 정 계장은 오늘 오전 중으로 상판 공사용 철근을 다시 들여와."

발주처 총감독은 이미 소장과 논의한 듯 묵묵히 듣고 있었다. 아마 당산대교 상판 붕괴사고를 은폐할 모양이었다. 현장에서 일어나는 모든 사건 사고는 철저하게 은폐했다.

내가 소장실을 나와 그길로 철강회사에 들어가 철근을 사서 싣고 돌아왔을 때 당산대교 양단에 가림막이 설치되어 있었다. 나는 철근을 싣고 곧바로 공사장으로 들어갔다. 발주처 김 감독과 강 차장이 아무 일도 없는 듯이 기다리고 있었다. 당산대교 공사는 이미 주야간 초비상 근무에 들어가 있었다. 나는 강 차장에게 철근을 바로 넘겨주고 사무실로 들어갔다. 골재 담당 고 주임이 다가와 귓속말하듯 낮은 목소리로 말했다.

"계장님, 당산대교로부터 백여 미터 떨어져 정박해 있던 바지선에 목공 김병수 시신이 걸려 있는 것을 선장이 발견했대요."

"뭐! 김병수가 죽었다고. 누가 그래?"

나는 안전관리부로 고개를 돌렸다. 안전관리부는 평소와 다름없었다. 나는 짚이는 게 있어 어찌 된 일이냐고 물었다.

고 주임이 본능적으로 주위를 둘러보며 낮은 목소리로 말했다.

"목공 김병수가 지난밤에 자살했대요."

자살이라니! 탕, 탕. 내가 지난밤 순찰을 마치고 돌아설 때 슬래브 밑으로 내려갔던 김병수가 망치로 동바리 밑에 고인 쐐기 치는 소리가 환청처럼 되살아났다.

나는 문득 새벽에 소장을 태우고 들어온 장 기사가 떠올랐다. 장 기사는 어디를 가려는지 지프에 시동을 걸어 놓고 대기하고 있었다. 나는 장 기사에게 물었다. 장 기사는 내가 묻는 말에 별거 아니라는 듯 시큰둥한 표정으로 대답했다.

"아, 그 사람은 지난밤 강물에 투신자살 했대유. 소장님이 경찰서에 신고혀 김병수 시신두 경찰이 실어갔슈. 김병수가 자다 말구 밖으루 나가는 걸 목격한 목격자가 세 사람이나 있다구 허던디유 뭐."

김병수가 자살하다니! 목격자가 세 사람이라니! 나는 목격자 진술서 사본을 읽어보았다. 목격자는 그가 숙소 밖으로 나가는 걸 목격한 같은 방 동료, 화장실에 갔다 오다 숙소에서 나오는 그를 본 사람, 그가 강 쪽으로 걸어가는 것을 순찰 중에 보았다는 경비였다. 나는 숙직일지를 찾아다 폈다. 예견한 대로였다.

내가 철근을 사러 간 사이 야간숙직은 토목 서일환 과장으로 바뀌어 있었다. 서 과장은 내가 쓰다만 일지를 그대로 옮겨 쓰고 야간작업이 끝난 시간을 적었고 작업인원 전원이 철수했다고 적었다. 숙직일지 끝에 '숙직 근무 중 이상 없음'이라고 적은 서 과장이 도장을 찍고 총무와 소장이 결재했다. 숙직이 바뀐 것은 내가 철근 사러 간 사이 김병수가 작업을 마치고 숙소로 돌아간 증거자료로 제출하기 위해서였을 것이다. 목격자 진술서도, 숙직일지도 완벽했다.

죽은 사람은 말이 없고 모든 진상은 서류가 말했다.

각하 순시하던 날

당산터널 공사는 여전히 낙반 사고로 작업 인부가 다치거나 죽어 나가면서도 자벌레가 기어가듯 계속 뚫고 들어갔다. 쿵 쿵. 반대쪽에서도 터널을 뚫고 들어오는 소리가 시시각각 가깝게 들리기 시작했다. 작업자들 가슴도 쿵 쿵 뛰었다. 터널이 관통되는 순간 무너질지도 모른다는 생각에 모두 바짝 긴장했다.

와르르 쾅. 콰르르 쾅 쾅.

드디어 경부고속도로 공사 중 난공불락이었던 당산터널이 뻥 뚫렸다. 더 이상 뚫고 나갈 곳이 없었다. 앙숙처럼 목숨 걸고 경쟁하던 양쪽 터널 공사 담당자들 가슴도 하나로 뻥 뚫리는 순간이었다. 당산터널이 맞창 날 때 터널 천장이 무너질지도 모른다는 감독의 경고에도 불구하고 양쪽 인부들이 서로 달려들어 얼싸안고 만세를 불렀다. 현장에 있던 인부들, 임직원들, 감독들이 달려와 상기된 얼굴로 맞창난 터널을 지켜보았다. 사장이 달려오고 장관이 다녀갔다. 회사는 준공일자를 바라보며 마무리 공사에 박차를 가했다.

당산터널이 관통되고 며칠 지난 뒤 공사현장 주변에 스포츠형 머리의 사내들이 손에 무전기를 들고 분주하게 움직이는 것이 눈에 띠었다. 나는 직감적으로 각하가 곧 현장을 방문할 것이란 생각이 들었다. 소장은 각하가 방문하는 날 고속도로의 노래를 합창할 인부들을 3개 조로 편성했다. 1조는 각하가 헬기에서 내려 터널 공사현장을 조망하는 강 건너 전망대 아래서 고속도로의 노래를 부를 인부들이었고, 2조는 자재창고 인부들과 터널 밖에서 버력을 치우는 인부들을 합쳤고, 3조는 터널 안에서 작업하는 인부들이었다. 1조는 고속도로의 노래를 가르친 성재열 부장을 배치했다. 나는 백 주임과 2조를 맡았고, 3조는 토목 김 과장을 배치했다. 인부들을 3개 조로 편성한 뒤 소장이 직접 예행연습에 들어갔다. 예행연습에 발주처 감독들과 현장에 들어와 있던 경호원들이 참관했다. 우리는 알 수 없었으나 경호원 중에 중앙정보부 요원이 섞여 있다고 했다.

연막탄을 터뜨려 붉은 연기가 피어오르는 헬기장에서 검은 선글라스를 끼고 하얀 지시봉을 든 소장이 각하 역할을 맡아 수행원을 거느리고 뚜벅뚜벅 걸어 나왔다. 소장을 따르는 수행원들은 남쪽 터널 담당 오성철 차장, 북쪽 터널 담당 박종규 차장, 당산대교 담당 강상철 차장이었다. 소장이 전망대에 올라서자 1조가 군가를 부르듯 힘차게 고속도로의 노래를 부르기 시작했다. 2조, 3조도 불렀다.

'아침햇살 신선한 푸른 하늘 …'/ '이 세상에 여자 없으면 무슨 재미로 ….'

하 이런! 우려했던 일이 기어이 터지고 말았다. 소장과 가까운 거리에 있는 1조와 2조는 고속도로의 노래를 힘차게 불렀는데, 소장이 바라보는 터널 안에서 3조는 '응원가'를 불렀다. 전혀 예상치 못했던 일은 아니었다. 고속도로의 노래를 부르는 인부 중 몇몇이 열두 냥짜리 인생이나 응원가를 부를 것으로 예상은 했었다. 그런데 3조가

158

부르는 응원가 소리는 고속도로의 노랫소리를 압도했다. 터널 안에서 응원가를 부르자 터널 밖 인부들도 따라 불렀다. 당황한 백 주임이 터널 쪽으로 뛰어갔다. 손에 무전기를 들고 있던 경호원이 소리쳤다.

"야 새꺄, 거기 서!"

백 주임이 우뚝 섰다.

"뒤로 돌앗!"

백 주임이 뒤로 돌았다.

"두 손 머리 위로 올려!"

백 주임이 두 손을 머리 위로 올렸다.

"꼼짝 말고 그대로 있어! 움직이면 대갈통을 쏴버릴 테니까."

노래는 다음 소절로 넘어가고 있었다. 일은 어차피 벌어진 일이었다. 응원가 가사를 어떻게 바꿔 부를지가 더 큰 문제였다.

'산 좋고 물 맑은 고을고을 …' / '해가 떠도 여자 달이 떠도 여자 여자가 최고야 ….'

고속도로의 노래가 울려 퍼지는 가운데 전망대에 올라선 소장이 수행원으로 따라 나온 오 차장에게 반짝반짝 빛나는 지시봉으로 터널을 가리키며 뭘 물어보는 모양이었다. 오 차장이 다가가 소장과 똑같이 손가락으로 터널 양쪽을 가리키며 대답하는 모습이 보였다. 소장이 지시봉으로 터널 양쪽을 가리키며 원을 그려 보이기도 하고 좌우로 흔들기도 했다. 당산터널로 이어지는 당산대교를 가리키기도 했다.

각하 역할을 맡은 소장이 당산대교를 가리키자 오 차장이 뒤로 물러나고 강상철 차장이 소장 옆으로 다가섰다. 소장이 양손을 쫙 벌리며 강 차장에게 당산대교 길이를 물어보는 듯했다. 강 차장이 뭐라고 말하는 동안 소장이 다시 양손을 아래위로 마주 벌리며 당산대교 높이를 물어보는 듯했다. 소장이 가리키는 당산대교 아래에 정박해 있는 바지선에 경호원들이 사주경계를 하고 있었다. 각하가 박 차장, 오 차장, 강 차장을 차례로 불러가며 당산터널과 당산대교를 가리키며 묻고 대답하는 동안 고속도로의 노래는 계속 이어지고 있었다.

'겨레의 숨결이 배어든 곳…' / '아니야, 아니야. 박 십장이 최고야….'

각하가 보는 앞에서 박 십장이라니! 심지어 '아니야, 아니야. 군바리가 최고야' 라는 노랫소리도 또렷이 들렸다. 그 순간 내 머릿속도, 하늘도 하얘졌다.

우리 속담에 때리는 사람보다 말리는 놈이 더 밉다는 말이 있다. 인부들이 잊을 만하면 불쑥불쑥 찾아오는 각하보다 호가호위하는 발주처 감독이 그랬다. 각하가 다녀가면 감독들이 공기 단축을 내세우며 공사를 혹독하게 몰아쳤다. 고래 싸움에 새우 등 터진다고 밤낮 죽어나는 건 인부들이었다.

어느 날부터인가 인부들이 일껏 가르친 고속도로의 노래를 부를 때 가사를 바꿔 각하를 '박 십장', 감독을 '군바리' 라고 그날그날 기분 내키는 대로 불렀었다. 아니나 다를까. 인부들은 각하 역할을 맡은 소장이 시찰하는 데도 마지막 소절은 가사를 제멋대로 바꿔 중구난방으로 목청껏 불렀다. 터널 안에서 부른 노랫소리는 터널이 울림통이 되어 소장이 있는 강 건너에 우뚝 선 산이 쩌렁쩌렁 울렸다. 예행연습이었지만 경호원들이 있었고, 그들 중에 중앙정보부 요원이 섞여 있었고, 뒤늦게 알고 달려온 경찰서 정보과 형사가 있었고, 군바리라는 말만 들으면 알레르기 반응을 보이는 발주처 감독들이 있었다.

예행연습은 즉시 중단되었다. 경호원들이 터널 양쪽을 봉쇄하고 안으로 들어갔다. 잠시 뒤 요란한 사이렌을 울리며 백차가 들어와 터널 안에 있던 인부들을 태우고 나갔다. 인부들은 그날 단 한 사람도 돌아오지 않았다.

다음 날 오후 서울 방향 고속도로 상공에 헬기 한 대가 나타났다. 각하가 타고 내려온 헬기였다. 경호원들은 자재창고 인부들을 모두 창고 안에 가둬 놓고 밖을 지켰다. 사무실 직원들도 밖으로 한 발짝도 나가지 못했고, 공사장 인부들은 각하가 맞창난 터널을 시찰하고 떠날 때까지 터널 안에 들어가 고개를 푹 숙이고 앉아 있었다. 그날 뒤로 경부고속도로 건설현장에서 고속도로의 노래는 영영 들을 수 없었다.

3년 만의 휴가

경부고속도로는 공사 중에 수많은 우여곡절을 겪으며 착공한 지 2년 5개월 만에 공식 개통되었다. 공사비는 다른 나라 고속도로의 5분의 1이 들었고, 공사 기간은 세계에서 유례를 찾아볼 수 없을 만큼 짧았다고 했다. 준공식은 착공식보다 매우 성대하게 치러졌다.

경부고속도로를 준공한 뒤 회사는 미뤘던 임직원들의 표창과 승진을 단행했다. 창사 이래 최대의 승진 인사였지만 모두 만족할 수는 없었다. 사장은 훈장을 받았고 소장은 대통령 표창을 받고 이사에서 상무로, 총무는 국무총리상을 받고 부장에서 이사로 승진했다. 특별 승진도 있었다. 승진대상에 들지 못했던 박종규 차장은 당산터널 공사에서 북쪽을 담당했는데, 남쪽보다 3.8미터를 더 뚫은 공로로 장관 표창을 받고 부장으로 승진했다. 남쪽 공사 담당 오성철 차장은 표창도 승진도 없었다. 북쪽은 남쪽보다 공사 중 사망자가 더 많이 발생했는데도 승진심사에 아무런 영향을 받지 않았다. 당산대교 공사 중 상판붕괴 사고를 낸 강상철 차장도 부장으로 승진했다.

정기인사를 단행한 뒤 소장은 각 부서에 휴가계획서를 제출하라고 했다. 휴가계획도 3개 조로 편성했다가 5개 조로 바뀌었고, 휴가 기간도 3박 4일에서 2박 3일로 축소되었다. 준공 뒤 일주일간 포상 휴가를 주겠다고 착공 때 한 약속은 물 건너갔다. 1조는 입대한 뒤 첫 휴가 가는 병사들처럼 들뜬 마음으로 출발했다.

마지막 조로 편성되었던 나는 3년여 만에 휴가를 받았다. 경부고 속도로 공사 기간이 2년 5개월이라고 하지만 선발대로 들어가 출장 소를 개설하고, 도로를 닦고, 숙소를 짓고, 착공식 준비 기간까지 몇 개월 걸렸고, 준공 뒤에도 몇 개월 지나서야 겨우 휴가를 갈 수 있었기 때문이다. 교통편이 되는 직원들은 휴가 전날 퇴근해 바로 출발했는데, 나는 하자보수공사용 자재가 뒤늦게 도착해 막차를 탈 수 없었다. 경부고속도로는 준공한 뒤에도 여기저기 광범위하게 하 자가 발생해 현장을 철수하지 못하고 있었다.

다음 날 아침 첫차를 타기 위해 버스정류장으로 나갔다. 직원들이 정류장에 모였다가 각자 자기 집으로 가는 방향의 버스를 탔다. 나 는 하동찬 계장과 함께 서울행 버스를 탔다. 버스는 인근 장에 가는 사람들로 이미 발 디딜 틈이 없었다. 꼬꼬댁 꼬꼬댁 꼭꼭. 갑자기 차 안에서 닭이 울었다. 할머니가 구럭에 넣은 닭이 사람들 틈에 낀 모양이었다. 운전사가 차를 세우고 동물을 갖고 버스에 탈 수 없다 고 당장 내리라고 했다. 할머니는 차비를 내고 탔으니 내릴 수 없다, 그 먼 길을 늙은이가 어떻게 걸어가겠느냐고 숨넘어가는 목소리로 말했다. 내려라, 못 내린다, 옥신각신하는데 초장을 보려는 장꾼들 이 이구동성으로 운전사 편을 들었다.

결국은 절대로 못 내리겠다고 버티던 할머니가 내리자 버스가 다시 출발했다. 버스에 에어컨은 나오지 않았다. 하 계장과 나는 짐짝처럼 실려 가다 장꾼들이 내린 뒤 자리를 잡고 창문을 열었다.

버스가 해변도로를 달렸다. 파도가 부채질하듯 철썩철썩 밀려와 더위를 식혀 주었다. 한낮에 서울버스터미널에 내린 나는 무심코 사방을 두리번거리는데, 하 계장이 내 어깨를 툭 치며 휴가 잘 다녀오라고 했다. 하 계장은 정년이 얼마 남지 않은 만년 계장이었다.

터미널을 빠져나와 버스를 타고 집으로 가다 말고 시장 앞에 내려 통닭 한 마리를 튀겨 들고 다시 버스를 탔다. 통닭을 들고 집에 들어가기는 처음이었다. 얼마 지나지 않아 버스 안에 통닭 냄새가 진동했다. 버스가 초등학교 앞에 멈추자 가방을 메고 신발주머니를 든 초등학생 대여섯이 올라탔다. 통닭 냄새를 맡은 아이들이 두리번거리다 내가 들고 있는 통닭을 보고 나를 빤히 쳐다봤다. 나도 아이들을 쳐다보며 아들 연휘를 떠올렸다.

버스가 우리 마을 앞 정류장에 섰다. 나는 창밖을 내다보며 아내를 찾았다. 아내는 내가 경부고속도로 건설공사 현장에 근무하는 동안 무허가 판잣집에서 얼마 떨어지지 않은 곳에 빌라 지하 셋방을 얻어 이사했다. 나는 새로 이사간 집을 몰랐는데 다행히 주인집에 전화가 있어 아내가 마을 앞 정류장에 마중 나오기로 했다.

버스정류장을 조금 벗어난 곳에서 정차하는 버스를 지켜보는 아내가 한눈에 들어왔다. 아내도 창밖을 내다보는 나를 알아봤는지 싱긋 웃으며 손을 번쩍 들었다. 내 앞에 내린 초등학생이 정월 대보름날 쥐불놀이하듯 까만 신발주머니를 빙빙 돌리며 뛰어가다 아내를 보고 "엄마!" 하고 소리쳤다. 엄마라니! 나는 벌에 쏘인 듯 화들짝 놀랐다. 버스 안에서 여러 번 눈이 마주쳤어도 그 아이가 내 아들 연휘라는 걸 알아보지 못했다.

"너, 아빠하고 같은 버스 타고 왔구나?"

아내가 연휘 손을 잡으며 물었다. 연휘가 생뚱맞은 표정으로 "아빠!" 그러곤 뒤로 돌아 다가가는 나를 멀뚱멀뚱 쳐다봤다. 연휘도 나를 몰라본 눈치였다. 연휘에게 다가서며 "연휘야!" 하고 손을 덥석 잡았는데, 내 손을 휙 뿌리치고 제 엄마 뒤로 몸을 숨겼다.

"이놈아, 내가 아빠야."

다시 손을 잡으려는데 아들놈은 내게 눈길 한 번 주지 않고 후다닥 뿌리치고 달아났다. 나는 너무 큰 충격을 받고 달아나는 아들놈 뒷모습을 멀뚱히 바라보는데 아내가 말했다.

"지금 한참 크는 아이들이라 그래요. 지난 명절에 아이들 데리고 시골 갔는데 할머니, 할아버지도 몰라보시던데요. 삼촌들은 말할 것도 없고요."

아내 말을 듣고 보니 충청도 말밖에 모르던 아내 말씨도 서울말로 바뀌고 빨라졌다. 아내는 나를 정류장에 세워둔 채 가게 안으로 들어가 반찬거리를 사 들고 나왔다. 만날 남의 밭에 들어가 시래기 줍고 산으로 들로 돌아다니며 나물 뜯어다 먹던 아내가 이제는 마트에서 장을 봐 들고 오는 게 신기했다. 물론 내가 있을 때도 더러 갔겠지만 나는 아내가 마트에 다녀오는 걸 처음 보았다. 가게를 나와 곧장 집으로 갈 줄 알았던 아내가 큰 아이도 올 시간이 되었다고 잠깐 기다렸다가 같이 가자고 나를 가로수 밑으로 끌었다. 아내 손은 전보다 부드럽고 따뜻했다.

똥차가 고약한 냄새를 풍기며 지나갔다. 연탄장수 아저씨와 아주머니가 연탄을 가득 실은 리어카를 앞에서 버티고 뒤에서 잡아당기며 언덕길을 내려오고 있었다. 뒤에서 갑자기 '뻥이요' 소리에 이어 폭탄 터지는 소리가 났다. 뒤를 돌아본 순간 뭉텅 피어오르는 연기 속으로 아이들이 우르르 몰려가 사방으로 튀어나간 강냉이를 주워 먹었다. 뻥튀기 아저씨는 길쭉한 망 속에 들어있는 강냉이를 커다란 함지박에 주르르 쏟아 부었다. 동네 개들이 몰려들어 땅에 코를 처박고 킁킁거리며 돌아다녔다. 뻥튀기 아저씨는 아랑곳없이 대포에 화약을 장전하듯 강냉이 한 됫박을 다시 뻥튀기 통에 넣은 뒤 뚜껑을 닫고 조였다. 그는 마지막으로 옆으로 빼놓았던 불 깡통을 다시 뻥튀기 통 밑으로 밀어 넣고 한 손으로 풀무질을 하고 한 손으로 뻥튀기 통을 빙글빙글 돌렸다.

버스 세 대를 보내고 네 번째 도착한 버스에서 다인이 내렸다. 나는 다인이도 몰라봤다. 아내가 먼저 알아보고 버스에서 승객들과 함께 내리는 다인을 불렀다. 다인이 "엄마!" 하고 달려오자 아내가 몇 걸음 다가가 손을 잡아 주며 말했다.

"다인아, 아버지 오셨어."

다인이 깜짝 놀라 우뚝 멈추며 소리쳤다.

"어디?"

나와 눈이 마주친 다인이 고개를 돌리며 사방을 두리번거리다 아무도 없자 혼자 서 있는 나를 다시 빤히 쳐다봤다. 다인이도 나를 몰라봤다. 나도 한참 만에 다인이 예전 모습을 찾아냈다. 다인이 나를 알아봤는지 갑자기 고개를 푹 숙였다. 아내가 말했다.

"다인아, 아버지한테 인사드려야지?"

다인이 그 자리에서 내게 고개만 꾸벅한 뒤 도로 땅만 내려다봤다. 나는 가만히 다가가 다인이를 안았다. 다인이 어깨가 날지 못하는 새끼 새처럼 파르르 떨었다. 다인은 내가 아무 데서나 덥석덥석 안아줄 수 없을 만큼 자란 여자아이가 되었다. 다인은 엉엉 울다가도 "다인아, 아빠 뽀뽀" 하면 쪼르르 달려와 눈물, 콧물이 범벅된 입술을 부리처럼 뾰족이 내밀던 아이였다. 다인이도, 연휘도 나를 보자마자 '아빠!' 하고 달려와 덥석 안길 줄 알았다. 아니 집을 나가 있는 동안 내내 그 생각만으로 지냈다.

그건 나만의 환상이었다. 아이들은 이미 훌쩍 커 초등학교에 다니는데, 나는 품에 안고 눈물 콧물을 닦아주던 아이를 찾고 있었다. 수년 만에 아내와 자식을 만나고도 셋방 보러 가는 사람처럼 아내 뒤를 줄렁줄렁 따라갔다.

우리가 새로 이사한 집은 지상 3층 빌라의 반지하였다. 지하로 다섯 계단을 내려가 오른쪽으로 돌아 다시 다섯 계단을 내려가자 현관문이 나왔다. 말이 반지하지 4분의 3은 지하로 내려갔고 4분의 1정도만 지상으로 빠끔히 올라가 있었다. 아내가 편지로 말한 대로 방은 두 칸이었는데, 방문 앞에 내가 밟고 내려간 계단만 한 쪽마루가 달려 있었다. 그건 마루라기보다 폭이 엉덩이 하나 올려놓을 만한 길쭉한 의자 같았다. 아이들 방은 안쪽으로 조그만 책상 두 개를 놓고 가운데에 줄을 맨 뒤 천으로 칸막이를 했다. 물론 방으로 들어가고 나오는 문은 한 개였다. 마루 앞에 초등학교 1학년 교실 책상만 한 부엌이 살강처럼 벽에 붙어 있었다. 내가 마루에 걸터앉자 아내가 아이들에게 말했다.

"얘들아, 아버지한테 절해야지?"

나는 마루에 올라가 앉았다. 아이들이 절을 하려고 해도 널빤지처

럼 조붓한 마루에 둘이 나란히 서서 절을 할 수 없어 서로 먼저 하라
고 뒤로 뺐다. 나는 얼른 일어나 안방으로 들어갔다. 안방은 세간이
반 이상을 차지했다. 아마 아이들에게 공부방을 만들어주느라고 허
접스러운 세간을 모두 안방으로 옮겨 놓은 모양이었다. 물론 아이들
방도 책상 밑으로 다리를 뻗고 혼자 누워 잘 만했다. 안방도 비좁아
엎드려 절하는 아이들 머리는 내 무릎에 닿는데 궁둥이는 문지방을
넘어 마루로 나갔다.

　아이들이 절을 하고 일어나자 아내는 내가 사온 통닭을 마루에 놓
았다. 아이들이 통닭을 보고 잽싸게 달려들어 서로 빨리 먹기 내기
하듯 쭉 찢어다 한 입 먹고 버리고 또 쭉 찢어다 한 입 먹고 버렸다.
어린 시절, 나는 음식을 먹을 때 어른이 드시기 전 손댈 생각조차 못
했다. 아버지에게 '겸상 반찬이 남는다'는 밥상머리 예절도 배웠지
만 아이들에게 아무것도 가르치지 못했다. 아이들은 통닭이 동나자
자기가 버린 것을 다시 집어 '오도독, 오도독' 씹을 수 있는 뼈다귀까
지 모조리 씹어 먹었다. 아이들이 먹고 난 자리에 씹을 수 없는 뼈다
귀 몇 개만 마른 개울 바닥에 드러난 자갈처럼 나뒹굴었다. 통닭을
다 먹은 아이들은 자기 방으로 들어가 나오지 않았다.

　참으로 오랜만에 아이들과 함께 저녁상 앞에 마주 앉았다. 아이들
을 무릎에 앉히고 밥을 먹은 뒤로 처음이었다. 저녁식사를 하면서도
아이들은 말이 없었다. 나하고만 말이 없는 게 아니라 내가 있어 저
희끼리 할 말도 참는 눈치였다. 아니 저희끼리도 벙어리처럼 내 눈
치를 보며 눈짓이나 손짓으로 의사소통을 했다. 아이들에게 뭘 물어
도 고개를 살래살래 젓거나 '예, 아니요'로 짧게 대답해 대화를 길게
이어갈 수 없었다. 나는 밥을 먹으면서도 만감이 서린 회한에 빠져

168

들었다.

내가 없는 사이 코흘리개 아이들이 자라 초등학교에 입학했고, 소풍가고, 운동회 하고, 생일 맞고, 명절을 보냈다. 아이들 생일축하 한 번 해준 적도 없고 아플 때 보살펴준 적도 없었다. 아이들에게 잘한다고 칭찬 한 마디 해준 적도 없고 잘못한다고 따끔하게 꾸짖은 적도 없었다. 아무리 생각해도 아이들과 함께한 추억이 없었다.

꿈이 뭔지, 무엇을 좋아하고 싫어하는지, 무엇을 하고 싶고, 무엇을 잘하는지 몰랐다. 그저 아이들 배 곯리지 않고, 헐벗지 않고, 공부시켜 대학을 보내는 것 말고는 생각해본 것이 없었다. 내가 집을 떠난 뒤 아이들 마음은 점점 나와 멀어져 갔다는 걸 깨닫지 못했다. 마치 해와 달이 서로를 비추며 다른 길을 가듯 나는 아이들과 다른 길을 걷고 있었다.

나는 유년시절 아버지가 해준 말 한 마디, 한 마디가 소중하고 절실해 가슴에 새겨들었다. 나무 한 그루, 풀 한 포기, 꽃 한 송이 이름도 아버지에게 배웠다. 창공을 나는 새, 곤충, 물고기 이름도 아버지에게 배웠다. 노루와 고라니와 사슴을 분별하는 법, 짐승 발자국이나 똥을 보고 무슨 짐승인지 알아보는 법도 아버지에게 배웠다. 먹을 수 있는 산나물과 먹을 수 없는 독초나 독버섯을 구별하는 법도, 물리면 생명을 잃을 수도 있는 독사, 살무사, 독충을 알아보는 법도 아버지에게 배웠다. 몸을 다치거나 병이 나면 달여 먹고, 가루로 만들어 먹고, 바르고, 부치고, 술을 담가 먹는 약재도 아버지에게 배웠다. 사계절을 가려가며 때를 놓치지 않고 산전을 일궈 씨를 뿌리고, 거름 주고, 가꾸고, 거둬들이는 시기와 방법도 아버지에게 배웠다. 내가 이 세상을 살아가는 마음가짐, 몸가짐, 삶의 지혜를 모두 아버지에게 배웠다.

나는 자라나는 아이들에게 아무런 영향을 주지 못했다. 앞으로도 그럴 것이다. 물론 아이들은 아이들 시대에 맞게 키우고 싶지 특별하게 키우고 싶은 마음은 없었다. 나는 콩밥 싫어하는 놈이 밥상머리로 골라낸 콩처럼 앉아 저녁을 먹었다. 저녁상을 물리기 무섭게 아이들은 자기 방으로 들어가고 아내는 상을 들고 부엌으로 갔다. 방안은 새끼들이 떠난 둥지처럼 쓸쓸하고 적막했다.

나는 벌떡 일어나 방을 나가 화장실 문을 열었다. 어라! 예상은 했었지만 퀴퀴한 냄새가 물씬 풍기는 화장실은 겨우 한 사람만 들어갈 수 있었다. 욕조는 물론 샤워시설도 없었다. 금이 간 벽체에서 지하수가 배어 나와 불빛에 번들번들했다. 변기에 앉을 때도 게걸음으로 들어가 허리를 곧게 펴고 앉아야지 고개를 숙이면 이마가 세면기 모서리에 부딪쳤다. 볼일 보고 일어나 허리를 구부리고 세면기에 손을 씻는데 엉덩이가 맞은편 벽에 닿아 세면기 옆으로 돌아서서 씻어야 했다. 그나마 화장실에 내 칫솔이 없었다.

아내가 한참 만에 새로 가져다준 칫솔로 양치질을 하고 나와 겨우 한 마디 했다. '집주인에게 화장실 수리해달라고 하지 않았느냐?'고. 아내는 내가 그렇게 물어볼 줄 알았다는 듯이 말했다.

"왜 얘기를 안 했겠어요. 화장실에 들어갔다가 벽에 몸을 스치기만 해도 옷이 젖고 냄새가 배 당장 옷을 갈아입어야 하는데. 그래서 집주인에게 얘기했더니 글쎄 수리하려면 집을 비워야 한대요. 집주인이라고 유세 떠는 거죠. 그러니 어쩌겠어요. 절이 싫으면 중이 떠난다고 우리가 이사할 때까지는 그냥저냥 살아야지요."

나는 빵점 맞은 시험지를 받아든 아이처럼 할 말이 없었다. 아내가 방에 자리를 깔아주며 들어가 쉬라고 했다. 나는 방에 들어가 천장을 바라보며 누웠다. 지난날이 주마등처럼 떠오르고 만감이 교차했다. 십 년이면 강산도 변한다는데 그야말로 십여 년을 목숨 걸고 열심히 살았는데 웬일인지 보람도, 만족도 느낄 수 없었다. 나는 텅 빈 가슴에 회한이 안개처럼 서렸다. 물론 아이들만 잘 자라준다면 나는 그 이상 바랄 건 없었다.

　아이들이 잠들면 들어오겠다던 아내가 거의 자정이 다 되어 들어왔다. 방에 불을 꺼도 밖에 켜놓은 보안등 불빛이 빠끔한 유리 창문으로 들어와 맞은편 벽에 반사되어 방안이 희붐했다. 나는 아주 오랜만에 아내를 안았는데 갑자기 등 위로 우박이 쏟아지듯 흙먼지가 우수수 쏟아졌다. 그 순간 아내가 내 가슴팍을 힘껏 밀어붙이며 벌떡 일어나 잽싸게 창문을 닫았다. 나는 아무 영문도 모른 채 윗목으로 벌렁 나가떨어졌다. 다시 불을 켰다. 방안에 먼지가 타작마당처럼 자욱했다. 나는 얼이 빠진 채 우두커니 앉았는데 아내가 이부자리를 털고 방을 쓸고 닦아낸 뒤 다시 자리를 펴고 누웠지만 뜨거웠던 열기는 이미 싸늘하게 식어버렸다. 나는 다시 아내를 안을 수 없었다. 아내가 그냥 자라며 중얼중얼 말했다.

　"우리집 창문 밖은 화단이었다는데, 우리가 이사 오기 전부터 주차장으로 쓰고 있었어요. 원래 주차장 없이 빌라를 지었으니까. 그런데 위층에 사는 성질 빼기가 아주 더러운 택시기사가 주차할 때마다 흙먼지가 한 바가지씩 들어와 주차할 때 조심하라고 여러 번 싸웠지요. 좀 살다 보니 싸워봤자 소용이 없더라고요. 창문 밖이 바로 주차장이고 흙바닥이라 주차하지 않아도 바람이 불고 차가 지나갈 때마다 흙먼지가 들어오고 매연이 뭉텅뭉텅 들어오는 걸 어쩌겠어요. 그래서 청소할 때만 문을 열고 꼭꼭 닫아두었는데 아까 청소하고 닫는 걸 그만 깜빡했어요. 위층 사는 그 택시기사가 지금 들어 왔나 봐요."

나는 다음 날 눈을 뜨자마자 일어나 주차장에 나가 보았다. 주차장으로 사용하기 전 화단이었다는데, 나무 한 그루, 풀 한 포기 없는 맨땅이었다. 주차할 때 타이어가 닿는 자리는 땅이 단단히 다져졌는데 타이어가 닿지 않는 창문 밑은 다져지지 않은 흙무더기가 밭두렁처럼 길게 쌓여 있었다. 우리집 맞은편 주차장은 움푹한 구덩이가 서너 개 파여 있었다. 나는 정원에 심은 나무를 캐낸 자리라고 생각하며 계단을 내려가다 얼핏 떠오르는 생각이 있어 다시 올라가 봤다. 그건 내 생각대로 나무를 캐낸 구덩이가 아니고 창문에 바짝 붙여 주차하지 못하도록 앞집에서 파 놓은 구덩이로 보였다. 나도 우리집 창문 앞에 구덩이를 파 놓을까 잠시 생각하다가 아내 말대로 창문을 열어놓으면 주차하지 않아도 바람에 지상의 먼지가 지하로 날아들 수밖에 없었다. 창문 앞에 구덩이를 파 놓은 그 집 창문도 꼭꼭 닫혀있는 건 마찬가지였다.

아침을 먹고 동사무소에 볼일이 있어 나간 김에 우리가 세 들어 사는 집 가옥대장을 떼어 봤다. 우리가 사는 지하는 주택으로 등기가 되어있지 않았다. 나는 몹시 당황하여 아내에게 물었다.

"우리가 사는 지하는 주택으로 등기가 되지 않았던데, 나중에 문제가 생기면 보증금을 어떻게 받을 거요?"

아내는 아주 태평스럽게 말했다.

"무허가 판잣집이나 무허가 지하나 그게 그거지, 다를 게 뭐 있어요. 지금 이런 집도 구하지 못한 사람들이 줄을 섰어요. 나중에 보증금 안 내주면 보증금이 다 까질 때까지 월세 안 주고 그냥 버티면 되지요. 설마 사람 사는 지하를 흙으로 메우겠어요, 물로 채우겠어요? 그래도 여기는 화장실이 있어 얼마나 다행인지 몰라요."

서울은 폭발적으로 늘어나는 주택 수요를 감당하지 못해 지하실, 다락, 주차장, 연탄창고 심지어 계단 밑까지 공간만 있으면 쪽방이나 다락방으로 개조해 세를 놨다. 내가 어두운 표정을 짓는 게 보였던지 아내가 덧붙여 말했다.

"웬만하면 먼저 살던 집에 그냥 살려고 했는데 아이들 학교 보내는 게 문제였어요. 그 집은 20여 분 걸어 나가 버스 타고 다섯 정거장을 더 가야 하거든요. 여기는 요강을 안 써도 되고요."

그건 그렇다. 우리가 먼저 살았던 무허가 판잣집은 공동 우물물을 길어다 먹는 것은 날씨가 가물지 않는 한 별로 문제 될 게 없었는데 화장실이 문제였다. 집주인이 형편 되는 대로 방을 한 칸씩 달아내 세를 놓다 보니 재래식 화장실 하나를 다섯 가구가 사용했다. 아침에 일어난 아이들이 화장실 앞에 줄을 서서 아랫도리를 비비 꼬아대며 참다가 다급하면 부엌에 뛰어 들어가 똥을 싸고 오줌을 쌌다. 나는 부엌 바닥에 신문지를 깔아주다 도저히 안 되겠기에 요강을 사다 방에 놓아주고 급할 때 사용하도록 했다. 아내가 말했다.

"그래도 아이들이 여기로 이사 온 뒤 얼마나 좋아하는지 몰라요. 지난 설에 시골 갔는데 글쎄 아이들이 할머니, 할아버지에게 집에서 수돗물이 나온다고, 집 안에 화장실이 있다고, 저희 방이 따로따로 있다고 얼마나 자랑하던지 민망해서 혼났어요. 어머니는 우리가 대궐 같은 집에서 사는 줄 아시더라고요."

아내는 내가 묻기 전에 말했다.

"시골도 이제 보릿고개는 면했어요. 우리가 사준 송아지가 자라 새끼를 낳았는데, 어미가 또 새끼를 가졌거든요."

휴가 첫날은 동사무소에 다녀오고 철물점을 찾아가 자재와 공구를 사다 물이 새는 화장실 벽을 임시방편으로 틀어막고 수리하는 데 하루가 후딱 지나가 버렸다. 다음 날 아침 화장실에 들어가 있는데 밖에서 아이들이 "학교 다녀오겠습니다"라고 했다. 나는 "어 그래" 하고 벌떡 일어나 허리춤을 붙잡고 문을 열었다. 아이들은 이미 '쿵' 하고 현관문을 닫고 나가 뒤통수마저 볼 수 없었다. 아이들이 학교에서 돌아오기 전 집을 나서는 내게 아내가 말했다.

"십 년짜리 주택청약부금을 들은 지 2년이 지났어요."

아내가 자랑스러운 표정으로 청약부금 들었다는 말끝에 집 장만하려면 반드시 해외 근무를 해야겠다는 생각이 번쩍 뇌리를 스치고 지나갔다. 아니 나는 이미 해외근무 신청을 해둔 상태였다.

휴가를 마치고 출근했는데 사무실 분위기가 휴가 갈 때 들뜬 분위기와 사뭇 달랐다. 모두 일찍 출근하여 누가 무슨 애기를 했는지 왁자지껄한데 총무과 노 과장이 안전과 이 과장에게 말했다.

"이 과장만 그런 게 아녀. 나는 집에 갔는데 밖에 나가 놀다 들어온 아들이란 놈이 나를 가리키며 '엄마, 저 아저씨 누구야?' 하고 묻더라고."

노 과장 말이 채 끝나기도 전에 원 과장이 나섰다.

"그 집이나 우리집이나 거기서 거기지 뭐. 나는 집에 갔더니 웬 놈

이 마당에서 혼자 놀다가 나를 말똥말똥 쳐다봐. 그래서 네가 누구
냐고 물었더니 도둑질하다 들킨 놈처럼 뒤도 안 돌아보고 대문 밖으
로 후다닥 달아났는데 잠시 뒤 그놈이 우리 어머니와 마누라 손을
잡고 다시 들어오더라고. 하도 어이가 없어 그놈을 멀뚱멀뚱 쳐다보
는데 마누라가 슈퍼에서 어머니랑 같이 장을 보는데 우리 아들놈이
헐레벌떡 달려와 '집에 엄청 무서운 깜둥이 아저씨가 왔으니 빨리 가
보라.'고 하더래."

원 과장 얘기 끝에 백동선 주임이 나섰다.

"아이구 말두 말어유. 그건 약과유. 나는 집에 가니께 우리 현장
합숙소에서 낮거리루 맹근 놈이 벌써 두 살이 되었더라구유. 나는
아들놈을 보자마자 울컥했는디 그놈은 놀랜 퇴깽이마냥 두 눈을 똥
그렇게 뜨구설랑 나를 쳐다보기에 내가 두 팔 벌려 안자마자 불에
덴 듯 자지러지게 우는 규. 방에 들어가지두 못 허구 아들놈을 안구
오던 길루 도루 나가 과자 사주구 장난감 사주며 겨우겨우 얼굴을
익혔는디 막상 아들놈을 안구 집을 나와 뻐스정류장에서 마누라에
게 안겨주려니께 아들놈이 가지말라구 매달리며 깔딱깔딱 숨 넘어
갈듯 울대유. 그래두 어쩌겠슈. 목구멍이 포도청이라구 억지루 떼
어 놓고 도망치듯 돌아서는디, 나두 눈물이 핑 돌대유."

능글능글하고 싱거운 소리 잘하는 하 계장이 끼어들었다.

"그래도 열 달 뒤에 생일이 같은 놈들 많이 나올 겨."

누가 뭐라고 해도 웃는 사람이 없었다. 웃을 일이 아니었고 남의
일도 아니었다.

업무시간이 되자 모두 자기 자리로 돌아갔다. 나는 바로 공정회의

에 들어갔다. 회의실 분위기가 심상치 않았다. 문제는 공사 수주였다. 어찌 된 노릇인지 본사는 경부고속도로를 준공한 뒤 수주를 못했다. 수주를 못한 건설회사는 뿌리 뽑힌 나무처럼 고사할 수밖에 없었다. 더욱이 경부고속도로 공사를 하면서 차관(借款)으로 사들인 수많은 중장비를 판판히 놀리는 것도 문제지만 시간이 지날수록 고철 덩어리로 변해가니 그게 더 큰 문제였다. 현장은 매일 본사에서 수주 소식 오기를 기다렸다.

급행료로 앞당긴 한강의 기적

본사에서 수주 소식은 들리지 않고 고위급 육군 장군 출신을 사장으로 영입한 인사발령지가 내려왔다. 인사발령지는 하루가 멀다고 내려왔다. 사장은 부사장, 전무, 상무를 장교 출신으로 채웠다. 회사는 사원 모집할 때 장교 출신을 우대한다고 대문짝만 한 신문광고를 쏟아냈다. 총무가 사내 인사발령지를 받아들고 혼잣말처럼 한마디 툭 던졌다.

"아마 회사에 들어온 별들이 육군본부보다 많을 거야."

사장은 본사 임직원들의 신상을 파악한 뒤 현장 임직원들의 신상을 구체적으로 파악하여 보고하라는 공문을 내려 보냈다. 소장은 직원들을 한 사람씩 소장실로 불러들여 직계가족은 물론 사돈에 팔촌까지 정계, 관계, 재계, 학계, 사회 각 분야의 원로와 연고가 있는 직원들 신상을 낱낱이 파악하여 본사에 보고했다.

새날이 밝았다. 회장은 고위급 장군 출신을 사장으로 영입하고 직원들 신상을 낱낱이 파악한 뒤 창사 이래 최대 규모의 연고지 인사발령을 냈다. 전국적으로 우리 회사 임직원들의 인맥이 거미줄처럼 형성되었다. 현장 직원들의 모든 귀는 본사로 열려 있었다. 현장 사무실은 폭풍전야의 바다처럼 고요했고, 하루하루 팽팽한 긴장감이 돌았다.

경부고속도로를 준공한 뒤 정부가 경제개발 5개년 계획을 발표하고 대형 국책사업을 연이어 발주하면서 대형 건설회사들이 영입한 별들의 전쟁이 시작되었다. 우리는 드디어 올 것이 왔다고 생각했다. 별들의 전쟁에서 무기는 총이 아니라 비자금이었다. 별들이 정부에서 발주하는 항만공사, 교량공사, 도로공사, 댐공사, 간척공사, 화력발전소 건설공사, 제철공장 건설공사, 원자력발전소 건설공사, 지하철 공사 등 대형 국책공사를 연이어 수주했다. 회사는 하루하루 축제 분위기였다.

경리과장은 매월 초 본사로 월말정산 출장을 간다. 경리과장이 자리를 비울 때 자재과장이 경리업무를 대행하는 것이 관행이었다. 나는 경리과장이 출장 중 대행한 서류를 들고 경리과에 들어가 인수인계를 했다. 주로 접대비 영수증과 돈 봉투를 만들어 준 업무용 가불증이었다. 소장의 사인이 난 접대비 영수증은 그대로 넘겨주면 되지만, 하루에도 수십여 개가 나가는 돈 봉투는 영수증이 없어 내줄 때 담당자가 작성한 업무용 가불증에 받아간 사람의 이름을 이니셜로 표기하거나 암호처럼 사용하기에 약간의 설명이 필요했다. 돈 봉투에는 절대로 받아가는 사람의 소속이나 이름을 기록하지 않았기 때문이다. 업무용 가불증과 접대비 영수증은 월말에 모두 대체증빙을 만들어 넣고 경리과장이 전용 소각장에 들어가 직접 태워버렸다.

경리과장과 업무인수인계를 하던 중 본사로부터 신한원전 1. 2호기를 대한건설이 턴키베이스로 수주했다는 소식을 들었다.

우리나라가 최초로 고리 원자력발전소를 도입할 당시 원전 건설 공사에 대한건설과 H건설이 참여했다. 원전은 원자로 부분과 터빈 부분으로 나누어 건설했는데 대한건설이 터빈 부분을, H건설이 원자로 부분을 맡았다. 고리 원전 다음으로 발주한 월성 원전 1호기 건설공사도 그랬다.

정부는 원전기술 자립과 완벽한 시공을 위하여, 기술과 시공 경험을 가진 대한건설과 H건설에 연이어 수의계약으로 발주했다. 원전은 첫째도, 둘째도, 셋째도 안전이기 때문이었다. 대한건설과 H건설이 독자적으로 원전 건설능력을 갖추자 경쟁입찰을 했다. 대한건설은 고리 원전과 월성 원전을 건설하면서 기술과 경험을 축적하여 단독으로 건설할 능력을 충분히 갖추고 있었다. 본사는 정부에서 원전을 발주할 때마다 입찰에 참여했으나 H건설에 번번이 패했다. 그때마다 대한건설은 초상집 분위기였고, 사원들 사기는 말이 아니었다. 대한건설이 원전 건설공사를 단독으로 수주한 것은 신한원전 1. 2호기가 처음이었다. 신한원전은 10여 기를 지을 수 있는 부지를 확보하고 있었다. 본사가 천신만고 끝에 신한원전 1. 2호기를 수주했을 때 9회 말에 역전승한 듯 전국의 모든 현장이 축제 분위기였다.

신한원전 1, 2호기 공사를 수주한 그해 승진 인사 명단이 발표되자 환호성이 터져 나오고 장탄식이 쏟아졌다. 팩스로 인사발령지가 들어오자 나보다 유 계장이 먼저 달려갔다. 명단을 확인한 유 계장이 소리쳤다.

"계장님! 아니 과장님 축하해요."

어느 정도 예상하고 있었어도 귀가 멍했다. 나는 아무런 연고 없이 운명처럼 일용 잡부에서 5급 사원으로 입사하여 5급에서 4급으로, 4급에서 주임으로, 주임에서 계장으로 그리고 현장의 꽃이라고 할 수 있는 과장으로 승진했고, 승진과 동시에 국내 최대 국책사업인 신한원전 1, 2호기 건설현장으로 발령받았다.

내가 세상에서 가장 두려워했던 말은 '너 죽여 버리겠다'는 말이 아니라, 사장이 '집에서 며칠 쉬라'는 말이었다. 나중에 집에서 쉬라는 말 대신 '대기발령' 이라고 했다. 꿈에 대기발령을 받은 날이면 똥줄이 바짝바짝 타들어갔다. 남이 대기발령을 받는 것만 봐도 가슴이 벌렁벌렁했고 입술이 하얗게 말랐다. 어떤 날은 꿈에 대기발령을 받고 사장 바짓가랑이를 잡고 대성통곡을 하기도 했다. 아마 나는 죽어 천당에 가더라도 대기발령 받는 꿈을 꾸며 지옥 같은 날을 보낼 것이다.

승진한 달은 한 달 치 월급이 승진 턱으로 몽땅 날아갔다. 나는 며칠 뒤 오이지처럼 술에 절어 원전 건설현장으로 출근했다. 모두 사지에서 돌아온 사람들처럼 표정이 들떠 있었다. 그도 그럴 것이 건설회사 현장 직원들은 하나를 건설하고 나면 장돌뱅이처럼 짐 싸들고 다음 현장으로 가야 했다. 그나마 갈 곳이라도 있으면 다행인데 적기에 수주를 못 하면 대기발령을 받을 수밖에 없어 늘 불안을 안고 살았다.

단군 이래 최대 토목공사라고 했던 경부고속도로 공사 기간도 3년을 넘지 않았다. 원전 건설공사 현장은 사뭇 달랐다. 원전 1기 건설하는 데 칠팔 년이 걸렸다.

대한건설은 원전 건설공사를 수주하고 기반시설에 천문학적인 자본을 투자했다. 사무실용으로 빌딩을 짓고 인근에 수만 평의 땅을 사들여 사택을 짓고 구내식당을 지었다. 사택은 독신자 숙소로 고층 아파트를 짓고, '살림동'으로 빌라를 지어 기혼자들이 가족을 데려다 살림할 수 있게 했다. 현장 안에 수십여 동의 자재창고를 짓고 축구장의 몇 배가 넘는 부지에 자재 야적장을 설치했다. 하천과 석산을 개발하여 골재를 확보하고, 콘크리트 생산 공장을 짓고, 철근 가공 공장을 짓고, 기계조립 공장을 세우고, 콘크리트제품 생산 공장을 짓고, 수천여 명의 현장 인부들이 기거할 숙소와 식당용 조립식 건물도 수십여 동 지었다. 정비공장을 짓고 건설용 중장비를 들여왔다. 수십여 개의 하청회사를 끌어들이고 수백여 개의 거래처를 확보했다. 그것은 연차적으로 발주하는 차기 공사를 염두에 둔 포석이기도 했다. 신한원전 건설단지는 십여 기가 들어설 예정이라고 했다.

과장으로 승진한 뒤 관리자 연수교육을 받고 평생 직무상 인지한 비밀을 누설하지 않겠다는 서약서를 쓰고 업무에 들어갔다. 내가 하는 주요 업무는 관할관청에 들어가 인허가를 받아내는 것이었다. 내가 관할관청에 들어가 시급한 인허가 서류를 접수시키고 발이 닳도록 드나들어도 담당 공무원들은 '복지부동'이고 '복지안동'이었다. 백약이 무효한 그들을 움직이는 데는 법보다 돈 봉투가 먼저였다.

인허가가 나올 때까지 매일 그들을 찾아가 향응을 베풀고 돈 봉투를 건네야 했다. 실무자들에게 갖다주는 돈 봉투를 '급행료'라 했고, 그 윗선에 총무나 소장이 갖다주는 돈 봉투는 '월례비'라고 했다. 급행료는 일이 있을 때마다 건건이 나갔고, 월례비는 매월 고정적으로 나갔다. 급행료를 들고 나갈 때는 '기름 치러 간다'고 했고, 월례비를 들고 나갈 때는 '보험 들러 간다'고 했다.

어느 지역이건 공사현장을 개설하면 향응을 베풀고 돈 봉투를 주어야 할 곳이 왜 그리 많던지. 관할 면사무소, 군청, 도청, 경찰서, 파출소, 검문소, 소방서, 검찰청, 법원, 군부대, 지역 국회의원, 언론사, 관변단체, 민간단체, 지역을 대표하는 토착세력, 경로당, 부녀회, 종교계까지 도무지 끝이 없었다.

나는 접대를 나가기 전 무슨 일로 어디서 누구를 만날 것인지 총무와 소장에게 보고한 뒤 회사에서 준비한 돈 봉투를 들고 나갔지, 빈손으로 나가 밥만 먹고 돌아오는 일은 없었다. 접대에 다녀온 뒤 총무와 소장에게 접대결과를 보고하고 영수증에 사인을 받아 경리과로 넘기면 접대비는 경리과에서 결재했다. 경리과에 백화점 상품에 가격표를 붙여 놓듯 각종 인허가, 점검, 검열에 들어가는 돈 봉투의 액수가 빽빽이 적혀 있었다.

접대를 나갔다가 실패하고 돌아올 때도 있었다. 그때는 접대비 영수증에 총무와 소장 사인을 받으며 질책을 받기도 했다. 사실 접대는, 접대하는 사람의 예절도 중요하지만 받는 사람의 예절도 중요하다. 접대 받으러 나온 놈이 자리에 앉자마자 모든 일은 자기를 통하지 않으면 아무 일도 안 되는 것처럼 말하면 영 밥맛없었다. 그런 놈 치고 일 처리를 뚝 부러지게 하는 놈은 보지 못했다.

갑질 한다고 갑이 유지되는 것도 아니었고, 영원한 을이 없듯 영원한 갑도 없었다. 아무리 갑일지라도 눈꼴사납게 굴면 최상으로 접대하려던 것을 취소하고 밥만 먹여 빈손으로 보내버렸다. 내가 접대에 실패하고 돌아와 소장에게 질책 받을 때 빈손으로 돌아간 상대방도 윗선으로부터 질책당하는 것은 불문가지였다. 그만큼 건설업계의 비리는 구조적이고 조직적이었고, 관행이었다. 접대하러 나갔다고 상대에게 꿀릴 것도 없고 실패했다고 손해날 것도 없었다. 날을 다시 잡으면 되었다.

건설현장의 속내를 들여다보면 우리 사회의 축소판이나 다름없었다. 흔히 말하듯 무에서 유를 창조하는 건설현장은 청천 하늘에 잔별만큼이나 많은 규제를 받았다. 관할관청을 찾아다니며 인허가 서류에 수백, 수천 개의 도장을 받는 것은 차치하더라도 국가기관에서 나오는 감사, 검열, 점검, 검사, 조사, 시찰, 훈련, 방문 등 도대체 하루가 빤할 날이 없었다. 언제, 어디서, 무슨 일로, 누가 나오든 접대는 빼놓을 수 없었다.

관료들을 접대하다 보면 천태만상이고 천차만별이었다. 대부분 먹고, 마시고, 돈 봉투 챙겨 들고 가는 사람이 있는가 하면, 만나자마자 단도직입적으로 '회사에서 갖고 나온 거 있지?' 라고 묻고 수금 사원처럼 돈 봉투만 받아 들고 돌아가는 사람도 있었다.

공사 중 사망사고가 발생하면 여러 곳에서 굶주린 개떼처럼 몰려들었다. 경찰관은 물론 국가 산하기관에서 검열관들이 앞서거니 뒤서거니 나왔다. 회사는 그들이 나오기 전 미리 작성한 사고경위서, 목격자 진술서, 허위로 작성한 안전교육일지, 조작된 안전장구 지급현황, 소 잃고 외양간 고치듯 사고 난 뒤 책임회피용으로 안전시설 보강하고, 안전간판 설치하고, 안전표지판 붙여놓고 찍은 사진 몇 장 첨부하여 제출했다. 사망사고 귀책사유가 회사에 있을 리 없고, 작업조건이 개선될 리 없고, 산업재해가 줄어들 턱이 없었다.

검열관 중 어떤 녀석은 회사에 미리 통보하고 하루 전날 내려오기도 했다. 그가 내려오는 날은 호텔에 방 잡아놓고 풀코스로 접대해야 했다. 다음 날 아침 검열관이 묵고 있는 호텔로 직접 출근하여 로비에서 기다렸다가 밤새 주색에 빠져 흐느적거리며 걸어 나오는 검열관을 데리고 나가 해장국을 먹고 현장으로 데리고 간다. 검열관이 현장 사무실에 얼굴을 디밀고 잠시 소파에 앉아 차 한 잔 마시는 그 사이에도 연신 마른 하품만 하다가 회사에서 만들어준 자료와 돈 봉투를 받아들고 돌아갔다. 남의 돈 봉투는 마치 바닷물과 같아 받아 가면 받아갈수록 그들은 갈증에서 헤어나지 못했다.

돈 봉투를 받아 들고 이렇게 말하는 검열관도 있었다.

"내가 올라가 국장 방에 들어가면 내 손부터 쳐다보는데 이거 갖고 되겠어? 나를 출장 보내놓고 눈 빠지게 기다리는 우리 부서 식구들은 또 어쩔 거야. 퇴근길에 소주라도 한잔해야지. 안 그래?"

검열관 말이 거짓말도, 틀린 말도 아니었다. 검열관들은 돈 봉투에 돈이 얼마나 들어있는지 보기만 해도 알고 손으로 만져보면 은행 계수기처럼 알았다. 검열관을 출장보낸 국장도 얼마짜리 출장인지, 현장에 들어가 어떤 접대를 받고 오는지 훤히 알고 있었다. 그때는 시치미 뚝 떼고 "이리 줘봐" 그러곤 돈 봉투를 돌려받아 확인한 뒤 말도 안 되는 소리를 했다. 물론 말이 중요한 게 아니었다.

"경리과 착오였나 봐. 좀 기다려."

"돈 봉투가 바뀌었나 봐."

일단 돈 봉투 한 개를 더 만들어줬다. 서로 얼굴에 철판을 깔았으니 쑥스러울 것도 없었다. 내게 받은 돈 봉투를 열고 심부름꾼에게 팁을 주듯 지폐 몇 장을 꺼내주고 돌아가는 검열관도 있었다.

통이 아주 큰 검열관도 있었다. 그는 검열 겸 관광 오는 경우였다. 현장에서 사람이 죽거나 말거나 자기 가족은 물론 처가 식구들까지 몽땅 떼거리로 몰려오기도 했다. 그들이 먹고, 마시고, 자고, 놀며 쓰는 비용은, 하다못해 호텔에서 먹은 음료수 한 병까지 깡그리 회사 앞으로 달아놓았다. 물론 현장에 코빼기 한 번 디밀지 않고 호텔로 갖다 주는 자료와 돈 봉투를 챙겨 들고 돌아갔다.

설령 그들이 현장으로 감사를 나오고 검열을 나와도 구두에 흙 한 점 묻히지 않았다. 회사에서 검열관을 승용차에 태우고 주마간산(走馬看山)으로 현장을 순찰하기 때문이었다.

공인회계사와 종교계는 좀 다를 줄 알았다. 떡도 먹어본 놈이 먹고, 고기도 먹어본 놈이 더 잘 먹는다고 그들은 한술 더 떴다. 공인회계사는 다른 감사와 달리 우리 본사에서 사장이 직접 현장으로 내려 보냈다. 그의 말 한마디에 불이익을 당할 수밖에 없는 현장 임직원들은 자연히 바짝 긴장할 수밖에 없었다. 공인회계사가 내려오는 날은 경리과장이 공항에 가 영접한 뒤 시간이 남으면 주변 관광을 시키고 시간이 없으면 바로 예약한 식당으로 갔다. 공인회계사가 소장과 저녁식사를 마치고 현장에 들어오는 시간은 모두 퇴근하고 회계감사 받을 직원들만 남아 있을 때였다. 공인회계사는 대기하고 있는 직원들에게 술 냄새를 풀풀 풍기면서 자기 부하 다루듯 회계감사 자료 작성요령을 일러 주고 바로 퇴근했다.

공인 회계감사들이 현장을 빠져나가면 담당 직원들이 밤새껏 회계감사 문서를 작성했다. 가령 시멘트 천 포대가 장부상 재고로 남아 있다면 공인 회계감사가 요구한 대로 '가로 한 줄에 열 포대, 세로로 한 줄에 열 포대, 높이 열 단을 올려 쌓았으니 천 포대' 하는 식으로 재고가 있고 없고를 떠나 회계감사가 주고 간 양식에 그림을 그려 넣으며 완벽한 문서를 만들어냈다. 산더미처럼 쌓아 놓고 중장비로 푹푹 퍼다 쓰는 수만 톤의 모래와 자갈도 그랬다.

공사현장의 자재 재고량은 모자를 수도 있고, 남을 수도 있는데 공인회계사는 공인된 허용오차도 인정하지 않았다. 재고량이 없어도 있는 것으로, 있어도 없는 것으로, 단 한 개라도 부족하면 사용한 물량을 줄여 잡아 맞추었고, 반대로 재고량이 남으면 사용한 물량을 늘려 잡으면 되었다. 모든 회계감사 자료는 책상에 앉아 들어오고, 사용하고, 남은 양이 딱 맞아떨어지는 문서를 만들어내면 되었다.

현장은 분식회계를 밥 먹듯 하지만 우리는 공인 회계감사에게도 분식회계 자료를 떡 먹듯 만들어주었다. 만약 공인회계사가 현장을 떠날 때까지 회계감사 자료가 나오지 않으면 빈손으로 돌려보냈다. 회계감사 자료는 감사기간 내에 우리가 직접 만들어다 주면 되었다.

그래도 공인회계사가 돌아갈 때는 소장이 직접 공항까지 배웅했다. 만약 공인회계사를 소홀히 접대했다가 섭섭한 마음을 먹고 본사로 돌아가 사장에게 현장에 불리한 보고를 한다면 그 피해는 고스란히 소장에게 돌아가기 때문이었다. 노회한 소장은 공인회계사에게 융숭한 향응을 베풀고 입이 쩍 벌어질 만큼 두툼한 봉투를 안겨주어 그가 본사 사장실에 들어가 자신에게 유리한 평가를 하도록 했다.

공인회계사가 돌아간 뒤 인근 사찰에서 보낸 공문 한 통을 접수했다. 공문 제목은 '불사(佛事) 지원요청'이었다. 의례적인 인사말로 시작하여 '본 사찰은 1천 3백여 년의 고찰로, 국보급 보물과 많은 문화재를 보유하고 있는 유서 깊은 사찰이나 현재는 매우 낡고 협소하여 설법전을 중창하게 되었으니 적극적인 협조 바란다'는 내용이었다. 공문 뒤에 중창할 설법전 설계도와 조감도가 첨부되어 있었다. 공문을 접수하기 며칠 전 사찰 주지가 발주처 본부장과 시공회사 소장을 불목하니 불러들이듯 불러들여 요청한 것이었다.

회사는 사찰에서 온 공문을 첨부하여 '현재 건설 중인 원전 건설공사를 원만하게 마무리 짓고 다음 호기 공사를 대비하기 위해 대민지원 사업은 불가피하다'는 공문을 발주처에 보냈다. 공문을 접수한 발주처는 지체 없이 설법전 실행예산을 작성하여 보내라는 회신이 왔다. 회사는 설법전 공사비를 넉넉히 작성하여 발주처로 보냈다. 며칠 뒤 우리 수주팀이 발주처에 들어가 공사계약을 했다. 소장은 그날로 원전건설 공사용 장비와 인원을 투입하여 설법전 공사에 들어갔다. 일은 일사천리로 착착 진행되었다. 사찰 주지는 설법전이 완공되자 시공회사 소장에게 사찰에 보일러까지 설치해달라고 했다. 아마 중이 울력으로 산에 들어가 나무를 해다 불 때고 염불하던 시대는 지나간 모양이다. 다른 종교도 다르지 않았다.

뭐니 뭐니 해도 건설회사의 단골 메뉴는 설계변경이었다. 설계변경은 발주처와 시공회사가 함께 했다. 양측이 서로 배가 맞으면 못할 게 없었다. 설계변경 요원으로 발탁된 직원들은 호텔이든, 모텔이든 은밀한 장소로 들어갔다. 바쁠 건 없었다. 설계비용 걱정 없이 마음껏 누리면 되었다. 간간이 다방 아가씨도 부르고, 안마 시술소도 이용하고, 저녁에는 정신이 몽롱해져 눈앞에 있는 숫자가 오락가락하도록 룸살롱에 들어가 꼭지가 돌도록 꼭지주도 마시고, 은밀한 계곡을 적시며 이슬 내리듯 방울방울 흘러내리는 계곡주도 받아 마시며 환락의 밤을 보냈다. 누릴 만큼 누리고 먹을 만큼 먹고 설계변경 작업에 들어가면 연필과 지우개를 들고 귀신이 곡하고 내뺄 만큼 요술, 마술을 다 부려가며 짜 맞추었다.

공사 물량을 늘리면 공사비는 기하급수적으로 늘어났다. 토사 굴착을 하고 착암기로 바위에 구멍 뚫고 발파하는 사진 몇 장 첨부해 암반 굴착으로 설계변경을 할 수도 있었고, 작업 차량 거리를 고무줄 늘이듯 몇 곱절 늘릴 수도 있었다. 작은 것은 크게, 없는 것은 있는 것으로, 뻥튀기 장사가 펑펑 울고 갈 만큼 공사 물량을 부풀려 설계변경을 했다.

어차피 다 끝낸 공사의 설계변경은 책상머리에 앉아 펜 끝으로 만들어내는 것이니 못할 일도 없고 못 만들어 낼 것도 없었다. 남자가 아이를 낳게 하는 일만은 죽어도 할 수 없는데, 여자 인부를 남자 인부로 둔갑시키는 것은 식은 죽 먹기였다. 솔직히 탁 까놓고 말해 국책사업 공사비는 먼저 보고 먼저 가져가는 놈이 임자라는 건 알 만한 사람은 다 알고 있었다.

현장에서 돈 봉투의 백 배, 천 배 이익을 내는 것도 있었다. 그건 골재채취였다. 건설회사에서 골재는 쌀과 같아 출장소를 개설하고 바로 관할관청에 골재채취 허가신청서를 냈다. 물론 저절로 허가가 나올 리 없다. 건설현장에 법대로 되는 건 찾아보기 힘들었다. 맨입으로 되는 것도 없었다. 관할관청에 골재채취 허가신청서를 제출하고 밑바닥부터 담당자들이 서류에 도장을 찍을 때까지 접대하고 돈 봉투 찔러주며 사다리 밟듯 한 단계씩 마지막 단계까지 올라가며 수많은 도장을 받아내야 했다. 내가 밑에서 도장을 받으며 올라가는 동안 위에서 기다리는 놈은 서류가 자기 손에 빨리 들어오지 않는다고 안달복달했고, 서류를 잡은 놈은 이 핑계 저 핑계 온갖 핑계를 끌어대며 먹을 만큼 먹고 받을 만큼 받고서도 서류가 자기 손을 떠나는 것을 못내 아쉬워했다. 소금 먹은 놈이 물켠다고 골재채취장이 어디에 있는지도 모르면서 도장을 찍었다.

골재채취 허가가 나오면 회사는 곧바로 골재채취장을 개설하고 관으로부터 허가받은 채취량의 백 배, 천 배를 채취했다. 물론 관에서 골재채취장으로 출근하여 하천을 감시하고 차량 대수를 검수하는 직원이 나와 있긴 했다. 회사에서는 그 하천감시원을 '하감'이라 불렀다. 회사 월급날 하감에게 관에서 받는 봉급보다 많은 월급을 고정적으로 지급했다. 물론 월급이라고 말하는 것은 적절치 않은데 회사에서 하감에게 주는 돈 봉투를 월급봉투라고 했고, 돈 봉투 주러 가면서 월급 주러 간다고 했다. 하감도 회사에서 내주는 돈 봉투를 월급봉투 받듯 받았다. 우리 월급날 시간이 조금만 늦어지면 하감에게 전화가 왔다. 퇴근시간이 다 되어 가는데 왜 오지 않느냐고.

어느 달은 월급날, 하감이 회사로 직접 들어와 부동산 중도금 내는 날짜를 회사 월급날에 맞춰 놨다며 두 달분을 미리 가불해 석 달치를 달라고 했다. 회사는 기꺼이 해줬다.

회사에서 월급 받는 하감은 침 먹은 지네 모양 회사가 시키는 대로 하천감시일지에 '골재채취장 가동중지'라고 적었다. 하루에 골재를 백 톤, 천 톤을 파내도 골재채취장은 연일 가동중지였다. 관할관청 기관장도 하감이 회사에서 돈 봉투 받는 날짜와 액수까지 정확히 알고 있다. 물론 기관장은 자기 지갑에 있는 돈을 내줘도 아깝지 않은 자기 사람을 데려다 놓았다. 그도 그럴 것이 시골 하천의 골재는 무궁무진했다. 회사에서 중장비를 동원하여 밤낮 파내고 또 파내고 아무리 파내도 여름 장마가 한 번 지나가면 파먹은 구덩이도 새로운 골재로 가득 채워졌다. 파먹으면 채워지고 또 파먹으면 또 채워지고. 자연이 가져다주는 선물을 허가받은 양의 천 배나 만 배쯤 파먹어도 전혀 표가 나지 않았다.

건설회사에 골재 수요는 얼마든지 있었다. 자갈이든, 모래든 쓰고 남는 것은 다른 현장과 내부거래까지 할 수 있었다. 회사는 골재를 무한정 파내며 천문학적인 돈을 골재 파내듯 긁어 들였다. 골재 채취가 끝나면 원상대로 복구해야 하는데 복구비로 책정된 그 엄청난 예산은 동전 한 닢 들어갈 일도 없었다. 큰물이 한 번 지나가면 저절로 원상복구 되기 때문이었다.

석산(石山) 개발도 마찬가지였다. 건설회사는 석산을 황금으로 둔갑시키고 하천바닥을 돈방석으로 만드는 재주를 가지고 있었다.

건설현장에서 접대와 돈 봉투로 안 되는 일은 없었다. 만약 접대와 돈 봉투로 해결되지 않는 일이 단 한 건이라도 있었다면 그 현장은 착공도 못 하고 문을 닫아 고양이 사냥터가 되었을 것이다. 물론 회사에서 나가는 돈 봉투는 공짜가 없었다. 만약 그 돈 봉투가 공짜였다면 우리 회사는 국내 10대 재벌에 들어가기는커녕 1년도 못가 쫄딱 망했을 것이다. 어느 날 부서장들을 모아 놓고 접대 범위를 논의하던 소장이 갑자기 무슨 생각이 들었는지 묻지 않은 말을 불쑥 내뱉었다.

"누가 뭐래도 급행료가 없었다면 아시아의 네 마리 용에 들지도 못했을 거고, 한강의 기적도 그렇게 빨리 오지 않았을 거야."

그 말을 듣고 웃어야 할지 울어야 할지! 우리가 하기 좋고 듣기 좋은 말로 급행료라 하고 보험료라고 하지, 작게는 몇만 원짜리 돈 봉투부터 크게는 007 가방으로 나가고, 골프백으로 나가고, 과일상자에 담아 차떼기로 나가기도 했다. 사실을 알고 보면 차떼기로 나가는 것은 조족지혈이고 떡고물 축에도 들지 못했다.

어느 날 밤 요란한 전화벨 소리가 단잠을 깨웠다. 전화를 건 사람은 소장이었다.

"내가 조금 전 김 기사하고 이 기사 보냈어. 장비에 연료를 가득 채워주고 당장 써야 하니까 몇 드럼 실어 줘."

나는 자다 말고 일어나 벗어 놓은 옷을 다시 주섬주섬 주워 입고 현장 안에 있는 주유소로 갔다. 김 기사와 이 기사는 이미 도착해 나를 기다리고 있었다. 어라! 기사들은 회사 작업복을 벗고 사복으로 갈아입었고 도저와 굴착 장비는 회사 마크가 지워진 채 트레일러에 실려 있었다. 나는 기사들이 원하는 대로 연료를 넣어주고 실어주었다. 나는 그들을 보내며 물었다.

"어디로 뭐하러 가는 거야?"

기사들이 그걸 꼭 물어봐야 아느냐는 표정으로 말했다.

"몰러유."

그는 눈도 깜짝이지 않고 가는 곳을 모른다고 했다. 나도 눈치가 있으니 더는 묻지 않았다.

먼 훗날 기사들이 돌아왔다. 나는 다시 물었다.

"어디 가서 뭐하고 왔어?"

그들은 선문답하듯 했다.

"섬에 들어가 농장 맹글구 서해안에 가서 목장 맹글구 왔슈."

회사에서 기사들에게 어떻게 교육했는지 그때까지 그들은 어디

가서 누구네 목장을 만들고 과수원을 만들고 왔다는 말을 하지 못했다. 더 먼 훗날 신군부가 부정축재자들을 잡아 들였다. 그때 목장 주인이고 과수원 주인인 그가 눈물을 흘리며 말했다.

"나는 그 모든 것을 장학재단에 출연했으니 내 재산이 아니다!"

그가 정치는 허업(虛業)이라는 말을 남기기도 했다.

현장에서 비자금을 전달하고 접대하는 일도 중요한데 그보다 더 중요한 건 비자금을 만들어내는 일이었다. 노무는 매일 유령인부 노임대장을 만들어 노임을 비자금으로 빼돌렸다. 아마 내가 새겨다 준 목도장을 모아놓으면 가마니를 채우고도 남을 것이다. 나도 매월 정산 때만 되면 거래처에 나가 '자료'(실물을 거래하지 않은 가짜 세금계산서)를 사들여 비자금을 만들었다. 처음엔 아무것도 모르고 시작했다. 과장이 주는 자료를 받아 지시하는 대로 문서를 만들었다. 나는 매월 똑같은 자료를 넘겨주며 똑같은 방법으로 문서를 만들라고 할 때 물었다. 도대체 이 자료가 무슨 자료냐고. 과장이 내게 말했다.

"내가 넘겨주는 자료는 네가 알려고 하지 말고, 누구에게 말하지 말고, 죽을 때 무덤 속까지 가슴에 담고 들어가야 해."

현장에서 조성하는 모든 자료는 실거래 서류와 똑같이 만들어 작성자가 도장을 찍고, 부서장이 결재하고, 총무, 소장의 결재를 받은 뒤 본사로 올려 보냈다. 비자금은 본사에서 빼돌렸다. 비자금을 조성한 현장 실무자는 구린 동전 한 닢조차 구경할 수 없었다. 비자금을 조성한 자료도 그랬다. 한강 물에 수돗물 한 바가지 섞으면 찾을 수 없듯이 실거래 자료와 무거래 자료가 섞이면 담당자도 찾아낼 수 없었다.

과장으로 승진한 뒤 나도 매월 전임 과장처럼 내가 신임하는 유 계장에게 자료를 넘겨주며 문서를 만들라고 했다. 만약 유 계장이 내가 넘겨주는 자료를 받아들고 무슨 자료냐고 물었다면 나도 전임 과장처럼 말했을 것이다.

　　물론 자재과에서 만들어 내는 비자금은 새 발의 피였다. 원전공사 전체를 주관하는 기획조정실은 분식회계를 밥 먹듯 했고, 담합입 찰, 이중계약, 불법 하도급, 불법 직영, 설계변경, 골재채취를 하 며 천문학적 비자금을 무기한, 무제한으로 만들어냈다.

　　최 회장은 우리가 잊을 만하면 한 번씩 청와대에 다녀왔다. 최 회 장이 청와대에 들어가 각하를 만나고 나온 다음 날이면 일간지 신문 에 최 회장 사진과 함께 방위성금 낸 기사가 짤막하게 실렸다. 물론 그 금액은 빙산의 일각에 지나지 않았다. 아마 비자금을 빼면 회사 경영진은 아무것도 할 수 없는 식물인간이 될 것이다. 물론 돈 봉투 받는 쪽도 오십보백보일 것이다. 회사는 통장 잔액이 없어도 돌아가 는데 비자금 없이는 하루도 버텨내지 못했다.

　　본사는 현장에서 보내는 풍부한 비자금으로 정부에서 발주하는 공사를 수주하고, 자회사를 설립하고, 기업을 인수 합병하면서 눈 덩이처럼 키워갔다. 일간지에 대문짝만하게 사원모집 광고를 내도 여전히 사람이 부족했다. 급기야 회사는 공업고등학교를 설립하고 일정 기간 회사에 근무하는 조건으로 전원 장학금을 주어 부족한 인 원을 충원했다. 어느 날 나도 모르는 사이 내가 직장예비군에 편성 된 것을 알았다. 우리는 일하면서 싸우고 싸우면서 일했다.

비자금 폭로의 빛과 그림자

나는 매월 하순 정기적으로 출장을 다녔다. 유 계장은 출장준비를 하는 나를 무덤덤한 표정으로 지켜보며 말했다.

"과장님, 오늘은 정말 출장 가십니까?"

나는 보면 모르겠느냐는 듯이 대답했다.

"가야지. 왜?"

"그동안 간다, 간다 하시면서 안 가셨잖아요?"

유 계장도 내색은 하지 않았어도 내심 걱정이 되었던 모양이었다. 나는 '출장중' 팻말을 책상 위에 올려놓으며 업무 인수인계를 겸해 말했다.

"본사가 진정되면 가려고 했는데 오히려 검찰수사가 점점 확대되고 있으니 어쩌겠어. 월말정산이 코앞인데 더는 미룰 수 없고. 내가 출장 중에 연락은 하겠지만 가까운 거래처에 자료를 모을 수 있는 데까지 모아봐. 이달엔 우리가 만들어 낼 자료가 자꾸 늘어 내가 돌아올 때쯤엔 60장이 아니라 70장으로 늘어날지도 모르겠어."

어찌 된 노릇인지 본사에 비자금 사건이 터지면 현장에서 만들어내는 비자금 규모가 기하급수적으로 늘었다. 유 계장이 말했다.

"알겠습니다. 여기 걱정은 마시고 잘 다녀오십시오."

나는 출장용 가방을 들고 사무실을 빠져나왔다. 출장은 2박 3일 이었다. 회사에서 자료를 얘기할 때 화폐 단위 '원'을 쓰지 않고 은어 처럼 '장'을 썼다. 한 장은 1천만 원을 말했다. 당월에 내가 구입할 자료는 전달보다 30장이 늘어난 60장이었다. 나는 자료 금액이 왜 갑자기 늘었냐고 묻지 않았고 본사도, 소장도, 총무도 그 이유는 말 해주지 않았다.

자료는 주로 수도권에서 매입했는데 때에 따라 전국 어디든 갔다. 세상 사람들은 나를 두고 좋은 직장에 다닌다고 했지만 좋은 직장에 다닌다고 좋은 일만 하는 것은 아니었다. 내가 하고 싶지 않은 일, 하면 안 되는 일도 피할 수 없었다. 나는 내키지 않는 출장길에 공연 히 사택에 들어가 딴전을 피웠다. 화분에 물도 주고, 화장실 청소도 하고, 출장 중 책을 한 권도 다 읽지 못할 거면서 서너 권을 골라 가 방에 넣은 뒤 들어보고 한두 권 꺼내 다시 꽂아 놓고 하면서 늑장을 부리다 가방을 들고 사택을 나가며 바빠지기 시작했다. 나는 먼저 경주시 양 사장에게 전화를 걸었다.

"양 사장, 내가 지금 버스 타고 막 출발했어. 가는 길에 포항에 잠 시 들렀다 갈 테니까 부탁한 자료 좀 준비해줘."

나는 출장 가기 전 거래처에 자료 금액을 미리 알려주었다.

"그라시소. 그란데예 이달은 을매 안딜끼라예."

"그래. 곧 갈 테니까 만나서 얘기해."

"예에. 알겠심더."

내가 포항시에 들러 일을 보고 경주시로 갔을 땐 예상했던 대로 늦은 시간이었다.

"어서 오시이소."

사무실 문을 열고 들어서는 나를 본 양 사장이 보던 신문을 내려 놓고 일어나 몇 걸음 걸어 나왔다. 직원들은 모두 퇴근하고 양 사장 혼자 있었다. 납품회사의 생산공장과 물류창고는 대부분 변두리에 있었다.

"시간두 늦었는데 그냥 나갑시더."

밖으로 나온 양 사장이 반쯤 내려둔 셔터를 마저 내려 잠그고 앞 장섰다.

나는 양 사장을 따라 술집으로 들어갔다. 술집은 양 사장하고 몇 번 가본 곳이었다. 오랜만에 갔더니 '꽃샘'이라는 술집 간판만 빼고 주인도, 마담도 모두 바뀌어 있었다. 방을 잡아주고 나간 양 사장이 마담과 속살거리는 소리가 내 귀를 간질거렸다. 아마 양 사장은 자주 들르는 모양이었다. 여자처럼 몸집이 호리호리한 양 사장은 살결이 희고 우뚝한 코에 깊은 눈을 가졌는데 가는 곳마다 인기를 독차지했다.

잠시 뒤에 들어온 양 사장이 들고 나온 가방에서 서류봉투를 꺼내주었다. 자료가 든 봉투였다. 내가 자료 10장을 부탁했는데 6장이었다. 포항시에서도 열댓 장을 사야 했는데 거기서도 겨우 7장 사들였다. 양 사장은 내가 건네준 부가세를 받아 가방에 넣으며 말했다.

"요즘 대한건설이 와 그리 시끄러운교? 비자금 사건으로 수사 중에 또 비자금 장부가, 그것도 국회에서 폭로되었으니 도대체 우찌된 일입니꺼? 대한건설에 납품해 먹고산다꼬 만나는 사람마다 우찐 물어 쌓는지, 내사 마아 죽을 지경이라예."

포항시에 들어가 자료를 매입할 때도 같은 질문을 받았다. 나도 같은 대답을 되풀이했다.

"글쎄 좀더 지켜보면 알겠지. 지금은 검찰수사가 한창이라 나도 잘 모르겠어."

정권이 바뀔 때마다 으레 터져 나오는 게 재벌그룹 비자금 사건이었다. 새 정부가 들어서면서 대한건설이 제일 먼저 걸려들었다. 검찰이 본사에 들이닥쳐 압수수색을 한 뒤 압수물을 분석하고 계좌추적을 하면서 관련자들을 불러들여 수사를 계속하고 있었다.

문제는 비자금 사건 수사 중 제정일 국회의원이 대한건설 신한원전 출장소 비자금 장부를 제보받아 정기국회 국정감사 중에 폭로하여 사건이 일파만파로 번졌다. 대한건설 신한원전 출장소 비자금 장부를 국회의원에게 제보한 사람이 바로 설동천 전 경리과장이었다. 설 과장이 제보한 비자금 장부는 연일 방송과 신문에 상세히 보도되었다. 나는 신문을 읽고 설 과장이 '허위문서'로 본사에 거액을 요구하다 공갈협박죄로 2년 동안 옥살이한 것, 설 과장이 가지고 있었던 그 대한건설 비자금 장부가 허위가 아닌 진본이라는 것, 설 과장이 소송을 준비하고 있다는 것도 알게 되었다.

궁지에 몰린 본사는 법률고문을 설 과장에게 보내 합의를 보려고 하였으나 실패한 뒤 사건을 현장으로 내려 보냈다. 본사로부터 사건을 넘겨받은 소장이 나를 불러 설 과장을 한번 만나보라고 했다.

나는 경부고속도로 건설현장에서 설동천 과장을 처음 만났다. 경부고속도로 준공 뒤 헤어졌다가 신한원전 출장소에서 다시 만났다. 나보다 두 살 많은 설 과장은 나와 산 하나를 사이에 둔 같은 고향에 취향 또한 비슷해 서로 가까이 지냈는데, 경리과장이 자리를 비울 땐 자재과장이 업무를 대행하는 것이 관행이어서 업무적으로도 긴밀히 소통했었다. 아마 소장은 그런 점을 고려해 나를 적임자로 생각한 모양이었다. 나는 그날로 출장을 떠났다.

한낮이 기울어 울타리도, 대문도 없는 설 과장 고향집을 찾아갔다. 그는 몰라볼 만큼 깡마른 체구에 얼굴마저 누렇게 떠 있어 병색이 완연했다. 갑자기 찾아온 나를 보고 몹시 당황스러워했다. 집 안에는 설 과장 혼자 있었다. 헛간에 쟁기는 있어도 외양간에 소는 없었다. 개장도, 닭장도 텅 비어 있었다. 밖으로 나가기를 꺼리는 설 과장을 데리고 버스터미널 앞에 있는 포장마차로 들어갔다. 포장마차에 손님은 없었다. 오랜만에 마주 앉아 술잔을 주고받다 보니 설 과장과 자주 갔던 연미항이 떠오르고, 보름달이 떠오르고, 보름달만큼 환한 얼굴로 반겨주던 백년횟집 칠포댁이 떠올랐다.

연미항에는 백년횟집이 있었다. 백년횟집은 간판부터 특이했다. 숫자를 교체할 수 있게 제작된 백년횟집 간판은 해마다 햇수를 더해 갔다. 횟집 문을 연 지 백 년이 지나 백년횟집이라고 지은 건 아니라고 했다. 백년횟집 주인 진영달 씨 고조할머니가 부두에서 선원들 밥을 해주었는데 그때 드나들던 선원들이 지어준 이름이라고 했다. 그 뒤 백년횟집 4대 손인 진영달 씨가 백 년이 되던 해에 매년 햇수를 더해 갈 수 있는 간판을 새로 제작해 달았다고 했다. 내가 처음 설 과장과 백년횟집에 갔을 땐 102년 횟집이었고 설 과장과 마지막으로 갔을 때는 104년 횟집이었다. 이제는 107년 횟집으로 바뀌어 있을 것이다.

진영달 씨는 고기잡이배 한 척을 가지고 있었는데 바다에 나가 고기를 잡으면 횟집 문을 열고 고기를 잡지 못하면 문을 닫았다. 그것도 4대째 이어오는 영업방식이라고 했다. 백년횟집은 주로 뱃일하는 사람들이 드나들었는데 메뉴는 딱 두 가지로 모듬회와 매운탕이었다. 내가 처음 설 과장하고 백년횟집에 갔을 때 선주, 선장, 어부, 주방장을 겸했던 진 씨가 웬만한 횟감은 오이 자르듯 뼈째 숭덩숭덩 썰어 큰 접시에 수북하게 담아주었다. 회를 먹다 입에 안 들어가는 토막은 제쳐두었다 다시 썰어달라고 해서 먹었다. 우리는 진 씨를 주방장이라고 불렀다.

백년횟집은 고기에 따라 값을 다르게 받지도 않았다. 바다에 나가 고기를 가려가며 잡는 것도 아니고 한 그물에 잡힌 것을 그대로 팔면 되지 어떤 것은 비싸게 팔고 어떤 것은 싸게 팔면 되겠냐는 것이다. 매운탕도 그랬다. 백년횟집은 고기를 횟감과 매운탕감으로 구분하지 않고 회를 뜬 생선 뼈와 고기를 푸짐하게 집어넣고 푹 끓여냈다. 어느 날 주방장이 우리가 먹고 난 매운탕 냄비를 물끄러미 쳐다보다 소주 한 병을 들고 오더니 이렇게 말했다.

"이레 한 번 잡솨보소."

그러곤 술잔을 가득 채워 목울대가 움찔하도록 꿀꺽 삼킨 뒤 우리가 제쳐두었던 생선 대가리를 건져놓고 뼈다귀를 한 개씩 해체하여 쪽쪽 빨아먹었다. 살이 없는 하얀 뼈도 입으로 쪽쪽 빨아먹고 버렸지 그대로 버리지 않았다. 주방장이 생선 대가리 하나를 안주 삼아 소주 한 병을 마시며 먹고 버린 뼈다귀는 물기조차 없었다.

백년횟집은 설 과장과 내가 처음 찾아간 뒤 단골이 되었다. 특히 달 밝은 밤엔 나와 설 과장은 약속이라도 한 듯 백년횟집을 찾아갔다. 야근을 마치고 느지막한 시간에 백년횟집 미닫이문을 드르륵 밀고 안으로 들어서면 TV를 시청하던 주방장이 걸걸한 목소리로 어서 오라며 주방으로 들어가고, 칠포댁은 한쪽 젖으로 쌍둥이를 키울 만큼 풍만한 젖가슴을 덜렁이며 밑반찬을 가져오고 술병을 내왔다. 우리는 소맥으로 갈증을 풀고 무청같이 싱싱한 물미역 한 꼭지를 둘둘 말아 초장에 꾹 찍어 볼이 미어지도록 입에 밀어 넣고 어석어석 먹다 보면 주방장이 회 접시를 들고 나왔다. 회를 안주삼아 한참 술발이 오를 때 통금이 왔다.

우리는 통금이 되기 전 한 사람은 안주를 들고 한 사람은 소주 여남은 병을 양동이에 담아 들고 연미항에 정박한 배 몇 척을 뛰어넘어 백년호 갑판 위에 자리를 잡았다. 백년호 선주는 백년횟집 주인이었다. 갑판 위에 앉아 바라보는 보름달은 몇 걸음 걸어 나가 농구공을 잡듯 잡아 내릴 듯했고, 일렁이는 파도가 부채질하듯 철썩철썩 뱃전을 때리며 열기를 거둬갔다. 바다에 묵직하게 내려앉은 바위섬에 듬성듬성 서 있는 몇 그루의 해송은 한 폭의 그림 같았다.

우리는 출렁출렁 출렁대는 갑판 위에 앉아 술잔에 달을 담아 한 잔, 아스라이 멀어져가는 별빛을 응시하며 한 잔, 하얗게 끓어오르는 달빛 바다를 바라보며 잔을 기울였다. 고향에 계신 부모 형제, 방학 때 잠시 다녀간 아내, 아이들이 모두 사무치도록 그리웠다. 소주가 한 병, 두 병 비워지고 항구에 불이 하나둘 꺼져갈 때 통금에 쫓겨 돌아가는 취객들이 내지르는 소리가 파도 소리에 실려 메아리처럼 사라졌다.

갈매기도 꿈을 꾸는 걸까. 갈매기가 자다 말고 화닥닥 날아올라 달빛 속으로 별똥처럼 사라졌다. 백년횟집 간판에 불이 꺼지면 칠포댁이 문을 닫고 회 한 접시와 물미역 한 바가지를 덤으로 갖다 준 뒤 달빛을 가득 싣고 삐드득 삐드득 낡아가는 배를 밟고 돌아갔다.

우리는 통금이 풀릴 때까지 파도를 타고 앉아 끄덕거리며 술잔을 기울였다. 끼룩 끼르룩. 잠을 깬 갈매기들이 후루루 날아가 떠오르는 햇빛 자리에 앉아 날개를 접을 때 우리는 배에서 내려 짙은 안개 속에 파묻힌 사택을 찾아갔다. 그때가 엊그제 같은데 잊고 산 세월이 참 많이 흘렀다.

"정 과장, 백년횟집은 자주 가?"

이심전심이라더니 설 과장이 뜬금없이 물었다. 그러고 보니 내가 백년횟집을 언제 다녀왔는지 기억조차 가물가물했다.

"아니. 설 과장하고 간 뒤로 못 가봤어."

설 과장이 처음으로 히죽이 웃으며 말했다.

"그래도 숙소에 들어가 딸딸이라도 한 번 치고 자려면 칠포댁 젖가슴이라도 보고 들어가야 덜 고생하지."

아, 추억도 자산이구나! 그날이 어제의 일처럼 눈에 밟혔다. 나는 너무 오랫동안 잊고 지냈던 설 과장과 마주 앉아 술잔을 나누다 보니 참 많이 미안했다. 소주 두 병을 비우고 한 병을 더 주문한 뒤 나는 어렵게 말했다.

"설 과장, 많이 미안해. 옥중에 있는 동안 면회 한 번 못간 것도 미안하고, 어머님을 찾아뵙지 못한 것도 미안해. 그래도 소장 얘기를 듣고 다른 사람보다는 내가 설 과장을 만나봐야겠다는 생각이 들었어."

나는 진심으로 미안한 마음을 전했다. 설 과장이 말했다.

"괜찮아. 내가 현장을 모르는 것도 아니고 우리가 만났던들 뭐가 달라졌겠어. 쉽지 않았을 텐데 이렇게 와줘 고마워."

설 과장은 엄청난 일을 당하고도 담담히 말했다. 나는 설 과장이 하는 말을 듣다못해 도대체 어찌 된 일이냐고, 어떻게 나도 모르는 일이 있을 수 있느냐고, 아무리 그래도 그렇지 어쩌다 이 지경이 되었느냐고 따지듯 다그쳤다. 자재업무와 경리업무는 밀접한 관련이 있고 설 과장이 제보한 비자금 장부에 내가 사들인 자료도 많이 포함되어 있었다.

설 과장은 마치 아무 말도 못들은 사람처럼 연거푸 술잔을 비웠다. 새로 딴 소주 한 병이 금방 바닥났다. 내가 소주 한 병을 더 주문하자 설 과장이 길게 한숨을 쉬며 입을 열었다.

"내가 신한원전 출장소에 부임해 전임 과장하고 업무 인수인계를 하는데 천문학적인 비자금 규모에 그만 기가 질려버렸어. 정 과장은 자료만 담당했지만 나는 현장 전체의 비자금을 본사와 매월 정산해야 하니까 이중계약, 위장 하도급, 위장 직영, 유령인부 노임, 자료, 돈세탁까지 하나하나 따져봐야 하는데 그 부담이 너무 컸어. 만약 비자금 사건이 터지면 필요할지도 모른다는 생각에 참고자료로 만들었지, 신문에 난 것처럼 내가 그걸 가지고 협박하여 거액을 뜯어내려고 만든 건 아니었어. 사실 내겐 그럴 힘도 없고.

그런데 내 밑에 있던 채수인 계장이 그걸 알고 소장에게 고자질한 거야. 내가 비자금 장부를 만들어 가지고 있다고. 나는 전임 소장이 데려왔고 채수인 계장은 지금 임진수 소장이 데려왔으니까. 아마 소장은 그 보고를 받고 그냥 넘길 수는 없었을 테고, 자기 손에 피를 묻히기 싫으니까 본사에 보고했겠지.

그런 줄도 모르고 본사로 출장을 갔는데 감사실장이 나를 부르더니 대뜸 비자금 장부를 내놓으라는 거야. 확실히 알고 다그치는데 어쩌겠어. 내가 회사 비자금 장부를 빼낸 것도 아니고 업무참고용으로 만들었으니까 별일이야 있겠나 싶어 사본을 만들어 두고 원본을 갖다 줬지. 원본을 받아간 감사실장이 준공을 앞둔 성산출장소로 전격 발령을 내더라고. 후환이 두려워 나를 당장 잘라버릴 수 없으니까 준공하는 대로 대기발령을 내고 3개월 뒤 명예퇴직 시켜버리겠다는 생각이었겠지.

하루아침에 좌천되어 명예퇴직할 생각을 하니 견딜 수가 없더라고. 성산출장소로 전출가는 날 비자금 장부 사본을 경찰에 넘겨줬어. 지금 생각엔 과거로 다시 돌아간다면 달라질 수 있을지 모르겠지만 그땐 어찌나 분하던지. 버스를 타고 가며 대한건설 비자금 사건이 세상에 알려지면서 사장이 잡혀가고 회장이 불려가고 관련자들이 모두 굴비 두름 엮듯 줄줄이 묶여가는 온갖 상상을 다 했어. 그런데 성산 버스터미널에 내리는 순간 본사에서 어떻게 알고 손을 썼는지 나를 공갈협박죄로 전격 체포하는 거야.

그제야 경찰을 철석같이 믿고 제보한 것이 오히려 돌이킬 수 없는 화근이 되었다는 것을 알게 되었지. 하지만 이미 내 손에 수갑 채워 끌고 가는데 후회해 본들 무슨 소용이 있겠어. '비자금 장부를 가지고 거액을 요구하거나 협박한 사실이 없다, 그건 업무 참고용이었다'고 극구 부인했지만, 복날 개 끌려가듯 끌려가 꼬박 2년 옥살이를 할 수밖에. 달리 어찌 할 도리가 없더라고."

설 과장은 어미 잃은 송아지처럼 허공을 물끄러미 바라보다가 하던 이야기를 다시 이어나갔다.

"형기를 마치고 집에 갔는데 이미 방주인이 바뀌었더라고. 그날로 어머니가 계시는 고향으로 내려왔지. 어머니가 말씀하시길 내가 감옥에 간 뒤 마누라가 서울 살림살이를 모두 청산하고 내려왔다가 집을 나갔고, 고등학교에 다니던 아들마저 가출했다고. 나는 무엇보다 가출한 아들이 떠오를 때마다 미치고 환장하겠더라고. 낮에는 꼬박 아들 찾으러 다니고, 저녁에는 알 수 없는 곳으로부터 입 닥치고 조용히 살라고, 입만 뻥끗하면 쥐도 새도 모르게 모두 죽여버리겠다는 협박전화에 밤새 시달리면서도 혹시 집 나간 아들에게 전화 올까봐 전화번호를 바꾸지 못하고 전화기 곁을 떠날 수도 없어, 전화기를 머리맡에 두고 설핏 잠이 들면 아들이 괴한들에게 쫓기는 악몽에 시달렸고.

어느 날은 복면한 괴한들이 탱크를 몰고 토끼몰이하듯 아들을 쫓아가고 필사적으로 달아나던 아들이 탱크 바퀴에 그대로 깔려버리는 꿈을 꾸고 벼락에 맞은 듯 '아악' 소리를 내지르며 벌떡 일어나 허둥거리며 식은땀을 흘렸어. 어떤 날은 꿈에 산속을 헤매다 나무에 목을 매고 대롱대롱 매달린 아내를 발견하고도 발걸음이 떨어지지 않아 두 팔 벌리고 허우적거리기도 했지.

감옥을 나와 그렇게 서너 달을 보내는 동안 몸은 쇠약해질 대로 쇠약해지고 정신마저 까물까물해져 더 이상 살아 뭣 하나 하는 마음에 죽으려고 했다가 첫 번째는 어머니 눈에 띄었고, 두 번째는 이웃 아주머니에게 발각되어 내 마음대로 죽지도 못했어. 두 번째 실패했을 때 어머니가 방에 연탄불을 피워놓고 나를 데리고 들어가 '네가 죽을 죄 지은 게 뭐가 있느냐? 그래도 자식이 있으니 살아야 하지 않겠느냐? 죽으려거든 같이 죽자.'고 대성통곡을 하시는 겨.

죽는 것조차 마음대로 할 수 없었던 내 자신이 지렁이만도 못하게 느껴지더라고. 살아갈 희망도, 삶의 의욕도 없이 무기력한 나날을 보내는데 어느 날 TV에 국회의원들이 국정감사하는 장면을 보았어. 제정일 의원이 대기업 회장을 불러다 호통을 치더라고. 그걸 보는 순간, '저거다!'라는 생각에 다시 비자금 장부 사본을 가지고 야당 제정일 국회의원을 찾아가 넘겨주었지. 제 의원이 비자금 장부를 폭로한 뒷얘기는 정 과장이 나보다 더 잘 알겠지."

이야기 끝에 하소연도 덧붙였다.

"집 나간 아들이 3년째 돌아오지 않았어. 어머니가 농갓집을 전전하며 날품 팔러 다니고."

설 과장은 홀어머니와 집 나간 외아들이 있었다.

설 과장 말대로 제정일 의원이 대한건설 신한원전 비자금 장부를 폭로한 뒤, 언론들이 '원전은 정치자금의 젖줄'이라고 '원전 떡고물의 정체'를 속속들이 까밝히고 있었다. 추가로 밝혀진 100억 원대의 비자금은 이미 비자금 사건으로 검찰수사 중이라 그 파장은 실로 핵폭탄급이었다. 신문과 방송은 연일 대한건설 비자금 사건을 대대적으로 보도했다. 급기야 사장에게 모든 걸 덮어씌우고 모르쇠로 일관하던 회장마저 더 이상 버티지 못하고 검찰에 출두하여 곤욕을 치르고 나왔는데도, 수사는 언제 끝날지 감감했다. 대한그룹 총수에 이어 다른 재벌 총수도 전직 대통령에게 차떼기로 들어간 비자금이 속속 밝혀지고 있었기 때문이다.

번쩍. 포장마차 천장에 매달린 전등에 불이 들어왔다. 설 과장이 자고 가라고 했지만, 나는 막차를 타기 위해 일어났다. 물론 내가 일어서기 전 소장이 전하라는 말을 그대로 전했다.

내가 소장실에 들어가 출장 가겠다고 보고하니까 소장이 설 과장 집 주소를 메모한 쪽지를 주며 이렇게 말했다.

"며칠 전 본사 법률고문이 설 과장 사는 곳을 수소문해 찾아가 파면으로 주지 못한 22년 4개월분 퇴직금과 명예퇴직할 때 주는 1년 치 연봉을 주겠다고 했는데 거절당했대."

소장은 매우 곤혹스러운 표정으로 말을 이어갔다.

"그렇다고 내가 설 과장을 찾아가 본사에서 제시한 조건을 다시 얘기해봤자 감정만 더 상할 것은 불 보듯 뻔한 거고. 그래서 하는 말인데 본사에서 제시한 금액에 내가 2년 치 연봉을 더 만들어 줄 테니 설 과장을 만나 설득해봐. 나도 그 이상은 감당할 수 없으니까."

나는 설 과장을 설득하지 않았지만 속으로 소장의 제안을 받아들이기를 바랐다. 돈도, 권력도, 백도 없는 개인이 대기업을 상대로 싸워 이긴다는 것은 바늘귀에 동아줄 꿰기보다 더 힘들다는 것을 잘 알고 있었기 때문이다. 설 과장은 끝내 아무 말도 하지 않았다. 나는 설 과장이 생각할 시간이 필요할 것 같아 전할 말만 전한 뒤 대답을 기다리지 않고 일어나 막차를 탔다.

다음 날 출근하는 대로 소장에게 보고했다. 소장은 설 과장 문제를 자신이 직접 해결하지 못하고 본사에 보고한 것을 후회하고 있음을 은연중 내비쳤다. 내 생각도 그랬다. 현장에서 산전수전 다 겪은 소장이 왜 그랬을까! 나는 곰곰 생각해봤다.

대한그룹을 국내 10대 재벌그룹으로 키운 건 모기업인 대한건설이었고, 그 공은 현장 소장들이었다. 현장 소장이 공사를 발주하고,

하청회사를 관리 감독했다. 건설현장은 노동법이고 근로기준법이고 나발이고 없었다. 소장의 말이 곧 법이었다.

본사는 현장 소장들에게 막강한 권한을 부여하고 뒤에서 조종했다. 구조적으로 하청회사는 사람, 기술, 자본이 열세하여 원청회사에 종속될 수밖에 없었다. 본사를 등에 업은 소장은 원청회사의 우월적 지위를 이용해 담합입찰, 이중계약 등 불법적으로 공사를 발주하고 감독하며 하청회사를 끊임없이 착취했다. 큰 나무 밑에 작은 나무는 성장할 수 없듯이 하청회사는 백년하청이었다.

현장에서 나는 새도 떨어뜨린다는 소장도 본사에 들어가면 을이 되었다. 소장의 인사권이 본사에 있기 때문이다. 그렇다고 본사에 만만하게 보여서도 안 된다. 소장이 만만하게 보이면 현장을 만만하게 대했다. 본사에서 하청회사를 선정하고, 공사를 발주하고, 인사권을 행사했다. 하청회사를 선정할 수 없고, 공사를 발주할 수 없고, 인사권이 없는 소장은 허수아비일 뿐이다. 소장이 자신의 자리를 굳건히 지키려면 인사권자에게 줄을 대고 상납해야 했다. 본사뿐만 아니라 현장 주변 지역의 정계, 관계, 언론계, 종교계, 수많은 지역 단체까지 굶주린 이리떼처럼 달려들어 뜯어먹었다. 공사발주처 현장감독들은 말할 것도 없다. 받는 사람은 주는 사람이 무슨 짓을 하건 오르지 자기에게 돌아오는 것만 생각했다. 더욱이 적자 내는 현장 소장은 살아남을 수 없었다. 본사 고위층은 소장을 앞세워 끊임없이 하청회사를 착취했고 사리사욕을 채우며 무제한 비자금을 만들어냈다. 비자금은 그 자체가 불법이고 죄악이다.

건설현장에서 소장 자리를 꽃이라고 했고 자재, 경리, 총무, 안전을 관장하는 총무 자리를 노른자위라고 했다. 본사에서 현장을 소장과 총무 체계로 개편한 것은 견제와 균형이었는데 갈등과 분열을 낳았다. 그들은 편을 만들어 서로 견제하고, 감시하고, 경쟁하며 자기들의 권익을 위해 수단과 방법을 가리지 않았다. 특히 승진, 상벌, 인사를 두고 갈등은 더욱 심화되었다. 고래 싸움에 새우 등 터진다고 죽어나는 건 그들의 지시를 받고 실무를 담당하는 실무자들이었다. 이편도 아니고 저편도 아닌 나 같은 사람은 양쪽에서 감시하고 견제했다. 나는 조금의 약점이나 허점으로 어떠한 빌미를 주어서도 안 되었다. 빈틈이 보이는 순간 그들은 나를 밀어내려고 개떼처럼 달려들었다. 약한 자는 살아남을 수 없다는 건 정글만이 아니었다. 매우 슬픈 일이지만 회사에서도 그랬다. 강자와 갈등이 깊어질 때면 어린 시절 내 손에 들려있던 작대기가 떠올랐다. 당장 물어 뜯어 죽일 듯이 달려들던 개도 내 손에 쥔 작대기를 보면 바로 꼬리를 내렸다. 작대기는 언제 어디서나 필요했다.

내 손에 작대기는 내 호주머니였다. 나는 내 호주머니를 내 양심으로 생각했다. 내 손으로 무슨 일을 하건 내 호주머니만 깨끗하면 된다고, 그게 나의 초심이고 신조였다. 나는 초심을 지키기 위해 회사 규정보다 더 엄격하게 자신을 다스렸다. 그럼에도 불구하고 내 초심과 양심은 하위직일 때는 지킬 수 있었으나, 경력이 쌓이고 직위가 올라갈수록 흔들리고, 자신을 합리화시키고, 양심에 법을 끌어들여 법에만 걸리지 않으면 된다고, 내가 가장 경계하고 두려워했던 타협하는 양심으로 변해갔다. 욕하면서 배우고, 미워하며 닮는다고, 언젠가 나도 크게 한탕 하고 싶은 충동을 느낄 때도 있었다. 바로 차에 비자금을 무겁게 싣고 갈 때였다. 아버지가 버력에서 주운 금덩어리도 주인이 있고, 내가 길에서 주었던 돈 가방도 임자가 있는데, 자동차 타이어가 찌그러지도록 실어 나르는 비자금은 주인이 없다. 회사에서 이미 자재대금으로, 공사비로, 인부들 노임으로 처리해 어느 계정에도 없는 허공에 붕 뜬 돈이었다. 설령 내가 비자금을 싣고 가다 유턴을 해도 회사는 돌려달라고 할 근거도, 증거도, 없었다. 아마 회사는 후환이 두려워 신고조차 못 했을 것이다.

한번은 차에 비자금을 싣고 가다가 그대로 사정 기관에 고발한 뒤 회사에 '운행 중 불심검문에 걸렸다'고 보고하려는 계획까지 세웠는데, 내 신분이 확실하게 보장된다는 확신이 없었고, 그건 호랑이 입에 날고기 넣어주는 꼴이라는 생각에 이내 접었다. 그도 그럴 것이 우리 회장이 원전을 수주하며 발주처 사장에게 수억 원을 줬다. 우리 경쟁회사 회장도 그만큼 줬다. 모두 검찰수사로 밝혀진 것이었다. 그런데 그것은 '의례적인 떡값'이라고 불구속 입건하여 집행유예로 모두 풀어줬다. 뒤로 주고받는 검은 돈을 언제부터 떡값이라고 했는지 딱히 기억할 수 없으나 본사에서 회장을 집행유예로 빼내는 데 열 배, 백 배의 떡값이 들어갔다. 물론 나도 그들과 한배를 탔으니 초록은 동색이고, 그 나물에 그 밥이라고, 내가 아무리 변명을 하려고 해도 변명의 여지가 없다.

나는 현장에서 몸 하나로 평생을 벌어 먹고사는 일에 바쳤을 뿐, 부정부패를 바로잡지도, 보다 나은 미래를 적극적으로 쟁취하지 못했다. 현장을 잃으면 미래를 무너뜨리는 결과를 가져온다고 생각했고, 이미 짊어진 가장의 짐을 벗어날 용기도 없었다. 근로환경이나 인권침해조차 온몸으로 받아냈다. 이름 없는 중소기업을 국내 10대 재벌그룹으로 키우면서도 기업의 사회적 책임은 입도 떼지 못했다. 물론 기업의 양심과 개인의 양심이 같을 수 없겠지만 개인의 양심이 바로 서지 않으면 기업의 양심이 바로 설 수 없고, 기업의 양심이 바로 서지 않는 한 개인의 양심이 바로 설 수 없다.

훗날 시중에 단군 이래로 최대의 도둑이라고 회자되던 전직 대통령 둘이 쇠고랑을 차고 감옥에 갔다. 그들이 대통령일 때 북한이 금강산댐을 건설하여 수공작전으로 댐을 붕괴시켜 하류로 이백억 톤의 물을 흘려보낸다면 여의도 63빌딩 중턱까지 물이 차오를 수 있다는 담화문을 발표했다. 나는 그때 그 장면이 뒷골이 오싹하도록 뇌리에 각인되어, 그곳을 지날 때마다 물에 잠긴 63빌딩이 상상되었다. 그 상상은 또 다른 상상을 낳았다. 만약 정경유착으로 그들이 받아먹은 떡값을 일시에 게워낸다면 63빌딩이 들어선 지역은 물론 청와대에서 정부종합청사까지 묻히고도 남을 것이라는 생각이 들었고, 긴급 공사용 자재를 싣고 고속도로에 갇혀 오도가도 못 할 땐 대기업들이 1년에 쓰는 비자금 중 반만 들여도 경부고속도로를 한두 개 건설하고도 남을 것이란 생각이 들기도 했다. 물론 북한의 수공작전도 무섭고 천인공노할 일이지만, 그보다 더 무서운 건 위정자들의 끝 모를 부정부패였다. 도둑의 두목도 도둑이요, 그 졸개 또한 도둑이라는 말이 있다. 차떼기로 나가는 돈 봉투는 나라를 병들게 했고 적은 돈 봉투는 국가 근간을 썩게 했다.

경리과장은 직무상 본사 비자금은 물론 현장 비리도 속속들이 알고 있었다. 소장은 회사 뒤에 숨으려고 본사의 손을 빌린 모양이지만 그 바람에 자신은 물론 본사까지 곤경에 빠졌고, 설 과장은 폐인이 되었으며, 그의 가정은 풍비박산 났다.

설 과장을 만난 지 나흘 만에 전화가 왔다. 내가 전화를 받자 설 과장이 말했다.

"정 과장, 내가 가장 힘든 건 옥살이도 아니고 집 나간 자식이 돌아오기를 기다리는 것도 아냐. 요즘은 어머니가 새벽에 일 나가며 차려놓은 밥상이 사잣밥처럼 보여 더는 못 버티겠어. 회사에서 해달라는 대로 다 해줄 테니까 정 과장이 말한 대로 처리해 줘."

내가 처음 설 과장을 찾아갔을 때도 환갑, 진갑이 지난 설 과장 어머니는 농갓집으로 날품 팔러가고 집에 없었다. 나는 통화 중에 설 과장의 절박함을 느낄 수 있었다. 물론 설 과장이 한푼 벌이라도 해야겠지만 농사일은 문외한인데 건강마저 잃어 아무것도 할 수 없었다. 설 과장과 통화를 끝내고 소장에게 보고했다. 설 과장이 회사로 들어오지 않겠다고, 밖에서 만나자고 했던 말도 그대로 전했다. 소장은 곧바로 총무와 경리과장을 불러 업무지시를 했다.

"설 과장 퇴직금과 명예퇴직금은 하 총무가 공식적으로 처리하고, 정 과장은 긴급자재 매입대금으로 가불해서 설 과장 2년 치 연봉을 위로금으로 지불한 뒤 월말에 자료 사다 정리해! 제 과장은 퇴직금과 위로금을 차질 없이 준비해."

제화령 과장은 소장이 설 과장 후임으로 데려온 경리과장이었다. 노크에 이어 김 비서가 찻잔을 들고 들어왔다. 소장은 김 비서가 찻잔을 놓아주고 나가자 멈췄던 말을 이어갔다.

"그래도 설 과장이 여기서 멈춘 게 천만다행이야. 소뿔도 단김에 빼라고. 정 과장은 당장 설 과장에게 연락해 하루라도 빨리 약속을 잡아 봐."

나는 소장실을 나오는 대로 설 과장에게 전화를 걸어 모든 준비가 끝났다고 알려주었다. 설 과장은 하행선과 상행선이 들어갈 수 있는 경부고속도로 금강휴게소에서 만나자고 했다. 나는 다시 소장실에 들어가 보고하고 총무와 경리과장에게도 알렸다.

설 과장과 만나기로 약속한 날 소장이 나를 불렀다. 소장실에 총무와 경리과장이 먼저 들어와 있었다. 소장은 무슨 일이 일어날지 알 수 없으니 경리과장과 같이 가든지 장 기사를 데리고 가라고 했다. 총무도 소장을 거들고 나섰지만 그건 일이 잘못되었을 때 모든 책임을 내게 지우려는 말로 들렸다. 나는 혼자 가겠다고 했다.

나는 경리과장이 넘겨주는 가방을 받아 들고 소장실을 나와 직접 차를 몰고 회사를 빠져나갔다. 포항 시내를 벗어나 고속도로에 들어설 때부터 비가 부슬부슬 내리기 시작했다. 마음이 착잡했다. 나보다 먼저 도착한 설 과장은 낚시꾼처럼 휴게실 의자에 걸터앉아 흐르는 강물을 내려다보고 있었다. 구름을 담은 강물은 탄광촌에서 흘러내리는 물처럼 검게 보였다.

나는 설 과장을 데리고 갈 데가 마땅치 않아 내 차로 들어갔다. 우리는 한동안 말을 잊은 듯 바라만 보다가 설 과장이 슬며시 서류가 든 봉투를 내밀었다. 그건 회사에서 요구한 서류였다. 나는 회사에서 가져온 돈 가방을 넘겨주었다. 설 과장은 맡겨 놓은 가방을 돌려받듯 확인도 없이 받아들고 차에서 내렸다. 나는 설 과장과 조만간 다시 만나자고 서로 약속은 했어도 왠지 마지막 헤어지는 느낌이 들었다. 설 과장이 휴게소를 빠져나가 상행선으로 들어가는 걸 지켜본 뒤 나는 하행선으로 들어갔다.

나는 문득 '법이란 무엇일까!' 하는 생각이 들었다. 하나의 비자금 장부를 돈도, 권력도, 배경도 없는 설 과장이 제보하면 공갈협박죄로 전격 구속하고, 현역 국회의원이 폭로하면 검찰이 압수수색하고 사장이 구속되고, 회장도 줄줄이 불구속 수사를 했다. 설 과장과 나는 두 배의 속도로 멀어지는데 돌아선 그의 뒷모습이 자꾸 눈에 밟혔다.

내가 사택에 도착했을 땐 퇴근시간이 한참 지나 있었다. 나는 당직실로 전화를 걸어 소장실에 불이 꺼졌는지 물었다. 당직은 소장실에 불이 켜졌다고, 소장이 아직 퇴근하지 않았다고 했다. 나는 다시 차에 올라 회사로 들어갔다. 본사에서 새로 내려온 소장 전용차는 현관 앞에 반듯하게 세워져 있었는데 장 기사는 보이지 않았다. 소장은 비서까지 퇴근시키고 혼자 앉아 있었다. 나는 설 과장에게 받아온 서류봉투를 탁자 위에 꺼내 놓으며 간단히 보고했다. 내가 보고하는 동안 침묵하던 소장이 한참 만에 입을 열었다.
"정 과장. 내 차 타."
그쳤던 비가 다시 부슬부슬 내렸다. 소장은 말 한 마디 없이 전용차를 몰아 1시간 30여 분을 달려 길상각 앞에 섰다. 한옥 여러 채를 연달아 지은 길상각에 들어서면 고궁에 들어간 느낌이 들었다. 길상각은 예약 손님만 받는 한정식집이었는데, 발주처나 정관계 고위층 인사들을 접대하는 곳이었다. 잠시 뒤 육중한 나무 대문이 양쪽으로 부챗살 퍼지듯 열렸다. 소장이 다시 차를 몰고 안으로 들어갔다. 한복을 곱게 차려입은 아가씨들이 우산을 들고 나와 안채로 안내했다. 안내받아 들어간 방엔 이미 주안상이 차려져 있었다.
소장과 단둘이 길상각에 가기는 처음이었다. 오래전부터 소장과 길상각 연 마담은 연인관계라는 소문이 있었다. 잠시 뒤 연 마담이 접대부를 데리고 들어왔다. 연 마담 뒤를 따라 들어온 접대부 손에 양주병이 들려있었다. 연 마담이 따르는 잔을 받으며 양주병에 붙은 상표를 보고 깜짝 놀랐다. 내가 소장 지시를 받고 VIP 접대용으로 사다 맡겨 놓은 그 양주는 시중에 흔치 않은 고급 양주였다.

소장이 연 마담 손에 들린 술병을 넘겨받아 연 마담과 접대부 잔을 채우며 내게 말했다.

"정 과장, 오늘 한 번 원 없이 마셔봐."

연 마담은 첫 잔을 들고 방을 나갔다. 양주 한 병이 바닥날 무렵 소장 파트너가 나가고 다른 접대부가 양주 한 병을 들고 들어왔다. 술은 접대부가 마시고, 소장은 마치 장난감에 정신 팔린 아이처럼 접대부를 데리고 놀았다. 열 사람이 앉아도 좁지 않을 상 너머에서 소장이 무슨 짓을 하건 관심을 두지 않고 내 짝과 술잔을 기울였다. 신선로에 불이 꺼질 때 두 병째 양주도 바닥났다. 소장이 파트너를 내보냈다. 그쯤에서 소장이 내게 무슨 말을 할 줄 알고 내 짝도 내보냈는데 아무 말도 하지 않았다. 잠시 뒤 또 다른 접대부가 양주를 들고 다시 들어왔다. 소장의 놀이는 그칠 줄 몰랐다. 세 병째 양주가 반쯤 비워갈 때 소장이 슬며시 일어나 밖으로 나갔다.

나는 문득 소장이 무엇 때문에 나를 길상각에 데리고 왔는지, 밤새도록 울다가 누가 죽었느냐고 물어본다고, 소장과 밤새도록 술을 마셨으면서도 무슨 술인지 알지 못했다. 소장이 퇴근하면서 자기 차를 타라고 했을 때 저녁식사하며 할 말이 있는 줄 알았다. 길상각에 도착했을 땐 좀 의아스럽기는 했어도 갑자기 술 생각이 났던 모양이라고, 큰 의미를 두지 않는데 잘못 짚어도 한참 잘못 짚었다.

소장의 의중을 헤아려보다 문득 '내가 자료를 복사해 가지고 있는 것을 소장이 알고 있구나!' 하는 생각에 온몸에 소름이 돋았다.

나는 설 과장보다 훨씬 먼저 자재과에서 사들인 허위자료를 복사해 가지고 있었다. 설 과장이 작성한 비자금 장부는 허위문서라고 끝끝내 우길 수 있지만 내가 복사해 가지고 있는 자료는 빼도 박도 할 수 없는 완벽한 증거물이었다.

　내가 처음 자료를 복사해 보관하게 된 것은 본사에서 불명 자료 통보를 받고부터였다. 세금계산서를 주고받은 양쪽이 세무보고를 해야 하는데 한쪽만 한 것을 불명 자료라고 했다. 불명 자료는 원인을 파악하여 세무서에 해명해야 했는데 실거래에서 불명 자료가 발생하는 일은 극히 드물었다. 불명 자료는 거의 무자료에서 발생했는데 수천 수십만 건의 세금계산서 속에 들어있는 불명 자료를 찾아 소명하는 일이 여간 어려운 게 아니어서 자료 한 부를 복사해 파일박스 안에 보관하고 있었다.

　자료 사본은 설 과장처럼 업무 참고용이기 때문에 용의주도하게 관리하지 않았다. 파일박스에 넣고 잠그지 않은 채 외출하기도 했고, 어떤 때는 책상 위 고무판 밑에 며칠씩 넣어두기도 했다. 업무 참고용이지만 다른 사람이 봤을 땐 의심할 수 있었다. 내가 자료를 복사해 가지고 있는 것을 소장이 알고 내게 설 과장처럼 되지 않으려거든 섣부른 행동을 하지 말라는 무언의 압박일지도 모른다는 생각에 모골이 송연했다. 나는 돈도, 권력도, 배경도 없고 더욱이 사내에 아무런 연고가 없어 소장이 마음만 먹으면 언제든지 인사조치할 수 있었다.

　소장은 나간 지 30여 분이 지났는데도 들어오지 않았다. 시간은 자정을 지나 있었다. 얼큰히 오르던 취기가 일순간에 싹 가셨다. 기분이 맹랑했다. 나는 밤새워 술을 마시거나 고만 방으로 들어가야 할 시간이었다. 내 잔은 반쯤 남아 있고 내 짝의 잔은 비어 있었다.

"방에 안 들어갈 거예요? 우리도 이제 고만 들어가요."

내 짝은 방에 꿀단지라도 있는 것처럼 자꾸 방으로 들어가자고 했다. 아하! 그렇구나. '소장이 나와 같이 길상각에 동행한 것은 자기 사람이 되라는 거였구나!' 라는 생각이 번뜩 뇌리를 스쳤다. 소장은 내가 비자금을 조성한 자료사본을 가지고 있든 가지고 있지 않든 그게 문제가 아니라 자기 사람이 되느냐, 안 되느냐가 더 중요했다.

소장은 비자금을 만들어 낼 수 있는 자재, 경리, 기획에 자기 사람이 절실히 필요했다. 그중에 기획실은 비자금을 무제한 만들어내는 자리였다. 소장이 데려온 기획실 편 실장은 소장과 동향이고 대학 후배였다. 소장은 편 실장을 통해 담합입찰, 이중계약, 위장 하도급, 위장 직영, 설계변경, 골재채취 등으로 원하는 만큼 비자금을 만들어냈다. 물론 편 실장에게 돌아가는 반대급부도 적지 않았다. 그는 소장을 등에 업고 호가호위하면서 보직, 표창, 승진까지 직원이 누릴 수 있는 혜택은 모두 누리고 있었다.

회사가 10대 재벌그룹에 진입하면서 파벌이 심화되었고 자기 편으로 들어오지 않으면, 마치 전투에서 투항하지 않으면 사살해버리듯 가차 없이 제거하려 했다. 소장의 사람이 된다면 내게도 적지 않은 혜택이 돌아오겠지만, 소장의 충직한 개가 되어야 한다는 것은 불을 보듯 했다. 아마 설 과장도 소장의 사람이 되었다면 그토록 험한 꼴은 당하지 않았을 것이다. 회사 안팎으로 아무런 연고가 없는 나는 알몸으로 팔풍받이에 홀로 서 있는 듯했다.

"내가 맘에 안 들어요?"

내 짝이 기어이 실망스러운 표정으로 물었다. 나는 내 짝의 빈 잔을 채워주며 양주 한 병을 더 가져오라고 했다. 내 짝이 활짝 웃는 얼굴로 알았다는 듯 고개를 끄덕이며 방을 나갔다. 나는 아무리 생각해도 복사해 가지고 있는 자료가 마음에 걸렸다. 물론 내가 자료 사본을 가지고 있는 것을 소장이 안다고 해도 자신이 먼저 긁어 부스럼 만드는 일은 두 번 다시 하지 않을 것이란 생각은 들었다.

내 짝이 나간 지 한참 만에 편한 실내복으로 갈아입고 주방장과 함께 들어왔다. 주방장이 들어오자 송이버섯 향기가 났다. 신선로에 다시 불을 붙였다. 내 짝이 자리에 앉아 술을 따르며 말했다.

"내실에 불 꺼졌어요."

나는 내 짝의 잔을 가득 채워주며 말했다.

"나는 소장님 사생활에 전혀 관심 없어요."

그건 사실이었다. 소장의 사생활뿐만 아니라 소장과 총무가 사용하는 비자금도 전혀 관심을 두지 않았다. 내가 조성한 비자금이 본사로 들어가든, 소장에게 들어가든, 아니면 총무 뒷주머니로 들어가든, 내 손을 떠난 이상 일체 간여하지 않았다. 아니 비자금 조성은 간첩이 활동하듯 점조직으로 되어있어 간여하려고 해도 할 수 없었다.

새로 가져온 술병을 따기 전 새벽이 왔다. 똑 똑. 밖에서 노크하는 소리가 들렸다. 노크에 이어 연 마담이 "소장님 나오셨어요"라고 했다.

소장이 먼저 나와 시동을 걸어놓고 있었다. 내가 조수석으로 올라타자 소장은 연 마담의 배웅을 받으며 서서히 길상각을 빠져나왔다. 안개가 짙게 끼어 있는 길을 거미 똥구멍에서 거미줄이 나오듯 빠져

나왔다. 소장은 갈 때와 마찬가지로 돌아올 때도 말이 없었다.

  설 과장 문제는 그런대로 매듭을 지었어도 본사는 하루도 바람 잘
날이 없어 그물코처럼 서로 얽혀있는 납품업자들도 신경이 쓰이는
모양이었다. 술잔이 두어 순배 돌았을 때 양 사장이 말했다.
  "얼마 전 국회의원이 대한건설 비자금 장부를 폭로한 다음 날 신
문에 난 기사를 읽어보니까네 자료를 사다 비자금을 조성했다는 기
사가 실렸던데예. 앞으로 우찌 되겠심니꺼?"
  그 기사는 나도 꼼꼼하게 읽어보았는데 특이한 점은 없었다. 나는
대수롭지 않게 대답했다.
  "비자금을 자료로 조성했든, 공사비로 조성했든 그게 문제가 아
니잖아. 그동안 비자금 사건이 여러 차례 있었지만, 수사가 단 한
번이라도 납품회사까지 가는 거 봤어?"
  본사에서 대형 비자금 사건으로 검찰수사를 받아도 납품회사는커
녕 비자금을 조성하는 현장까지 내려온 적은 단 한 번도 없었다. 그
럼에도 양 사장은 여전히 의심스러운 눈길을 거두지 못하고 물었다.
  "그렇긴 한데, 우짠지 이번엔 느낌이 좋지 않으예."
  나는 가는 곳마다 납품업자들이 묻는 말에 대답을 안 해줄 수도
없고, 불안해할 땐 안심도 시켜줘야 했다. 무슨 조화인지 용하다는
보살을 데려다 굿을 하고 고사를 지내도 대형사고가 일어났다 하면
대한건설이었고, 정권이 바뀌고 비자금 사건이 터질 때마다 최 회장
이 걸려들었다. 검찰이 사장에 이어 회장까지 불구속으로 입건한 뒤
에도 수사는 계속 확대되고 있었다. 양 사장은 그게 마음에 걸리는
모양이었다.

술상이 들어왔지만 나는 전혀 술 마실 기분이 아니었다. 나는 양 사장을 데리고 '꽃샘'을 나와 포장마차로 들어갔다. 술은 소주를 시키고 안주는 닭꼬치를 주문했다. 소주 한 잔 마시고 곶감 꼬치에 곶감 빼먹듯 닭꼬치 한 토막씩 쏙쏙 빼먹었다. 신입사원 시절엔 호주머니 걱정 없이 포장마차만 다닐 수 있어도 참 행복할 것 같다는 생각을 했었다. 이제는 포장마차에 다닐 형편은 되었는데도 전혀 행복을 느끼지 못하고 있었다. 나는 포장마차에 있는 소주병을 모두 비워내기 위해 출장나온 사람처럼 소리쳤다.

"양 사장, 오늘 술은 내가 산다. 그냥 마시자."

양 사장도 맞장구치며 술잔을 높이 쳐들었다.

"아이고마, 그럴까예."

다음 날 아침 눈을 뜬 곳은 경주고속버스터미널 부근 여관이었다. 포장마차에 같이 갔던 양 사장은 언제 어디서 헤어졌는지 기억조차 없다. 속도 쓰리고 머리도 지끈지끈 아팠고 관자놀이가 욱신거렸다. 자리를 털고 일어나려는데 거친 파도에 떠 있는 낚싯배에 올라탄 것처럼 몸을 제대로 가눌 수 없었다. 입술이 쩍쩍 달라붙고 말할 수 없이 목이 탔다. 조갈 들린 짐승처럼 물 주전자를 들고 벌컥벌컥 들이켜고 양치질을 하는데 먹은 물이 목구멍을 치받고 올라왔다. 세면기에 모두 게워내고 거울을 봤다. 마치 네가 웬 놈이냐는 듯 마주 바라보는 시뻘건 두 눈에 눈물이 그렁그렁했다.

도로 눕고 싶어도 출장업무로 꽉 짜인 일정 때문에 일찍 여관을 나와 다음 출장지인 서울행 고속버스를 탔다. 바깥바람에 속이 좀 가라앉는 듯했으나 버스를 타고 가는 동안 다시 속이 울렁거리고 임

신한 여자처럼 헛구역질이 났다. 휴게소에서 가락국수에 고춧가루를 듬뿍 넣어 뜨거운 국물을 홀홀 마셨다. 등줄기에 식은땀이 후줄근히 배어 나왔다.

이상한 세무조사

서울에 도착해 바로 을지상사를 찾아갔다. 을지상사는 시멘트 대리점뿐만 아니라 위생도기에 타일까지 건설 기자재를 대량으로 납품하는 탄탄한 회사였다. 을지상사 곽인길 사장은 사장실로 들어서는 나를 보자 따지듯 물었다.

"어이구 과장님, 어서 오시오. 그런데 요즈음 대한건설이 왜 그리 시끄럽습니까? 정권 바뀔 때마다 으레 터지는 비자금 사건이야 그렇다손 치더라도 국회에서까지 비자금 사건을 뻥뻥 터뜨린다는 것은 좀 수상하지 않습니까? 혹시 위에 밉보인 거라도 있습니까?"

납품업자들은 위에 밉보인 기업은 살아남을 수 없다는 걸 신앙처럼 믿었다. 그들은 정권이 바뀔 때마다 구조조정한다고 수십만 명의 생계가 걸린 대기업을 하루아침에 평가해 해체하고, 피 냄새 맡은 상어 떼처럼 달려들어 발기발기 뜯어먹고 공중분해 시켜버리는 것도 지켜봤다. 권력에 민감한 납품업자들은 새 정부가 들어설 때마다 놀라운 정보력과 동물적 감각으로 어느 기업이 뜨고 질지 훤히 꿰뚫어보고 있었다.

그런데 하필이면 새 정부가 들어서고 제일 먼저 대한건설이 비자금 사건에 걸려들자 곽 사장도 부담스러운 모양이었다. 물론 새 정부를 탄생시킨 주역들도 대한건설로부터 거액의 비자금을 받은 단서가 속속들이 밝혀지고 있지만 그게 좋은 조짐으로 보일 리 없었다. 대한건설이 조성한 비자금에 곽 사장에게 매입한 자료도 적잖이 들어가 있었다. 곽 사장은 그게 염려되는 모양이었다. 가는 곳마다 받는 질문이었지만 대답하기는 늘 껄끄러웠다.

"글쎄요. 가지 많은 나무 바람 잘 날 없다고 대기업들은 늘 있는 일 아닙니까. 이번에도 별일 없을 겁니다."

아무런 근거 없는 막연한 대답이지만 더 보탤 말도 없었다.

"그렇다면 천만다행이고요."

곽 사장은 또 다른 무슨 낌새를 맡았는지 여전히 찜찜한 여운을 남겼다. 곽 사장이 자료는 얼마나 필요하냐고 묻기를 기다리던 내가 먼저 입을 열었다.

"자료는 얼마나 준비되었습니까?"

곽 사장은 조금도 망설임 없이 말했다.

"이달은 매입이 없어 끊어 드릴 게 별로 없습니다."

곽 사장은 국회에서 대한건설 비자금 사건이 폭로되기 전만 해도 나에게 전화를 걸어 '자료 십여 장은 언제든지 가능하다며 아무 때나 오라'고 했다. 그런데 매입자료가 없다는 말은 속이 훤히 들여다보이는 변명일 뿐이었다. 자료를 주더라도 검찰수사를 좀더 지켜보고 주겠다는 속셈일 것이다. 나는 곽 사장이 인사치례로 끊어주는 자료 서너 장을 받아들고 을지상사를 나와 금성전기를 찾아갔다.

"어서 오세요. 어머! 과장님 오셨어예."

경리과 오달희는 컴퓨터 자판을 두드리며 건성으로 인사하다 다가오는 나를 알아보고 반색했다. 우리 회사는 매월 금성전기에서도 적잖은 자료를 사들였다. 소장은 자료를 담당하는 경리과 직원을 조심하라고 했다. 기업들이 가져간 자료 근거를 쥐고 있기 때문이었다. 물론 어느 기업이나 경리담당자는 기업주의 분신과 같은 사람을 두었다. 나중에 알게 되었는데 금성전기 배한주 사장은 오달희의 외삼촌이었다. 나는 명절이 있는 달에 자료사러 출장가면 경리과 직원들에게 회사에서 준비한 상품권을 몇 장씩 선물했다. 오달희가 나를 보고 생글생글 웃으며 말했다.

"과장님, 나 안 예뻐예?"

오달희 눈에 없던 쌍꺼풀 수술을 하고 땅콩 허리처럼 움푹 들어간 콧등을 세워 얼굴이 많이 달라지긴 했어도 별로였다.

"우와! 정말 몰라보게 달라졌네. 그런데 사장님은 안 계신가 봐?"

작달막한 오달희의 빵빵한 어깨 너머로 보이는 사장실 불이 꺼져 있었다. 오달희가 활짝 웃으며 말했다.

"멀리 안 나가셨어예. 그러니까네 그냥 들어가 사장님 소파에 앉지시소."

오달희는 나를 사장실 소파로 안내하고 나갔다. 오달희와 잡담을 나누며 차 한 잔 비워갈 무렵 배 사장이 돌아왔다. 배 사장 역시 반가워하는 기색은 찾아볼 수 없었다. 물론 예상하고 있었지만 그래도 여간 불편한 게 아니었다.

"내가 바쁠 때 온 거 아닙니까?"

"아입니더. 괘안심더."

체구가 작달막하고 매서운 눈매를 가진 배 사장도 자리에 앉자마자 무얼 탐색하려는지 엉뚱한 얘기를 늘어놓으면서도 자료에 대해서는 도무지 입을 열지 않았다.

"자료는 얼마나 준비되셨습니까?"

나는 빨리 자리를 벗어나고 싶었다. 배 사장도 자료 서너 장을 끊어주며 말했다.

"이번 달엔 우리 회사도 자료를 구해야 할 형편이라예. 모처럼 만에 오셨는데 참말로 죄송하게 됐네예. 다음에 꼭 해드리겠심더."

배 사장은 속이 훤히 들여다보이는 거짓말을 했다. 배 사장은 무자료 거래를 하면서도 자기 부인과 딸을 과세특례자로 상호를 낸 뒤 간이세금계산서를 사용하며 부가세, 소득세, 종합소득세 등 세금을 탈루했다. 어찌 되었든 자료를 구해야 한다는 사람을 잡고 자료를 달라고 할 수 없었다. 두말없이 가방을 챙겨 들고 금성전기를 나와 세운상사 임 사장과 만나기로 약속한 찻집으로 갔다.

세운상사 임 사장은 합판과 목재를 납품하는 납품업자였다. 임 사장은 매장도 없고 창고도, 직원도 없었다. 사무실은 있다고 할 수도 없고, 없다고 할 수도 없었다. 그는 친구 사무실에 어깨높이의 칸막이 하나 세우고 달랑 책상과 소파 한 세트를 들여놓았을 뿐이었다. 사무실도 필요 없었는데 임 사장이 사업을 시작할 땐 세무서에서 자기가 사는 빌라를 영업장소로 인정하지 않아 친구 사무실을 빌려 사업자 등록을 냈는데 '세운상사'라는 간판만 걸어두고 출근은 하지 않았다. 그는 사무실과 매장 그리고 창고가 없으니 인건비, 임대료, 관리비 한 푼 낼 게 없었다. 그는 자재 발주를 받으면 자기가 투자한 회사의 생산공장에 나가 자재를 직접 납품했다.

찻집에 내가 먼저 도착했다. 계산대에서 보이지 않는 구석진 자리에 앉아 임 사장을 기다렸다. 임 사장은 여느 때와 다름없이 약속시간 5분 전에 시장바닥을 누비며 일수 찍는 영감처럼 달랑 손가방 하나만 들고 나타났다. 그 손가방 안에 세금계산서, 고무인, 인장 등 사업에 필요한 모든 것이 들어가 있었다. 그래서 언제 어디서건 임 사장과 마주 앉으면 그곳이 곧 사무실이었다. 임 사장은 매입 세금계산서와 매출 세금계산서를 미루지 않고 출하 즉시 아귀가 딱 맞아떨어지게 처리했기 때문에 내가 부탁한 자료 금액 이상을 요구할 수도 없고 부탁한 자료를 매입하지 않을 수도 없었다. 이미 부탁해놓은 자료 금액만큼 실거래 매출로 잡혀 있었기 때문이었다. 임 사장은 내가 부탁한 자료 열 장을 선뜻 내주었다. 자료를 좀더 주문하지 않은 것이 못내 아쉬웠다.

세운상사 임 사장을 만나고 나오는 길에 홍인상사 천재인 사장을 찾아갔다. 홍인상사에서도 매월 적잖은 자료를 사 가는 곳이었다.

"얼마 전부터 세무조사를 받고 있는데 아직 덜 끝났습니다. 이거 정말 죄송합니다."

천 사장은 세무조사 중이라고 했다. 나는 세무조사 중이라는 천 사장 말을 듣는 순간 문득 오성상사 우현보 사장이 떠올랐다.

나는 지지난달 초 팩스 한 통을 받았다. 본사에서 내게 보낸 것은 맞지만 사내문서가 아니라 세무서 간에 주고받은 세무서 내부공문이었다. 나는 잘못 온 줄 알고 의아스러운 생각에 공문을 펼쳐본 순간 직감적으로 떠오르는 게 있어 등골이 서늘했다. 공문은 두 장이었는데 첫 장은 '과세자료 통보'였다. 내용은 단 두 줄이었다.

"아래 사업자에 대한 부가가치세 경정 조사시 적출된 위장매출 세금계산서에 대하여 붙임과 같이 그 내역을 통보합니다."

내 예상은 적중했다. '아래 사업자'는 대한건설 거래처인 오성상사였다. Y세무서가 관내인 오성상사에 들어가 부가가치세 경정 조사를 하다 대한건설과 거래한 위장매출 세금계산서를 적출했다. Y세무서는 위장매출 세금계산서를 대한건설 관할인 S세무서로 보냈다. 위장매출 세금계산서는 대한건설 신한원전 출장소에서 비자금을 조성하고, 탈세하고, 검은 돈을 세탁하기 위해 사들인 자료였다. 공문을 본 순간 내 전임 과장이 내게 자료를 넘겨주며 한 말이 떠올랐다.

"내가 넘겨주는 자료는 네가 알려고 하지 말고, 누구에게 말하지 말고, 죽을 때 무덤 속까지 가슴에 담고 들어가야 해."

나는 지난 수십여 년간 비자금 조성에 간접적으로 혹은 직접 수행하며 이런 날이 올 것을 속으로 매우 두려워하고 있었다. 공문 앞장을 넘겼다. 뒷장에는 오성상사에서 자료를 사간 11개 기업이 올라가 있었는데, 대한건설이 세 번째에 들어가 있었다. 그건 오성상사에서 자료를 사 온 것이었는데 금액을 확인한 나는 눈을 의심했다. 세무조사에 걸린 자료는 두 건이었고 합산한 금액이 고작 1천 5백만 원이었다. 단위를 잘못 읽은 줄 알고 다시 확인했어도 금액은 틀리지 않았다. 다른 10개 기업 모두 국내 재벌그룹 순위를 나열해 놓은 것처럼 대기업들이었는데 모두 5백만 원이나 1천만 원짜리 한두 건씩 걸려든 게 전부였다. 도대체 구멍가게도 아니고 국내 굴지의 대기업들이 수년간 거래한 자료가 수십억이나 수백억이 아니고 겨우 5백만 원이나 1천만 원짜리 한두 건 걸렸다는 것이 도리어 나를 어리둥절하게 만들었다.

본사는 달랑 세무서 내부공문을 보내놓고 아무런 대책을 내놓지 않아 어떻게 수습해야 할지 갈피를 잡을 수 없었다. 처음 당해본 일이었고 세무조사에 걸려든 자료는 금액이 크든, 작든 섣불리 나설수도 없었다. 나는 총무와 소장에게 보고했다. 소장도, 총무도 '본사와 긴밀히 협조하여 얼마의 비용이 들더라도 개의치 말고 수습하라'며 뒤로 빠졌다. 본사는 일이 터졌다 하면 도마뱀이 꼬리를 자르고 위기를 모면하듯 결재권자는 뒤로 빠지고 실무자에게 모든 책임을 뒤집어씌우고 뒷수습을 했다.

어찌 되었든 어차피 벌어진 일이었다. 본사에서 연락이 오기를 기다리는 동안 공문을 발행하여 주고받은 날짜까지 세밀하게 검토해본 결과 납득할 수 없는 부분 몇 군데를 발견했다. 그것은 Y세무서가 오성상사에서 적출해낸 위장매출 세금계산서는 우리와 거래한지 2년이 지난 것이었다. Y세무서는 적출한 위장매출 세금계산서를 2개월이 지난 뒤 대한건설 관할인 S세무서로 보냈다. S세무서는 Y세무서에서 온 공문을 무려 8개월 동안 가지고 있다가 대한건설로 보냈다. 아무리 관공서가 하는 일을 두고 늑장 행정이라고 비난하지만 그래도 어떻게 8개월씩이나 붙잡고 있었는지 도저히 납득할 수 없었다. 그보다 더 이해할 수 없는 것은 S세무서에서 직접 처리하지 않고 자료를 사들인 대한건설로 보낸 점이었다. 그건 마치 세무서에서 우리는 대한건설이 조성한 비자금 자료를 가지고 있으니 알아서 기라는 협박처럼 보였다.

아연히 창밖을 내다보는데 본사에서 또 한 장의 공문이 팩스로 내려왔다. 본사 경리부 박 차장이 보낸 수습방안이었다. 수습방안은 Y세무서가 오성상사에서 밝혀낸 위장매출 세금계산서를 번복해 실물거래를 했다는 실거래 확인서를 받고, 실거래 확인서에는 반드시 법인인감 증명서를 첨부해야 한다고 했다. 기한은 이틀이었다. 사내문서는 얼마든지 날짜를 소급하고 조작하여 만들어낼 수 있지만 오성상사에서 받아내야 할 실거래 확인서와 법인인감 증명서가 문제였다. 오성상사가 세무조사에서 위장매출 자료로 밝혀진 것을 번복해 실거래했다는 실거래 증명을 해주고, 법인인감 증명서를 떼어줄 리가 만무했기 때문이었다. 세무서장 직인이 찍힌 내부공문을 그대로 복사하여 내돌리는 세무공무원이나 그 공문을 첨부하여 허위 공문을 만들어 보내라고 사장 명의로 공문을 내려 보낸 본사 담당 직원이나 모두 정신 나간 놈들 같았다.

본사에서 내려온 공문을 들고 소장실에 들어가 보고하던 중 소장 비서가 들어와 본사에서 긴급전화가 들어와 있다고 했다. 나는 보고를 중단하고 전화를 받았다. 본사 경리부 박 차장이었다. 박 차장이 이번 사건은 신속히 막아야 한다며 실거래 확인서와 법인인감 증명서를 받는 즉시 팩스로 보내고 원본은 등기 속달로 보내라고 했다. 만약 세무서에서 요구한 실거래 확인서와 법인인감 증명서를 기한 내 제출하지 못하면 어떤 일을 당할지 모른다고 나를 압박했다.

도대체 Y세무서에서 넘어온 공문을 무려 8개월 동안 붙잡고 있었던 S세무서가 왜 갑자기 번갯불에 콩 볶듯 몰아치는 이유는 뭘까? 그동안 본사 박 차장은 그 사실을 전혀 모르고 있었을까? 혹시 본사 박 차장과 세무공무원 농간에 말려드는 건 아닐까? 온갖 생각이 들었다. 그도 그럴 것이 현장에서 사건 사고가 발생하면 본사 직원이 공무원과 짜고 작은 일도 크게 확대하여 당장 뇌관이 터질 것처럼 위기감을 조성한 뒤 천문학적 수습비용을 빼갔다. 수습비용은 누가 어디에 얼마를 썼든 영수증이 없어 따져볼 수도 밝힐 수도 없었다. 그들 속셈이 무엇이든 원전출장소에서 사들인 위장매출 자료가 세무조사에 밝혀진 이상 그들의 요구를 들어주지 않을 수 없었다.

다음 날 삼수갑산에 가는 한이 있어도 당장 오성상사 우 사장을 만나 세무서에서 요구한 실거래 확인서와 법인인감 증명서를 받아내야 했다. 납품업자를 움직일 수 있는 건 자재 발주뿐이라고 생각한 나는 대량의 자재 발주서를 들고 우 사장을 만나러 갔다. 여비서가 들어와 찻잔을 놓아주고 나간 뒤 나는 우 사장 앞에 자재발주서를 꺼내 놓았다. 흠칫 놀란 우 사장 표정이 굳어졌다. 입찰에 부쳐도 될 대량의 자재발주서를 직접 들고 찾아온 게 의아했던 모양이다. 나는 자재 발주를 내기 전 세무서에서 보내온 공문을 보여주며 실거래 확인서와 법인인감 증명서를 줄 수 있느냐고 물었다. 공문을 본 우 사장이 그제야 알겠다는 듯 고개를 끄덕이며 말했다.

"아니! 그 공문이 이제 넘어왔어요?"

'이제 넘어오다니!' 나는 정신이 번쩍 들었다.

"이제 넘어오다니요? 우 사장은 알고 있었습니까?"

그제야 우 사장이 호기심이 가득한 얼굴로 내가 내놓은 공문을 살펴보며 말했다.

"그럼요. 내가 직접 세무조사를 받았는데 그걸 왜 모르겠어요. 세무조사에 걸려든 11개 기업 본사에 자료명세를 보내고 처리방법도 알려주었거든요. 그런데 이걸 왜 지금까지 처리하지 않았죠. 그때 내 전화를 받은 사람이 경리부 박 차장이었죠. 아마."

우 사장은 본사 박 차장까지 기억하고 있었다.

"맞아요. 박 차장이 그 사건을 수습하는 데 필요하다며 실거래 확인서와 법인인감 증명서를 보내 달라고 했어요. 해줄 수 있습니까?"

우 사장이 말했다.

"아 그렇군요. 그런데 우리는 벌써 벌금 다 내고 끝났어요."

우 사장이 세무조사를 받고 벌금까지 냈다면 말 그대로 다 끝난 일이었다. 그걸 번복할 수 있는 길은 없을 것이다. 나는 본사에 보고할 마지막 질문을 했다.

"그럼 불가능하겠네요?"

우 사장은 고개를 살래살래 흔들며 말했다.

"아뇨. 실거래 확인서도 법인인감 증명서도 해드릴 테니 걱정하지 마세요. 그건 세무공무원들이 뒷돈 챙기고 빠져나가려는 요식행위예요. 과장님은 그들이 해달라는 대로 해주면 끝나요. 제가 그걸 모르면 어떻게 실거래 확인서와 인감증명을 떼 주겠어요. 생각해 보면 지나가는 개가 들어도 웃을 일이지만 그게 마지막 수순이죠."

나는 우 사장이 하는 말을 반신반의하면서 다시 물었다.

"우 사장님이 직접 세무조사 받았으니 잘 알고 계시겠지만 우리 회사에서 사장님에게 매입한 자료는 모두 17건으로 5억 4천만 원인데 그게 다 어디로 가고 1천만 원짜리와 5백만 원짜리만 걸렸죠?"

우 사장이 고개를 끄덕이며 말했다.

"세무조사를 받다 보면 고구마 줄기에 고구마 따라 나오듯 금액이 크든, 작든 모조리 걸려들어요. 그들은 세무조사에 적출해낸 것 중 금액이 큰 것은 흥정하여 뒷돈 챙기고, 갈 때는 금액이 적은 것 한두 건만 들고 가요. 아마 세무공무원들 머리는 귀신도 못 당할걸요."

우 사장이 실거래 확인서와 인감 증명서를 넘겨주며 말했다.

"장사꾼이 법대로 무슨 장사를 해요. 세무조사 겁내면 장사 못 해요. 세무조사에 걸린 대로 세금 내고 살아남을 기업이 있겠어요?"

나는 실거래 확인서와 법인인감 증명서를 받아들고 사무실로 돌아와 본사 박 차장에게 팩스로 보냈다. 다음 날 관할세무서에 다녀온 박 차장으로부터 '위장매출 세금계산서 사건'은 완전히 수습되었다는 전화를 받았다. 며칠 뒤 그 사건을 수습하는 데 들어간 비용이 내려왔다. 수습비용은 내 1년 연봉에 버금가는 액수였다. 그 수습비용은 다시 자료를 사다 메워야 했다. 귀신도 당할 수 없을 만큼 머리가 좋다는 사람들이 근무하는 국세청 앞을 지날 때 '합리 세정, 조세 정의'라는 간판이 문패처럼 걸려 있는 것이 보였다.

홍인상사를 나온 나는 난감했다. 내가 만나는 납품업자들은 대한건설과 거래를 유지하기 위해 몇 장씩 끊어 주는 게 전부였다. 나는 김포공항에 전화를 걸어 부산 가는 비행기 좌석을 알아보았다. 좌석은 모두 매진되었다고 했다. 그래도 대기자 명단에 이름을 올려놓고 무작정 택시를 잡아타고 공항으로 내달렸다. 다행히 예약을 취소한 비행기 표를 구할 수 있었다.

비자금 전달하는 금강휴게소

공항에서 탑승수속을 마치고 부산철강상사에 전화를 걸었다. 여직
원이 전화를 받아 강형철 사장을 바꿔주었다.

"지금 김포공항인데, 부산에 도착하는 대로 갈 테니까 자료 되는
대로 넘겨주쇼."

내 말이 떨어지기 무섭게 강 사장이 껄껄 웃으며 말했다.

"하하하. 과장님예. 오래간만에 전화해가꼬 겨우 그런 부탁입니
껴. 그란데예 자료가 얼매 안 될끼라예. 그란대로 모아가꼬 기다릴
테니까네, 마아 천천히 오시이소."

배짱이 두둑한 강 사장이 가지고 있는 자료는 부가세 10퍼센트에
3퍼센트를 더 얹어주어야 했다. 매출을 올려놓으면 사업하는 데 불
리하다는 이유였다. 말은 맞는 말인데 자료를 받아보면 그 말은 새
빨간 거짓말이었다.

대한제철 대리점을 운영하는 강 사장은 철저한 무자료 거래업자
였다. 그는 대한제철에서 철재를 가져올 때 세금계산서 없이 물건만
가져다 팔고, 세금계산서를 줘야 할 땐 대한제철 세금계산서를 직접
끊어 줬다. 무게로 거래하는 철강회사 세금계산서는 철근 톤수와 금

액을 맞춰 두루뭉술하게 뭉뚱그려 발행했다. 물건을 사가는 사람들은 생산단가가 됐든, 판매단가가 됐든 금액만 맞으면 아무 문제가 되지 않았기 때문이었다. 강 사장은 자기회사 세금계산서를 쓰지 않으니 세금으로 땡전 한 푼 안 내고 철강회사 남는 자료를 가져다 팔아 가외소득까지 올릴 수 있어 그야말로 꿩 먹고 알 먹는 장사였다. 나는 불가피할 때 꼭 필요한 금액만큼 강 사장에게 자료를 사들였다. '위험한 장사 돈 많이 남는다'고 강 사장은 돈 되면 장사하고 돈 안 되면 장사를 안 하면 그만이었다.

나는 부가세에 3퍼센트를 더 얹어주고서라도 자료를 매입해야 했다. 하지만 10퍼센트의 부가세 이상으로 더 주는 것은 회사에서 인정해 주지 않았고 덜 주는 부가세를 내놓으라고 하지도 않았다.

우리나라가 1977년부터 부가가치세를 처음 시행했을 때는 자료를 사러 다니지 않았다. 납품업체에서 빈 세금계산서를 한 권씩 받아 놓고 내가 필요한 만큼 발행한 뒤 원본을 돌려줬다. 한 사람이 여러 업체 세금계산서를 발행하면 필체가 같아 직원 한 사람에게 한 회사를 맡겨 놓고 발행하도록 했다. 물론 부가세는 한 푼도 주지 않았다. 부가가치세 제도가 점차 정착되면서 3퍼센트로 거래하고, 5퍼센트로 거래하다가 10퍼센트를 주고 거래했다.

나는 다행히 부산철강상사에서 열 장 남짓 매입할 수 있었다. 그래도 온종일 돌아다니며 매입한 자료 금액을 모두 합해도 턱없이 부족했다. 부산철강상사를 나와 택시를 잡아타고 부산고속버스터미널로 달려가 서울행 심야 고속버스표를 샀다. 버스가 출발하려면 무려 두 시간 반을 더 기다려야 했다. 막차가 떠난 대합실은 썰렁했다.

갑자기 허기가 졌다. 전날 사택에서 점심 식사하고 나온 뒤 빈속에
술과 차만 마셨고 휴게소에서 먹은 가락국수 한 그릇이 다였다. 사
방을 둘러봐도 식당은 눈에 띄지 않았다. 시간이 많으니 바쁠 건 없
었다. 길을 건너 골목길로 접어들자 허름한 식당 앞에 서투른 글씨
로 '아침식사 됩니다' 라는 입간판이 보였다. 더 돌아다닐 것도 없이
식당 문을 열고 안으로 들어섰다. 식당 안에 손님은 없고 네 식구가
마주 앉아 저녁식사를 하고 있었다.

"어서 오세요."

주인아주머니는 식사하다 말고 일어나 쟁반에 물잔을 받쳐 들고
다가왔다. 너더댓 평이나 될까 말까한 홀에 신발을 신은 채 걸터앉
아 먹을 수 있는 식탁이 몇 개 놓여 있었다. 오른쪽으로 미닫이문이
열려있는 방에도 앉은뱅이 식탁이 몇 개 있었다. 나는 편히 앉아 밥
을 먹고 싶다는 생각에 신발을 벗고 방으로 들어갔다. 방 뒤쪽으로
차곡차곡 쌓아 놓은 이불 위에 식탁에 앉아 밥 먹는 식구 숫자만큼
베개가 놓여 있었다. 누가 먼저 들어가 쌓아 놓은 이불에 등을 기댔
는지 움푹 들어간 자리에 피곤함이 서려 있는 듯했다. 나는 이불 앞
자리까지 들어가지 않았다. 이불에 기대기만 해도 그대로 잠들어 버
릴 것 같아서였다.

두 번째 식탁에 앉은 나는 벽에 붙여 놓은 차림표를 읽어 내려갔
다. 김치찌개・된장찌개 4천 5백 원, 제육볶음 5천 원, 순두부 3천
5백 원, 차림표 밑으로 냉면 5천 원이라고 팔자수염처럼 약간 삐뚜
름하게 양쪽으로 붙어 있었다. 나는 순두부 백반을 시켰다. 눈이 가
물가물할 때 주인아주머니가 들어와 내 앞에 차려놓은 순두부가 보
글보글 끓는데 빨간 고춧가루 국물에 노란 참기름이 동글동글 겉돌

왔다. 순두부 위에 깨뜨려 넣은 달걀노른자도 말간 흰자위에 동그랗게 얹혀 있었다. 그걸 수저로 터뜨려 섞는데 서걱거리며 조개 몇 개가 숟가락에 얹혀 올라왔다. 다시 집어넣고 국물을 한 수저 떠 입에 넣었다. '아앗 뜨거!' 순식간에 잠기운이 싹 달아나버렸다. 혓바닥으로 입천장을 쓱쓱 문지르다 수저를 놓고 젓가락을 집어 들었다.

반찬으로 콩나물 한 접시, 콩자반 한 종지, 김치 한 보시기에 까만 깻잎 장아찌가 몇 장 올라와 있었다. 얼얼한 입천장 때문에 입맛을 쩍쩍 다시다 김치를 집으려는데 김치에서 불그스름한 객물이 흘렀다. '중국산 김치가 아닐까!'라는 막연한 생각에 잠시 망설였다. 젓가락이 가다 말고 슬그머니 되돌아왔다. 배추김치 잎사귀에 따뜻한 밥 한 젓갈을 포옥 싸 먹으려던 포실한 생각을 접고 그냥 맨밥을 집었는데 빈 젓가락만 올라왔다. 다시 집어도 밥이 차지지 않고 헤식어 잘 집혀지지 않았다. 젓가락을 놓고 수저로 밥을 떠 입에 넣었다. 밥에서 이상한 냄새가 물씬 풍겼다. 밥통에 오래 두어 나는 냄새가 아닌 것만은 분명했다.

'아하, 이게 바로 수입쌀인가!' 하는 생각이 떠올랐다. 언젠가 농민들이 경운기에 볏섬을 싣고, 소를 끌고 여의도로, 광화문으로 몰려가 물대포를 맞고, 목숨을 버리면서까지 쌀 수입에 반대했다. 정부는 들끓는 반대 여론을 무릅쓰고 수입쌀을 들여와 시판했는데 밥맛이 좋지 않고 냄새가 나 반품사태가 속출한다는 기사도 연상되었다. 순두부도, 콩자반도, 콩나물도 모두 유전자 변형(GMO)으로 생산하여 그나마 장기간 보관하고 유통하는 과정에서 변질되지 말라고 농약 범벅으로 들여온 수입콩이 아닐까 하는 생각이 들어 입맛이 뚝 떨어졌다.

회사 규정에 내가 출장비로 받을 수 있는 식대는 한 끼에 5천 원이었고 일비는 7천 원이었다. 사내자식이 제가 먹는 밥값 갖고 얘기하는 것은 쩨쩨하다고 하니 밥값은 차치하더라도 일비 7천 원 가지고 시내버스나 지하철이라면 모를까 택시 한 번 타고 내릴 요금도 안 되었다. 출장 중 이사급 이하는 비행기와 새마을호를 제외한 대중교통을 이용하고 교통비는 실비정산 했다. 직위가 낮다고 요금이 낮은 대중교통만 이용할 수 없었다. 바쁘면 비행기고 새마을호고 형편 되는 대로 타야 했다. 자료수집은 어느 지역 한 곳에서 사들이는 게 아니라 전국에서 사 오기 때문이었다. 물론 자료를 가장 많이 사들이는 곳은 수도권이 8할을 차지했는데 그 외에도 자료가 있는 곳이면 지방의 작은 중소도시까지 찾아다니며 사와야 했다.

하룻밤 숙박비는 3만 원인데 자기가 사는 거주지로 출장가는 사람은 숙박비를 주지 않았다. 나의 출장 목적지는 언제나 주소지인 서울이었기 때문에 출장을 가도 숙박비를 한 번도 받아보지 못했다. 그렇다고 출장 중 업무에 쫓기다 보면 집에 들어가는 날은 드물었다. 출장 중 아무리 식대를 아끼고 지방에 내려갈 때 찜질방에 들어가 선잠을 자도 출장비를 정산하면 늘 10여만 원씩 적자가 났다. 회사는 천문학적 비자금을 쌓아 놓고 교통비, 숙박비, 밥값까지 마른 수건처럼 쥐어짜며 무기한, 무제한 비자금을 만들어내라고 했다. 그런데 비자금 사건이 터졌다 하면 비자금을 받아먹고 걸려든 놈들은 한 끼에 수십만 원짜리 식사하고, 수백만 원짜리 양주를 마시며, 최고급호텔을 이용했다는 수사 뒷이야기가 흘러나왔다.

이래저래 속이 불편한 나는 순두부를 휘적거려 몇 수저 뜨다 말았다. 밥값을 치르고 나와 신문 몇 부 사 들고 고속버스터미널로 다시 들어갔다. 내가 타고 갈 심야 고속버스 앞 유리에 출발 시간이 빨갛게 켜져 있었다.

심야 고속버스는 이미 빈자리가 없었다. 출발시간을 10여 분 남겨놓고 올라온 운전기사가 좌석을 확인하고 빈자리가 없자 표 검사를 마친 뒤 곧바로 출발했다. 운전기사는 가다 서다를 반복하며 시내를 벗어나 고속도로에 들어간 뒤 실내등을 모두 껐다. 나는 좌석 천장에 있는 등을 켜고 신문을 대충 훑어본 뒤 책을 펼쳐 들었지만 겨우 서너 쪽 읽다 눈이 아파 도로 가방에 넣고 등을 껐다. 의자를 뒤로 눕히고 눈을 감았다.

금강휴게소에서 15분간 쉬었다 간다는 안내 방송을 듣고 잠이 깼다. 금강휴게소는 하행선과 상행선 모두 들어갈 수 있었다. 내처 자는 사람도 있었지만 대부분 기지개를 켜고 일어나 밖으로 나갔다. 나도 뒤로 젖혀 놓았던 의자를 바로 세우고 밖으로 나갔다. 새벽안개가 끼어 있었다. 매점은 문을 닫았고 식당과 화장실 문 앞에 전등만 환하게 밝혀 놓았다. 화장실 갔다오는 길에 강이 내려다보이는 의자에 걸터앉았다. 수중보를 타고 흐르는 강물이 비누 거품처럼 하얀 포말을 이루며 흘러갔다. 강 건너 암자로 올라가는 언덕길 양쪽으로 해바라기 같은 전등들이 마주보고 있었다. 건조한 콧속으로 눅눅한 새벽공기가 묵직하게 들어왔다.

금강휴게소는 나의 쉼터였고, 비자금을 전달하는 곳이기도 했다. 이곳에서 설동천 과장을 만나 합의금을 전해주기도 했고, 본사로 가는 비자금을 전달하기도 했다. 닷새 전, 이곳 금강휴게소까지 비자금을 싣고 왔었다. 물론 공식적 외출이었다. 그날 회의를 마치고 나온 소장이 말했다.

"금강휴게소에 가면 본사 홍 이사가 내려와 기다리고 있을 거야. 지난번처럼 네가 타고 간 카니발은 홍 이사에게 넘겨주고, 너는 홍 이사가 타고 온 카니발을 받아 타고 오면 돼."

카니발은 회사 업무용이었다. 처음이 아니었기에 카니발에 무엇이 실렸는지, 인수인계를 어떻게 해야 하는지 묻지 않았다. 사무실을 나오기 전 외출기록부에 '자재대금 지불'이라고 적고, 책상 위에 '외출중' 팻말을 올려놓았다.

경리과장이 주차장에 세워놓은 카니발 뒤 타이어가 납작하게 짜부라져 있었다. 카니발에 올라타 시동을 걸고 서서히 현장을 빠져나갔다. 읍내를 벗어나 한참 달려가는데 은내천을 가로지르는 은내검문소부터 차가 길게 막혀 있었다. 음주운전 단속이 아니면 지나가는 차량을 전수 검문하는 일은 매우 드물었다. 시간은 오전 10시 40분. 음주운전 단속하기에 적합한 시간이 아니라는 생각은 들었어도 외길이라 돌아갈 곳도 없었다. 주춤주춤 가다서다 반복하며 다리 앞까지 갔다. 무장한 검문소 경찰들이 검문검색하고 있었다. 나는 조수석 옆문 유리를 내리며 검문소 앞에 차를 댔다.

"잠시 검문이 있겠습니다."

검문하던 전경이 경례한 뒤에 차 안으로 머리를 디밀었다. 검문소 김일구 소장은 보이지 않았다. 나는 차 안을 살펴보고 머리를 빼내는 전경에게 물었다.

"무슨 일입니까?"

전경이 말했다.

"인근 부대에서 무장 군인이 탈영했습니다."

자동차 뒤로 돌아가 뒷문을 열고 차에 실린 상자를 살펴보던 전경의 눈이 휘둥그레진 채 다가와 물었다.

"이게 다 뭡니까? 돈 아닙니까? 차를 검문소 옆으로 대시오!"

나는 차를 검문소 옆에 댔다. 검문소 안에 있던 김일구 소장이 양쪽 바지 주머니에 손을 넣고 계단을 우쭐거리며 내려왔다. 나는 매월 회사에서 월례비 명목으로 내주는 돈 봉투를 김 소장에게 갖다 주었다. 밤낮 과도한 무게와 부피가 있는 원전 건설공사용 기자재를 싣고 다니는 데 검문소 협조가 절실히 필요했기 때문이었다. 그는 공직자이면서 대한건설에 건설용 중장비 여러 대를 임대해 놓은 임대사업자이기도 했다.

검문하던 전경이 김 소장에게 뭐라고 보고했다. 김 소장은 전경을 돌려보낸 뒤 직접 차에 실린 현금 상자를 확인했다. 나는 모르는 척하고 그대로 앉아 있었다. 사실 나는 회사에서 나올 때 돈이 얼마고 몇 상자가 실렸는지 확인하지 않았다. 김 소장이 다가와 물었다.

"웬 돈이야?"

"자재대금 주러 가는 길이야."

나는 눈 가리고 아웅했다. 세상에 자재대금을 회사에서 직접 지불하거나 송금하지 않고 자동차 뒤 타이어가 찌그러지도록 현금을 싣고 다니며 내주는 회사는 듣도 보도 못했다. 내가 말도 안 되는 소리를 내뱉은 것은 그냥 그렇게 알고 넘어가자는 얘기였다. 김 소장이 알았다는 듯 차 옆으로 바짝 붙어서며 아주 다정하게 말했다.

"그래. 오래간만에 만났는데 애들 라면값 좀 주고 가!"

나를 만나면 김 소장이 늘 하는 말이었다. 나는 지갑을 꺼내 들고 말했다.

"지갑에 돈이 얼마 없는데 돌아오는 길에 주면 안 될까?"

나는 지갑에 적잖은 돈을 넣고 다녔다. 언제 발생할지 모르는 긴급상황을 대처하기 위해서였다. 물론 외출했다 돌아와 실비 정산하는 외출비도 넉넉하게 가불했다.

"이리 줘봐. 내가 볼 테니까."

내가 지갑을 여는데 능구렁이 같은 김 소장이 지갑을 채뜨렸다. 그러곤 지갑 안에 들어있는 돈을 한 장도 남김없이 싹 빼내고 껄껄 웃으며 "정말 얼마 없네." 그러곤 빈 지갑만 건네주었다.

나는 소리를 버럭 내질렀다.

"야아! 점심값은 줘야지."

김 소장이 여전히 능글거리며 말했다.

"현금을 한 차씩 싣고 다니는 사람이 설마 점심 굶겠어. 근데 탈영병이 아직 잡히지 않아 검문이 심할 텐데 우리 전경 하나 붙여줄까?"

듣던 중 반가운 소리였다. 은내검문소에서 고속도로까지 가려면 검문소 두 곳을 더 지나야 했다. 탈영병이 붙잡힐 때까지 회사로 돌아가 기다릴 생각이었는데 전경을 붙여주겠다니 내심으로 반겼다.

"그러든지. 여순경 앉혀주면 더 좋고."

김 소장이 희죽이 웃으며 말했다.

"아 그거 좋지. 어이."

김 소장이 손짓으로 내 차를 검문했던 전경을 부르자 달려왔다.

"너 이 차 타고 고속도로로 들어가는 마지막 검문소까지 갔다 와!"

전경이 구호를 외치며 김 소장에게 경례하고 조수석으로 올라탔다. 나는 검문소를 출발하기 전 김 소장에게 말했다.

"김 소장, 우리 소장에게 전화 걸어 내가 방금 검문소를 통과했다고 전해 줘."

김 소장이 지갑째 털어간 돈을 회사에 들어가 찾으려면 검문소에 걸렸다는 것을 소장이 알고 있어야 했다. 지갑에 적어도 일용직(비정규직) 한 달 월급에 해당하는 칠팔십만 원가량 들어있었을 것이다. 김 소장이 알았다며 내게 말했다.

"알았어. 알았으니까 돌아올 때 내가 없더라도 우리 애들 야식비 좀 주고 가!"

내 지갑에 잔돈 한 푼 남겨놓지 않고 빼간 사람이 돌아갈 때 야식비를 주고 가라고 했다. 나는 은내검문소를 벗어나 고속도로로 들어서기까지 검문소 두 곳을 더 지났다. 무장 탈영병이 그때까지 잡히지 않았는지 차를 한 대도 그냥 통과시키지 않고 검문검색을 했다. 그때마다 옆에 앉은 전경이 손을 번쩍 쳐들어 보이고 바로 통과했다. 나는 검문소 김 소장 덕분에 무사히 금강휴게소에서 홍 이사를 만나 카니발을 바꿔 타고 돌아올 수 있었다.

휴식을 마친 고속버스 기사가 기사전용 휴게실에서 걸어 나왔다. 나는 일어나 다시 버스에 올랐다. 뒤를 따라 버스에 오른 기사가 좌석을 확인했다. 기사는 승객이 모두 돌아오지 않았는지 다시 밖으로 나가 문 앞에 서서 휴게소 쪽을 바라봤다. 잠시 뒤 승객 두 사람이 올라타자 기사가 문을 닫고 출발했다. 휴게소를 벗어나 고속도로에 들어서자 다시 실내등이 꺼졌다. 고속버스가 새벽안개를 가르며 서울 강남고속버스터미널까지 내처 달려갔다. 이른 새벽 버스에서 내린 승객들은 하루살이 흩어지듯 터미널을 빠져나갔다.

반건조 오징어의 행방

강남고속버스터미널에서 바로 지하철을 타고 인천으로 갔다. 아무리 생각해도 아직 채우지 못한 자료는 오행통상을 찾아가 매입할 수밖에 없겠다는 생각이 들어서였다.

오행통상은 건전지 및 다양한 전기재료를 수입하여 중간 상인들에게 판매했는데, 거의 무자료 거래를 했다. 수입하여 들어오는 자료는 100퍼센트 노출되는 반면 탈세를 밥 먹듯 하는 중간 상인들끼리 물건만 돌고 돌 뿐 모두 무자료 거래를 하여 필요한 자료 십여 장은 언제든지 매입할 수 있었다.

시중에 흔한 자료도 있고 귀한 자료도 있었다. 건설공사에 두루 쓰이는 품목은 귀했고 공사와 관련이 없는 품목은 처치할 수 없을 만큼 흔했다. 건설공사에 건전지 1억 원 어치를 구입했다는 것은 어불성설이었다. 그런 자료는 세무조사에 걸려들기 십상이었다.

그뿐만 아니라 부산철강상사처럼 부가세 3퍼센트를 더 얹어주지 않고도 살 수 있었다. 문제는 오행통상에서 취급하는 자재 품목은 원전건설과 관련이 없어 본사에서 거래를 못하게 막았다. 그렇다고 방법이 없는 것은 아니었다. 오행통상 거래명세서를 백지로 받아다

금액에 맞춰 건전지를 고압전선이나 전선관 등 전기공사용 기자재로 둔갑시켰다. 어차피 가짜 세금계산서인데 무슨 기자재로 둔갑시켜도 달라질 건 없었다.

나는 아무런 연락도 없이 오행통상에 도착해 전우금 경리부장과 차 한 잔을 나누며 자료 열 장을 부탁했다. 전 부장은 가지고 있는 자료는 충분한데 한 번에 열 장은 무리라며 세금계산서를 소액으로 발행해 일곱 장만 주겠다고 했다. 나는 세금계산서를 어떻게 발행하든 열 장이 필요하다고 했다. 전 부장은 컴퓨터를 열고 다시 검색한 뒤 열 장이 꼭 필요하면 이달에 일곱 장을, 그리고 내달 1일로 석 장을 미리 끊어주겠다고 했다. 내달이라고 해봐야 겨우 3일 남았다. 그렇지 않아도 자료를 나누어 처리하려고 했는데 오히려 잘된 셈이었다. 오행통상에 들어가 열 장을 쥐고 나왔지만, 아직도 십여 장을 더 사들여야 했다.

대구로 가기 위해 다시 강남고속버스터미널로 갔다. 터미널에서 사무실로 전화를 걸었다. 유 계장이 바로 받았다. 터빈 공사용 기자재가 반입되었고, 배관 파이프 보온용으로 들어온 파이프 커버는 현장에 바로 내려주었고, 펌프 하우스 지하실에 고인 물을 퍼 올리는 양수기가 갑자기 고장 나 긴급 교체해 양수작업 중이라고 했다.

그리고 전남 광주 일진기업 채영수 사장에게 전화가 왔다는 말도 했다. 채 사장은 몹시 추운 날 길을 가다 만난 모닥불만큼이나 반가운 사람이었다. 나는 동전을 한 주먹 바꿔 들고 다시 공중전화부스로 들어가 일진기업에 전화를 걸었다. 여직원이 전화를 받아 채 사장을 바꿔주었다.

"안녕하세요. 어제 전화 드렸는데 출장 가셨다고 하대요."

"네에. 출장 중입니다. 요즘 경기가 안 좋다고 난리인데 사장님은 어떻게 지내세요?"

"요즘 같은 불황에 힘들지 않은 기업이 어디 있겠어요. 저는 제 인건비로 꾸려가고 있습니다."

"그래요. 그런데 무슨 일로 전화하셨어요?"

"우리 회사를 원전건설용 기자재 납품업체로 등록하려고 하는데 원전에 3천만 원 이상 원자재를 납품한 납품실적 증명서가 있어야 하거든요. 과장님이 해주실 수 있겠습니까?"

납품실적 증명서는 원자재를 납품한 실적을 합산하여 발급했다. 나는 일진기업이 납품한 실적을 알 수 없어 되물었다.

"그건 납품실적을 근거로 만드는 게 아닙니까?"

"맞습니다. 제가 원전에 납품한 금액을 합치면 5천만 원이 넘는데 여러 가지 품목을 몇 개 회사에 수시로 납품한 것을 누가 일일이 확인해 그걸 떼 주겠어요? 과장님이 우리 회사 세금계산서를 받아주시고 그걸 근거로 증명서를 떼 주시면 안 되겠습니까?"

원전에 납품업체로 등록하려면 회사 규모, 인적 구성, 기술력, 생산능력, 자체 품질 검사장비 등을 갖춰야 했다. 문제는 모든 걸 갖췄어도 원전에 3천만 원 이상 납품한 실적이 있어야 한다는 조항이었다. 납품업체로 등록되지 않은 업체가 어떻게 3천만 원 이상 납품할 수 있나. 그것은 원전의 안전성을 내세워 중소기업이 원전에 납품할 수 있는 길을 막아 놓고 대기업이 독점하려는 것이라고 볼 수밖에 없었다. 어차피 안전성에 관련된 제품은 공인기관 시험성적서가 있어야 하기 때문에 납품실적은 큰 의미가 없었다.

특히 우리는 일본보다 소재와 부품이 빈약해 일진기업 채영수 사장의 기술이 원전공사에 필요했다. 나는 잠시 납품실적 증명서를 발급한 뒤 야기될 문제를 생각한 뒤 마음을 굳혔다.

"제가 받아야 할 금액이 얼마나 되죠?"

채 사장도 내 의중을 파악했는지 처음보다 한결 가벼워진 목소리로 말했다.

"원자재 3천 5백에 기계부품과 일반 자재로 1천 5백을 합해 5천만 원 정도 받아주시면 됩니다. 부가세는 안 주셔도 되고요."

"네에! 무슨 말씀을요. 부가세는 당연히 드려야지요."

"아닙니다. 그 정도는 등록비용으로 생각하고 있습니다."

"제가 등록해 드리는 것도 아닌데 그건 안 되죠. 하여튼 제가 사장님 만난 뒤 다시 대구로 가야 하니까, 버스터미널에서 만나는 게 좋겠습니다. 참고로 원전에 납품한 실적을 첨부해주세요."

"그러면 제가 준비해서 터미널로 나가겠습니다. 표 사는 대로 전화 주세요."

"네에. 그러겠습니다."

나는 버스표를 산 뒤 채 사장에게 출발하는 시간과 도착하는 시간을 알려주고 광주행 고속버스를 탔다. 내가 일진기업 채영수 사장과 인연이 된 건 1년 전이었다.

그날은 내가 읍내에 볼 일로 외출한 뒤 유 계장에게 거래처로 급히 찾는 전화가 왔다.

"과장님, 빨리 들어오셔야겠어요."

유 계장은 내가 전화를 받자마자 빨리 들어오라고 했다.

"무슨 일인데?"

유 계장이 여전히 다급한 목소리로 말했다.

"시험실 인장시험장비가 고장 났어요. 수리가 지연되면 철근공사를 할 수 없어 전체공정에 막대한 차질이 생긴다며 긴급 수리요청을 했거든요."

원전 시험실은 공사 기간 중 발주처와 시공회사가 공동으로 사용했다. 시험실 운영관리는 시공회사가 하고 그 비용은 공사비에 포함하여 실비정산 한다는 계약상의 조항이 있었다. 시험실에 설치된 장비는 대부분 수입품이라 갑자기 고장나면 부품조달에 애를 먹었다.

"직접 확인해봤어?"

"네에. 제가 직접 확인했습니다."

"지금 들어갈 테니까 파손된 부품은 회수해 내 자리에 갖다 놔!"

나는 유 계장의 업무 능력은 철석같이 믿었지만, 그가 처리한 주요 업무는 반드시 확인했다.

자재관리 규정에 교체한 고가의 장비부품은 백 퍼센트 회수하여 부품회수대장과 함께 보관해야 한다. 교체한 부품을 재활용할 때는 결재과정을 거쳐 재활용대장에 기록했고, 매각할 때도 역시 매각대장에 기록하고 결재과정을 거친 뒤 매각대금을 회사에 입금해야 업무가 종결된다. 물론 발주처 장비는 예외였지만 나는 똑같이 적용했다. 사무실에 들어서자 직원들은 모두 퇴근하고 유 계장 혼자 나를 기다리고 있었다.

내가 자리에 앉자 유 계장이 결재판을 내 책상 위에 올려놓았다. 결재판 안에 시험실 전원식 실장의 작업지시서를 첨부하여 '사용 중 파손된 인장시험장비를 10일 안으로 수리하라'는 수리의뢰서가 들어있었다. 수리의뢰서 하단에 '수리가 지연될 경우 전체공정에 막대한 지장을 초래하니 반드시 기일 내 수리해야 한다'고 했다.

전 실장은 원전 시험실 총감독이었다. 인장시험장비는 직경 57밀리 철근을 인장시험하는 장비였다. 시험실 조 과장 말로는 국내 원전 건설현장에만 있는 특수장비라고 했다. 물론 직경 57밀리 철근도 국내에서 생산되지 않아 수입한 것이었다.

나는 서류를 검토한 뒤 파손된 인장시험장비 부품을 살펴보았다. 부품은 어른 신발창보다 조금 크고 두꺼운 쇠판 두 쌍이었는데 집게처럼 양쪽에서 철근을 물고 잡아당길 때 미끄럼 방지용으로 촘촘히 박힌 이(요철)가 깨져 있었다.

수입장비의 부품을 수입하려면 대체로 절차는 매우 까다로웠고, 수입 기간은 길었다. 부품단가도 터무니없이 비쌌다. 더욱이 지방 소도시에서는 수입장비 부품을 구할 수 없어 장비나 공구를 취급하는 대도시 전문상가를 찾아가야 했다.

곧바로 본사 배 과장에게 인장시험장비 부품을 알아봐달라고 했다. 시장조사를 해본 배 과장이 원전 시험실 인장시험장비는 발주처에서 직수입한 장비라 국내에 대리점도 없고, 그런 장비를 취급해본 사람조차 없어 순정부품을 항공편으로 수입한다 해도, 10일은 고사하고 한 달 안으로 수리하는 것도 불가능하다고 했다. 감독이 요구한 날짜에서 하루가 지난 셈이었다.

아무런 대책 없이 퇴근하려는데 전화벨이 울렸다. 전화는 세일상사 추인서 사장이었다. 추 사장은 건설장비와 공구를 원전에 납품하는 납품업자였다. 그는 우리 회사에 견적을 몇 번 냈고 입찰도 참여했으나 거래는 한 건도 이루어지지 않았다.

"퇴근 안 하십니까?"

내가 전화를 받자 추 사장은 마치 같이 퇴근하는 직장 동료처럼 스스럼없이 말했다.

"지금 막 퇴근하려던 중입니다. 그런데 어쩐 일이시죠?"

나는 인장시험장비 수리 관계로 골머리를 앓던 중이라 추 사장 전화를 떨떠름한 기분으로 받았다. 추 사장이 말했다.

"시험실에서 보낸 인장시험장비 수리의뢰서 받아보셨습니까?"

추 사장 말을 듣고 앉은 자리에서 벌떡 일어설 만큼 깜짝 놀랐다. 인장시험장비 수리는 본사 배 과장과 잠시 통화한 것 말고 누구에게도 알리지 않았는데, 추 사장은 마치 옆에서 지켜보고 있는 것처럼 알고 있었다. 나는 귀를 곤두세우고 따지듯 물었다.

"추 사장이 그걸 어떻게 아시죠?"

추 사장이 느긋한 목소리로 말했다.

"그건 일전에 제가 원전 시험실 연락을 받고 들어가 견적을 냈던 겁니다. 그런데 시험실 전 실장이 인장시험장비를 직접 수리하는 것은 문제가 있다며 시공회사로 넘긴 거죠. 그 부품은 제가 가지고 있습니다. 전화로 자세한 말씀을 드릴 수는 없고요. 퇴근길에 시간되면 우리 사무실로 오셔서 부품을 확인해보시죠."

국내에 단 한 대뿐인 인장시험장비 부품을 추 사장이 갖고 있다는 말을 듣고 적이 놀랐다. 차라리 인장시험장비를 가지고 있다면 덜 놀랐을 텐데, 많고 많은 부품 중에 족집게처럼 고장난 부품을 가지고 있다는 말에 더욱 놀랐다. 만일 추 사장 말이 사실이라면 사고칠 사람은 이미 정해진 거나 마찬가진데 서두를 필요가 없다는 생각이 들었다.

"오늘은 선약이 있습니다. 내일 부품하고 견적서 가지고 우리 사무실로 들어올 수 있겠습니까? 아니면 지금 견적서만 팩스로 넣어주시든가요."

추 사장은 무슨 생각을 하는지 한참 만에 대답했다.

"그러시면 내일 오전에 제가 부품과 견적서를 가지고 들어가 뵙겠습니다."

"그럼, 그러세요."

세일상사는 얼마 전 원전 후문 길목에 새 사옥을 짓고 이사했다. 내가 퇴근길에 바라본 세일상사 사무실에 불이 꺼져 있었다. 나와 통화를 끝내고 바로 퇴근한 모양이었다.

다음 날 부품을 가지고 온 추 사장에게 내가 물었다.

"인장시험장비는 국내에 한 대밖에 없는 수입품인데, 어떻게 고장난 부품을 확보하셨지요? 이거 말고 다른 부품도 있습니까?"

추 사장이 견적서를 내밀며 말했다.

"부품 출처는 영업상 말할 수 없죠. 아실 필요도 없잖습니까?"

미심쩍었지만 더는 물어볼 수 없어 그가 내민 견적서를 받아보았다. 견적서는 이미 시험실 전 실장이 검토한 것이었다. 견적금액은 부가세 별도로 3천 3백만 원이었는데, 전 실장이 금액을 3천만 원으로 조정하여 서명까지 했다. 그 일은 시공 회사가 견적을 받고, 단가를 조정하고, 발주해야 할 일이었다. 발주처 전 실장이 납품업체를 선정하고, 견적을 받고, 단가를 조정하고, 사인하여 시공회사로 보낸 것은 계약위반이고, 월권이고, 횡포였다. 나는 전 실장이 사인한 견적서를 돌려주며 말했다.

"이 견적서는 가져가시고, 우리 회사에 다시 견적을 내주세요."

추 사장이 펄쩍 뛰었다.

"견적을 다시 낼 수 없습니다. 3천만 원 이하로 팔 수도 없고요. 3천만 원에 매입해주시면 리베이트로 공급가액의 10프로를 드리겠습니다. 수리하는 데 한두 시간이면 충분하고요."

추 사장은 눈도 깜짝이지 않고 리베이트로 10퍼센트를 주겠다고 파격적인 제안을 했다. 내가 웃돈을 주고라도 부품을 구입해야 할 형편이라는 걸 그가 모를 리 없는데, 리베이트를 주고서라도 팔려는 의도가 다시 궁금해졌다. 나는 그에게 말했다.

"리베이트는 안 받습니다. 내게 주시려는 리베이트만큼 단가를 조정해주시고 견적서도 다시 내주세요."

추 사장은 리베이트로 주든, 단가를 조정하든 달라질 게 없었다. 추 사장이 말했다.

"안 됩니다. 전 실장이 사인한 견적을 다시 낼 수 없고요. 단가를 조정할 수도 없습니다. 전 실장 권위와 체면이 있잖습니까?"

추 사장은 발주처 전 실장 권위와 체면만 생각했지, 시공회사 소장의 권위와 체면은 안중에도 없었다. 발주처 감독이 시공회사를 얼마나 얕봤으면 납품업체까지 그럴까 싶어 속에서 분노가 치밀었다. 그들의 횡포를 한 번 받아주면 선례가 될 것은 불을 보듯 했다. 나는 감독이 사인한 서류를 소장에게 결재 올릴 수 없었다. 그건 전 실장이 소장에게 업무지시를 하는 것이기 때문이다.

나는 추 사장을 야멸치게 돌려보냈지만 아무런 대책이 없었다. 그저 막막하기만 했다. 고심 끝에 부산철강상사 강형철 사장에게 전화를 걸었다. 전화를 받은 강 사장은 전남 광주에 있는 일진기업에 문의해 보라며 전화번호를 알려주었다. 나는 그 자리에서 전화를 걸었다. 전화를 받은 일진기업 채영수 사장은 용량이 적기는 하지만 인장시험장비를 수리해본 경험이 있어 고장난 부품을 보내주면 이틀 안으로 수리할 수 있다고 했다. 내가 수리비를 묻자, 수리비는 2백만 원이면 되는데 거리가 멀어 출장비로 20만 원을 별도로 계산해 달라고 했다.

잠시도 지체할 수 없어 직접 차를 몰고 광주로 달려갔다. 광주 시내는 초행이라 몇 번 위치를 물어가며 어렵게 찾아가 일진기업 간판 앞에 차를 세울 수 있었다. 늦은 시간이라 안이 훤히 들여다보이는 조그마한 사무실은 텅 비어 있었다. 다만 '용무가 있으신 분은 벨을 눌러주세요'라고 적힌 쪽지에 빨간 화살표가 그려져 있었다. 화살표 끝에 달린 벨을 눌렀다.

잠시 뒤 사무실과 붙어 있는 옆 건물 안에서 얼굴에 새까맣게 기름때가 낀 40대 초반으로 보이는 남자가 걸어 나왔다. 내가 사장을 찾았더니 자기가 전화 받은 채영수라며 멋쩍게 웃었다. 채 사장은 작업 중에 나왔다며 나를 사무실로 안내하고 다시 공장으로 들어갔다 나왔다. 그는 내가 가지고 간 부품을 꼼꼼히 살펴보고 이틀이면 만들 수 있다고 했다.

광주에 다녀온 지 이틀째 되던 날 채 사장이 직접 부품을 가지고 왔다. 그는 시험실에 도착하자마자 바로 인장시험장비에 부품을 장착하고 시험에 들어갔으나 실패했다. 쇠가 물러 시험 도중에 그만 부품이 우그러졌다. 채 사장은 몹시 곤혹스러운 표정으로 이틀 뒤에 다시 만들어 오겠다며 돌아갔다. 이틀 뒤 채 사장이 다시 만든 부품으로 시험했으나 이번에는 부품이 너무 강해 시험 도중에 금이 갔다. 두 번째 실패였다.

채 사장이 돌아간 뒤 부르지도 않았는데 추 사장이 다시 찾아왔다. 나는 그를 본체만체했는데 그가 말했다.

"광주 일진기업 채 사장이 인장시험장비를 수리한다는 말을 들었는데, 국내 기술로는 불가능합니다. 제가 가지고 있는 부품을 1천만 원에 드리겠습니다. 계산서는 견적서대로 3천만 원으로 받아주시면 2천만 원은 과장님께 드리겠습니다."

추 사장은 무슨 꿍꿍이속인지 인장시험장비 부품을 3천만 원에 사면 내게 2천만 원을 주겠다는 황당한 제안을 했다. 나는 추 사장이 인장시험장비부품을 천만 원에 팔면서 왜 세금계산서를 굳이 3천만 원으로 발행하고, 나머지 2천만 원을 되돌려주려고 하는지! 그 의도가 자못 궁금했다. 아무래도 이미 3천만 원으로 사인한 시험실 전 실장의 체면도 있지만 그보다, 3천만 원짜리를 천만 원으로 세금계산서를 발행할 경우 추후 단가 차이로 문제가 야기될 것은 물론, 부당한 거래라는 것이 바로 탄로 날까봐 두려웠을 거라는 생각이 들었다. 추 사장은 이미 견적서에 시험실장 사인까지 났는데 무엇 때문에 망설이느냐고 내게 따지듯 물었다. 물론 틀린 말은 아니었다. 나는 감독이 사인한 대로 수리한 뒤 발주처에 수리비를 청구하면 문제될 건 없었지만, 인장시험장비 부품 출처가 더욱 궁금했다.

"당신, 그거 장물 아냐?"

장물이 아니라면 그런 거래는 있을 수 없다는 생각에 나는 단도직입적으로 쏘아붙였다.

"뭐요? 나를 어떻게 보고 그런 막말을 하십니까?"

추 사장은 당장 달려들어 멱살잡이라도 할 듯이 나를 노려보며 언성을 높였다. 나도 지지 않고 되쏘아 붙였다.

"당신은 나를 어떻게 보고 그따위 말 같지 않은 말을 해. 당신 말대로 국내 기술로 수리가 안 되면 나는 3천만 원을 주고서라도 당신 물건을 살 수밖에 없을 텐데, 1천만 원에 팔려는 이유가 뭐야? 그것도 3천만 원에 사면 2천만 원을 주겠다니 그게 어디 제정신 가지고 할 수 있는 말이야? 도둑놈들이나 할 수 있는 말이지."

나는 동티를 쫓듯 추 사장을 내쫓았다.

"시험실장 그 개새끼. 에이-씨팔, 시험실에 불이나 확 나뻐려라."

추 사장은 마지못해 돌아서며 한 마디 내뱉고 그대로 나가버렸다. 독설을 퍼붓고 돌아서는 추 사장의 표정이 어찌나 독살 맞던지 등골이 오싹했다.

그 순간 공교롭게도 지은 지 얼마 되지 않은 세일상사가 불 타고 있었다. 사무실로 돌아가던 추 사장은 자기회사 건물이 화염에 싸인 걸 보고 119에 신고했다. 소방차가 긴급 출동하여 불을 껐으나 샌드위치 패널로 지은 건물이라 속으로 타들어 가는 불길을 잡지 못해 전소되어 지붕이 폭삭 내려앉고 말았다.

나는 인장시험장비 수리의뢰를 받은 뒤 시험실 전 실장에게 수없이 수리독촉을 받았다. 시험실에 파견된 대한건설 직원들도 나를 찾아와 전 실장에게 인장시험장비를 빨리 수리하라고 들들 볶여 못 살겠다고 했다. 심지어 수리할 때까지 출근하지 말라고 윽박지르고, 출근해도 할 일이 없다며 청소를 시키거나 막노동을 시킨다며 빨리 수리할 수 없겠느냐고 물었다. 그건 세일상사 부품을 사다 수리해달라는 얘기였다.

전 실장은 내게도 전화를 걸어 세일상사에 있는 부품을 사다 수리하면 한나절 걸릴 것도 없는데 무엇 때문에 한시가 급한 장비를 세워두고 부품을 국산개발하려고 하느냐, 수리비는 시공회사가 아니라 발주처에서 지불하는데 굳이 시간낭비해 가며 수리비를 적게 들이려고 하는 이유가 뭐냐고 압박했다.

그는 내게 매일 수리 진행상황을 수시로 보고하라고도 했다. 수리 진행상황을 몇 번씩 보고해도 트집이고, 보고를 안 하면 안 한다고 또 트집을 잡았다. 온갖 수단을 동원해도 내가 들어주지 않자, 수리 지연으로 원전 가동이 지연될 경우 입게 될 손실을 시공회사가 보상하라는 공문을 회사로 보냈다. 전 실장이 공문에 적은 손실금액은 내가 월급을 한 푼도 쓰지 않고 백 년을 모아도 갚지 못할 액수였다.

57밀리 철근 생산업체는 수입하기 전 엄격한 자격심사를 거쳐 선정된 회사였다. 생산업체가 선정되면 생산일정에 맞춰 품질관리부 담당 직원이 생산공장을 방문하여 생산과정을 지켜보며 인장시험은 물론이고 모든 시험과 분석을 끝내고 출하검사까지 마친 뒤에 들여왔다. 하역하고 통관하고 운송하여 현장에 도착한 뒤에도 시험실에서 직접 로트마다 샘플을 채취하여 인장시험을 모두 끝낸 것이었다. 하지만 내가 인장시험장비를 그들이 요구한 기한 내에 수리하지 못한다면 아무리 이론적인 손실금액일지라도 책임을 물었을 때 피할 길은 어디에도 없었다. 발주처에서 보낸 공문을 받아본 회사가 발칵 뒤집혔다. 나를 부른 총무가 다짜고짜 격앙된 목소리로 다그쳤다.

"정 과장, 무슨 일을 이따위로 해! 인장시험장비 부품이 세일상사에 있다는데 왜 바쁜 장비 세워두고 무슨 국산개발이야?"

시험실에 경위를 알아본 총무는 전 실장과 똑같은 말을 했다. 나는 그동안의 인장시험장비 수리과정을 보고한 뒤 말했다.

"국산개발하면 수리비가 2백만 원인데 수입품은 3천만 원입니다."

총무가 발끈했다.

"아니 우리 장비도 아니고 수리비를 우리가 주는 것도 아닌데, 3천만 원이 들든, 3억이 들든 웬 똥고집이야. 만약 수리기한 내에 수리를 못하면 어쩔 거야? 정 과장 혼자 책임질 문제가 아니잖아?"

고장난 수입 장비를 무조건 10일 안으로 수리하라는 것도 그렇지만, 수리 중에 이래라, 저래라 간섭하는 것은 도저히 이해할 수 없었다. 나는 한마디로 잘라 말했다.

"기한 내에 수리하겠습니다."

총무가 험악한 표정으로 나를 쏘아보며 말했다.

"수리기한을 넘기면 그때는 각오해."

총무가 각오하라는 말은 인사조치하겠다는 얘기였다. 총무는 평소에도 나에게 대놓고 말했다. 너무 고집이 세다고, 도무지 속을 알 수 없는 사람이라고. 내가 자리에 돌아가 앉기 무섭게 소장에게 전화가 왔다. 총무에게 보고한 자료를 다시 들고 소장실로 올라갔다. 소장 책상 위에 발주처에서 온 공문이 놓여 있었다. 소장이 공문을 가리키며 물었다.

"이게 어찌 된 일이야?"

나는 그동안의 수리 경위를 사실대로 보고했다. 소장이 말했다.

"그래. 하지만 공문이 내게로 왔기에 망정이지 만약 본사 사장에게 갔다면 어쩔 뻔했어?"

나도 그런 생각을 했다. 본사 임원들은 현장에 맡겨두면 될 일을 일일이 간섭하며 자기 존재를 드러내려고 했다.

"수리기한을 넘겼다면 몰라도 기일 안에 수리하면 문제될 게 없습니다. 일진기업 채영수 사장이 내일 수리하러 다시 들어옵니다."

소장이 미심쩍은 표정으로 말했다.

"만약 내일도 실패하면 어쩔 거야?"

나는 채 사장을 신뢰하고 있었기에 주저 없이 말했다.

"내일도 채 사장이 실패하면 세일상사 부품을 사다 수리하겠습니다. 수리하는 데 두 시간이면 충분하다고 했습니다."

소장이 고개를 끄덕이며 말했다.

"그래? 그러면 됐어."

다음 날 채 사장은 세 번째 시도 만에 성공했고, 인장시험장비를 수리하는 데 꼭 9일이 걸렸다.

채 사장은 부품값 2백만 원에 출장비 20만 원을 포함한 계산서를 끊어주었다. 나는 출장비로 50만 원을 지불했다. 비록 실패는 했지만 천리 길을 세 번씩이나 왕복한 채 사장에게 출장비로 20만 원만 지불 수가 없었기 때문이었다.

"먼 길에 오셔서 수고하셨습니다. 출장비로 50만 원 넣었습니다."

나는 자기가 실패해 더 다닌 출장비는 받을 수 없다고 한사코 거절하는 채 사장을 설득하느라고 애를 먹었다.

"기일 안에 수리할 수 있어 다행입니다. 사장님이 두 번째 실패한 뒤 누가 나를 찾아와 국내 기술로는 수리가 안 된다고 했을 때 고민하면서도 사장님을 믿고 버텨낼 수 있었습니다."

나는 그동안 겪었던 고충을 솔직하게 말했다. 내 말을 듣던 채 사장이 물었다.

"혹시 그 사람이 세일상사 추인서 사장 아닙니까?"

"어! 추 사장을 아십니까?"

나는 허를 찔린 사람 모양 채 사장을 멍하니 쳐다봤다. 채 사장이 고개를 끄덕이며 말했다.

　"일전에 그 사람이 우리 공장엘 다녀갔습니다. 그가 인장시험장비 부품을 보여주며 내가 수리하지 않으면 대한건설은 그 부품을 3천만 원에 사갈 수밖에 없으니 1천 5백만 원만 주고 들여놓으라고 그래요. 나는 대답도 하지 않고 아무것도 묻지 않았는데 추 사장이 같은 업자끼리 못할 말이 뭐가 있겠느냐며 그동안 있었던 일을 자세히 얘기하면서 우선 1천만 원만 먼저 주고 5백만 원은 나중에 수리 대금을 수금한 뒤 줘도 좋다고 그러더군요."

　"그래서요?"

　"웬만해야 상대를 하죠. 우리는 몸에 익힌 기술로 벌어 먹고사는데 그 말을 듣고 부아가 치밀어 당장 쫓아 버렸죠."

　추 사장은 인장시험장비 부품을 먼저 일진기업에 1천 5백만 원에 팔려다 쫓겨났고 내게 1천만 원에 팔려다 두 번째 쫓겨난 셈이었다.

　"원전 후문 길목에 있는 세일상사 화재 난 것은 보셨나요?"

　"네에. 오다가 봤습니다. 입구에 세워놓은 회사 간판만 남고 건물은 전소되었더군요. 불이 났어도 그 부품은 쇳덩이라 타지는 않았겠지만 재질이 변질되어 못씁니다. 인장시험장비 부품을 만들기는 간단하고 재료비도 얼마 들지 않는데 쇠를 달구어 강약을 조절해내는 기술이 대단히 중요합니다. 쇠를 너무 강하게 빼면 부러지고, 약하게 빼면 무디어집니다. 머리카락 한 오라기 끊는 데도 힘이 들어가는데 직경 57밀리의 철근을 물고 잡아당겨 끊어내는 그런 소재는 국내에서 아직 못 만듭니다. 저는 대대로 대장간을 하신 선친 밑에서 일을 배웠기에 가능했습니다."

아하. 그랬구나! 나는 미안한 마음으로 물었다.

"그러셨군요. 그런데 사장님 기술에 비해 수리비가 너무 적은 게 아닙니까?"

채 사장은 머리를 살래살래 흔들며 말했다.

"아닙니다. 물론 수입해오려면 3천만 원은 족히 들어가겠죠. 인장시험장비의 핵심부품이니까요. 하지만 솔직히 재료비야 얼마 들어갑니까? 이 정도면 됩니다. 광주에 오실 일 있으면 그냥 지나치지 마시고 꼭 들러주십시오."

나는 돌아가는 채 사장을 배웅하면서 십년지기와 헤어지는 듯 몹시 서운했다. 채 사장을 만나지 못했다면 꼼짝없이 3천만 원에 그 부품을 살 수밖에 없었을 것이다. 물론 수리비도 수리비지만 국산개발할 기회도 놓쳤을 것이다. 그가 돌아간 뒤에도 나는 세일상사 추 사장이 인장시험장비 부품을 어떤 경로로 입수했는지 궁금했다. 그러나 그 의문은 오래가지 못했다.

세일상사 추 사장이 기어이 사단을 내고 말았다. 추 사장이 내게 팔려고 했던 인장시험장비 부품은 발주처 창고에 있었던 것이었다. 발주처 자재창고에는 원전에 들어가는 수천만 원짜리 장비, 자재, 부품이 수를 헤아릴 수 없을 만큼 많았다. 인장시험장비와 같은 특수장비는 수입할 때 중요한 부품을 예비품으로 같이 들여왔다. 실무자들은 그런 수천만 원짜리 부품을 교체하지 않고, 교체한 것처럼 서류를 만들어놓고 빼돌려 납품업자들에게 헐값으로 팔아넘겼다가 다시 사들였다.

내가 어렴풋이 예상했던 대로 추 사장은 3천만 원짜리 인장시험장비 부품을 시험실 전 실장에게 5백만 원을 주고 빼냈다. 물론 그 부품을 추 사장이 시공회사에 되팔 수 있도록 협조한다는 조건이었고, 판매대금을 받는 즉시 추가로 5백만 원을 더 주기로 했었다. 추 사장이 그 부품을 대한건설에 되팔지 못하자 그건 아무 쓸모없는 쇳덩어리에 불과했다. 국내에 한 대밖에 없는 특수장비 부품이라 팔아먹을 곳도 없었다.

새로 지어 입주한 회사 건물마저 불타고 거덜 난 추 사장이 인장시험장비 부품과 또 다른 물품을 도로 싣고 들어가 반품을 받아주지 않으면 폭로하겠다고 협박하다 주변에 알려지면서 사건이 걷잡을 수 없이 커졌다. 시험실 인장시험장비뿐만 아니라 다른 부서까지 불똥이 튀었다. 발주처 자재창고에서 기자재가 대량으로 유출된 것도 포착되었다. 결국은 발주처 자산을 무단 유출한 사건이 확대되면서 추 사장은 물론이고, 부품을 빼돌린 발주처 감독들이 모조리 걸려들었다.

예정시간보다 10여 분 늦게 광주에 도착하여 버스에서 내리는데 나를 먼저 알아본 채영수 사장이 활짝 웃으며 다가왔다. 우리는 만나자마자 시간에 쫓겼다. 채 사장이 앞장서고 내가 뒤를 따라갔다. 사람들을 피해 승차장으로 걸어가던 채 사장이 곧 출발하려는 버스 앞에서 내게 쇼핑백과 차표를 내밀었다. 나는 주는 대로 받아들고 부가세가 담긴 돈 봉투를 내밀며 말했다.

"납품실적 증명서는 우편으로 보내겠습니다."

채 사장이 고개를 끄덕이며 말했다.

"네에. 감사합니다."

버스 좌석은 많이 비어 있었다. 후진했다가 터미널을 빠져나가는 버스를 향해 채 사장이 손을 흔들었다. 나도 채 사장이 보이지 않을 때까지 손을 흔들어주었다. 버스가 터미널을 빠져나온 후에 나는 뒷자리로 옮겨 앉아 쇼핑백을 열었다. 쇼핑백 안에는 자료가 든 서류봉투와 구운 반건조 오징어, 캔 맥주가 들어있었다. 나는 쓴웃음이 나왔다.

어느 날 하 총무가 자신의 명함을 여러 장 내주며 반건조 오징어를 포장하여 발송하라고 여러 집 주소가 적힌 쪽지를 주었다. 마침 동해안에 오징어 풍년이 들었다고 밤바다를 대낮처럼 밝히고, 쉴 틈 없이 오징어를 낚시에 걸어 올리는 장면과 갓 잡은 오징어로 각종 요리를 만들어 먹는 장면이 TV 방송을 타고 나온 직후였다. 내가 쪽지를 받아 주소와 수량을 확인하는데 총무가 선물 보내는 요령을 일러주었다.

"선물 보낼 때 명함을 포장지에 붙이면 절대로 안 돼. 고위층 집은 선물이 많이 들어가기 때문에 명함이 붙은 포장지를 벗겨버리면 누가 보낸 건지 금방 잊어버리는데 상자에 붙여 놓으면 먹을 때마다 보고 머리에 각인되어 보낸 사람을 오래오래 기억하거든."

나는 건어물상회에 나가 최상급 반건조 오징어를 사서 사장, 부사장, 전무, 상무 등 십여 명에게 택배로 보냈다. 며칠 뒤 총무가 찾기에 갔더니 껄껄 웃으며 내게 이렇게 말했다.

"조금 전 본사 부사장에게 온 전화를 받았는데 내가 전화를 받자마자 썩은 오징어를 보냈다고 불같이 화를 내더라고. 지금 반건조 오징어를 싣고 가, 보관하고 구워 먹는 방법까지 일러주고 와. 아마 부사장은 내가 보내준 오징어는 평생 잊지 못할 거야."

내가 택배로 보낸 반건조 오징어를 바로 냉장 보관하지 않고 상온에 그대로 두어 상한 것을 썩은 오징어를 보낸 줄 아는 모양이었다. 나는 부랴부랴 반건조 오징어 몇 축을 차에 싣고 부사장 집을 찾아갔다. 총무 말대로 부사장 집 다용도실에 택배회사처럼 선물상자가 쌓여 있었다. 나는 반건조 오징어는 냉장 보관했다가 불에 살짝 구워 마요네즈에 찍어 먹으라는 말을 전해주었다.

오징어 철에는 오징어를, 송이 철에는 송이를 무던히 사다 선물했다. 어떤 임원 집에는 생선회를 떠 차에 싣고 가기도 했고, 제주도에서 고등어 회나 갈치 회를 항공편으로 사서 가져다주기도 했다.

나는 채 사장이 준 오징어를 도로 가방에 넣었다. 차 안에 풍기는 냄새가 너무 강렬했다. 채 사장이 준 자료는 5장이었다. 그래도 6장을 더 사야 했다. 시간은 없고 갈 길은 멀어 모자라는 것은 전문 자료상을 만나 매입할 수밖에 없었다. 전문 자료상은 유령회사를 차려놓고 자료만 팔고 폐업하는 회사였다. 물론 본사는 전문 자료상을 피하라고 했다. 세무조사에 걸릴 확률이 높기 때문이었다. 어차피 잡을 만큼 잡고 먹을 만큼 먹어야 끝나는 게 세무조사라면, 작은 것 몇 건 걸리는 것은 크게 문제 될 것이 없겠다는 배짱도 생겼다. 광주를 출발한 고속버스가 죽어가는 게 발 움직이듯 시답잖게 가다 서다를 반복했다. 창밖을 내다보며 맥주 한 캔을 비워갈 무렵 고속버스가 속도를 줄이며 고속도로를 빠져나갔다.

누명 씌운 투서

대구고속버스터미널에서 내린 뒤 택시를 잡아타고 자료상이 말한 우체국 앞에서 내렸다. 그는 우체국 앞에서 내린 뒤 길을 건너 소방서 오른쪽 길로 걷다 보면 로터리가 나오고 거기에서 3시 방향 골목으로 걷다 보면 양지다방이 보인다고 했다. 원전 건설공사용 기자재를 납품하는 대도물산도 그곳에 있었다. 나는 길을 건너 소방서 오른쪽 길로 들어섰다. 로터리에 이르자 골목길 안쪽으로 보이는 대도물산 간판이 눈에 띄었다. 나는 대도물산 간판을 바라보는 순간 본능적으로 눈을 부릅뜨고 손바닥이 아프도록 주먹을 불끈 쥐었다.

나는 원전건설 초기에 대도물산 남종태 사장에게 지하 배관공사용 PVC 파이프를 발주했다. 원전공사용 PVC 파이프는 국내에서 한 번도 생산된 적이 없는 대구경이었다. 신제품은 금형도 새로 만들어야 하고 생산시설도 바꿔야 하기 때문에 생산비용이 많이 들었다. 발주한 지 4개월 만에 들어온 PVC 파이프는 발주한 규격에 많이 미달되어 즉시 반품처리 했다. 다음 날 남 사장이 나를 찾아와 두꺼운 콘크리트 밑으로 지하 깊숙이 매설되는데 무슨 문제가 있겠느

262

냐며 돈 봉투와 같이 납품서를 내밀었다. 나는 그 자리에서 거절하여 돌려보냈다. 원전공사에 들어가는 기자재는 안전성에 따라 자재 등급을 엄격하게 구분했다. 남 사장이 가지고 들어온 PVC 파이프 구경은 맞는데 두께가 얇았다. 다음 날 남 사장은 내가 뒷돈이 적어 안 받아주는 줄 알고 돈 봉투를 쇼핑백에 담아 들고 다시 나를 찾아왔다. 나는 금액이 문제가 아니라는 걸 분명히 말하고 돌려보냈다. 남 사장은 규격에 미달되는 자재를 납품하여 거액의 이익을 챙기려다 실패하고 되레 위기를 맞았다.

원전공사용으로 주문한 대구경 PVC 파이프는 특수제품으로 시중 판매가 불가능해 재고로 쌓아둘 수밖에 없었다. 재고자산이 쌓이면 기업은 그만큼 자본이 사장되어 현금유통이 막히고 재고관리에도 비용이 많이 들었다. 재고로 두었다가 팔 수 있다면 생산비라도 건지겠지만 팔릴 가망도 없었다. 위기에 몰린 남 사장은 다시 나를 찾아와 실물대로 규격을 변경하여 정당한 단가로 납품하겠다고 했다. 남 사장 말대로라면 납품가격은 공정할지 몰라도 공사는 부실공사가 될 수밖에 없었다. 나는 남 사장을 돌려보내고 두 번 다시 원전에 납품할 수 없도록 납품업체 명단에서 빼버렸다.

나중에 알게 되었는데 그 일로 내게 앙심을 품은 남 사장이 본사 감사실에 악의적인 투서를 했다. 투서는 내가 납품업자에게 수천만원의 뇌물을 받고 불량제품을 납품받아 부실공사를 했다는 내용이었다. 남 사장은 제가 하던 버르장머리를 남이 한 것처럼 투서한 것이다. 감사실이 발칵 뒤집혔다. 뇌물도 뇌물이지만 국가의 중차대한 국책사업으로 건설되는 원전 공사가 부실시공 되었다는 투서가 발주처나 외부로 나가서는 안 되기 때문이었다. 그 일로 나는 뜻하지 않게 본사 감사실의 특별감사를 받아야 했다.

어느 날 나는 새도 떨어뜨린다는 본사 감사실장이 나보다 먼저 출근하여 내 자리에 버티고 앉아 있는 걸 보는 순간 몹시 당황했다. 감사실장이 지하 배관공사용 PVC 파이프 구매에 관련된 모든 문서를 가져다 확인했으나 하자가 없었다. 마지막으로 실물을 확인해야 했는데 폭탄이 떨어져도 끄떡없을 만큼 두꺼운 콘크리트 밑으로 지하 깊숙이 매설된 PVC 파이프를 파내 확인한다는 것은 불가능한 일이었다. PVC 파이프 매설공사는 이미 발주처와 공사비 정산이 끝났기에 시공회사 마음대로 파헤칠 수도 없었다. 내가 매설 당시 채취한 샘플을 감사실장에게 보여줘도 자신이 직접 확인하지 않고는 인정할 수 없다고 했다. 감사는 한 걸음도 나갈 수 없었다.

진퇴양난에 빠진 감사실장은 투서한 사람의 인적사항을 가리고 내게 투서 내용을 보여주었다. 투서에는 내가 PVC 파이프를 납품받은 날짜와 시간은 물론이고 품명, 규격, 단위, 수량, 단가, 금액까지 정확했다. 투서 내용을 확인하는 순간 투서한 사람의 얼굴이 단박에 떠올랐다. 규격에 미달되는 제품을 싣고 들어와 받아달라며 돈 봉투와 납품계산서를 같이 내밀던 남 사장의 얼굴이었다. 버선목처럼 속을 홀딱 뒤집어 보여줄 수 없는 나는 참으로 난감했다.

다음 날 감사실장은 무슨 생각을 했는지 PVC 파이프와 전혀 관련이 없는 자재부 감사를 시작했다. 다른 걸 꼬투리 잡아 나를 인사조치할 모양이었다. 나는 차라리 잘 되었다고 생각했다. 나는 과장이 될 때까지 시말서 한 장 쓴 일이 없었다. 감사 세 명이 삼 일을 꼬박 뒤졌지만 나오는 게 없었다.

감사가 내려온 지 닷새째 되던 날 소장이 나를 불렀다. 소장실에 감사실장과 총무가 먼저 들어와 있었다. 내가 자리에 앉자 감사실장이 말했다.

"투서는 초기에 잡아야 한다. 투서 내용이 진실이든 거짓이든 더이상 문제 삼지 않을 테니 해외로 나가라!"

원전공사가 부실시공되었다고 세상에 알려진다면 그 파장을 어떻게 감당할 수 있겠느냐는 것이다. 내가 들어가기 전 이미 결정을 내렸는지 소장도 감사실장을 거들고 나섰다.

"정 과장, 나도 투서를 믿지 않지만 그래도 어쩌겠어. 사운이 걸린 문젠걸."

소장 뒤를 이어 총무도 말했다.

"그렇게 해. 정 과장도 해외 근무를 신청했잖아."

내가 해외 근무를 신청한 것은 사실이었다. 해외 근무를 하지 않고는 평생 셋방살이를 면할 길이 없다는 생각에서였다. 아무리 그렇다손 치더라도 나는 도저히 받아들일 수 없었다. 감사실장이 내려오고부터 사내에 나를 모함하는 소문이 돌았다.

'정 과장이 납품업체에서 수천만 원의 뇌물을 받아 감사실장이 내려왔다고 하더라.'

'정 과장 마누라가 수백만 원짜리 모피코트를 입고 고급 외제 승용차를 타고 다닌다더라.'

'정 과장은 강남 대형아파트에 산다더라.'

현장에 나돌던 소문이 본사까지 퍼지고 내 귀에도 들어왔다. 내 아내는 모피코트는 물론 고급승용차는 고사하고, 운전면허증도 없었다. 내가 강남 대형아파트에 산다는 소문도 어이가 없었다. 물론 대기업 과장이라면 전세를 끼든가, 대출을 조금 받아 서울 변두리에 소형아파트 한 채 장만하든가, 적어도 지상에서 전세를 살 수 있었다. 하지만 우리는 그때까지 지하에서 지상으로 올라오지도 못했다.

그도 그럴 것이, 시골에서 맨주먹으로 서울에 올라와 운명처럼 건설회사에 입사하여 월급이 오르고 승진해도 아이들 성장속도가 더 빨라 버는 돈보다 씀씀이가 더 컸다. 더욱이 회사에서 아무리 백일작전을 독려하고 돌관공사로 몰아쳐도 어느 틈에 생겼는지 늦둥이까지 태어나 세 아이 뒤치다꺼리에 허리가 휘었다.

어디 그뿐인가. 집값은 토끼걸음으로 치솟는데 월급은 거북이걸음으로 올랐다. 세상도 많이 달라지고 먹고사는 것도 그만큼 달라졌다. 내가 서울에 올라와 살던 무허가 판잣집 자리에 아파트가 들어섰고 과수원, 배추밭이 있던 잠실은 상전벽해로 변해버렸다. 그 바람에 내가 지하에 세 들어 살던 변두리가 중심지가 되었다. 자연스레 남의 배추밭에 들어가 시래기 줍고 강변에 나가 나물을 뜯던 아내도 끼니때가 되면 마트에 갔다. 그리고 나는 초등학교를 밥 먹듯 빠지며 동생들 봐주고, 아버지 일을 돕고, 공부는 밤에 마당에 나가 관솔불을 켜 놓고 했어도, 자식들은 학원을 두세 곳 다니면서도 한두 개 더 들어가야 한다고 했다.

내가 지하 셋방에 산다고 하면 남들은 남의 속도 모르고 대뜸 내숭 떤다고, 음흉하다고 했다. 심지어 호랑이 날고기 먹는 거 누가 모르느냐고 나를 완전히 도둑놈 취급하는 놈, 물이 너무 맑으면 고기가 살지 못한다고 충고하는 놈, 좋은 자리에 있을 때 같이 좀 누리며 살자는 넉살 좋은 놈도 있었다. 그 지경이니 내가 거머리처럼 속을 홀딱 뒤집어 보여줄 수 없는 한 사내에 떠도는 소문을 잠재울 방법이 없

266

었다. 나도 나지만 아내가 더 곤혹스러울 때가 있다고 했다.

어느 날 아내가 내게 이런 말을 했다. 시내에 나갔다가 우연히 자재부 직원 부인을 만났는데 우리가 지하에 하도 오래 사니까 '아직도 지하에 사세요?' 라고 물어보지 못하고, '아직도 그 동네 사세요?' 라고 물어보더라고. 그래서 내가 뭐라고 대답했느냐고 물었다. 아내는 내가 묻기라도 한 것처럼 "아이고 말도 마세요. 아파트 청약을 수없이 넣었는데 당첨이 안 됐어요" 하고 쓴웃음을 지었다.

그때는 그랬다. 자고나면 아파트가 우후죽순처럼 들어섰지만, 그래도 물량이 달려 아파트 분양권 당첨은 하늘의 별 따기였다. 월급쟁이가 아파트 한 채를 장만하려면 입사해서 받은 월급을 한 푼도 쓰지 않고 20년을 모아야 서울에 소형 아파트 한 채를 살 수 있다고 했다. 같은 서울이라도 어디에, 몇 평 아파트에 사느냐가 그 사람을 판단하는 기준이 되었다. 중동에 나가 몇 년 근무하기 전에는 내 집 장만은 꿈조차 꿀 수 없었다.

감사실장이 아무런 성과 없이 감사를 마치고 올라간 뒤 나를 전격적으로 대기발령을 냈다. 그날 총무가 나를 고충처리 상담실로 불렀다. 상담실에 들어가자 총무가 팩스로 내려온 대기 발령지를 건네주었다. 대기발령도 본사 대기가 아니라 재택 대기발령이었다. 아무리 침착하려고 해도 발령지를 받아든 손이 떨렸다. 총무가 말했다.

"해외로 나가겠다면 당장이라도 복직발령을 내주겠다고 했어. 아마 본사에서 정 과장을 그대로 두고 이번 사건을 수습하기 어려운 모양이야."

총무는 나를 고충처리 상담실에 홀로 두고 방을 나갔다. 나는 무인도에 홀로 갇혀있는 듯했다. 입사한 뒤 결재권자들은 '우리는 한

배를 탄 운명공동체이고 한 가족'이라는 말을 귀에 못이 박이도록 했다. 결정적인 순간 나와 운명을 같이할 사람, 공동운명이라고 생각하는 사람, 한 가족으로 품어주는 사람은 단 한 명도 없었다.

고충처리 상담실을 나와 유 계장에게 업무를 인계하고 사무실 문턱을 넘어서려니 속에서 끓어오르는 분노를 억누를 수 없었다. 현장에서 빈번한 사건사고를 겪을 때마다 결재권자들은 내게 관리자는 호랑이에게 물려가도 정신을 차려야 한다, 물에 빠진 사람을 보고 불구덩이 속에 든 사람을 발견해도 침착하게 대처해야 한다, 어떠한 경우라도 관리자가 당황해선 안 된다고 했다. 그건 남의 일이었다. 평생 청춘을 다 바친 직장에서 누명을 쓰고 대기발령을 받은 마당에 어떻게 당황하지 않고 분노하지 않고 침착하란 말인가.

나는 회사 정문을 나와서 바로 서울행 버스를 탔다. 버스를 탈 때까지 감정이 복받쳐 온전한 제정신이 아니었다. 몇 정거장을 가다 정신을 차리고 중간에서 내렸다. 셋방살이를 면해보겠다고 주택부금을 넣고 있는 아내에게, 중고등학교 다니는 아이들에게 재택 대기발령을 받았다고 집에 들어앉아 있을 순 없었다. 재택 대기발령이 언제 어떻게 끝날지 모르는데 휴가라고 둘러댈 수도 없었다. 버스에서 내리긴 했어도 갈 곳이 없었다. 내 앞에 시내버스가 달려와 멈췄다. 올라탔다. 버스는 나를 종점에 내려주었다.

등산객들이 종점으로 몰려들었다. 무작정 등산객들이 내려온 길을 따라갔다. 한참을 오르다 보니 사찰이 나왔다. 사찰을 지나 산꼭대기에 올라섰을 땐 해가 한 발도 채 남지 않았다. 그때까지 투서 사건을 어떻게 대응해야 할지 뾰족한 수가 떠오르지 않았다.

268

본사 감사실장이 투서를 쥐고 있어 투서한 사람을 찾아볼 수도 없었고, 본사는 사건의 불똥이 엉뚱한 데로 튈까 봐 내가 아무것도 할 수 없게 만들었다. 부실공사 했다는 소문이 밖으로 나갈까봐 전전긍긍했고 대도물산으로부터 너무 많은 자료를 사들인 게 문제였다. 해외현장으로 나가는 것도 그렇다. 내가 해외현장으로 나가겠다면 우선 복직발령을 받겠지만 누명을 벗지 못한다면 투서사건은 꼬리표처럼 따라다닐 것이고, 해외 근무를 마치고 귀국해도 다시 복직되지 않을 것은 불을 보듯 했다. 아니 뇌물죄를 뒤집어쓰고 해외로 나가 본들 무슨 낯으로 근무한단 말인가. 나는 곧 죽는다 해도 그럴 순 없었다.

　험한 산길을 내려오는데 허벅지에 쥐가 올라 달궈진 불판에 올려놓은 오징어 다리처럼 오른쪽 다리가 오그라져 뱃속으로 뚫고 들어올 것만 같았다. 나는 다리에 쥐가 자주 올라 건강검진을 받을 때 의사에게 응급조치 요령을 물어본 일이 있었다. 의사가 일러준 대로 응급조치를 한 뒤 다리를 뻗고 누웠다. 이미 땅거미가 내려앉고 있었다. 나는 엎치락뒤치락 나동그라지며 어둠을 뚫고 산에서 내려와 민박집에 들었다. 민박집에 들어갔다 바로 나와 유 계장에게 전화를 걸었다. 사무실엔 아무 일도 없었다. 나는 유 계장에게 민박집 전화번호를 알려주었다.

　다음 날도, 그다음 날도 민박집에 머물렀다. 하루하루가 막막했다. 며칠 지나자 벌건 오줌이 나왔다. 입안이 헐고 오른쪽 눈 혈관이 터져 새빨갰다. 머리를 감을 때 머리가 빠져 하수구가 막혔다. 동전만 한 원형탈모가 시작되어 정수리가 군데군데 훤했다. 대기발령을 받은 지 십여 일 만에 유 계장 전화를 받았다. 감사실장이 급히 찾는다는 전화였다. 나는 그때까지 묵호 민박집에 있었다.

다음 날 본사 감사실로 들어갔다. 감사실장이 한동안 내 몰골을 물끄러미 바라보다 무슨 생각을 했는지 감사할 때 했던 똑같은 질문을 했다. 나도 똑같은 대답을 했다. 감사실장이 나를 앉혀두고 사장실에 다녀왔다. 사장실에 다녀온 감사실장은 사안이 워낙 중대해 얼마의 시간과 비용이 들고 결과가 어떻게 나오든 사실 확인에 나설 수밖에 없다고 했다.

발주처 감사실에 공문을 보내 투서내용을 알려주고 참관할 것을 요청했다. 드디어 발주처와 시공회사 합동으로 콘크리트 절단기와 파쇄기를 들이대고 며칠 만에 매설된 관을 파냈다. 파내진 관의 두께와 길이와 재질 분석을 공인기관에 의뢰했다. 검사결과 규격에 미달되는 항목은 없었다.

본사는 그날부로 나를 복직발령을 냈다. 나는 다음 날 출근하자마자 해외근무 신청을 했다. 소장도, 총무도 펄쩍 뛰었다. 투서 사건을 수습하기 위해 해외발령을 내려고 했다며, 투서 사건이 해결된 만큼 원전이 준공될 때까지 보낼 수 없다고 했다. 내가 원전 건설공사에 필수요원으로 선발된 것을 그때 알았다.

원전의 안전성을 위해, 원전 공사에 필수요원으로 선발된 요원은 발주처 승인 없이 시공회사 임의로 인사조치할 수 없었다. 나는 투서사건으로 곤욕을 치렀으나 본사와 발주처로부터 두터운 신임을 얻는 기회가 되기도 했다.

나는 대도물산 간판을 지켜보다 3시 방향으로 돌아섰다. 자료상이 만나자고 한 양지다방은 골목 안으로 깊숙이 들어가 있었다. 자료상은 내게 단 한 번도 사무실을 알려주지 않았다. 세금계산서에 나와 있는 영업장 주소를 찾아가도 엉뚱한 회사가 들어가 있었다. 다방도 만날 때마다 달랐다. 창가에 앉은 자료상은 내가 골목 안으로 걸어오는 것을 창문으로 내다보고 있었다. 나는 간첩이 접선하듯 자료상을 만나 채우지 못한 자료 6장을 사 들고 다방을 나와 다시 택시를 탔다. 시외터미널에서 내려 포항 가는 버스를 탔다.

가냘픈 저항의 반동

출장업무를 모두 마치고 포항에서 내려 다시 신한면으로 가는 시외
버스로 갈아탔다. 나보다 먼저 승차한 승객 서넛이 눈에 띄었다. 나
는 중간에 들어가 창가 자리를 잡고 앉았다. 창밖은 밝지도 어둡지
도 않은 회색이었다. 의자를 뒤로 젖히고 누워 눈을 감았다.

팔자 도망은 못 한다고, 나는 군에서도 자료(가짜 영수증)를 구하
러 다녔다. 내가 후반기 교육을 받고 자대 배치를 받은 뒤 PX 사병
으로 차출되었다. 그날 점호시간에 차준영 준위가 들어와 양쪽 침상
에 도열한 사병을 둘러본 뒤 다시 내 앞에 다가와 키, 몸무게, 학력
을 물었다. 나는 그 자리에서 PX 사병으로 차출되어 차 준위를 따라
PX로 갔다. 차 준위가 PX 관리책임자였는데 그를 '지단장'이라고
불렀다. 나는 준위 계급을 왜 지단장이라고 부르는지 몰랐다.

PX 사병은 내 위로 일병, 상병, 병장이 있었다. 매장 안쪽으로 내
무반이 있었는데 내무반 안에 행정을 볼 수 있도록 책상과 의자와
사무용품이 갖춰져 있었다. 나는 PX로 간 날부터 매장에 나가지 않
고 행정을 도맡았다.

사병들은 일과시간 외에 PX를 자유롭게 이용할 수 있었다. 그건 PX 매상을 올리기 위해서였다. 지단장과 대대장은 PX 매상을 올리기 위해 수단과 방법을 가리지 않았다. 매일 일일판매 보고를 받는 지단장은 PX 매출이 떨어지면 원인분석을 지시했고, 만약 PX 금족령을 내린 중대가 있다면 바로 풀게 했다. PX에 사병들의 외상장부가 있었는데 그걸 '마이가리 장부'라고 했다. 나는 매일 재고 파악을 하고, 외상장부를 정리하고, 일일판매일보를 작성하고, 매월 월간판매일보를 작성한 뒤 지단장에게 보고했다. 지단장은 내게 PX 월간판매일보를 세 차례 작성하라고 했다.

나는 1차 일일판매일보를 취합하여 월간판매일보를 작성해 지단장에게 월간 판매수익금 전액을 넘겨주었다. 수익금은 항상 현금으로 준비했다. 지단장은 1차 월간판매일보를 검토하고 현지에서 조달한 막걸리, 빵, 유과, 비사입품 판매수량에서 뺄 건 빼고 줄일 건 줄여 대대장 보고용으로 2차 월간판매일보를 작성하라고 했다. 대대장에게 보고한 뒤 2차 월간판매일보에서 다시 현지 조달상품을 더 줄여 3차 월간판매일보를 작성토록 했다. 다시 말해 1차 월간판매일보에서 누락시킨 수익금은 지단장 몫이고, 2차 판매일보에서 누락시킨 수익금은 대대장 몫이고, 3차 판매일보 수익금은 전액 사단장 몫이었다.

PX 수익금 전액을 사병들 복지를 위해 축구공, 배구공, 네트, 장판, 과일, 막걸리, 빵, 과자 등을 구입하여 장병들에게 보낸 것으로 가짜 영수증을 만들어 넣었다. 내가 PX에 복무하는 동안 PX 수익금은 단 한 번도, 단 한 푼도 사병들 복지를 위해 쓰는 걸 보지 못했다.

사병들이 PX를 이용하는 방법은 제각각이었다. 외상이면 소도 잡아먹는다고 사병들이 PX에 들어와 옴팡지게 먹고 배 째라고 버티면 속수무책이었다. 외상값 회수가 불가능한 사병들 명단을 작성해 지단장에게 보고해도 돌아오는 건 '봉급을 초과해 외상을 줬다'는 질책뿐이었다. 벙어리 냉가슴 앓듯 봉급을 초과한 외상값은 이월시켜가며 받아야 했는데, 매일 외상장부와 씨름하다 보니 PX에 들어오는 사병들 얼굴이 모두 외상장부로 보였다.

쥐꼬리만 한 봉급이 문제가 아니었고 외상금액이 많고 적음의 문제가 아니었다. 문제는 신용이었다. 사병들이 PX에 들어와 먹을 때는 집에서 돈이 온다고, 곧 면회 온다고, 휴가 갔다 오면 한 번에 갚아준다고 큰소리쳤다. 물론 휴가 갔다 돌아와 외상값을 갚아주면 다행이지만 못 갚는 사병도 있었다. 제대 말년에 외상을 잔뜩 먹고 휴가를 보내준다고 해도 가지 않는 사병이 있어 애를 태웠다. 내 눈에 외상장부로 보이던 사병들 얼굴이 신용으로 보이기 시작했다.

매월 PX 외상값이 사병 1년 봉급보다 많은 사병도 있었다. 한성백 일병이었다. 어느 날 내가 한 일병에게 집이 얼마나 부자기에 매일 PX에 들어와 사먹느냐고 물었다. 한 일병은 아버지가 양조장을 한다고, 아버지가 막걸리 팔아 번 돈으로 자기는 막걸리를 사 먹는다며 멋쩍어했다. 한 일병 말고도 갚을 능력이 있는 사병에겐 한도 없이 외상을 주고 월말에 외출, 외박, 휴가를 보내 외상값을 갚도록 했다. 돈이면 지옥문도 연다고, 돈 있고 백 있는 집 자식들은 한 부대 안에서도 파견근무로 빼돌렸고, 그들은 뻔질나게 휴가를 다니며 PX에서 살다시피 했다.

어느 날 한성백 일병 아버지가 면회를 왔다. 한 일병 아버지가 어떻게 손을 썼는지 알 수 없었으나 지단장에게 미리 연락을 받았기에 내가 근무하는 내무반에서 만나게 했다. 내무반에 들어간 한 일병 부자는 마주 앉아 서로 다른 곳을 바라보며 대화했다.

"아직도 매일 술만 먹냐?"

내 의자에 앉은 한 일병 아버지가 출입문을 바라보며 물었다. 내무반 침상에 걸터앉아 아버지를 외면한 채 창밖을 내다보던 한 일병이 고개를 푹 숙이고 말했다.

"아닙니다. 하루에 한 끼는 밥을 먹습니다."

"하루에 밥 한 끼 먹어서 되겠나. 술을 먹더라도 밥은 제때 꼭 챙겨 먹어라."

한 일병이 고개를 들어 나를 한 번 흘낏 쳐다보고, 다시 고개를 숙이며 말했다.

"예에."

나는 두 사람에게 음료수를 갖다 주고 잠시 자리를 피해주었다. 매장은 텅 비어 있었다. 한참 만에 내무반에서 혼자 나온 한 일병이 PX 밖으로 나갔다. PX에서 면회를 끝내고 헤어질 땐 서로 붙잡고 아쉬워하며 발길을 떼어놓지 못하는데 한 일병은 혼자 나왔다. 나는 다시 내무반으로 들어갔다. 한 일병 아버지는 미동 없이 앉아 천장을 바라보고 있었다. 내가 갖다 준 음료수는 손도 대지 않은 채 그대로 있었다. 나를 본 한 일병 아버지가 말했다.

"정 상병. 내게 막걸리 한 잔 줄 수 있나?"

나는 한 일병 아버지가 바로 나갈 줄 알았는데 뜬금없이 막걸리를 달라고 해 다소 의아스러운 생각이 들었어도 서슴없이 말했다.

"네에. 잠시만 기다리세요."

나는 막걸리 한 주전자와 안주로 유과 한 봉지를 내놓았다. 자작으로 내리 석 잔을 연거푸 마신 한 일병 아버지가 혼잣말하듯 내게 말했다.

"우리 성백이는 이 고비만 잘 넘기면 큰 인물이 될 걸세."

한 일병 아버지는 막걸리를 마시면서 안주는 먹지 않았다. 나는 양조장한다는 한 일병 아버지가 막걸리를 달라고 했을 때 PX 막걸리 맛이 궁금해 호기심으로 달라는 줄 알았다. 나는 전날 물을 섞어 팔고 남은 것을 줄 수 없어 새 통에 들어있는 막걸리를 따라다 주었다. 한 일병 아버지는 무슨 사연이 있는지 통금에 쫓기는 사람처럼 막걸리를 연거푸 마셨다. 나는 주전자를 들고 아버지 잔에 술을 따르듯 빈 잔을 채웠다.

한 일병 아버지는 잔을 들며 내가 묻지 않았는데 '우리 성백이가 이 고비만 잘 넘기면 큰 인물이 될 걸세'라고 말한 뒤 아무 말도 하지 않았다. 나는 묻지 않은 말을 할 땐 상대방이 물어주기를 바라고 한 말이 아닐까, 라는 생각이 들어 손도 대지 않은 유과 봉지를 뜯어놓으며 물었다.

"한 일병에게 무슨 일 있습니까?"

한 일병 아버지가 긴 한숨을 내쉬며 내게 이런 말을 했다.

"우리 성백이는 어려서부터 마을 사람들에게 신동 소리를 들었지만, 나는 그저 우리가 대대로 양조장을 하면서 밥술이라도 먹으니까 덕담으로 하는 소리로 알아들었어. 그런데 우리 성백이가 고등학교를 졸업하고 서울에 올라가 명문대 법학과에 떡 하니 합격했어. 우리 성백이 모교에 현수막이 걸리고 군수가 축하 현수막을 직접 제작하여 우리 마을 어귀에 걸어주고 우리집에까지 찾아와, 우리 군이 생긴 뒤로 처음 있는 경사라는 거야.

나는 그때부터 우리 성백이 앞날이 궁금해 견딜 수가 없더라고. 내가 우리 성백이를 데리고 서울에 올라가 하숙집을 잡아주고 내려오던 날 점집을 찾아가 점을 봤지. 점쾌에 우리 성백이가 적어도 법무장관이나 총리를 하고 그 이상도 바라볼 수 있다고 해. 그 소리를 듣고 점집을 나오는데 다리가 후들후들 떨리더라고. 그길로 다른 점집을 찾아갔고 또 다른 점집을 찾아갔는데 세 집에서 똑같은 점쾌가 나오는 거야. 왕후장상의 씨가 따로 있는 것도 아니고 나는 그날 뒤로 우리 성백이를 하늘처럼 여겼어.

그런데 사법고시 준비를 하고 있을 줄 알았던 우리 성백이가 한밤중에 배부른 아가씨를 데리고 나타났어. 나는 아가씨 배를 보고 직감적으로 '내 손주구나.' 생각했지. 내 예감이 맞았어. 근데 여난(女難)이 있다는 점쾌도 맞아 떨어진 거야. 점쾌에 우리 성백이 사주가 다 좋은데 단 한 가지 여난이 있다고 여난을 잘 극복해야 한다고 했거든. 나는 결혼시키려고 했는데 하필 그 아가씨가 우리하고 동성동본이었어. 하늘이 무너지고 땅이 꺼지는 듯했지. 동성동본은 결혼할 수 없고 설령 한다고 해도 혼인신고도 할 수 없고 아이를 낳아도 출생신고조차 할 수 없거든.

나는 아이들을 골방에 가두고 고심 끝에 비밀리에 낙태를 시키려고 했는데 이미 임신 8개월이 지나 할 수 없다는 거야. 산달은 다가오고 할 수 없이 낳을 수밖에 없었는데 그놈이 우리 성백이 앞날에 걸림돌이 되는 것은 불을 보듯 뻔한 거고. 장고 끝에 손주를 낳자마자 모르는 사람을 시켜 입양을 보냈지. 내가 모르는 사람을 시킨 것은 다시 손주를 찾지 않겠다는 생각에서였어. 산모는 병원에서 간다온다 말도 없이 감쪽같이 사라지고 그날부터 우리 성백이는 학교에 가지 않고 매일 술만 마시는 거야. 그래도 다 큰 자식을 어쩌겠어. 휴학을 시키고 군대를 보냈지."

한 일병 아버지는 내가 따라놓은 막걸리를 단숨에 비우고 다시 말을 이어갔다.

"정 상병, 나는 지금도 우리 성백이가 이번 여난을 잘 극복하면 장차 큰 인물이 되리라고 믿네. 우리 성백이 외상값은 내가 책임질 테니 아무 걱정하지 말게."

긴 이야기를 마친 한 일병 아버지는 속이 후련한지 가볍게 일어나 PX를 나갔다.

한 일병 아버지는 말끝마다 우리 성백이, 우리 성백이 했다. 한 일병 외상값은 걱정하지 말고 주라는 지단장 지시를 받았기에 내가 걱정할 일은 아니었다. 그 뒤로 매월 군인 봉급날이 오기 전 한 일병 아버지가 보낸 사람이 PX에 들어와 한 일병 외상장부를 꼼꼼하게 확인한 뒤 갚아주었다. 내가 보기에 한 일병 사생활은 달라지지 않았고 달라질 기미조차 보이지 않았다. 물론 아들을 위해 손주까지 버린 한 일병 아버지도 달라질 것 같지 않았다. 나는 한 일병 부자를 보면서 아들의 운명을 아버지가 결정할 수 있을지, 그게 과연 옳은 일인지 매우 혼란스러웠다.

한 일병 말고도 외출, 외박, 휴가를 풀 방구리에 쥐 드나들듯 하고 PX를 제집처럼 드나들며 돈을 물 쓰듯 쓰는 사병도 적지 않았다. 그중에 고위층 정치인이나 관료를 아버지로 둔 사병도 있었고 유럽지역 대사 아들도 있었는데, 대대장이 직접 새 군복으로 갈아 입혀 자기 차에 태우고 나가 휴가를 보내는 이병도 있었다.

PX에 들어오는 상품은 중앙조달이 있고 현지조달이 있다. 소주, 콜라, 사이다, 통조림, 과자, 문구류 등 장기간 변질되지 않는 상품은 중앙조달을 했고, 막걸리, 빵, 유과 등 유통기간이 짧고 변질되는 상품은 현지조달을 했다. PX 상품은 면세여서 중앙조달은 이윤이 아주 박한 반면 현지조달품은 중앙조달품에 비해 많은 수익을 낼 수 있었다. 중앙조달과 현지조달 외에 승인되지 않은 상품을 몰래 들여오는 게 있었는데, 그걸 '비사입품'이라고 했다. 비사입품은 원가의 5배의 이익을 낼 수 있었다. 주로 알려지지 않은 음료수나 소주에 섞어 마시는 것으로 숨겨놓고 팔고, 빈 용기는 백 퍼센트 회수해 별도로 버렸다.

PX 사병은 외출을 수시로 했다. 외출은 주로 지단장 심부름으로 군인백화점에서 선물용 상품을 사 오는 일이었다. 군인극장 입장권을 사 오기도 했고, 한밤에 갑자기 돈 봉투를 가지고 나오라고도 했다. 선물을 사든, 입장권을 구입하든, 돈 봉투를 가져가든, 모두 PX 돈으로 지불하고 월말에 판매수익금으로 정산했다. 하루에 두세 번 외출할 때도 있었고 내가 직접 선물을 구입하여 장군관사를 찾아가 주고 오기도 했다.

나는 외출을 자유롭게 할 수 있는 특권은 주어졌으나 매번 행정과에 외출증을 받으러 갈 시간적 여유가 없어 날짜만 기록하면 나갈 수 있는 외출증 한 권을 갖다 놓고 이용했다. 물론 지단장 협조요청으로 하는 일이지만 행정과 회식하는 날 20리터들이 막걸리 한 통을 보냈다. PX 사병은 복장을 깨끗이 해야 했는데 그렇다고 매일 군복을 세탁하여 다려 입을 수 없었다. 군복을 세탁소에 갖다 주고 세탁비도 막걸리로 계산했다.

특식 나오는 날은 회식하는 날이었다. 그날은 말 안 해도 사병식당에서 특식으로 나온 식재료로 안주를 만들어 가지고 왔다. 갈 때 막걸리 한 통을 들려 보냈다. 장교식당도 안주를 만들어 가지고 왔다. 장교식당 취사병에게도 막걸리 한 통을 보냈다. 가끔 PX 사병의 자대 중대장이나 인사계가 사병을 시켜 간식거리로 빵이나 과자를 외상으로 가져가기도 했는데, 돈은 받아본 적이 없다.

PX 사병들은 모두 중대에서 차출되었기에 자대 인사계와 중대장에게 가끔 PX 상품에서 좋은 것으로 골라 선물도 보내야 했다. 선물을 안 보내면 대대장 앞에서 쪽도 못 쓰는 것들이 자대로 복귀시키겠다고, 점호시간에 참석하라고, 유격훈련 보내겠다고 으름장을 놓으며 괴롭혔다. 아무 때나 불쑥불쑥 PX에 들어와 막걸리 한두 컵씩 마시고 가는 늙은 하사관도 있었다. PX 외상값을 갚지 않고 제대하는 사병도 더러 있었다.

PX 창고에 보관하는 상품은 아무리 관리를 잘해도 쥐가 갉아 먹고, 상하고, 파손돼 버리는 게 나왔다. 지단장은 PX에서 발생하는 손실금은 일절 인정하지 않았다. PX에서 발생하는 모든 비용은 관례대로 막걸리로 충당했다. 막걸리는 주중에 20말, 주말에 50말씩 팔았다. 지단장은 7홉들이 주전자를 주며 막걸리 1말을 13되로 판매하라고 했다. 7홉들이 주전자로 팔아 지단장에게 13되로 정산해 주고 나면 남는 게 없었다. PX 사병들은 막걸리에 물을 섞어 7홉들이 주전자로 요령껏 팔았다. 여름에는 막걸리에 물을 7대 3 정도 섞고, 겨울철에는 막걸리에 물을 반반 섞어도 막걸리가 얼음물처럼 차가워 싱거운 맛을 느낄 수 없었다. 사병이 술에 취하면 그나마 빈 주전자만 뻔질나게 왔다 갔다 했다. 내가 일일판매일보를 작성하다 보면 막걸리 한 말 판매량이 두 말 이상 나오기도 했다.

막걸리보다 몇 배 수입을 올리는 것은 비사입품이고 비사입품보다 몇 곱절 이익을 내는 건 이동 PX였다. 예비군을 동원하여 부대에서 훈련할 때가 있었다. 동원훈련이라고도 했고 갑호훈련이라고도 했는데, 그 기간은 군용트럭에 이동 PX를 운영했다. 이동 PX에서 판매하는 상품은 PX 단가가 아니라 시중 단가로 판매했다. PX 물품에 'PX'라고 찍힌 노란 딱지가 붙어 있었다. 지단장이 이동 PX에서 판매하는 콜라, 사이다 등 음료수병 목에 붙은 PX 딱지를 모두 떼어내고 판매하라며 병력을 차출하여 보내주었다. 상품에 붙은 PX 딱지는 잘 떨어지지 않았고 떼어낸 자리에 흔적이 남았다.

시키니까 마지못해 전투 병력들이 쪼그리고 앉아 PX 딱지를 떼어내는 꼴이 너무 한심스러워 궁리 끝에 기발한 생각이 떠올랐다. 나는 사병 한 명만 남겨두고 모두 돌려보낸 뒤 음료수 상자를 잔뜩 쌓아놓고 물을 흠씬 뿌려 두었다가 장갑 긴 손으로 병마개 따듯 비틀어 딱지를 떼어내도록 했다. PX 딱지가 흔적 없이 깔끔하게 떨어졌다. 딱지를 떼어낸 음료수를 하루에 수십여 상자씩 내다 팔았다. 물론 막걸리와 안주도 팔고 빵도 팔았다.

그뿐만이 아니었다. 동원훈련에 들어온 예비군들은 식사 때마다 김치를 찾고 고추장을 찾았다. PX에 김치 통조림은 있어도 값이 비싸고, 맛이 들척지근하고, 한 끼에 다 먹을 수도 없고, 남은 것을 보관할 데가 없었다. 지단장은 내게 김치를 사다 판매할 방법을 찾아보라고 했다. 나는 지단장에게 보고하고 시장조사를 나갔다. 아주머니들이 김치를 작은 비닐봉지에 한 끼 먹을 만큼씩 넣고 실로 챙

챙 묶은 것을 커다란 함지박에 수북하게 담아 놓고 파는 걸 보았다. 나는 그것을 함지박째 사다가 이동 PX에서 5배 높은 가격으로 팔았다. 김치 장사하는 아주머니에게 부탁해 고추장을 항아리째 사다 놓고 팔기도 했다.

고추장 단지는 돈이 쏟아지는 화수분이었다. 식사시간에 고추장 단지를 열어놓고 줄줄이 다가와 내미는 식판에 우멍한 군대 숟갈로 한 숟갈 푹 퍼 주고 돈 받고, 푹 퍼 주고 돈 받고. 마치 고추밭에서 주렁주렁 열린 고추를 따듯이 고추장을 한 숟갈씩 퍼 주고 돈을 받았다. 식사시간이 끝나고 보면 라면상자에 발로 밟아가며 집어넣은 돈이 꽉 차 있었다. 이동 PX에서 매끼마다 돈을 한 상자씩 거둬들였다. 그 수입금은 모두 지단장이 가져갔다. 그때는 장교로 임관하여 대령까지 받은 봉급을 한 푼도 쓰지 않은 만큼 상납해야 별을 달 수 있다는 이야기가 있었던 시절이었다.

국방부 시계가 고장 나도 시간은 간다고 고참들이 하나둘 제대하고 내가 왕고참이 되었다. 나는 왕고참이 되면 선임들처럼 하지 않겠다고 벼르던 일이 두 가지가 있었다. 하나는 성판양조장에서 들어오는 막걸리 농도였고, 두 번째는 초원제과에서 들어오는 빵과 유과의 무게(정량)와 질이었다.

군과 납품업체 간에 체결한 납품계약은 쌍방이 성실하게 지켜야 할 의무임에도 불구하고 어쩐 일인지 납품계약은 있으나 마나였고 납품업자 마음대로였다. 성판양조장에서 납품받는 PX 막걸리 맛이 시중 막걸리 맛보다 현저하게 싱거웠다. 초원제과에서 들어오는 빵은 개수로 받았는데 정량에서 많이 모자랐고, 빵을 너무 성의 없이 만들어 고르지 못했으며, 포장과 관리가 제대로 되지 않아 비위생적이었다. 지단장에게 보고해도 달라지지 않았다. 납품계약을 지키지 않은 피해는 고스란히 사병들에게 돌아갔다. 사병들은 맹물 같은 막걸리에 맹물을 섞은 막걸리를 마셔야 했고, 정량에 많이 미달되는 빵을 먹어야 했다.

나는 PX 선임이 되자마자 납품계약대로 막걸리 알코올 농도 6도를 지켜달라고 여러 번 성판양조장에 통보했고 같은 날 지단장에게 똑같은 내용을 보고했는데 전혀 달라지지 않았다. 달라지기는커녕 내 말에 콧방귀도 뀌지 않았다.

나는 토요일 막걸리 50통을 주문해 창고에 넣어 두었다. 다음 날도 50통을 주문해 창고에 넣어 놓고, 보관하던 소주를 내다 풀었다. 사병들은 맹물 같은 막걸리를 마시다 소주를 보면 물 만난 고기요 꽃 본 나비처럼 좋아했다. 물론 지단장은 이익이 적은 소주를 팔지 못하게 했고 부득이 소주를 팔 때 소주에 섞어 마시는 비사입품 음료수와 같이 팔도록 했다. 다시 말해 소주를 마시고 싶으면 먼저 비사입품을 사야 했다. 내가 소주를 파는 동안 창고에 보관하던 막걸리가 삼복더위에 쉬어가며 부글부글 끓었다. 마개를 단단히 막지 않은 술통은 막걸리가 끓어 넘쳐 창고 주변으로 낙숫물 내려가듯 흘렀다.

월요일 성판양조장에서 아무것도 모르고 막걸리를 또 싣고 들어왔다. 나는 그날 받을 막걸리를 한 통도 받지 않고 보관하던 막걸리 100통까지 알코올 농도 미달로 전량 반품처리 했다. 막걸리를 싣고 들어온 양조장 황재성 판매부장은 알코올 농도가 6도 이상 나온다며 절대로 반품을 받아줄 수 없다고 뻗댔다. 나는 시료를 공인기관에 의뢰해 알코올 농도가 6도 이상 나오면 전량 손해 배상하겠다고 버텼다. 황 부장은 반품을 받지 않고 달아났다. 그건 허튼수작이었다. 군납 차량은 PX 사병 허락 없이는 들어오지도 나가지도 못했다. 결국은 막걸리 배달시간에 쫓기는 황 부장이 반품을 싣고 나갔다. 막걸리를 반품한 뒤 지단장이 달려왔다. 내 보고를 받은 지단장이 말했다.

"군납업체 사장은 모두 군 장성출신이야. 너무 세게 나가지 마!"

지단장이 돌아간 뒤 바로 말로만 듣던 성판양조장 황주성 사장에게 전화가 왔다. 그는 내가 전화를 받자 마치 자기 부하 다루듯 반말로 차를 보낼 테니 나오라고 했다. 나는 비위에 거슬려 시치미 뚝 떼고 사장님은 군대도 안 갔다 왔느냐고, 군인은 외출증 없이 부대를 나갈 수 없다고 거절했다. 그는 지단장에게 외출 승낙을 받았다며 내 대답을 듣지 않고 전화를 끊었다. 나는 통신실에 도대체 어떻게 민간인 전화가 PX로 들어오느냐고 물었다. 통신병이 국군보안대를 통해 들어왔다고 했다. 잠시 뒤 지단장이 내게 전화로 성판양조장에 다녀오라고 했다. 내가 지단장 전화를 받는 사이 벌써 성판양조장 황 부장이 PX에 들어와 기다리고 있었다.

어차피 내가 시작한 일이니 안 갈 수 없었고 못 갈 이유도 없었다. PX 사병들에게 내가 돌아오기 전 소주를 팔지 말라고 이르고 밖으로 나갔다. 소주를 팔 땐 분위기 파악을 하고 수위를 조절해가며 팔아야 하는데 졸병들만 있으면 통제가 불가능해 자칫하면 사고가 날 수 있기 때문이었다.

성판양조장은 대형창고 같은 단층 건물이었다. 양조장 옆에 있는 사장 집은 한옥이었는데, 높은 돌담장 안으로 용마루를 덮는 정원수

여러 그루가 보였다. 황 부장은 바깥마당에 차를 세우고 높다란 일
각대문을 열고 안으로 들어갔다. 안마당에는 잔디를 심고 토방으로
올라서는 댓돌 앞까지 납작납작한 돌을 징검다리처럼 놓아두었다.
황 사장은 잔디밭에 있는 파라솔 밑에 앉아 느릿느릿 부채질을 하고
있었다. 황 사장은 일어난 자리에서 한 발짝도 움직이지 않고 꼿꼿
하게 서서 내게 손을 내밀었다. 나는 고개를 뒤로 반짝 쳐들고 황 사
장을 정면으로 바라보며 손을 잡았다. 황 사장이 씽긋 웃었다.

"정 병장, 더위에 오느라고 수고했네. 더운데 모자는 벗게."

나는 상대방 기를 의식해 일부러 모자를 바로 쓰지 않고 앞으로
푹 눌러 쓰고 들어갔다. 황 사장은 훤칠한 키, 짧은 머리, 둥근 얼굴
에 떡 벌어진 어깨, 나를 예리하게 쏘아보는 눈빛이 장군의 풍모 그
대로였다. 모자를 벗어들고 의자에 앉았다. 황 사장이 탁자 위에 있
던 명함을 주었다. 명함은 양조장 사장이 아니라 '지역 재향군인회
회장 황주성'이었다.

안에서 냉커피를 내왔다. 황 사장은 냉커피에 넣은 얼음이 녹을
때까지 커피는 거들떠보지 않고 PX 관리자인 지단장, 대대장, 사단
장의 관등성명을 일일이 열거하며 개선장군처럼 현역시절 얘기를
했다. 특히 지금 우리 사단장은 자신이 사단장일 때 예하부대 대대
장이었다고 했다. 내가 커피잔을 비우자 황 사장이 양조장 구경을
시켜주겠다며 일어섰다. 양조장은 집 밖으로 나가지 않고 안채 옆으
로 난 쪽문을 통해 바로 갈 수 있었다.

황 사장은 술 만드는 과정을 일일이 설명하고 옆 건물로 들어갔
다. 건물 안으로 들어서자마자 후끈후끈한 막걸리 냄새가 훅 들어왔
다. 그곳은 테니스장만 했는데 장독대처럼 커다란 술독이 줄지어 있

었다. 황 사장이 발효 중인 술독을 열자 독한 술 냄새가 확 풍겼다. 술독 안에서 발효 중인 술이 게거품처럼 뽀글거리며 마른 콩깍지 튀는 소리를 냈다. 나는 황 사장을 따라 양조장을 둘러보고 다시 안마당으로 들어갔다. 황 부장이 파라솔 탁자에 술상을 차려놓고 있었다. 자리에 앉자 황 사장이 말했다.

"정 병장, 술 좀 할 줄 아나?"

"예에. 좀 마십니다."

"그래. 그럼 한 잔 받아."

황 사장이 주전자를 들어 큰 사기대접에 뽀얀 막걸리를 가득 따랐다. 내가 황 사장 잔을 채웠다. 황 사장이 황 부장에게 잔을 가져오게 했다. 황 부장은 막걸리 반품과정에서 나와 심하게 다퉈 그때까지 화를 삭이지 못하고 있었다. 그가 잔을 가져와 같이 잔을 들었다. 나는 보통 막걸리인 줄 알고 마셨다가 불을 삼킨 듯 화들짝 놀랐다. 스프처럼 걸쭉한 막걸리가 넘어갈 때 목구멍이 따갑고 불을 삼킨 듯 뱃속에서 열기가 훅 올라왔다.

나오기 전 지단장이 '진땡이 조심하라'고 한 말을 그제야 알았다. 황 사장이 껄껄 웃으며 말했다.

"이게 진땡이(막걸리 원액)야. 여기에 물을 섞어 막걸리를 만드는 거지. 물의 양, 날씨, 온도, 시간에 따라 막걸리 맛이 달라질 수 있어. 앞으로 내가 직접 알코올 도수를 맞춰 보낼 테니 내일부터 막걸리를 받게."

나도 하고 싶은 말을 했다.

"막걸리 품질에 이상이 없다면 제가 받지 않을 이유가 없습니다. 사장님 말씀 꼭 지켜주십시오. 사병들이 PX에 들어와 온종일 막걸

286

리를 마셔도 맨송맨송한 기분으로 돌아갑니다. 오늘 제가 마신 막걸
리 맛은 평생 잊을 수 없을 것 같습니다. "

사실이 그랬다. 황 사장이 말했다.

"그래. 한 잔 더할 텐가?"

나는 술 없는 PX가 떠올라 벌떡 일어서며 말했다.

"아닙니다. 들어가 봐야겠습니다. "

황 사장이 손사래를 치면서 말했다.

"아닐세. 이렇게 만나기가 어디 쉬운가. PX 사병이 우리집에 온
건 자네가 처음일세. 자리에 앉아 우리 한 잔씩 더하세. "

나는 한 걸음 뒤로 물러서며 말했다.

"PX 사병이 충원되지 않아 지금 들어가야겠습니다. "

내 선임이 제대한 뒤 PX 사병이 충원되지 않았다. 지단장이 신병
이 올 때마다 찾았지만 적임자를 만나지 못한 모양이었다. 황 사장
이 말했다.

"지금 들어가 봐야 저녁식사 시간도 끝날 테고 우리 황 부장하고
나가 저녁도 먹고, 술도 한 잔 더하고 들어가. "

내가 PX 사병에게 소주를 팔지 못하게 하고 나온 것이 마음에 걸
렸지만 황 부장과 화해하고 싶었다. 황 부장은 미우나 고우나 내가
제대할 때까지 만나야 할 사람이었다. 나는 술 없는 PX가 오히려 안
전하다는 생각에 주저하지 않고 말했다.

"감사합니다. "

나는 그날 저녁 식사하고 황 부장이 단골로 다니는 술집에 갔다.
황 부장은 황 사장의 사촌 동생이었고, 나보다 열두 살 많은 띠동갑
이었다. 나는 그날 황 부장과 술집을 전전하다 통금 직전에 부대로

돌아갔다.

다음 날 들어온 막걸리는 내가 시내 술집에서 먹어본 막걸리 맛과 다르지 않았다. PX 사병들이 내게 막걸리 한 말에 물 두 되만 섞자고 했지만 절대로 물을 섞지 못하게 했다. 나는 유년시절 몸을 많이 다친 뒤 아버지 품 안에서 약술로 술을 배워서인지 술을 아주 좋아해 선임들이 막걸리에 물 타는 것을 비상처럼 싫어했다. 물론 PX에서 불가피하게 발생하는 손실금액을 충당할 방법은 있어야 했다.

나는 막걸리에 물을 섞을 양만큼 양을 줄여 팔아보라고 했다. 그날 PX에 들어와 맛이 달라진 막걸리를 먹어본 사병들이 어찌나 좋아하던지. 모두 내가 양조장하고 싸워 좋은 술이 들어온 줄 알았지 PX에서 막걸리에 물을 타지 않은 것은 까맣게 몰랐다.

그로부터 며칠 뒤 새로 부임한 사단장 초도순시가 있다고 했다. PX 선임들은 사단장을 사장, 대대장은 전무, 지단장은 상무라고 불렀다. 지단장이 보내준 병력으로 PX 안팎을 청소하고 술독, 술잔, 탁자와 의자를 닦고 PX 물품에 빠짐없이 단가를 붙여 놓고 진열장을 광택이 나도록 닦았다. 막걸리 파는 7홉들이 주전자는 모두 감추고 한 되짜리 주전자를 내놓았다. 사단장이 순시 마지막에 PX에 들어왔다. PX를 둘러본 사단장이 내 명찰을 보며 말했다.

"정 병장, 막걸리 있나?"

"네엣, 병장 정세혁. 막걸리 있습니다."

"나 막걸리 한 잔 주게."

사단장은 수더분한 이웃집 아저씨같이 말했다. 나는 술독에 남은 막걸리를 휘휘 저어 반짝반짝하게 닦아놓은 컵에다 한 잔 가득 퍼

줬다. 사단장이 막걸리를 받으며 말했다.

"하 이 사람. 낮술이 과하네."

사단장이 막걸리를 한 모금 마시고 고개를 갸웃거리다 말고 다시 한 모금 마셨다. 사단장은 석연치 않은 표정으로 막걸리를 수행원에게 넘겨주며 말했다.

"자네, 막걸리 맛 좀 봐. 막걸리 맛이 어떤가?"

"저는 막걸리 맛을 잘 모릅니다."

"그래?"

그러곤 대대장에게 마셔보라고 했다. 사단장이 주는 막걸리를 받아 맛을 본 대대장이 말했다.

"막걸리 맛은 원래 이렇습니다."

사단장이 대대장에게 "자네 병과가 뭐지?"라고 묻고, 대대장이 "통신입니다"라고 대답했다.

"내가 통신은 잘 모르네만, 막걸리 맛은 알고 있네. 이 막걸리는 주기가 없어. 맹탕이야 맹탕."

그러곤 지단장에게 물었다.

"PX에 들어오는 막걸리가 몇 도인가?"

"6도입니다."

"이 막걸리는 6도는커녕 3도도 안 돼. 앞으로 PX에 들어오는 막걸리는 사병에게 맡기지 말고 지단장이 직접 검사하여 받도록 해!"

그러곤 PX를 나갔다. 나는 엄청난 일이 벌어질 줄 알았다. 아니나 다를까, 사단장이 가고 난 뒤 지단장이 헐레벌떡 달려와 물었다.

"도대체 어찌된 일이야?"

나는 이미 상황을 파악한 대로 말했다.

"김 일병이 행주를 빨아 술독을 닦을 때 물을 덜 짠 행주에서 나온 물이 들어갔습니다."

열 말들이 술독을 매일 닦지 않고 술이 떨어질 만하면 부어가며 팔았다. 자연히 술독 안에 이끼가 끼듯 누렇게 더께가 졌다. 사단장 초도순시에 대비해 PX 김 일병이 물 한 동이를 퍼다 놓고 행주를 빨아가며 계속 더께를 닦아낼 때 행주에서 나온 물이 흘러 들어갔다. 술독에 막걸리가 많이 들어있었다면 물이 좀 들어갔어도 별로 표가 나지 않았겠지만 전날 다 팔고 바닥에 조금 남은 데다 물이 들어갔으니 맹탕일 수밖에 없었다. 지단장이 술독을 확인하고 말했다.

"앞으로 사단장님 순시 때 술독을 닦지 말고 가득 채워 놔!"

지단장 말대로 막걸리를 술독에 부어 놓으면 원액이 가라앉는다. 열 말들이 술독에 가득찬 막걸리를 위아래가 섞이도록 젖기가 여간 힘든 게 아니었다. 더욱이 막걸리를 한 말씩 연달아 파는 것도 아니고 한 되씩 나가는데, 팔 때마다 고르게 섞이도록 젖는 것은 불가능했다. 아니 그럴 수 없었지만 나는 토를 달지 않고 "예에" 하고 지단장을 돌려보냈다.

나는 그날 지단장 지시로 군인백화점에 가 커피 한 상자와 설탕 한 포대를 사다 대대장 차에 실어주었다. 아마 초도순시에 술독을 닦아낸 구정물을 마시고 돌아간 사단장 입안을 커피로 헹궈 줄 모양이었다. 그때는 커피와 설탕이 선물용으로 인기가 아주 좋았다. 나는 선임들이 왜 사단장을 사장이라고 부르는지 그제야 알았다. PX는 그들의 것이었다.

PX 막걸리를 시중 막걸리 수준으로 돌려놓아 한시름 놓았는데,

290

더 큰 문제는 빵과 유과였다. 초원제과에서 들어오는 빵과 유과는 수량을 개로 받았는데 내가 원재료 혼합 비율은 알 수 없어도 정량에서 많이 미달되는 것은 오래전부터 알고 있었다. 저녁식사를 하고 들어온 사병이 간식으로 빵 10개를 먹어도 포만감을 느끼지 못했다. 어떤 때는 내가 너무 미안해 감량으로 받은 것을 몇 개씩 나눠 주기도 했다.

내가 유일하게 할 수 있는 일은 정량의 빵이 들어올 때까지 PX에서 빵 판매를 중단하고 싸우는 수밖에 없었다. 그렇다고 평일에 빵 3천 개, 주말에 사오천 개씩 팔리는 것을 무턱대고 판매를 중단할 수는 없었다. 초원제과에서 빵과 함께 들어오는 유과도 그만큼 팔렸다. 빵은 간식이고 유과는 주로 막걸리 안주로 팔렸다. 기름에 튀겨낸 유과는 굵기도, 길이도 새끼손가락만 했는데 유과를 먹다 보면 막걸리 생각이 났고 막걸리를 마시다 보면 유과로 손이 갔다. 그만큼 유과는 막걸리와 궁합이 잘 맞는 안주였다.

나는 토요일 빵 5천 개를 받고 일요일에 8천 개를 받았다. 물론 유과도 그만큼 받았다. 월요일 초원제과에서 빵을 싣고 들어왔다. 나는 빵을 납품하는 초원제과 오일용 과장이 보는 앞에서 PX 저울로 빵 1만 3천 개를 달았다. 빵은 1백 개에 감량으로 10개를 더 주었는데 그것까지 포함시켰다. 감량을 포함해 1만 3천여 개의 빵을 달았는데 1만 개 무게에도 미달되었다. 유과도 마찬가지였다. 나는 빵과 유과를 수량으로 받지 않고 무게로 받겠다고 했다. 오 과장이 그럴 수 없다고 펄쩍 뛰었다. 나는 빵을 수량으로는 받을 수 없다고 샘플만 몇 개 빼놓고 1만 3천여 개를 몽땅 반품했다. 물론 유과도 반품했다. 그날 내 예상과 달리 오전 내내 초원제과에서 찾아온 사람도,

걸려온 전화도 없었다. 오후에도 전화 한 통 없이 조용히 넘어갔다. 다음 날 빵도, 유과도 들어오지 않았다. 내 머릿속은 빵으로 꽉 찼는데 매장 빵 진열장은 텅 비어 있었다. PX에 들어온 사병마다 빵을 찾고 유과를 찾았다. 왜 빵이 없느냐고 물었고 언제 들어오냐고 또 물었다. 하루에 한 번씩 들르던 지단장도 오지 않았다. 그다음 날 지단장이 PX에 들어왔다.

"오늘 초원제과에서 빵이 들어올 테니까 수량을 확인해 받아!"

초원제과 사장은 육군 중장 출신이라는 말을 들었는데, 나를 만나지 않고 지단장이나 대대장을 직접 상대하는 모양이었다. 그건 내가 가장 우려했던 일이었다.

그날 초원제과에서 빵이 들어왔다. 저울로 달아보지 않고 육안검사해도 빵이 커졌고, 크기도 고르고, 포장도 잘돼 있어 내가 바라던 그 이상이었다. 나는 빵 5천 개, 유과 3천 개를 받고 감량으로 들어온 빵 한 개를 뜯어 한 입 베어 물었다. 빵을 씹기도 전에 쉰 맛이 났다. 식감도 달랐다. 나는 빵을 싣고 들어온 오 과장에게 먹어보라고 한 개를 주었다. PX 사병들에게도 맛보라고 한 개씩 주었다. 빵을 시식한 사람들 얼굴이 모두 벌레 씹은 표정이었다.

나는 오 과장에게 갑자기 빵 맛이 왜 달라지고 쉰 맛이 나는지 그 이유를 알기 전에 받을 수 없다고 인수를 거부했다. 오 과장이 마지못해 털어놓길 PX에서 반품한 빵을 갑자기 팔 수도 없고 버릴 수도 없어 햇볕에 말린 뒤 가루로 만들어 빵 소로 넣었다고 했다. 나는 샘플 몇 개를 내놓고 전량을 돌려보냈다. 잠시 뒤 지단장이 들어와 물었다.

"초원제과 사장이 먹을 수 있는 빵을 반품했다고 펄펄 뛰는데, 도대체 어찌 된 일이야?"

물론 PX에서 팔다 남아 쉬었다면 팔 수 있을 정도였지만, 애당초 쉰 맛 나는 제품을 납품받아 팔 수 없었다. 나는 남겨놓은 샘플을 지단장에게 넘겨주며 말했다.

"우리가 반품한 빵을 햇볕에 말려 소를 넣었다는데, 쉰 맛이 나서 받지 않았을 뿐이지 반품한 게 아닙니다."

나는 인수하지 않았을 뿐인데 초원제과는 반품했다고 했다. 빵이 쉰 게 문제지 인수하든, 반품하든 그건 문제가 될 수 없었다. 지단장이 빵을 뜯어 꾸역꾸역 먹고 난 뒤 말했다.

"재료 맛이라면 문제 될 게 없잖아?"

지단장이 곤혹스러운 표정으로 억지를 부렸다. 그래도 나는 할 말을 해야 했다.

"초원제과 오 과장이 쉰 맛 나는 재료가 아니라 쉰 빵으로 소를 만들었다고 했습니다. 빵을 햇볕에 말리는 과정에 쉬었겠지요."

지단장이 벌컥 화를 내며 소리쳤다.

"오늘 물량만이라도 받지 전량 돌려보냈으니까 문제가 되잖아?"

지단장은 쉰 빵을 들고 나갔다. 아마 대대장에게 보고할 모양이었다. 나는 그날 자대복귀 명령을 받았다. PX 왕고참이 된 지 한 달을 넘기지 못하고 PX를 나와 자대로 복귀했다. 내가 우려했던 대로 초원제과 사장이 나를 상대하지 않고 지단장이나 대대장에게 압력을 행사한다면 결코 내가 싸워 이길 수 없는 싸움이었다.

나는 자대로 복귀하면서 군대 말년을 편히 보내다 제대해야겠다고, 차라리 잘되었다고 생각했다. 그 생각은 내무반에 들어서는 순간 잘못된 생각이라는 걸 알았다.

PX 근무하다 제대 말년에 복귀한 나를 반겨주는 사병은 한 명도 없었다. 고참 대우 해주는 사병도 없었다. 나는 졸병 때 병장 못지 않은 생활을 했고 정작 병장 땐 졸병 생활을 해야 했다. 제대 말년에 열외인 야간보초도 첫 번이나 마지막 순번이 아니고 중간에 넣어 자다 말고 일어나 보초를 서야 했다. 제대 말년에 사역도 나가야 했고 태권도 훈련도 받아야 했다. 중대로 복귀한 뒤 얼마 지나지 않아 중대장이 말했다.

"정 병장, 너 유격훈련 명령이 났다. 제대 말년에 몸조심하고 잘 갔다 와."

속으로 'PX 사병들 군기 잡느라고 나를 희생양으로 삼는구나!' 하는 생각이 들었지만 피할 수 없었다. 며칠 뒤 군인들 사이에 악명 높은 강원도에 있는 간현 유격훈련장으로 갔다. 유격훈련은 영관, 위관, 하사관, 사병들이 계급장 떼고 같이 훈련을 받았다. 온종일 피티체조를 하고 백사장을 뛰었다. 기차를 타고 강물 위 철교를 지나가는 승객들이 창밖으로 손을 흔들었다. 그림 같은 풍경이었고 영화의 한 장면을 보는 듯했지만 조금도 위로가 되지 않았다.

교관은 일주일 동안 일과를 시작하고부터 끝날 때까지 온종일 유격훈련을 시키며 바락바락 악다구니를 썼다.

"이런 신라에 달밤 같은 새끼들. 자세 똑바로 해, 똑바로. 야 조교, 저기 저 새끼 밟아버려!"

조교들은 고삐 풀린 망아지 새끼처럼 훈련병 사이를 뛰어다니며 군홧발로 걷어차고, 밟아대고, 쪼그려 뛰기를 시키고, 백사장으로 끌고 나가 오리걸음으로 선착순을 시켰다. 유격훈련은 하루하루 목에서 단내가 날 만큼 고달팠다.

　유격훈련 마지막 날 하강이 있었다. 내가 와이어에 걸고 내려올 활차를 어깨에 메고 강을 건너 산꼭대기로 올라갔다. 하필 내가 하강훈련을 할 때 굵은 빗방울이 떨어지기 시작했다. 교관들이 모여 훈련을 하네, 마네 하다가 강을 건너간 훈련병만 하강훈련을 한다고 했다. 내 뒤로는 아무도 따라오지 않았다. 내가 출발지점에 올라갔을 땐 이미 교관들도 한 사람만 남고 모두 철수했다. 교관이 출발점에서 하강 지점까지 거리는 270미터라고 했는데 경사가 밑에서 볼 때보다 더욱 가팔라 보였다. 빗방울이 점점 굵어졌다.

　활차를 걸어준 교관이 말했다.

　"활차를 잡고 하강하다 하강 지점에 서 있는 교관이 붉은 깃발을 들어 올리며 호루라기를 불 때 두 발을 들어 올리는 동시에 활차를 놓으며 등이 강물에 닿게 떨어져야 한다."

　내가 마지막으로 활차를 잡고 출발하자마자 '쎄애액' 하는 쇳소리가 고막을 찢을 듯했고, 얼굴에 맞는 빗방울이 모래로 때리는 것 같아 눈을 뜰 수 없었다. 나는 깃발은 보지 못하고 호루라기 소리만 듣고 손을 놨는데 강물에 등이 닿게 떨어진 게 아니라 사타구니로 철퍽 떨어지며 그대로 기절했다.

　나는 의무실에서 눈을 떴다. 고환이 황소불알만 하게 부어 있었다. 움직일 때마다 퉁퉁 부은 고환을 잡아당기는 것처럼 몹시 아팠다. 군의관이 싱글싱글 웃으며 장가를 가도 자식을 낳지 못할 수도 있다는 말을 장난처럼 했다. 너무 아파 이것저것 생각할 겨를이 없었다. 나를 지켜보던 군의관이 위생병에게 말했다.

"야, 쟤 아카징키 발라 줘."

위생병이 고환에서부터 고추까지 요오드팅크를 벌겋게 발라주었다. 나는 앰뷸런스를 타고 귀대해 의무실에 입실했다. 유격훈련장에서 일어난 사고소식은 중대에 보고가 된 모양이었다. 내가 입실한 뒤 우리 중대장과 인사계가 다녀갔고 뜻밖에 PX에서 자대로 복귀할 때 코빼기도 보이지 않던 지단장이 문병을 왔다. 내가 일어나려 하자 지단장이 말했다.

"그대로 누워있어. 군의관 말로는 부기만 빠지면 괜찮다고 하던데 좀 어때?"

"아직 걸을 수는 없어도 부기는 조금씩 빠지고 있습니다."

"나는 네가 유격훈련 간 줄 몰랐다. 내게 말했으면 빼줄 수도 있었는데 왜 말 안 했어?"

나는 대뜸 '씨발놈, 지가 보내 놓고서…'라는 말이 목구멍까지 치받고 올라왔지만 내뱉지 못하고 퉁명스럽게 받았다.

"나는 PX 사병이 아니지 않습니까?"

지단장이 미안하다는 표정으로 말했다.

"군대는 계급이고 명령이야. 나도 어쩔 수 없었다."

그렇다. PX에 비사입품을 들여오는 것도, 정량을 팔지 않는 것도, 막걸리에 물을 타는 것도, PX 판매수익금 전액을 지단장이 가져가는 것도, 가짜 영수증을 만들어 넣는 것도, 명령이라면 명령이었다. 나는 지단장에게 말했다.

"나는 군납업자에게 단지 납품계약을 지키라고 했습니다."

지단장이 내게 한발 다가서며 말했다.

"그래. 그건 나도 알아. 한데 너는 다 좋은데 타협을 몰라. 너는

296

빵을 받아 팔지 않고 일시에 1만 3천여 개를 반품했지. 너는 상대를 모르고 싸움을 건 거야. 그래서 네가 진 거야. 네가 싸워 이길 수 있는 상대라면 왜 내가 싸우지 않았겠냐?"

지단장은 침대 모서리에 걸터앉아 이야기를 계속 이어갔다.

"나도 젊은 혈기에 하룻강아지 범 무서운 줄 모른다고 납품업자에게 싸움을 걸었어. 아주 참패를 당했지. 'PX에서 불량제품이나 정량에 미달되는 제품을 사 먹는 피해자는 사병들인데, 정작 그들은 왜 가만히 있을까?' 하고 생각했지. 사병들이 정품을 요구하며 며칠만 안 먹으면 간단히 이길 수 있었거든. PX는 사병들만 이용하니까 백전백승할 수 있어. 그렇다고 내가 사병들을 선동할 수는 없었고."

지단장이 일어서며 말했다.

"세상의 길은 직선만 있는 게 아니라 곡선도 있어. 그런데 직선에 들어선 사람은 곡선을 보려고 하지 않아. 너는 곧 전역하게 될 거야. 그리고 이건 내가 네게 주는 선물이고."

지단장이 손안에 들어가는 선물을 준 뒤 바로 돌아갔다. 나는 선물을 꺼내보았다. 내 이름이 한자로 새겨진 둥근 상아로 만든 도장이었다. 나는 도장을 보고 또 살펴봐도 도장에 정면 표시가 되어있지 않았다. 하다못해 길가에서 목도장을 새겨도 정면에 구멍을 뚫어 놓거나 구멍을 뚫고 무얼 박아 넣거나 중간을 살짝 깎아내 도장을 찍을 때 그 부분을 잡고 바로 찍을 수 있는데 그런 표시가 없었다. 나는 도장 찍을 때 매우 불편하겠다는 생각이 들었다.

의무실에 입원한 지 2주일 만에 중대로 복귀했다. 유격훈련을 다녀온 뒤 초병근무는 나가지 않았고 훈련도 열외였다. 나는 지단장 말대로 군 복무 35개월 만에 1개월 남기고 '사전출발'했다. 제대를 앞당겨 하는 것을 사전출발이라고 했다. 나는 PX에 근무하면서 휴가를 한 번밖에 못 갔다. 아마 지단장이 사전출발에 간여한 모양이었다. PX 사병은 복무 중 가지 못한 휴가를 사전출발로 대신했다. 중대장에게 전역신고를 한 뒤 부대를 나가는 길에 PX로 들어갔다. 지단장이 기다리고 있었다. 지단장에게 전역신고를 했다. 지단장이 말했다.

"정 병장, 전역을 진심으로 축하한다. 다친 데는 괜찮나?"

"네에 괜찮습니다."

"나는 그게 걱정이었는데 다행이야."

지단장이 다과를 차려놓은 탁자에 앉았다. 탁자에 빵과 유과 그리고 음료수가 있었다. 지단장이 음료수 잔을 들며 말했다.

"나는 네가 PX에 안 오고 그냥 갈 줄 알았다."

나도 홀가분한 마음으로 하하 웃으며 말했다.

"그냥 지나가려다 졸병들 보고 싶어 들어왔습니다."

"그래. 내가 선물한 도장을 보고 뭐 느낀 게 없나?"

지단장이 나를 예리하게 지켜보며 물었다.

"정면 표시가 없습니다."

"그렇지. 왜 표시가 없을까 생각은 안 해봤고?"

"글쎄요. 아무래도 실수였겠죠."

지단장이 나를 한참 지켜보다 말했다.

"그건 실수가 아니라 네가 도장을 찍을 때 한 번 더 생각해보라고 일부러 그렇게 주문한 거야. 네 앞날에 행운을 빈다."

지단장은 선임병에게 그랬듯이 교통비나 하라며 하얀 봉투를 하나를 내밀었다. 지단장이 주는 봉투를 받아들고 입대한 지 35개월 만에 부대 정문을 나섰다.

포항에서 출발한 버스가 신한 버스터미널로 들어갔다. 나는 버스터미널 뒤로 돌아 방파제로 나갔다. 테트라포드 위에 하얗게 앉아 있던 갈매기가 후르르 날아갔다. 나는 갈매기가 날아간 자리에 앉아 구운 오징어와 캔 맥주를 꺼냈다.

장마에 소용돌이치며 흐르는 계곡물에 띄어놓은 나뭇잎처럼 살아온 지난 삶이 주마등처럼 지나갔다. 나는 금년에 20년 장기근속 표창을 받았다. 감개가 무량했고 뒤를 돌아보는 계기도 되었다.

나는 이 세상 어딜 가나 대한건설 사람이었고, 자나 깨나 회사의 목표가 나의 목표였고, 회사의 일이 나의 일이었으며, 회사의 미래가 나의 미래라고 여겼다. 도무지 회사 밖에서 한 일이라곤 아무것도 없었고, 할 수 있는 일도 없었고, 그렇다고 무얼 해보겠다고 절실하게 생각해 본 적도 없었다. 내가 잘살고 있는지, 어떻게 사는 것이 잘사는 것인지, 앞으로 어떻게 살아가야 할지 깊이 고민해본 적도 없었고, 정년퇴직만이 목표인 양 잘 학습된 모범사원이 되었고, 필수요원이 되었고, 사규와 규정의 틀 안에 갇힌 채 한 발짝도 벗어나지 못한 회사 인간이 되었다.

그랬다. 나는 그저 배곯는 자식들 배불리 먹이고 싶었다. 다 참고 견뎌도 배고픔만은 참고 견딜 수 없었다. 나는 죽지 않고는 배고픔을 면할 길이 없었다. 사람이 부지기수로 죽어 나가도 '가난 구제는 나라도 못 한다'고 했다. 나도, 회사도, 국가도 지지리도 가난했다. 그때 국가가 나서서 잘살아 보자고 했다. 회사도 그랬다. 나도 그랬다. 우리는 다 같이 잘살아 보자는 한마음으로 출구 없는 고속도로를 굴렁쇠 굴리듯 앞만 보고 달려왔다. 앞으로도 그럴 것이다. 나는 밤안개가 내리는 방파제를 걸어 나와 사택으로 들어갔다.

타는 목마름의 계절

출장에서 돌아온 다음 날 출근하자마자 출장 중에 매입한 자료를 유계장에게 넘겼다. 자재 정산이 늦어지면 월말정산을 주관하는 기획실과 대차대조표를 만들어내는 경리부는 일손을 놓고 자재부만 바라봤다. 월말정산에 자재가 차지하는 비중이 가장 클 뿐만 아니라 현장 수지를 좌우하기 때문이다. 만약 현장 수지에 적자가 나거나 현저히 낮은 경우에는 분식회계를 했다. 노임이나 장비사용료를 미불로 처리할 수 없어 자재비로 분식회계를 거듭하다 보면 어느 것이 실 자산이고 유령 자산인지 구분조차 어려울 때도 있었다.

유 계장이 월말정산을 하는 동안 출장 중에 밀린 결재를 하고 있었는데 의무실 여지은 간호사가 들어와 약품 청구서를 내밀었다. 현장에서 인부들이 작업하다 못에 찔리거나 연장에 다치는 가벼운 사고도 있지만 높은 곳에서 일하다 떨어져 팔다리가 부러지고 찢어지거나 사망하는 사고도 빈번히 일어났다. 회사는 산업안전보건법에 따라 현장에 의무실을 설치하고 구급차와 간호사를 상주시켰다. 자재부는 의무실에서 응급용으로 필요한 소독약이라든가 약솜, 거즈, 밴드, 반창고, 압박붕대 등 일상적으로 소모되는 약품이나 의료용품을 청구하는 대로 사다 주었다.

물론 현장 의무실은 환자를 수술하거나 치료하는 곳은 아니었다. 약을 처방해주는 곳도 아니었다. 간호사가 하는 일은 현장에서 발생하는 산재 환자 상태를 파악하고 응급조치하여 신속하게 병원으로 후송하는 것이었다. 그런데 일하다 말고 배 아프다고 오는 놈, 머리 아프다고 오는 놈, 갑자기 소변이 안 나온다고 오는 놈, 치질 좀 봐달라고 아랫도리를 홀딱 까고 환자 수송용 침대에 엎어지는 놈, 군대에서 성기에 '다마'를 박았는데 염증이 생겼다고 허리띠 푸는 놈. 하여튼 별의별 희한한 잡놈들이 의무실을 찾아와 간호사를 괴롭히고 희롱했다.

나는 결재를 하다말고 간호사가 청구한 의료용품을 구입하여 차에 싣고 들어가 의무실 앞에 차를 세운 뒤 약품을 확인하고 있는데, 여지은 간호사의 앙칼진 목소리가 들렸다.

"빨리 옷 입으세요. 안 입으면 경찰 부를 거예요."

나는 챙기던 의료용품을 팽개치고 의무실 문을 활짝 열고 안으로 뛰어들어갔다. 하악! 축 늘어진 팔뚝만 한 시뻘건 성기가 한눈에 확 들어왔다. 아랫도리를 발목까지 홀딱 까내린 사타구니에서 허벅지까지 온통 새빨갰다. 그놈 말고도 옷 입은 놈이 하나 더 있었다. 그놈들은 터빈빌딩 철골 공사를 하는 용접공들이었다. 내가 긴 떡볶이 같은 시뻘건 성기를 살펴보니 그건 피가 아니고 진하게 발라놓은 요오드팅크였다. 공사장에서 일하다 다친 게 아니었다. 간호사가 경찰을 부르겠다고 소리친 이유를 알 것 같았다. 의무실은 현장에서 일어난 산재환자만 이용할 수 있었다. 나를 본 용접공이 옷을 입으려고 엉거주춤하고 허리를 구부렸다.

"야 이 개새끼들아. 두 놈 모두 그대로 이리와!"

그 상황에서 '왜 그러세요? 옷 입으세요. 이리 오세요'라고 할 순 없었다. 노가다는 노가다식으로 대해야 했다. 좋은 말로 좋게 대하면 좋게 받아주는 게 아니라 오히려 사람을 얕보고 기어오른다. 내가 벼락 치듯 고함치자 옷을 벗은 놈도, 입은 놈도 어기적거리며 내 앞으로 바짝 다가왔다.

"야 새꺄, 네 좆도 저래?"

내가 옷 벗은 놈 사타구니를 가리키며 옷 입은 놈에게 물었다. 그놈은 망설임 없이 대답했다.

"야아. 지두 그런디유."

"이런 씨발놈. 너도 홀딱 벗어!"

그놈은 나를 빤히 쳐다보며 물었다.

"과장님이 치료해 줄 것두 아닌디 옷을 벗어 뭐 헌대유? 그냥 현장으루 보내줘유."

내가 용접공들을 닦달하자 창밖을 내다보던 여지은 간호사가 내 실로 들어갔다.

"야 새꺄, 잔말 말고 빨리 벗어!"

나는 잠시도 틈을 주지 않고 큰 소리로 호통 쳤다. 용접공이 체념한 듯 말했다.

"까짓거 벗으라면 벗지유. 우리들이 강간허다 들킨 것두 아닌디 못 벗을 것두 읎쥬."

용접공이 볼멘소리로 불퉁거리며 아랫도리를 발목까지 홀딱 벗어내렸다. 얼른 보여주고 나가고 싶은 모양이었다. 옷을 내린 용접공 사타구니를 들여다보고 나는 또 한 번 경악했다. 길쭉한 방망이처럼 통통 부은 그놈의 성기는 방석집에 들어가 술 마시다 말고 생리하는 여자를 데리고 나가 벽치기하고 들어온 놈처럼 새빨갛다.

"야 이 새끼들아, 너희들 왜 이렇게 됐는지 사실대로 말해. 내가 들어보고 병원 치료를 해주거나, 출입증을 회수하고 내쫓든가 할 테니까."

인부들은 무슨 말보다 출입증 회수한다는 말을 가장 두려워했다. 내가 출입증을 회수하겠다고 하자 놈들이 고분고분했다.

"아이구 참 과장님두. 지들이 병원 갈 시간이 있다면 왜 여기까지 와서 이러것슈? 시간이 읎으니께 이러지유."

"야 임마, 통통 부은 좆대가리가 곪아 문드러지는데 일이 중요해? 안 아프냐?"

용접공이 얼굴을 잔뜩 찌푸리며 말했다.

"안 아플 리가 있슈? 어젯밤에 욱신거리구 아퍼서 한잠두 못 잤는디유."

"그런데 왜 병원에 안 갔어?"

"안 가긴유. 어제 일 끝내구 곧장 병원으루 달려갔는디 벌써 문이 닫혔더라구유."

나는 답답하다는 듯 버럭 소리를 내질렀다.

"야 임마, 그럼 오늘 낮에 가면 될 거 아냐?"

용접공은 되레 내가 더 답답하다는 듯 볼멘소리로 말했다.

"과장님두 참 무지무지허게 답답허시내유. 우리 같은 용접공들은 한 번 짤리믄 갈 디가 읎슈. 지금 터빈빌딩 철골 공사가 한창인디 낮에 일 빠지구 어티기 병원 가유? 아침에 퇴근하는 친구에게 마이신 좀 사다 달라구 했으니께 오늘 야간작업 들어올 때 갖구 올규. 마이신 먹으면 좀 괜찮어지겠쥬."

나는 눈을 부라리며 큰 소리로 말했다.

"야 임마, 마이신 먹어서 될 것 같으면 여긴 왜 왔어?"

용접공이 그제야 고개를 푹 숙이며 말했다.

"하두 아프니께 혹시 마이신 좀 얻거나 소독이라두 받을 수 있을까 해서 왔지 나쁜 짓 헐려구 온 건 안유."

그건 그렇다. 아무리 다그쳐도 대거리하는 거로 보면 나쁜 짓 할 놈들 같지 않았다.

"야 임마, 그게 마이신 갖고 되겠냐?"

"우선 마이신 먹어보구, 병원은 급헌 일이 내일이나 모레쯤 끝나니께 그때 가려구유."

현장의 작업공정은 톱니바퀴처럼 서로 맞물려 돌아가기 때문에 잠시도 작업을 지체할 수는 없다. 내가 그러한 현장 사정을 십분 이해한다 해도 이미 치료시기를 놓쳐 곪을 대로 곪은 상처를 보고 그냥 보낼 수 없었다.

"내가 알게 된 이상 그냥 돌려보낼 순 없어. 그러니까 왜 그렇게 됐는지 빨리 말해."

우선 옷부터 입게 했다. 사타구니가 몹시 아픈지 얼굴에 오만상을 짓고 입을 딱딱 벌리며 옷을 먼저 입은 놈이 느물느물 말했다.

"다 지들이 어리석어 그랬지유 뭐."

나는 용접공이 느물거리는 소리를 듣다 속이 터졌다.

"야 새꺄, 뜸 들이지 말고 빨리 말해! 나도 바쁘니까."

내가 뭐래도 용접공은 주사 맞는 어린아이처럼 얼굴을 잔뜩 찡그리며 입을 열었다.

"사실은 메칠 전 비 오는 날 우리찌리 목욕탕엘 갔었거든유. 그런디 한 놈의 좆대가리 끄트머리가 너덜너덜허대유. 하두 이상해 그놈에게 물었쥬. 도대체 어떻게 된 일이냐구. 그랬드니 그놈이 대답 허기를 자기는 원래 볼펜맹키로 구멍만 뽕 뚫린 포경이었는디 포경수술을 자기 손으루 직접 했다구 그러대유. 그래서 내가 그놈의 좆대가리를 잡구설랑 뱅뱅 돌려가며 자세히 살펴보니께 좆껍데기를 북어 찢듯 쭉쭉 찢어놨대유. 그래서 '야 임마, 포경 수술을 허려거든 좆껍데기를 깔끔허게 똑 잘라 낼 것이지 왜 먼지털이개처럼 너덜너덜허게 했느냐?'구 물었지유."

"물었더니?"

"글쎄 그 자식 허는 말이 자기가 포경수술 허기 전엔 마누라가 잠자리에서 감질난다나 뭐라나. 하여튼 별루였는디 포경수술을 허구부터 마누라가 밤마다 아주 깔딱깔딱 까무러친대유. 그런디 그 자식이 얘기허다 말구 갑자기 내 연장을 쳐다보고 희죽이 웃으며 포경수술은 자기가 의사보다 훨 잘 허니께 내 꺼두 한 번 해보라구 그래유. 그 소리를 듣구 귀가 번쩍 뜨였쥬. 그땐 지 연장두 볼펜구멍처럼 생겼었거든유."

나는 어이가 없어 핀잔하듯 말했다.

"야 임마, 그 소리가 뭘 어쨌기에 귀가 번쩍 뜨여?"

내 말끝에 용접공이 오히려 어이없는 표정으로 받았다.

"하아 참. 이럴 때 보면 과장님두 영락없는 형광등이라니께. 아니 과장님두 한 번 생각해봐유. 너덜너덜한 좆껍데기가 홀딱 까지며 쑤욱 들어갔다가 다시 홀딱 뒤집어지며 쏙 빠져나오구 다시 홀딱 까지며 쑤욱 들어갔다가 홀딱 뒤집어지며 쏙 빠져나오구. 여자가 을매나 좋아허겄슈. 그 자식 말대루 아주 미치구 환장허구 깔딱깔딱 까무러칠 만큼 좋아허겄쥬. 그놈두 평생 밤이면 밤마다 마누라 눈치만 보다가 생각해낸 거라는디유 뭐."

"그래서. 너희들도 그놈 말만 듣고 그렇게 했어?"

한껏 풀이 죽어있던 용접공이 갑자기 기가 살아서 말했다.

"아이구 참 과장님두. 지가 덮어놓구 수술헐 만큼 그러키 멍청한 바보 천치는 아니잖어유. 그놈이 그러기에 내가 포경수술을 뭘루 어티기 했느냐구 꼬치꼬치 물어봤지유. 그랬드니 그놈이 허는 말이 쇠는 쇠톱날이 제일 강하다는 거유. 이 세상에 쇠를 짜르는 쇠톱날보다 더 강한 쇠가 또 어디 있겄느냐는 거쥬. 가만히 생각해보니께 그놈 말이 일리가 있기에 지가 또 물었지유. 쇠톱날이 아무리 강해두 그걸 그대루는 쓸 수 읎었을 텐디 어티기 맹글어 썼느냐구유. 그랬드니 그놈이 쇠톱날을 구라인다에 갈구 사포로 문지르구 고운 숫돌에다 날을 시퍼렇게 세운 뒤 좆껍데기를 살짝 잡구설랑 수박껍데기에 줄 쳐진 것맹키로 싸인펜으루 줄을 죽죽 긋구 홀치기하듯 칼끝으루 안에서 밖으루 쪽쪽 째면 된다구 허대유.

지가 어수룩허구 미련 곰탱이 같은 놈이라면 덮어놓구 했겄지만 너무 위험허구 아플 거 같어 안 아프더냐구 위험하지 않더냐구 또 물었더니 그놈이 소주 한 병 마시구 했는디 하나두 안 아프구 조금두 위험허지 않다구 허대유. 평생 써먹어 종잇장처럼 닳구 닳은 좆껍데긴디 뭐가 그리 아프구 위험헐 게 있느냐구유. 그놈 말을 듣구 가만히 생각해보니께 아주 그럴 듯 허대유."

"그래서?"

"하아 참. 그래서는 또 뭘 그래서유. 그만 허면 알만 헐 텐디 뭘

자꾸 미주알고주알 묻는대유? 우리 이제 고만 현장으루 보내주면 안
되겠슈?"

나는 다시 벼락 치듯 호통을 쳤다.

"안 돼 임마. 마저 얘기해!"

용접공이 풀이 죽은 목소리로 말했다.

"그야 더 들어보나마나 뻔한 거쥬. 우리두 각자 쐬주 한 병씩 병나
발 불구 그놈이 허라는 대루 했는디 이러키 됐슈. 칼을 맹글어 불에
달구었다가 수술허구 아까징끼인가 뭔가 그 빨간 소독약 있잖어유. 수
술헌 뒤 그걸 꼭 발러야 헌다기에 한 병을 다 발렀는디두 이러키 곪
어 들어가는 걸 보니께 아무래두 쇳독이 올라두 된통 올렀는개뷰.
아주 아퍼 죽겠슈."

내가 용접 담당 마용성 과장에게 전화를 걸고 두 놈에게 소리를
버럭 내질렀다.

"야 이 새끼들아, 빨리 나가 내 차에 타."

내가 마 과장에게 전화 거는 소리를 엿들은 그들이 군말 없이 차
에 올랐다. 나는 지체 없이 병원으로 달렸다. 그들은 포박당한 짐승
모양 웅크리고 앉아 창밖을 내다보고 있었다. 정말 벌어 먹고산다는
게 뭘까! 병원으로 가는 동안 이런 얘기, 저런 얘기 하다가 아이가
몇 살이냐고 물었다. 용접공이 손가락을 꼽으며 큰아이는 어느 현장
에 있을 때 낳았으니 몇 살이고, 작은 아이는 어디에 있을 때 태어났
으니 몇 살이라며 현장부터 떠올렸다. 나는 그들에게 차마 나이를
묻지 못했다. 인부 정년은 54세다. 회사에서 55세 이상은 사고 위험
성이 높으니 절대로 쓰지 말라고 했기 때문이다. 물론 퇴직금도 해
고수당도 없다. 해고 예고기간조차 없다. 근로기준법이고 나발이고

없다. 그냥 '내일부터 나오지 말라!'는 말 한 마디로 모든 게 종료되었다. 내가 인부에게 해고통보를 하면 그들이 하는 말은 똑같았다.

"갈 디가 읎슈."

그들에게는 정부에서 국민의 최저생계와 건강을 보장하기 위하여 만든 4대 보험조차 없다. 그들은 가족을 위해 평생 회사에서 시시포스처럼 제자리걸음을 하다가 노동력을 상실하면 안팎으로 토사구팽당해 노숙자 신세가 되기에 십상이었다.

병원에 도착하자 산재환자 유치에 혈안이 된 원무과장이 달려 나와 환자는 거들떠보지 않고 내 앞에서 똥파리처럼 두 손을 비벼댔다. 나는 원무과장에게 환자를 넘겨주며 '너덜너덜한 좆껍데기를 똑 자르지 말고 그대로 치료해주라'고 했다. 내가 그들에게 해줄 수 있는 것은 고작 그것뿐이었다.

병원에 다녀온 뒤 미뤄둔 결재를 하고 있는데, 양설희가 전화기를 들고 말했다.

"과장님, 심 사장이라는 분한테 전화 왔는데 받으시겠어요?"

양설희가 전화기를 들고 말했다. 대한건설 하청회사인 회룡건설이 갑자기 부도가 났다. 회룡건설에 자재를 납품했던 납품업자들에게서 현장 사정을 알아보려는 전화가 시도 때도 없이 걸려왔다. 아마 내가 통화 중이라서 전화가 양설희 자리로 걸린 모양이었다. 전화기를 들었지만 심 사장 얼굴이 얼른 떠오르지 않았다.

"감사합니다. 대한건설 원전출장소 자재과장 정세혁입니다."

"과장님, 접니다. 제일기업 심일식입니다."

"어! 심 사장님이 웬일이세요?"

"오늘 과장님을 좀 찾아뵙고 싶어서요."

"예에. 무슨 일인데요? 지금 전화로 말씀하시면 안 되겠습니까?"

"전화로 말씀드리기 곤란하고요. 제가 과장님 퇴근시간 전에 내려가 기다리겠습니다."

뜻밖이었다. 어쩐 일인지 심 사장의 목소리에 거절할 수 없는 간절함이 배어 있었다.

"그럼 오셔서 전화 주세요."

심 사장이 무슨 일로 나를 만나자는 걸까. 전화로 말 못 하고 굳이 천리 길을 갑자기 찾아오겠다니 자못 궁금했다. 내가 아주 절박한 곤경에 처했을 때 심 사장에게 큰 도움을 받아 면할 수 있었다.

원전 격납고 상량식 하루 전날이었다. 퇴근시간을 한 시간 남짓 남겨두고 소장에게 회의실로 들어오라는 전화를 받았다. 아무 영문도 모른 채 회의실 문을 열었다.

"야 이 개새끼야. 너 어떻게 책임질 거야? 어떻게 책임질 거냐고!"

거대한 파도가 방파제를 때리듯 회의실 문을 열자 목청껏 내지르는 소장의 격노한 목소리가 왈칵 내 귀청을 호되게 후려쳤다. 회의실에 앉아 있던 임직원들 시선이 일제히 내게 쏠렸다.

"나가. 꼴도 보기 싫으니까. 당장 나가."

꿀 먹은 벙어리처럼 서 있던 건축부 김용길 부장이 말 한 마디 못 한 채 내가 들어온 문으로 걸어 나갔다. 회의실을 나가는 김 부장 뒤통수를 쏘아보던 소장이 내게 말했다.

"정 과장, 이거 야단났다. 내일 원자로 격납고 지붕에 돔을 올리고 연결할 앵커볼트가 자루째 사라졌어. 김 부장 저 머저리 같은 새

310

끼가 오늘 온종일 현장을 이 잡듯 뒤졌지만 찾지 못했대. 내가 앵커볼트 제작도면을 줄 테니까 무조건 오늘 밤 안으로 제작해 내일 낮 열두 시까지 현장에 도착시켜!"

소장은 달랑 제작도면 한 장을 불쑥 내밀며 덧붙여 말했다.

"내일 상량식이 얼마나 중요한지 알고 있지? 이제 우리 회사의 운명이 네 손에 달렸어."

'아하! 그런 일이 있었구나.'

나는 소장이 왜 급히 찾았는지, 김 부장이 무얼 잘못했는지 그제야 감을 잡았다. 내일 상량식이 얼마나 중요한지도 알고 있었다. 그도 그럴 것이 이번 대통령은 후보시절 경제를 살리고 고급 일자리 창출을 위해 원전 1, 2호기에 이어 3, 4호기를 조기 발주하겠다는 공약을 했다. 대한건설은 신한원전 1, 2호기에 이어 3, 4호기도 반드시 수주하여 국내시장은 물론 세계 원전시장에 진출하겠다는 야심찬 계획을 가지고 있었다.

특히 이번 상량식은 천여 톤의 돔을 지상에서 반지름으로 제작한 뒤 6백 톤 크레인으로 하나씩 들어 올려 원자로 격납고 지붕에 올려놓고 연결하는 신공법이었다. 다음 호기 수주 차원에서 그동안 자체적으로 개발한 신공법이 성공한다면 원전 건설비용을 대폭 낮출 수 있어 국제경쟁력이 다른 나라보다 월등히 앞설 수 있다고 했다. 이미 여러 차례 실제상황과 똑같은 시뮬레이션 과정을 마쳤기에 성공을 확신하고 있었다.

다음 날 상량식에 원전 발주처 사장과 시공회사 회장은 물론 이 지역 출신 국회의원과 관련 부처 장관도 참석하게 되어 있었다. 한데 무슨 조화인지 상량식을 불과 몇 시간 남겨두고 격납고 지붕에 돔을 올려놓고 연결할 앵커볼트가 감쪽같이 사라졌다. 하루도 바람 잘 날 없는 공사현장은 전혀 예상치 못한 돌발상황이 자주 발생하였는데 특수 제작하여 다른 곳에 전혀 쓸 수 없는 앵커볼트가 감쪽같이 자루째 사라졌다니 도저히 납득할 수 없는 일이었다. 원전공사용 자재는 발주처에서 공급하는 관급자재, 시공회사에서 구매하는 사급자재, 하청회사에서 들여오는 하청회사 지입자재가 있다. 분실한 앵커볼트는 발주처에서 수령한 관급자재였다.

원전 건설공사에 들어가는 모든 자재는 품질을 4등급으로 분류했는데 안전성 품목을 Q등급, 안전성 영향품목을 T등급, 안전신뢰성 관련 품목을 R등급, 그리고 일반품목은 S등급이라고 했다. 시공부서는 공사에 필요한 자재 소요량을 산출하여 자재청구서를 작성한 뒤 품질관리부로 넘겼다. 품질관리부는 자재청구서를 접수한 후 구매시방서를 작성하여 품질등급을 매기고 품질등급에 따라 제품의 시험성적서, 품질검사서, 품질보증서 등을 요구했다.

품질관리부가 자재청구서와 같이 구매시방서를 자재부로 보내면, 자재부는 주문서를 작성하여 납품업체에 발주했다. 자재 청구부터 현장 납품까지는 대략 한 달 정도 걸렸다. 물론 시중에 나온 기성제품의 경우였고, 새로 제작하거나 생산해야 하는 경우에는 더 오래 걸렸다.

원자로 격납고 지붕에 돔을 올리고 연결하는 앵커볼트는 Q등급으로 특수 제작하여 들여온 관급자재였다. 특수제품은 아무리 초긴급으로 주문한다고 해도 납품회사에서 원자재를 확보하여 제작한 뒤 공인기관에서 시험한 시험성적서를 첨부하여 현장에 도착시키려면 줄잡아도 3개월 이상 걸렸다. 앵커볼트가 현장에 들어와도 바로 사용하는 것이 아니라 반드시 품질검사를 받아야 했다.

그런데 소장은 달랑 제작도면 한 장을 건네주며 앵커볼트를 밤에 제작해 다음 날 정오까지 현장에 도착시키라고 했다. 내가 앵커볼트의 품질등급을 물었을 때 소장은 '상량식용이라고 상량식이 끝나면 잃어버린 앵커볼트를 찾든가 발주처에 보고한 뒤 회사 부담으로 다시 제작하여 교체할 것'이라고 했다.

회의실을 빠져나오며 원전건설용 부품을 생산하여 납품하는 제일기업 심일식 사장이 떠올랐다. 내 자리로 돌아오자마자 소장에게 넘겨받은 제작도면을 심 사장에게 팩스로 보내고 전화를 걸었다. 도면을 받아본 심 사장이 말했다.

"과장님이 주문하신 앵커볼트는 우리가 생산하려고 해도 원자재가 없습니다. 원자재를 가지고 있는 다른 업체에 주문하시지요?"

당장 심 사장이 안 된다면 그건 시간적으로 도저히 불가능한 일이었다. 앵커볼트 제작이 불가능하다고 상량식을 중단하거나 연기할수 없었다. 상량식 일정은 발주처에서 정부의 관련 부처와 결정한것이었다. 다음 날 상량식에 참석할 발주처 사장과 정관계 고위직들을 영접하기 위해 본사에서 회장이 사장단을 이끌고 이미 내려와 인근 호텔에 들어가 있었다.

만약 앵커볼트 문제로 상량식을 원만히 치르지 못한다면 회사의 명예실추는 물론 막대한 피해를 볼 것이고 소장과 총무는 물론 김부장도 그 책임을 면할 수 없다는 것은 불을 보듯 했다. 나는 앵커볼트를 전량 생산하지 못하고 다만 몇 개라도 생산하여 돔을 결합하고 연결하는 과정을 보여준다면 완벽할 순 없겠지만 실패는 아니라고 나름대로 생각했다. 어찌 되었든, 나는 반드시 해내야 했다. 심 사장에게 다시 말했다.

"사장님, 시간이 된다면 내가 다른 업체를 찾아보겠는데, 이제 퇴근시간이 겨우 한 시간 남짓 남았습니다. 이 지역에서 생산할 수 있는 것도 아니고요. 사장님이 알고 있는 업체에 주문하여 납품해 줄 수는 없겠습니까?"

심 사장도 그런 생각을 해봤는지 바로 대답했다.

"제가 원자재를 가지고 있는 회사를 알아내도 공장을 세워놓고 우리를 기다리고 있는 건 아니잖습니까? 무엇보다 내일 오전까지는 시간이 촉박해도 너무 촉박해 불가능합니다."

시간적으로 거의 불가능하다는 것은 나도 알고 소장도 알고 있었다. 그렇다고 아무런 대책도 없이 포기할 수 없었다.

"그렇습니다. 시간이 너무 촉박합니다. 그렇다고 준공식을 미룰 수도 없습니다. 전량이 안 되면 다만 몇 개라도 생산해봐야 하지 않겠습니까? 사장님만이 할 수 있는 일입니다. 내일 상량식을 하고 못하는 건 이제 사장님 손에 달렸습니다."

나는 상량식을 원만하게 치를 수 없는 경우 납품회사가 져야 할 일말의 책임도 있다는 것을 부연하여 설명했다. 심 사장은 다시 침묵했다. 일의 성패는 오로지 시간에 달렸는데 침묵조차 숨이 막힐 지경이었다. 큼 큼. 마른기침으로 침묵을 깬 심 사장이 말했다.

"무슨 말씀인지 잘 알겠습니다. 장담할 수는 없지만 일이 되고 안 되고는 나중 문제고, 일단 하는 데까지 한 번 해보겠습니다."

심 사장도 상량식이 얼마나 중요한지, 직접적인 책임은 없을지라도 납품업자가 져야 할 일말의 책임을 느낀 모양이었다.

314

"감사합니다. 다시 한 번 말씀드리지만, 내일 아침까지 전량 생산이 안 되면 얼마가 됐든 되는 대로 보내주십시오. 앵커볼트 단가는 문제 삼지 않겠습니다."

평소대로라면 납품업자에게 납품단가를 일임한다는 것은 어림없는 일이겠으나, 그 순간만은 모든 것을 심 사장에게 일임해야겠다는 생각이 들었다.

"제가 단가문제로 드린 말씀은 아니지만 그렇게 말씀해주시니 고맙습니다. 힘 닿는 데까지 해보겠습니다."

심 사장과 몇 마디 더 나눈 뒤 곧바로 퇴근했다. 그날 저녁 중요한 약속이 있었지만 취소하고 숙소에 들어가 언제라도 달려나갈 채비를 한 뒤 심 사장에게 연락이 오기만 기다렸다. 밤 열 시가 지나고 자정이 지났다. 먼저 전화를 걸어 확인하고 싶었지만 심 사장이 안되겠다고 하면 뾰족한 대책이 없으니 오히려 전화 걸기가 두려웠다.

언제 잠이 들었을까. 머리맡에 둔 전화벨 소리에 잠이 깼다. 전화기를 낚아채듯 집어 들었다.

"여보세요?"

"제일기업 심일식입니다."

심 사장의 호쾌한 목소리에 잠은 천리만리 달아났다.

"예에 사장님. 고생 많으셨지요?"

"원 별말씀을요. 주문하신 앵커볼트는 천만다행으로 원자재를 구해 밤새 제작하여 방금 고속버스 첫차에 실어 보냈습니다. 자동차 번호하고 도착하는 시간을 불러드릴 테니 받아 적으세요. 메모 준비는 되셨습니까?"

물론이었다. 준비해 둔 메모지를 볼펜 잡은 손으로 당겨놓으며 대답했다.

"예에, 준비되었습니다. 불러주세요."

심 사장이 불러주는 대로 받아 적은 메모지를 바짝 움켜쥐고 벌떡 일어났다. 고속버스터미널은 회사와 중간지점이었다. 내가 가야 할 길은 고속도로와 달리 갓길마저 없는 왕복 2차선인데 가파르고 굴곡진 곳이 많아 서둘러야 했다. 나는 차를 급하게 몰고 사택을 빠져나갔다. 새벽안개가 도로를 푹신하게 덮어놓았다. 천막 치듯 하얀 구름장을 밀어 올리고 우뚝 솟은 산봉우리는 자다가 오줌 싼 아이처럼 새벽안개를 끌어다 아랫도리만 살짝 가렸다.

가파르고 굴곡이 심한 고갯길을 물고기가 물살을 거스르듯 내달렸다. 액셀을 아무리 힘차게 밟아대도 누에고치에서 실이 뽑혀 나오듯 안개 속에서 빠져나오는 길은 항상 그만큼이었다. 그래도 내가 간발의 차이로 터미널에 먼저 도착하여 심 사장이 보낸 앵커볼트를 받을 수 있었다. 나는 급히 차에 앵커볼트를 싣고 되짚어 달리기 시작했다. 해미도, 안개도 말끔히 사라졌다. 해미가 사라진 해변으로 달려온 파도가 나락 마당에 넉가래질 하듯이 백사장을 스르륵 스르륵 밀어 올리고 있었다. 산모롱이를 돌아갈 때는 산비탈에 있는 밭뙈기들이 어린 시절 아버지와 일군 산전을 떠올리게 했다.

돌아가는 길은 시간이 많이 단축되었다. 서두르지 않아도 열한 시까지는 현장에 무난히 도착할 수 있을 것 같았다. 이제 됐다! 해냈다는 긍지와 자부심으로 기분 좋게 달려가 마지막 언덕을 기운차게 올라챘다.

어라! 새벽에 건널 때까지 아무 일 없었던 세정교에 폭발한 화산처럼 검붉은 연기가 하늘로 뭉클뭉클 치솟고 있었다. 갑자기 얼빠진

듯 불타는 다리를 바라보던 나는 세정교로 차를 우악스럽게 몰았다. 도로변에 그동안 볼 수 없었던 '원전 추가건설 결사반대'라는 현수막이 여기저기 걸려있었다. 세정교 가까이 이른 나는 아연실색하고 말았다. 시위대가 세정교 위에 폐타이어를 산더미처럼 쌓아놓고 불태우고 있었다. 저런 죽일 놈들! 나는 끓어오르는 분노를 참을 수 없었다. 그건 그들이 원전 추가건설을 결사반대해서가 아니었다. 한시가 급한 도로를 점거해서도 아니었다. 다리를 벗어나 양쪽 어느 곳에 불을 질러도 도로점거 효과는 마찬가지일 텐데 왜 하필이면 콘크리트 다리 위에 폐타이어를 산더미처럼 쌓아놓고 불을 지르느냔 말이다. 불 먹은 콘크리트 다리는 당장 폐쇄해야 한다.

원전 후문으로 드나드는 덕천교도 불타고 있어 후문 출입도 불가능했다. 원전으로 들어가는 정문과 후문으로 들어가는 다리에 막혀 원전 공사현장을 중심으로 두 개 면이 섬처럼 완전히 고립되었다. 시위대가 철수해도 당장 임시도로를 내기 전 통행할 방법이 없었다.

"저런 빨갱이 같은 놈들."

내 뒤에서 누가 소리를 버럭 내질렀다. 나는 바람에 펄럭거리는 현수막을 망연히 바라보다 화들짝 놀랐다. 그냥 맥 놓고 구경만 하고 있을 때가 아니었다. 차를 돌려 인근 식당에 들어가 소장실에 전화를 걸었다. 여비서가 전화를 받아 소장은 상량식에 참석할 내빈들과 점심식사 중이라고 했다. 나는 소장이 식사하는 식당으로 전화를 걸어 보고했다. 소장은 이미 알고 조치해뒀으니 지금 바로 연미항으로 가라고 했다.

아하 그렇지! 원전을 건설하면서 육로로 운반할 수 없는 물동량은 바다로 들여왔다. 원전에 방파제도 축조했고 선착장도 설치되어 있었다. 나는 오던 길을 되돌아갔다. 반대차선에 막힌 차량 행렬은 끝이 보이지 않았다. 차량은 대부분 농수산물을 실어 나르는 화물차였다. 동해안 도로는 외길이라 돌아갈 길도 없고 설령 돌아간다고 해도 목적지를 눈앞에 두고 대여섯 시간을 돌아가야 했다.

서울에서 내려오는 장관들은 헬기를 타고 용용 죽겠지 하고 보란 듯이 시위대 머리 위로 지나가 현장에 내렸다. 다리 위에 폐타이어를 쌓아놓고 불을 질러 통행을 막은 피해는 고스란히 하루 벌어 하루 먹고사는 서민들에게 돌아갔다. 다리에 막혀 건너가지 못한 차량 행렬은 끝이 보이지 않았다. 내 뒤에서 누군가 시위대를 향해 왜 '빨갱이 새끼들'이라고 했는지 알 만했다.

나는 연미항에 들어와 있는 바지선에 차를 싣고 원전 선착장으로 들어갔다. 선착장에 김용길 부장이 나와 있었다. 나는 김 부장에게 앵커볼트를 넘겨주고 사무실로 들어갔다. 직원들은 모두 행사에 참석해야 했는데 나는 앵커볼트 조달 문제로 제외되었다. 사택 식당에 들어가 늦은 점심식사를 하다가 당직 김 계장으로부터 상량식을 성공리에 마쳤다는 연락을 받았다.

오후에 군수로부터 긴급 대민지원 요청이 들어왔다. 불탄 세정교와 덕천교를 폐쇄하고 하천을 막아 우회도로를 내달라고 했다. 소장은 원전공사용 장비를 빼내 다음 날 새벽까지 임시도로를 냈다. 임시도로는 하천에 대형 콘크리트관을 여러 개 묻고 둑을 쌓아 만들었다. 시위대가 다리 위에 불을 지른 뒤 무려 19시간 만에 임시도로가 개통되어 막혔던 차량이 건너갈 수 있었다.

내가 예상했던 것보다 일찍 도착한 심 사장이 연호정 맞은편에 있는 연지다방에서 기다리겠다고 했다. 퇴근하기에 좀 이른 시간이었지만 책상 정리를 하고 사무실을 빠져나갔다.

"과장님, 여깁니다."

연지다방 문을 열고 안으로 들어가 눈 더듬을 하는데 손을 번쩍 쳐들고 다가오는 사람을 보고 깜짝 놀랐다. 심일식 사장은 길에서 만나면 그냥 지나칠 만큼 몰라보게 변해 있었다. 전에 만나 본 심 사장은 키는 작아도 어깨가 딱 벌어져 쇠를 다루는 사람답게 다부진 데가 있었다. 둥글넓적한 얼굴에 두꺼운 눈썹은 한일자로 나가다 끝은 살짝 삐쳐 올린 듯했고 가늘게 뜬 눈은 어느 쪽으로 보나 흰자위는 보이지 않았다. 오른쪽 귀밑으로 검정콩만 한 혹이 있었고 특히 짧은 목이 유난히 굵어 보였다.

한데 내 앞에 마주 앉은 심 사장은 이발할 때를 지나쳐 염색 밑으로 자란 머리는 하얀 띠를 이뤘다. 목에 돋은 검정콩만 한 혹에 털이 길게 나 있고 헐렁한 목은 주름만 잔뜩 잡혀 있었다. 더욱이 몽당붓 끝처럼 비죽이 나온 희읍스름한 코털은 허술하게 늙어가는 노인의 모습이었다.

"제가 뵌 지도 몇 년 지났는데, 과장님은 조금도 변하지 않으셨네요."

심 사장은 예전에 건강하고 활기찬 목소리가 아니라 한껏 풀이 죽은 목소리였다. 나는 짐짓 모른척하며 예전처럼 말했다.

"그럴 리가요. 그런데 사장님 운전 실력이 대단하시네요. 저는 여기서 서울까지 가려면 대여섯 시간 걸리거든요. 그런데 저보다 더 멀리 사시는 사장님은 전화 주시고 네 시간 반 만에 도착하셨습니다. 비결이 뭡니까? 저는 어쩌다 집에 한 번 다녀오려면 집에 가 있는 시간보다 길에서 보내는 시간이 더 많을 때가 있거든요."

내가 분위기를 바꿔보려고 좀 과장되게 웃어가며 하는 말에도 심 사장은 어설프게 따라 웃다가 침을 꿀꺽 삼켰다. 심 사장이 침을 삼 킬 때 주름진 목덜미가 움찔했다.

"글쎄요. 운전 실력이 대단치는 않고요. 고속도로 타고 오다 휴게 소에서 집에 전화를 걸었는데 형님에게 전화가 왔었다고 그래요. 그 래서 형님에게 전화를 걸었더니 대뜸 뭐하느라고 아버님 제사에 오 지 않았느냐고 벌컥 역정부터 내시기에 대답 대신 전화를 끊고 그냥 내쳐 달려왔습니다. 아버님 제사가 지난밤이었거든요."

심 사장은 무슨 사연이 있기에 아버지 제사에 가지 못하고 그 먼 길을 쉴 새 없이 달려왔을까. 아무래도 심상치 않아 보였다.

"사장님 많이 힘들어 보이네요. 안 좋은 일이라도 있습니까?"

심 사장은 나는 찾아온 걸 후회하는 사람처럼 식어가는 찻잔만 응 시했다.

"우리 자리를 옮겨 술이나 한잔 하실까요?"

심 사장을 그대로 두고 볼 수 없어 월광횟집으로 안내했다. 세정 교를 건너 한참 걸어가야 하는 월광횟집은 조금 멀기는 하지만 바닷 가에 있는 조용한 곳이었다. 심 사장은 횟집으로 자리를 옮기고 나 서도 말을 고통스럽게 참아내고 있는 듯했다.

스르륵. 미닫이문을 열고 들어온 아주머니가 생선회를 상위에 올 려놓으며 말했다.

"과장님, 오늘 횟감은 모두 자연산이라예."

온종일 얼마나 수다를 떨었는지 주인아주머니는 푹 삶아 놓은 문

어발처럼 불어터진 입으로 오늘 횟감은 모두 자연산이라며 내가 식복을 타고난 사람이라고 했다.

　나는 바닷가에서 근무한 지 십여 년이 지났다. 그동안 생선회를 무던히 먹었는데 광어와 도다리조차 구별할 줄 몰랐고, 자연산과 양식도 구별할 줄 몰랐다. 어느 날 어부에게 광어와 도다리를 식별하는 방법을 물어보았다. 그는 '좌광, 우도'로 기억하라며 눈이 왼쪽에 있으면 광어고 오른쪽에 있으면 도다리라고 했다. 그리고 광어 배때기에 검은 반점이 드문드문 나 있으면 양식한 거고, 그냥 하얀 것은 자연산이라며 묻지 않은 것까지 일러주었다. 그걸 알고 난 뒤에도 나는 한 번도 횟집에 들어가 광어와 도다리를 확인하지 않았고 자연산과 양식을 가려낸 적도 없었다.

　그런데 언제부터인가 사람들이 횟집엘 가면 굳이 자연산을 찾았다. 횟집주인은 그때마다 집 앞에 매여 있는 고깃배를 가리키며 자기가 직접 바다에 나가 잡아 온 자연산이라고 했다. 하지만 이상하게도 내가 갈 때마다 낡은 고깃배는 액자 속의 그림처럼 밤낮 항구에 정박해 있었다. 내 앞에 놓인 생선회가 진짜 자연산이라면 주인 아주머니의 말이 틀린 말은 아닐 것이다. 자연산은 횟집 주인조차 보기 어렵다고 했으니 말이다.

　심 사장은 자연산이든 양식이든 안주에 전혀 관심이 없는 듯 보였다. 술잔이 몇 순배 오간 뒤 심 사장은 잘못을 저지른 아이처럼 고개를 푹 수그리고 낮은 목소리로 떠듬떠듬 말했다.

　"과장님을 이렇게 갑자기 찾아뵙게 되어 죄송합니다. 그동안 과장님이 도와주신 보람도 없이 부도를 맞았습니다."

　"예에! 부도를 맞다니요?"

"그렇게 됐습니다. 부도를 맞고 남의 눈을 피해 이렇게 과장님을 찾아왔습니다. 과장님이 저를 좀 도와주실 수 있을까 해서요."

회사가 부도를 맞았다는 말도 놀랍거니와, 도와달라는 말에 나는 몹시 당황했다.

"어쩌다 그렇게 되셨습니까?"

"회룡건설에 납품한 자재대금을 받지 못했습니다. 우리 전 재산을 털어 넣고 제가 동원할 수 있는 대로 자금을 동원하여 납품했거든요. 그런데 회룡건설이 덜컥 부도나는 바람에 우리 회사도 더 이상 버텨낼 재간이 없었습니다."

제일기업이 회룡건설에 부도를 맞다니! 나는 업무적으로 하청회사와 관련이 없어 회룡건설이 부도나기 전까지 전혀 관심을 두지 않았다. 회룡건설 회장이나 사장을 만나본 적도 없었다.

"회룡건설에 부도를 맞다니요. 그게 사실입니까?"

"예. 회룡건설이 부도난 뒤 우리도 일손을 놓고 하늘만 쳐다보다 결국 문을 닫고 말았습니다. 집, 공장, 공장에 설치된 장비도 모두 은행 담보로 들어갔고요. 제가 잘못했으니 저야 거리에 나앉아도 할 말은 없습니다만, 당장 집으로 돌아가야 할 우리 직원들에게 차비라도 좀 주었으면 하는 생각에 이렇게 내려왔습니다."

심 사장의 말은 시작부터 몹시 흔들렸다. 내게 심 사장은 참으로 고마운 사람이었지만 막상 당하고 보니 어떻게 손을 써야 할지 도무지 갈피를 잡을 수 없었다. 회사가 부도나기 전이라면 몰라도 이미 부도가 났다면 도와줄 방법이 없다는 생각이 들어서였다. 나는 심 사장에게 고충을 털어놓듯 말했다.

"제가 사장님을 도와 드릴 방법이 있습니까? 너무 갑작스러워 어떻게 도와드려야 할지 전혀 모르겠습니다."

심 사장도 그럴 줄 알았다는 듯 고개를 끄덕이며 말했다.

"그러시겠지요. 제가 회룡건설이 부도났다는 말을 듣고 본사로 달려가 봤는데 건질 게 없었습니다. 지금도 회룡건설이 원전공사를 계속하는지, 잔여공사는 얼마나 남았는지, 우선 그것부터 알고 싶습니다."

그제야 심 사장이 전화로 말 못하고 직접 내려온 이유를 알았다. 얼마나 다급하고 딱한 처지인지 짐작도 되었다. 그는 믿기지 않는 현실을 받아들이기 전 자기 눈으로 직접 부도현장을 확인하고 싶었던 모양이었다. 나는 잠시 심 사장을 잊은 채 골똘히 짚어봤지만 한낱의 희망조차 찾아낼 길이 없었다.

"너무 늦었습니다. 저도 기회가 된다면 사장님에게 꼭 한 번 도움을 드리고 싶었는데 참으로 안타까운 일입니다. 회룡건설이 시공하는 잔여공사는 없습니다. 우리 회사와 계약한 철골공사를 끝낸 뒤에 부도가 났으니까요. 남은 공사는 직영으로 하고 있고요."

내가 대답을 끝내기도 전에 심 사장은 구멍 난 풍선처럼 '푸우' 하고 한숨을 내뱉더니 지탱하고 있던 허리가 앞으로 푹 꺾였다. 회룡건설은 원전공사가 끝날 때까지 공사를 계속할 것처럼 심 사장을 속인 것이 분명했다. 심 사장이 허리를 곧추세우며 말했다.

"회룡건설이 시공한 공사대금 중 다만 얼마라도 남았는지 알아봐주시면 고맙겠습니다."

회룡건설 부도가 발표된 날이었다. 작업 중에 부도 소식을 접한 회룡건설 기능공들이 쇠파이프, 각목 등 닥치는 대로 움켜쥐고 대한건설 사무실로 몰려들었다.

"야 이 똥물에 튀겨 죽일 새끼들아, 우리 일당 내놔!"

"소장새끼 나와!"

현관문을 사이에 두고 원청회사 직원들과 하청회사 기능공들이 안팎으로 맞붙어 서로 밀어붙였다. 하청회사가 공사 중에 부도가 났으니 원청회사에서 노임을 책임지라는 것이었다. 원청회사 직원들은 힘 한 번 제대로 써보지 못한 채 안으로 밀리면서 현관문이 열리자 흥분한 회룡건설 기능공들이 우르르 몰려 들어가 눈 깜짝할 사이에 관리부를 점거해버렸다. 사무실 안에 있던 여직원들의 날카로운 비명이 무언가 와장창 부서지는 소리에 이내 묻혀버렸다. 회룡건설 기능공들은 사무실 기물을 닥치는 대로 때려 부쉈다. 용접공이 산소통을 메고 들어가 폭파하겠다고 바락바락 악을 썼다.

청원경찰들이 사무실에 들어가 미처 빠져나오지 못한 여직원들을 데리고 나왔다. 그사이 소장이 경찰서에 전화했다. 잠시 뒤 경찰버스가 들어와 기능공들이 농성 중인 관리부 사무실 앞뒷문으로 들이닥쳤다. 완전무장한 경찰들은 사무실에 갇혀 숨을 곳도 달아날 곳도 없는 기능공들을 병아리 감별사가 병아리를 집어내듯 모두 끌어내 출입증을 회수한 뒤 버스에 태우고 정문을 빠져나갔다. 출입증을 빼앗긴 기능공들은 원전 건설현장에 들어올 수도 없고 취업할 수도 없었다.

다음 날이었다. 건설현장 주변의 중소 상인들이 현장으로 꾸역꾸역 몰려들었다. 회룡건설에 못, 철선을 납품하던 철물점, 공구판매상, 합판목재상사, 철강제품대리점, 장비임대사업자, 회사에서 단골로 다니며 회식한 식당, 심지어 야간작업 중에 배달해 먹은 라면 몇 그릇 값을 외상으로 준 구멍가게까지 모두 회룡건설 부도 소식을 듣고 달려왔다. 모두 원전공사를 시공하는 건설회사라는 점을 철석같이 믿고 거래한 상인들이었다.

"에레이, 구데기보담도 더 더러븐 자석들아, 너거들이 라면값 띠처묵어뿔면 내는 물만 먹고 살란 말이가?"

부스스한 머리가 하얀 구멍가게 할머니가 찌든 몰골로 땅바닥에 털썩 주저앉아 넋두리를 늘어놓았다. 밤잠 설쳐가며 라면 몇 그릇씩 배달해 주었는데, 그것도 불어터질까 봐 종종걸음으로 갖다 주었는데, 라면값도 라면값이지만 그놈들에게 속은 것이 더 분하다며 허공을 향해 짓무른 눈시울을 붉혔다.

하청회사가 공사 중에 부도나면 원청회사는 현장을 실사하여 마감정산을 해야 했다. 공사부는 시공물량과 잔여물량을 확인하고, 경리과는 현장 인부들 노임 지급관계, 자재과는 현장에 들어와 있는 자재 재고를 조사했다. 회룡건설 부도과정을 지켜본 내가 아무리 짚어 봐도 심 사장이 건질 것은 아무것도 없었다.

"내 입으로 이런 말씀 드리기는 참으로 곤혹스러우나 회룡건설이 받아갈 공사비는 한 푼도 없는 것으로 알고 있습니다. 우리 회사도 자금 사정이 어려운 것은 사실입니다. 그러나 회룡건설이 시공한 공사금액은 전액 내주었습니다. 이 지역에서도 사장님처럼 회룡건설에 납품하고 대금을 받지 못한 업체가 부지기수니까요."

심 사장이 난감한 표정으로 말했다.

"우리가 회룡건설에 납품하고 남은 재고가 한 5백만 원 가량 됩니다. 그걸 현금으로 매입해 주실 수는 없겠습니까? 그게 얼마나 될지는 모르겠으나 그건 우리 회사의 마지막 남은 전 재산입니다. 회사를 떠나는 직원들을 빈손으로 돌려보내려니 그 가족들이 눈에 밟혀 이렇게 무리한 부탁을 드립니다."

심 사장의 눈가에 물기가 어룽어룽 비쳤다. 심 사장 처지를 이해한다고 해도 그건 나 혼자 결정할 수 있는 일은 아니었다.

"특별한 경우 예외가 있긴 하지만 경리부와 협의도 해야 하고 윗사람의 결재도 받아야 합니다. 그러나 사장님이 그토록 어려우시다니 일단 자재를 싣고 오십시오. 그때까지 현금으로 매입할 방법을 찾아보겠습니다. 단가는 회룡건설에 납품했던 단가를 그대로 적용해 드리고요."

나는 심 사장을 도와줘야겠다는 생각에 한 말이었으나 그건 도둑맞은 밭에 들어가 이삭줍기하는 것만큼이나 심란했다.

심 사장이 허리를 펴고 한숨을 길게 내쉬며 말했다.

"과장님 덕분에 떠나는 우리 직원들 손이라도 한 번 잡아보게 되었습니다. 고맙습니다."

주인이 매운탕과 밥공기를 들고 들어왔다. 이 집은 매운탕 맛이 좋기로 소문난 집이었다. 심 사장에게 식사를 권해도 매운탕을 안주 삼아 소주잔만 계속 기울였다. 나도 두어 수저 뜨다가 밥공기를 덮어놓고 아예 소주 한 병을 더 주문했다.

달이 뜨니 귀로만 느껴지던 바다가 눈앞에 가득 펼쳐졌다. 보름인지 바다를 뚫고 둥실 솟아오른 달이 기운 데 없이 꽉 차 있었다. 아무리 한 치 앞을 모르는 게 인생이라지만, 심 사장이 회룡건설에 부도를 맞다니! 나는 남은 소주잔을 마저 비우고 심 사장에게 잔을 권하며 물었다.

"제가 사장님하고 거래하면서 빈틈은 전혀 찾아볼 수 없었습니다.

그런데 부도를 맞다니요? 도대체 어쩌다 그 지경까지 되셨습니까? 말씀하시기 어려우시면 안 하셔도 괜찮습니다."

술 마시는 속도가 점점 빨라져 소주 한 병이 금방 바닥을 드러냈다. 주인아주머니를 불러 소주 한 병을 더 주문하고 식은 매운탕을 따끈하게 데워달라고 내보냈다.

"제가 어리석은 탓이지요. 이제 다 끝난 마당에 말 못할 게 뭐 있겠어요."

심 사장은 술잔을 들어 물 마시듯 비우고 이야기를 이어갔다.

"사실 회룡건설이라는 회사는 듣지도 보지도 못한 회사였습니다. 원전공사 초기에 시공회사인 대한건설 본사로 제가 직접 찾아갔었습니다. 그런데 담당자의 말이 철 구조물 공사는 대한건설이 직영하는 게 아니고 하청을 줬으니 하청업체로 선정된 회룡건설을 찾아가 보라고 해서 거래하게 되었습니다. 제가 과장님을 처음 알게 된 것도 그때부터고요."

"아! 그러셨군요."

회룡건설 현장사무실에 갔다가 나를 찾아온 심 사장이 자기회사 카탈로그 몇 부를 주고 돌아갔던 일이 엊그제 같았다.

"원전공사 초기에 회룡건설이 발주한 자재는 주문량도 적었고 몇 품목 되지 않았는데 납품단가는 비교적 괜찮은 편이었습니다. 다른 건설회사들은 납품 후 3개월 뒤 60일에서 90일짜리 어음을 끊어 주는 게 보통이었는데 회룡건설은 납품 후 3개월 만에 현금으로 주었어요. 자재 납품은 물량 수주하기도 어렵지만 수금하기가 더 어려워요. 자재를 납품하고 전화를 걸고 발이 닳도록 찾아다녀도 수금이 잘 안 되거든요. 그런데 회룡건설은 수금일 하루 전 경리부에서 전화를 해줘요. 자재대금을 송금했으니 확인해보고 착오 있으면 연락해 달라고요. 세상에 이런 회사도 있었구나! 납품대금을 달라고 하지 않고 받으러 가지 않아도 제날짜에 송금해주는 회사도 있었구나! 도대체 이런 회사 사장님은 어떤 분일까! 납품을 거듭할수록 회룡건설 사장님을 마음속으로 깊이 존경하게 되었지요."

"처음부터 그런 거래를 하셨습니까?"

"그렇습니다. 처음 한두 해만 그런 게 아니라 첫 거래 후 3년이 지나도록 납품대금 결재일을 단 한 번 어긴 적도 없고, 금액이 많든 적든 모두 제날짜에 끝전까지 현금으로 송금해주었으니까요. 이런 회사에 마음껏 납품을 해봤으면 하는 바람은 저뿐만 아니라 우리 직원들도 똑같았습니다. 그러던 중 그 꿈이 현실이 되었습니다. 회룡건설이 부도나기 삼사 개월 전 노 전무로부터 전화가 왔어요. '이달부터 앞으로 1년간 공사물량이 가장 많은 시기다. 투입될 자재의 양도 늘어나고 품목도 다양해진다. 앞으로 우리가 주문하는 제품은 반드시 납기일을 지켜줘야 한다. 납품 지연으로 공사에 차질이 생겨서는 절대로 안 된다'고 그래요. 그러면서 자재대금은 제날짜에 현금으로 어김없이 송금할 테니 염려하지 말라고 했습니다.

자재 발주가 들어오기 시작했어요. 노 전무 말대로 품목도 다양해졌고 주문량도 엄청나게 늘어났습니다. 건설공사 정보를 입수하고 발이 닳도록 시공회사를 찾아다니며 로비해도 수주하기가 하늘의 별 따기인데 가만히 앉아 있어도 들어오는 주문량을 모두 감당하기 벅찰 정도였습니다. 수년간 거래하며 쌓아 올린 신용도 있고, 납품 단가도 좋고, 특히 어김없이 제날짜에 현금으로 수금되는 회룡건설로부터 주문이 대량으로 들어오니 우리는 사운이 탁 트이는 줄 알았지요. 요즈음 같은 불황에 그야말로 전 직원들이 구세주를 만난 듯 반가워할 수밖에요. 회룡건설에서 대량으로 자재 주문을 받던 날 우리 직원들을 모두 데리고 나가서 푸짐한 회식도 했고요."

심 사장은 갑자기 말을 끊고 방안보다 더 밝은 달빛 바다를 새끼 잃은 어미 소처럼 물끄러미 내다보다 작심한 듯 소주잔을 비워내고 다시 이야기를 계속했다.

"우리는 그동안 거래하던 다른 거래처는 납품을 중단할 수밖에 없었고 오로지 회룡건설 납품에만 매달릴 수밖에 없었지요. 자본도, 일손도, 공장도 여력이 없었으니까요. 회룡건설 납품일자를 맞추기 위해 전 직원이 밤낮으로 생산했습니다. 그때 처음으로 우리 서 상무가 직접 자재를 싣고 회룡건설이 시공하는 원전건설 공사현장을 찾아갔습니다. 내가 정말 고마워 인사차 보냈던 거죠. 서 상무는 다음 날 늦게 납품하고 돌아왔어요. 그런데 제가 정성껏 준비하여 회룡건설 사장 앞으로 보낸 선물을 그대로 갖고 왔어요. 또 회룡건설 노 전무에게 현장직원들 회식하는 데 보태 쓰라고 준 돈 봉투까지 도로 갖고 왔더라고요.

나는 일이 잘못된 줄 알고 가슴이 덜컥 내려앉아 아무 말도 못 했어요. 그런데 서 상무가 돈 봉투를 꺼내 놓으며 회룡건설 노 전무가 '물건만 잘 만들어 보내면 되지, 상무가 자재 싣고 납품하러 다닐 시간이 어디 있느냐. 그럴 시간 있으면 납기일을 하루라도 앞당겨 보내라. 그리고 선물 사고 회식비에 보태줄 돈 있으면 납품단가를 내려라. 이번이 처음이니까 선물과 돈 봉투를 그냥 돌려주지만 또 이런 일이 있으면 그때는 납품단가를 내리겠다. 이건 우리 사장님의 경영방침이다' 그러더래요.

서 상무가 그 말을 듣고 얼마나 감격했겠어요. 대가를 바라고 한 일은 아니었어도 또 얼마나 부끄러웠겠어요. 서 상무는 낯 뜨겁고 부끄러워 쩔쩔맬 수밖에요. 그런데 노 전무가 모처럼 바닷가에 왔을 테니 횟집에 가 점심이나 같이 먹자며 서 상무를 억지로 데리고 가 되레 점심까지 사주었다고 하더군요. 그날 저녁 작업회의 때 서 상무가 직원들에게 회룡건설에 납품하러 갔다온 얘기를 하면서 너무 벅찬 나머지 말도 제대로 못할 정도였으니까요. 나중엔 서 상무가 갑자기 뒤돌아서더니 시장바닥에서 엄마 잃은 아이처럼 엉엉 울더라고요. 평생 납품하면서 받은 온갖 수모와 설움이 한꺼번에 복받쳤던 거지요. 제가 받은 감동도 가히 충격적이었고요.

그 뒤로도 회룡건설에서 계속 주문이 들어오고 우리 회사는 날마다 축제 분위기였죠. 제품 하나하나에 더 많은 정성을 들이고 라면으로 야식을 때우며 밤낮없이 자재 생산을 해냈습니다. 그렇게 달포 가량을 납품하고 나니까 자금이 바닥나더라고요. 사는 집은 공장신축 때 담보로 들어갔고, 공장에 설치된 장비도 모두 구입 당시 담보로 잡혔으니까요. 결국 우리는 모든 자금지출을 동결했지요. 가산세를 물어줄망정 부가세 납부도 미루고, 모든 공과금도 수금될 때까지 보류시켰어요. 저는 그때 눈만 뜨면 돈 구하러 다녔습니다. 돈 있는 곳이면 사돈의 팔촌까지 찾아다니며 돈 빌려오고 원자재 구입도 거래처에서 외상으로 할 수 있는 데까지 했습니다. 정말 생지옥 같은 나날이었는데도 좀 참고 견디면 통장에 납품대금이 들어오리라는 기대 하나로 수금날짜까지 버텨냈습니다.

수금 날이었습니다. 그날은 제가 일찍 공장으로 출근했지요. 근한 달 동안 공장보다 밖에서 보낸 시간이 더 많았는데 그날만큼은 돈 구하러 갈 필요도 없었고 원자재 외상 얻으러 갈 이유도 없었으니까요. 얼마나 기다렸던 수금날짜였겠습니까. 거래은행에 납품대금이 들어오는 대로 연락해달라고 전화해놓고도 기다리다 못해 경리부 직원을 은행으로 보냈습니다. 그런데 은행에서도, 은행으로 내보낸 직원에게서조차 아무런 연락도 없이 한나절이 그냥 후딱 지나 가버리더라고요. 점심 생각도 없었고 은행에 나가 있는 직원을 전화로 불러 가만히 앉아 있지 말고 통장정리를 해보라고 호통쳤죠. 내 전화를 받은 직원이 대뜸 통장정리를 열 번도 더 해봤다고 그래요. 그래도 좀더 기다려 보자고 이르고 서 상무만 빼놓고 다른 직원들은 모두 식사하고 오라고 밖으로 내보냈습니다. 그때까지만 해도 회룡건설을 굳게 믿었어요. 수년 동안 거래하면서 납품대금은 제날짜에 현금으로 꼬박꼬박 입금되었으니까요.

점심도 못 먹고 기다리는데 오후 3시가 지나면서부터 불안하고 초조하다가 나중에는 덜컥 겁이 나데요. 회룡건설에 직접 알아봐야겠다는 생각을 하면서도 두려운 생각에 전화도 걸지 못하고 입술이 바짝바짝 타들어 가는데 그날 끝내 납품대금은 들어오지 않았어요. 은행 문을 닫은 뒤 빈 통장을 들고 온 직원을 보는 순간 다리가 후들거려 바로 서 있질 못했으니까요. 그날 나와 서 상무는 집에 들어가지 못하고 공장 숙직실에서 뜬눈으로 밤을 새우고 다음 날 서 상무를 회룡건설 본사로 급파했죠. 오전 9시 반쯤 서 상무한테 다급한 전화가 왔어요. 아무래도 낌새가 이상하니 빨리 와보라고요. 서 상무 전화를 받고 운전할 힘이 있어야죠. 택시를 잡아타고 달려갔죠. 내가 회룡건설에 도착하자 기다리던 서 상무가 나를 붙잡고 이미 회룡건설이 부도났다는 거예요.

서 상무를 왈칵 밀쳐내고 회룡건설 사무실 문을 활짝 열어젖히고 안으로 뛰어드는 순간 느껴지더라고요. 휑뎅그렁한 사무실에 성한 책상이 하나도 없어요. 여직원 혼자 창가에 삐딱한 의자 하나 놓고 오도카니 앉아 있었는데, 내가 들어가도 말똥말똥 쳐다볼 뿐 인사도 안 해요. 사장 어디 갔냐고 물었더니 아주 퉁명스럽게 사장은 부도 난 뒤부터 안 나온다는 거예요. 자기도 내일부터 출근하지 않을 거라며 먼저 밖으로 휭 나가버리더라고요.

서 상무와 같이 등기소로 여기저기 쫓아다니며 확인했는데 땡전 한 푼 건질 게 없었습니다. 바지사장은 이미 챙길 것 다 챙겨서 가족들 데리고 해외로 빠져나간 뒤였으니까요. 자재대금은 납품 후 3개월 만에 나오니까 전 재산을 털어 넣고 납품한 3개월치를 땡전 한 푼 건지지 못하고 몽땅 부도 맞은 거지요. 내가 노 전무에게 보낸 선물과 돈 봉투를 돌려주며 사장님 경영방침이라며 선물과 돈 봉투를 돌려줄 때 '이미 그가 후임 사장이었고, 앞으로 1년간 철골공사 물량이 가장 많을 것이다' 라고 한 말도 모두 거짓이었습니다.

다시 공장으로 돌아와 숙직실에 누워 식물인간처럼 멀뚱히 천장만 바라보는데, 아내가 쓰러져 병원에 실려 갔다는 연락을 받고 병원으로 달려갔죠. 한참 만에 눈을 뜬 아내가 아무 말 없이 내 손을 움켜잡고 눈물만 흘리는데 저도 하염없이 눈물만 흐르더군요. 가족들 모두 힘들어하지만 제 아내가 제일 힘들어했습니다."

심 사장은 마치 배우가 대사를 외우듯 지난 이야기를 줄줄이 쏟아냈다. 나는 심 사장 이야기에 깊이 빠져들었다.

"원래 저는 야간공고를 졸업하고 군대 가기 전까지 철공소에 들어가 기술을 배웠어요. 제대한 뒤 다시 철공소에 들어가 월급쟁이 생활을 계속했습니다. 서른한 살 되던 해에 영등포에 달랑 선반 한 대 들여놓고 독립했지요. 그해 가을 지금 아내를 만나 결혼했고요. 그때부터 아내는 사무실을 지키고, 저는 낮에 일감 주문받으러 다니고 밤에 공장 돌리고 이듬해 우리 딸이 태어날 때까지 그렇게 꾸려갔습니다. 지금 공장장으로 있는 서 상무도 그때 들어온 사람이고요.

우리는 생산되는 제품 하나하나에 목숨을 걸다시피 노력한 끝에 우리의 기술과 신용을 인정받았죠. 그때부터 팩시밀리로 주문이 들어오기도 하고 물건을 주문한 사람들이 저의 공장을 찾아오기도 했습니다. 자재 제작과정도 살펴보고 자기들이 요구한 납품기일까지 차질 없이 작업이 진행되는지 확인하려고 오는 거죠. 그런데 물건을 주문한 사람들이 찾아오면 앉혀놓고 차 한 잔 대접할 자리가 없었어요. 좁고 길쭉한 공장 안쪽에 칸막이하고 책상 두서너 개에 의자 대여섯 개 들여놓았는데, 거기까지 들어가려면 통로 양쪽에 가득 진열된 공구와 부품에 걸려 옷 버리기 일쑤였죠. 설령 옷을 버리지 않고 용케 들어간다고 해도 쇳가루와 기름때가 반질반질한 의자에 공장 사람들 말고 누가 앉으려고 하겠어요.

어쩔 수 없이 손님들은 우리 공장 옆에 있는 다방으로 보내고 작업복 위에다 상의만 걸치고 뒤쫓아 들어가 차를 대접해 보내곤 했었죠. 그 시절 제가 입던 윗도리는 바깥보다 안쪽이 먼저 새카맣게 더러워졌으니까요. 그때 다방 아가씨들에게 눈총도 참 많이 받았어요. 손님에게 차를 시켜주고 저는 온종일 차는 안 마시고 엽차만 주문해 마셔댔으니까요. 목은 또 왜 그렇게 바짝바짝 타들어 가던지! 갈증의 세월이었죠.

그런데 아무리 기술이 좋고 수년간 신용을 쌓고 피나는 노력을 해도 안 되는 게 있더라고요. 작은 물량은 수주해도 공장 규모가 워낙 작으니까 덩어리가 큰 일감은 수주가 안 돼요. 어쩌다 천신만고 끝에 수주해도 제작할 장소가 없으니까 재하청을 주기도 하고, 다른 회사 공장을 빌려서 제작하여 납품했습니다."

"그렇게까지 해서 납품하면 납품단가를 맞출 수 있습니까?"

"맞을 리가 있겠어요? 안 맞죠. 하지만 고객을 잃지 않기 위해 어쩔 수 없이 출혈 납품할 수밖에 없지요. 제가 처음 철공소에 들어가 쇠를 다룰 때부터 제대로 된 공장 하나 갖는 게 소원이었습니다. 아내의 소원이기도 했고요. 우리 직원들도 마음껏 일할 수 있는 널찍한 공장에서 원 없이 일해보고 싶다고 했으니까요. 몇 년을 더 노력한 끝에 우리는 수도권 변두리에 땅을 확보해 공장을 지었습니다. 잠시라도 틈만 생기면 우리는 밤낮을 가리지 않고 땅을 파고, 묻고, 세우고, 용접하고, 콘크리트 타설 작업까지 하면서 공장을 지어가며 한쪽에서 납품할 제품을 생산했습니다.

제 공장은 우리 직원들 손톱, 발톱이 시커멓게 멍들고 빠지고 지문이 없어지도록 그렇게 해서 지어졌습니다. 아니 제 공장이라기보다 우리 공장이었고, 내 회사가 아니라 우리 회사로 우리 모두 다 함께 일으켜 세운 한 몸과 다름없는 공장이었지요. 공장을 다 지을 때까지 직원들 식사를 집에서 손수 해 나르던 아내도 새로 지은 공장에 하루도 빠짐없이 출근하여 세무 업무와 관공서 일을 도맡아 처리했습니다. 공장 구석구석을 찾아다니며 쓸고 닦고 아내의 손길이 안 간 곳도 없고요. 아내는 길을 가다 길가에 내놓고 파는 꽃을 사다 공장에 심기도 했고, 나무 한 그루를 심더라도 직접 묘목시장에 나가 골라다 심고 가꾸었습니다.

  그렇게 자식 키우듯 일으켜 세운 공장인데 하루아침에 덜컥 부도가 났으니 아무리 강인한 아내인들 견뎌낼 수 있겠습니까? 지금 생각해보면, 우리는 꿈이 성취되었을 때가 아니라 가슴속에 들어있는 꿈을 서로 확인하며 키워갈 때가 가장 행복하지 않았나 하는 생각이 들기도 합니다."

  심 사장의 이야기를 듣는 동안 나는 참으로 곤혹스러웠다. 이야기를 마친 심 사장은 하얗게 끓어오르는 달빛 바다를 공허하게 내다보고 있었다. 심 사장의 공허한 가슴에 바닷물을 몽땅 끌어다 채운다 해도 다 채워지지 않을 성싶었다.

  "그럼 회룡건설 사장은 한 번도 만난 적이 없었나요?"

  "못 만났죠. 회룡건설 사장은 부도나기 1년 전 노 전무를 바지사장으로 앉혀놓고 일찌감치 미국으로 빠져나갔더라고요."

  개미귀신 같은 놈들! 나는 남은 술잔을 들고 말했다.

  "사장님, 힘내세요. 사장님의 신용과 기술은 남아 있지 않습니까? 다소 늦었지만 제가 할 수 있는 일은 도울 수 있는 데까지 도와 드리겠습니다. 오늘 계산은 제가 하겠습니다."

  심 사장이 벌떡 일어나 내 뒤를 따라오며 말했다.

  "그건 아니죠. 오늘 계산은 마땅히 제가 해야지요."

  심 사장보다 내가 한발 앞서 나가 계산하고 횟집을 나왔다. 월광횟집 앞에 매여 있는 빈 고깃배는 눈이 시리도록 휘영청 밝은 달빛을 가득 싣고 끄덕끄덕 파도타기를 하면서 삐거덕삐거덕 낡아가고 있었다. 구만리 장천을 지나가는 달이 차오르고 기울 때마다 바다 밑에 사는 조갯살이 오르고 내린다니 오늘 일이 내일 어디에 어떻게 미칠지 모를 일이었다. 나는 시적부적 세정교를 건넜다. 세정교 밑에 빠진 둥근달이 흐르는 물결에 부서지고 있었다.

심 사장이 올라간 지 이틀 만에 공장에 남아 있는 재고 자재를 싣고 오후에 나를 찾아왔다. 자재납품 계산서에 부가세 별도로 543만 원이 적혀 있었다. 심 사장 말대로 제일기업의 마지막 전 재산인 셈이었다. 그런데 심 사장이 이틀 만에 몰라볼 만큼 달라져 있었다. 깔끔하게 이발도 했고 머리에 염색도 했다. 삐죽이 삐져나왔던 희끄무레한 콧수염도 가뭇없이 사라졌다. 갈아입고 내려온 옷 색깔도 밝은 색이었고, 걸음걸이부터 표정까지 활기차 보였다.

"사장님, 무슨 좋은 일이라도 있었습니까? 사장님 모습이 많이 달라졌네요."

심 사장은 마치 내가 물어주기를 기다렸다는 듯 바로 대답했다.

"과장님, 저 재기할 수 있을 것 같습니다."

나는 멋모르고 혀를 깨물었을 때처럼 깜짝 놀랐다. 하룻밤 사이 무슨 일이 있었기에 부도난 회사가 재기할 수 있단 말인가.

"느닷없이 그게 무슨 말씀이시죠?"

심 사장은 다소 상기된 얼굴에 들뜬 목소리로 말했다.

"그저께 저녁 월광횟집에서 과장님이 먼저 가신 뒤 저는 바로 나가지 않고 횟집 주인하고 자리를 같이하게 됐습니다. 저는 그 자리에서 횟집 주인에게 두 번 다시 얘기하고 싶지 않은 제 처지를 말했죠. 차라리 여건만 된다면 모든 걸 훌훌 털어버리고 이곳으로 내려와 방 하나 얻어놓고 날품팔이라도 하고 싶다고요. 횟집 주인은 내

처지가 딱해 보였던지 빈 집 한 채를 소개해 주었습니다. 큰 기대는
안 했지만 회사로 돌아가기 전 시간이 좀 있기에 횟집 주인이 소개
해준 집을 찾아가 보았습니다.

　과장님하고 같이 갔던 월광횟집에서 바닷가로 좀더 올라가다 보
면 늙은 어부가 사는 집이 있습니다. 그 집은 주인이 사는 안채가 있
고, 고기잡이할 때 쓰던 바깥채가 있는데, 바깥채는 사용하지 않고
어구들만 넣어 두었더라고요. 집주인은 너무 늙어 바다에 나가지 못
하고 집 나간 아들은 수년째 돌아오지 않았다며 집세는 안 줘도 된
다고 그래요. 앞으로 쓸 일 없는 어구들은 모두 내버리고 나간 놈의
집구석처럼 보기 싫게 깨진 유리창이나 몇 장 갈아 끼우고 언제까지
든 그냥 살아도 된대요. 방도 크고 수도가 연결된 부엌도 있고요.
그래서 살 집은 해결됐습니다. 오늘 그 집을 영업장소로 사업자등록
을 신청하려고요. 그리고 어구를 넣어 둔 창고를 치우고 그곳에 다
시 공장을 할까 합니다."

　심 사장이 말하는 늙은 어부의 집은 도끼로 해삼을 자르던 늙은
해녀의 집인 듯했다. 어느 날 퇴근길에 바라본 석양이 너무 아름다
워 길가에 차를 세우고 바닷가로 나갔는데 늙은 해녀가 허연 회칼을
옆에 두고 해삼을 커다란 도끼로 탁탁 자르고 있었다. 옆에 벗어놓
은 잠수복에 물기가 마르지 않은 것으로 보아 물질에서 돌아온 지
얼마 되지 않은 모양인데, 할아버지는 땅바닥에 낚시도구를 늘어놓
고 하나하나 챙겨가며 가방에 담고 있었다. 한참을 지켜보던 나는
의아한 생각이 들어 늙은 해녀에게 물었다.

　"할머니, 해삼을 칼로 자르지 않고 왜 도끼로 쳐요?"

늙은 해녀는 들은 척도 안 하고 나무토막 자르듯 도끼로 탁탁 해삼을 모두 토막 낸 뒤 입을 움질거리며 얘기했다.

"해삼이 너무 오래 묵어 칼이 안 들어가."

칼이 안 들어가는 해삼이 있다는 것이 놀랍고 신기했다.

"예에? 칼이 안 들어간다고요? 그놈이 운이 좋아 할머니 눈에 안 띄었던가 보죠?"

무슨 생각을 했는지 이번에는 늙은 해녀가 내 말이 떨어지기 무섭게 받아줬다.

"눈에 안 띄긴. 내 눈엔 잘잘한 모래알도 다 보이는걸."

"그런데 왜 못 잡으셨어요?"

"휘우. 못 잡은 게 아니구 안 잡은 거지 뭐."

앞자락을 툭툭 털며 일어선 늙은 해녀는 물질할 때 내는 숨비소리를 내며 도끼를 제자리에 두고 돌아와 아름드리 나무토막을 잘라 만든 도마를 물로 씻어냈다. 도마를 얼마나 오래 썼는지 도마 복판이 절구처럼 움푹 들어가 있었다. 할아버지는 낚시가방을 들고 일어나 안채로 들어갔다. 나는 해삼을 보고도 안 잡았다는 그녀에게 의아스러워 다시 물었다.

"해삼을 보고도 안 잡으셨다니요. 왜 안 잡으셨어요?"

물로 도마를 씻어낸 그녀가 허리를 펴고 일어나 말했다.

"그야 우리 아들이 돌아오면 잡아줄라고, 물속을 들락날락거리며 쳐다보기만 했지. 그런데 그놈은 아직 안 돌아왔어."

물기가 촉촉한 눈으로 먼 바다를 바라보며 한숨을 쉴 때 늙은 해녀에게서 찐득한 바다 냄새가 풍겼다. 냄비 안에서 토막 난 채 꿈틀거리는 해삼을 바라보며 세월을 가늠하던 나는 차마 그녀에게 아들

본 지가 얼마나 됐냐고 물어볼 수 없어 에둘러 물었다.

"도대체 해삼이 얼마나 오래 묵었기에 칼이 안 들어가죠?"

늙은 해녀는 심란한 표정으로 말했다.

"글쎄. 그건 나도 몰라. 하지만 내가 봐둔 지도 아마 삼사 년은 족히 되었을 거야. 그러니까 아마 칠팔 년은 되었겠지. 더 됐을지도 모르구."

"삼사 년 동안이나 안 잡고 지켜보셨다고요? 아니 해삼이 삼사 년 동안이나 달아나지 않고 그 자리에 있어요?"

그녀는 잘라놓은 해삼을 바라보며 말했다.

"아무려면 산짐승이 그 자리에 있었겠어? 하지만 달아나봐야 부처님 손바닥이지 뭐. 나는 바다에 들어갈 때마다 그놈을 기어이 찾아냈거든. 아들이 몹시 그리울 땐, 하루에 두세 번씩 바닷속으로 들어가 찾아보고 나오기도 했어."

바닷속에 든 해삼을 삼사 년 동안이나 지켜보며 기다린 늙은 해녀의 아들은 무슨 사연이 있기에 돌아오지 않았을까. 해녀로 살아온 세월을 말해주듯 모래톱처럼 주름진 얼굴에 검버섯이 군데군데 몽돌처럼 박혀있었다. 나는 해삼을 가리키며 물었다.

"칼이 안 들어가는 해삼은 먹을 수도 없을 텐데, 잘라 뭐 해요?"

늙은 해녀가 푸념하듯 말했다.

"그야 푹 과 우리 영감탱이 물이라두 한 그릇 줄려고 그러지. 진작 잡아다 영감탱이나 줄 걸. 그러지 못한 것두 이제 한이 돼."

그날 그녀로부터 해녀가 물질하다 좋은 전복과 해삼을 만나면, 집 나간 자식이 돌아오기를 기다리며 채취하지 않고 그대로 둔다는 말을 들었다. 그 자리는 해녀들 사이는 물론 부부지간에도 가르쳐주지 않는다는 말도 들었다. 자식이 그리울 땐 하루에도 몇 번씩 물속에 들어가 그놈을 보고 나온다고 했다. 물질하다 기진맥진하여 금방 죽을 것 같아도 자식에게 따다 줄 전복이나 해삼을 보고 나면 기운이 절로 솟는다고도 했다.

심 사장이 공장을 차리겠다는 집이 도끼로 해삼을 자르던 늙은 해녀의 집인지 긴가민가해 물었다. 해녀의 집 대문 기둥에 어성전이라는 문패가 붙어 있었다.

"혹시 그 집 할아버지 성함이 어성전 씨가 아니든가요? 할머니는 바다로 물질 나가시고요."

심 사장이 깜짝 놀란 표정으로 물었다.

"어! 맞아요. 과장님도 아시는 분인가요?"

"네에. 얼마 전 퇴근길에 뵌 적이 있습니다. 그런데 거기에 공장을 차리시겠다고요?"

심 사장은 여전히 상기된 표정으로 결연히 말했다.

"예에. 그럴 생각입니다. 사실 저는 그 집을 볼 때까지만 해도 공장을 다시 해보겠다는 생각은 꿈도 꾸지 못했습니다. 무얼 다시 시작해보겠다는 것은 엄두조차 나지 않았으니까요. 그런데 그 집을 보고 회사로 돌아가 그때까지 집으로 돌아가지 못한 직원들을 불러 모아 놓고 얘기했습니다. '나는 이제 집도 없고 공장도 없다. 빚만 잔뜩 짊어졌을 뿐 내가 빼돌린 재산은 구린 동전 한 닢 없다. 지금 우리 공장에 납품하다 남은 재고는 고작 5백만 원가량 되는데 이게 남은 전 재산이다. 그마저 국세청에 압류되기 전 대한건설에 팔아 집에 갈 때 차비라도 조금씩 만들어주겠다.' 그리고 제가 여기 내려와 과장님 만난 얘기와 얻어놓은 빈집 얘기를 했어요. 그랬더니 모두 집에까지 맨주먹으로 걸어갈망정 5백만 원을 차비로 받을 수 없다는 거예요. 사장은 거리에 나앉게 생겼는데 어떻게 그럴 수 있느냐는 거죠. 그러니까 그 돈 5백만 원으로 공장에 담보로 들어가 있는 장비들은 그대로 놔두고 담보로 잡히지 않은 장비와 공구를 모두 챙겨 싣고 내려가 다시 공장을 해보자는 겁니다. 담보에 들어가 있지 않은 장비와 공구들이 비록 오래되기는 했으나 아직 사용가치는 충분하다는 거죠. 그리고 어쩔 수 없이 집으로 돌아가는 직원들도 공장 형편 되는 대로 자기들이 먹을 쌀가마니를 짊어지고 가서라도 공장을 돌리겠다고요.

우리 회사 직원 중에 우선 서 상무하고 생산직 두 사람이 먼저 내려와 자재 주문이 들어오면 제품을 생산하고 자재 주문이 없는 날은 원전 공사장에 들어가 막노동을 해서라도 반드시 회사를 다시 살려보자고요. 그래서 우리 모두 다시 만날 수 있도록 힘을 모으자는 약속을 하고 내려왔습니다."

심 사장은 이야기 중에 자꾸 목이 메는지 울컥울컥 말을 제대로 잇지 못했다. 그의 말을 듣고 있던 나도 상기된 목소리로 대답했다.

"정말 불행 중 다행한 일입니다. 사장님 회사 직원들도 그렇고요. 그런 맞춤한 집을 구했다니 그것도 행운이고요. 아주 좋은 징조입니다. 꼭 전화위복의 계기가 되길 바랍니다."

나는 심 사장의 말을 듣고 난생처음 들어보는 꽃보다 아름답고 천금보다 중한 노사관계에 형언할 수 없는 감동을 했다.

"이 지역은 그래도 외지인들이 많이 몰려들어 빈집이 별로 없는 편이랍니다. 횟집 주인 말로는 이 근방에서 조금만 벗어나면 그런데로 살 만한 빈집이 꽤 있다고 하더군요."

재기할 수 있을 것 같다는 심 사장의 말이 조금도 허투루 들리지 않았다.

"어느새 사장님도 이 지방 사람 같아 보이는데요. 하하."

"허허. 그렇게 보셨습니까? 저는 이 고장 사람이라기보다 이 고장 사람이 될 수밖에 없는 운명을 타고난 것 같습니다."

자재대금으로 543만 원을 심 사장에게 건네주며 물었다.

"그럼 이사는 언제 하시나요?"

심 사장은 내가 넘겨준 자재대금을 확인한 뒤 말했다.

"저는 오늘 어부의 집으로 들어가 살 집하고 공장으로 사용할 창고를 치우고 수리 좀 하려고요. 사업자등록 신청도 해야 하고요. 그런 뒤에 집사람과 함께 이삿짐을 싣고 내려오겠습니다. 저는 하루라도 빨리 내려오고 싶은데 집사람은 병원에서 퇴원한 뒤 딸네 집에 있는데 아직도 몹시 힘들어하고 있습니다. 공장이 눈에 어른거려 도저히 잠을 이룰 수 없다면서요. 아내는 하루도 거르지 않고 부도난 공장에 나가 청소도 하고 화단에 심어놓은 나무에 물을 주고 돌아와 베개를 흠뻑 적시며 잠꼬대하듯 딸과 공장을 떠나 도저히 살아갈 수 없다고 넋두리를 해댑니다. 재산을 잃은 게 아니고 평생을 살아온 삶이 뭉텅 잘려나갔는데, 늙고 병든 몸으로 낯선 곳에 가 무엇을 다시 시작할 거며 어떻게 삶을 이어가겠느냐고 몸부림칠 때는 저도 같이 부여잡고 울어주는 도리밖에 없습니다."

심 사장의 젖은 목소리가 끊어질 듯, 끊어질 듯 겨우 이어졌다.

"그러시겠지요. 얼마나 힘들겠어요. 사장님은 물론 사모님과 회사 직원들을 생각해서라도 희망을 버리지 마시고 버텨내십시오. 이

사 오면 그때 다시 뵙겠습니다."

"예에. 감사합니다. 세금계산서는 그때 드리도록 하겠습니다."

"그러세요."

심 사장은 바닷가 어부의 집으로 간다고 했다. 나는 현관에서 심 사장과 헤어졌다. 심 사장의 잰걸음을 보면서 그래도 참 다행이라는 생각이 들었다.

심 사장이 새로 등록한 세금계산서를 가지고 오겠다고 한 날이었다. 출근하여 자리에 앉자마자 마치 기다리고 있었던 것처럼 전화가 왔다. 심 사장이었다.

"사장님, 안녕하세요. 이사는 잘 하셨나요?"

심 사장이 착 가라앉은 목소리로 말했다.

"네에. 이사는 했습니다. 그런데 제 아내가 지난밤 사고를 당해 오늘 들어갈 수 없어 전화를 드렸습니다."

"사고를 당하다니요. 거기가 어디시죠?"

"신한군립병원입니다."

신한군립병원은 회사에서 차로 10분 거리에 있었다.

"그럼 제가 그리로 가겠습니다. 가서 뵙지요."

아침 공정회의를 마치는 대로 미리 준비한 자재발주서를 들고 군립병원으로 갔다. 심 사장이 초췌한 얼굴로 병실을 지키고 있었다. 심 사장 부인은 무슨 사고를 당했는지 알 수 없으나 링거를 맞으며 안정을 취하고 있었다. 나는 아침식사조차 하지 못한 그를 데리고 해장국집으로 들어갔다. 늦은 시간이라 다른 손님은 없었다. 심 사장은 몇 수저 뜨다 말고 수저를 내려놓았다. 나는 그때까지 영문을 알 수 없어 그에게 물었다.

"사모님은 갑자기 무슨 사고를 당하셨나요?"

"제가 과장님에게 무엇을 숨기겠어요."

심 사장은 매우 곤혹스러운 표정으로 넋두리하듯 털어놨다.

"그날 과장님이 내준 자재대금을 받아 쥐고 곧바로 바닷가 어부의 집으로 달려갔지요. 어부의 집에 갔더니 노부부는 어디를 갔는지 안집 문이 굳게 잠겨 있어 바로 창고 안으로 들어가 북어처럼 바싹 마른 어구들을 몽땅 밖으로 끌어냈죠. 해풍에 낡아 마른 김처럼 부서지는 문짝을 합판으로 다시 해 달고 창고 안으로 들어가 쌓인 먼지를 쓸어내고 바람에 실낱같이 너울거리는 거미줄도 말끔히 걷어냈고요. 유리가게 사장을 불러다 깨진 유리도 몇 장 갈아 끼웠죠. 땀을 비 오듯 쏟으며 청소를 마친 뒤 수도꼭지를 틀었더니 글쎄 수도관에 갇혀있던 공기가 쉐엑쉐엑 칙이익칙 빠져나가면서 이내 시뻘건 물이 쏟아지다가 맑은 물이 바닥을 뚫을 듯이 콸콸 쏟아지데요. 제가 살면서 물을 보고 그렇게 반가워하기는 처음이었어요. 물 만난 고기처럼 물을 받아 땀으로 범벅된 몸을 씻고 세무서로 달려가 사업자등록신청을 했죠. 아! 이제 돌아갈 곳이 생겼구나! 부도는 버텨낼 수 있어도 돌아갈 곳이 없는 것은 정말 참아낼 수 없더라고요.

그날 노부부의 집에서 하룻밤을 보내고 올라가 그때까지 집으로 돌아가지 못하고 기다리던 직원들을 모두 불러 모아, 제가 과장님 만난 얘기, 어구를 넣어 두었던 창고를 치우고 사업자등록까지 마쳤다는 말을 했지요. 직원들은 손뼉을 쳐대며 환호성을 내지르데요. 그날 우리 직원들이 모두 다시 만나자고 약속하고 고향으로 돌아갔어요. 우리 직원들에게도 돌아갈 곳이 생긴 거지요.

직원들을 고향으로 돌려보내고 딸네 집에서 하룻밤을 보낸 다음 날 이삿짐을 싣고 나오는데 우리 딸이 제 어미에게 외택이를 안겨주며 '엄마, 그 멀고 먼 낯선 곳에서 어떻게 사시겠어요? 외택이를 데리고 가세요. 외택이는 우리와 떨어져 살아도 엄마와 떨어지면 못사는 아이잖아요. 엄마가 안정되는 대로 우리가 데리러 갈게요'라고 그래요. 우리 딸도 제 어미를 닮았는지 외택이를 낳은 뒤로 더 이상 아이가 없어 외택이가 양가의 유일한 핏줄입니다. 나는 딸이 뭐라고 하든 외택이가 안 따라올 줄 알았어요. 그런데 글쎄 외택이가 제 외할머니를 따라나서더라고요.

그길로 아내와 외택이를 데리고 어부의 집으로 다시 내려왔죠. 이삿짐을 내려놓고 이른 저녁식사를 마친 뒤 잠시 이불보퉁이에 비스듬히 누웠는데 외택이가 정원에 박힌 돌처럼 미동도 없이 앉아 있데요. 제 어미, 애비를 뚝 떼어 놓고 우리를 따라나선 손자가 기특하기도 하고 보기에 너무 안쓰러워 TV 소리를 조금 낮추고 자리를 깔아주려고 이불보퉁이를 들고 일어나는데, 외택이가 갑자기 '할, 머, 니, 배, 아, 파'라고 힘겹게 한 마디 내뱉고는 배를 잡고 떼굴떼굴 굴러요. 나는 말할 것도 없고 밖에서 설거지하다 말고 뛰어들어온 아내도 허둥대기는 마찬가지였지요.

일단 외택이를 들쳐업고 세정교를 지나 내려올 때 보아둔 동산병원으로 마구 뛰었죠. 뒤따라 나온 아내도 외택이 손목을 잡고 같이 뛰어가 동산병원 문을 밀치고 안으로 들어서며 다급하게 의사를 불렀죠. 3층에 있던 원장이 내려와 외택이를 진찰해보더니 급성맹장염이라며 진통제를 놓아주고 당장 수술하려면 퇴근한 간호사도 불러오고 수술준비도 해야 한다며 다시 3층으로 올라가데요.

마음이 조급해 딸네 집으로 전화를 걸었더니 전화 받은 사위가 요즘 맹장수술은 예전과 달리 어려운 수술은 아니지만 그래도 걱정되면 외택이 데리고 중앙시에 있는 중앙병원으로 오라고 해요. 중앙병원에 근무하고 있는 제 고향 선배에게 수술준비를 부탁해놓고 먼저 내려가 기다릴 테니 구급차가 없으면 택시라도 잡아타고 올라오라고요. 그 말을 듣고 지체 없이 집으로 달려가 입고 있던 옷 위에 잠바때기 하나 걸치고 나오는데 외택이 신발이 질끈 밟히데요. 외택이 신발을 집어 호주머니에 넣고 동산병원으로 득달같이 달려갔죠.

　　3층으로 올라간 원장은 그때까지 내려오지 않았더라고요. 우물쭈물할 겨를 없이 아내와 외택이를 택시에 태우고 중앙병원으로 갔지요. 먼저 내려와 기다리던 사위가 의사가 모든 수술준비를 끝내고 외택이를 데리고 들어갔으니 아무 걱정 말라고 해요. 아내는 외택이를 수술실로 들여보낸 뒤 눈물로 헤어진 지 겨우 몇 시간 만에 다시 만난 딸을 잡고 펑펑 울데요.

　　그런데 외택이가 수술실로 들어간 지 얼마 안 되어 의사가 수술실 문을 열고 활짝 웃으며 나와요. 외택이는 급성맹장염이 아니고 일시적으로 창자가 꼬였었다며 하마터면 멀쩡한 아이 배 째고 수술할 뻔했다고 껄껄 웃데요. 사위가 의사에게 고마움을 표하자 의사는 사위 손을 잡고 외택이는 아무 걱정하지 말고 데리고 가도 된다고 해요. 수술실로 들어갈 땐 수술용 침대에 실려 들어간 외택이가 잔뜩 웅크린 채 간호사 품에 안겨 나오데요. 모두 외택이에게 우르르 달려갔죠. 얼굴이 창백해진 외택이가 두 팔 벌리고 달려드는 외할머니를 휙 뿌리치고 제 어미 품속으로 파고들며 아주 서럽게 통곡해요.

　　제 딸이 외택이를 안고 '엄마, 외택이를 데리고 올라가야겠어요.

346

창자가 꼬인 것도 모르고 급성맹장염이라고 수술하러 달려드는 그런 곳에 외택이를 두고 갈 수 없어요' 하고는 우리를 병원에 남겨둔 채 저희끼리 되짚어 올라갔어요. 딸이 외택이를 안고 올라가는 것을 지켜보는 아내 얼굴을 보았는데 섬뜩하리만치 창백하데요.

그 순간 허공에 대고 마구 손을 흔들었죠. 차도, 인적도 없는 거리를 환하게 밝히며 택시가 달려오기에 아내와 택시를 타고 터미널에 가 막차를 타고 내려왔어요. 집으로 걸어오다 호주머니에 손을 넣었는데 경황이 없어 신겨 보내지 못한 외택이 신발이 손에 잡히데요. 호주머니 속에 있던 외택이 신발은 금방 벗어 놓은 것처럼 따뜻하기에 그걸 아내에게 주었죠. 외택이 신발을 쥐고 만지작거리던 아내가 갑자기 나무토막 쓰러지듯 쓰러졌어요. 아내는 생명에는 지장이 없다는데 아직도 말을 못 해요."

나는 위로의 말도 격려의 말도 하지 못하고 그와 말없이 걷다가 병실 문 앞에 이르렀을 때 자재주문서를 넘겨주었다. 심 사장은 마치 중병에 걸린 사람이 만병통치약을 받은 듯, 상기된 얼굴로 자재발주서를 받아들고 병실로 들어갔다.

내가 사무실에 도착했을 때 김 부장이 기다리고 있었다. 그는 잃어버렸던 앵커볼트를 찾았다고 했다. 나는 잃어버린 앵커볼트를 찾았으면 당연히 상량식용 앵커볼트와 교체하지 않고 왜 가지고 왔느냐고 물었다. 김 부장은 격납고 지붕은 이미 콘크리트 공사가 끝나 교체할 수 없다고 했다. 아니 그럴 수가! 나는 그 말을 들은 것조차 두려워 김 부장에게 도로 앵커볼트를 가지고 가라고 했다. 그는 앵커볼트를 자재창고에 숨겼다가 고철 매각할 때 같이 내보내라는 소장의 지시를 받았다고 했다.

    소장은 내게 상량식이 끝나면 잃어버린 앵커볼트를 찾든가, 발주처에 보고한 뒤 다시 제작하여 교체할 것이라고 했다. 다음 날 공정회의에 들어가 내가 그 문제를 꺼내기 전 소장이 먼저 '장비로 상량식 행사장을 만드는 과정에 앵커볼트가 땅속에 묻혔고 다시 원상복구 중 나왔다'며 그 일은 누구도 입 밖에 내지 말라고 함구령을 내렸다. 그 뒤 나는 격납고를 지날 때마다 턱 끈을 매지 않은 안전모가 바람에 날아가듯 격납고 지붕이 홀랑 날아가는 상상을 했다.

아버지 등을 밀어드리며

신한원전 1, 2호기 준공을 앞두고 나는 해외공사부로 인사발령을 받았다. 물론 해외공사부로 발령을 받았다고 모두 해외로 나가는 것도 아니고 바로 출국하는 것도 아니었다. 본사에서 해외공사부로 발령난 직원들은 모두 여권을 신청하라는 공문이 내려왔다. 나는 본사에 들어가 여권을 신청하고 돌아가는 길에 고향 집에 들렀다. 참으로 오래간만이었다.

아버지께 사드린 송아지가 어미가 되어 새끼를 낳고 그 새끼가 자라 또 새끼를 낳고, 어미와 새끼가 새끼를 연이어 낳았다. 아버지는 해마다 외양간을 증축하며 소를 원 없이 길러봤다고 했다. 물론 우리집 형편도 많이 나아졌는데, 이제 아버지는 송아지 한 마리도 키울 수 없을 만큼 연로했다. 아버지는 하룻밤 자고 집을 나서는 내게 말했다.

"아니 거길 꼭 가야 혀?"

전날 내가 중동에 나가게 되었다고 말했을 땐 아무 말 없었던 아버지가 물었다. 나는 아버지 앞에서도 대한건설 사람이었다. 나는 업무보고 하듯 말했다.

"당장 가는 것은 아니지만 언제 가든 한 번은 갔다 와야 해요."

아버지는 착 가라앉은 목소리로 말했다.

"그래. 늬 밥그릇은 왜 그러키 멀리 가 있다니?"

아 그렇구나! 내 밥그릇은 참 멀리도 가 있구나! 아버지 밥그릇은 평생 엎드리면 손이 닿을 곳에 있는데, 내 밥그릇은 우리가 사는 지구 반대편 전갈조차 살 수 없는 사하라사막에 있었다. 나는 아버지에게 말했다.

"제 밥그릇이 그토록 먼 곳에 있다는 걸 이제 깨달았어요."

아버지는 애잔한 눈빛으로 나를 바라보며 말했다.

"이제 그만 여기서 벌어먹구 살면 안 되겠니? 거기는 나무두 읎구 물두 읎다면서."

평생 숲을 떠나지 못한 아버지의 젖은 목소리가 떨렸다. 남들은 아버지가 백 살도 더 사실 거라고 했는데 문득 내가 해외 근무 중 돌아가실지도 모른다는 생각에 가슴이 덜컥 내려앉았다. 나는 발밑을 내려다보며 딴전을 폈다.

"거기도 사람 사는 곳인데요 뭐. 아직 시간이 많이 남았으니까 또 올게요."

아버지는 내가 등을 보이기 전 먼저 돌아섰다. 유년시절, 아버지가 나를 업고 징검다리가 유실된 냇물을 건네줄 때 아버지 등은 태산보다 크고 바다보다 넓었는데, 어깨가 처지고 허리 굽은 아버지 뒷모습은 성년이 되어 다시 찾은 초등학교 운동장처럼 왜소하고 바람에 흔들리는 마른 풀잎같이 쓸쓸해 보였다. 정말 사람이 벌어먹고 산다는 게 뭘까. 중동에 나가 있는 동안 나를 낳아 길러준 아버지가 돌아가실지도 모르는데 그래도 가야 하나! 중동에 나가 있는 동안에는 부모님이 돌아가셔도 장례조차 참석할 수 없었다. 소식을 전해 듣고 바로 귀국해도 일주일 이상 걸리기 때문이었다. 아버지 뒷모습이 점점 흐려졌다.

뒤로 돌아 숯골을 바라봤다. 아버지가 섶나무를 하면서 남겨놓은 회초리만 한 참나무를 내게 보여주며 '잘 길러 다시 한 번 숯을 굽자'고 했었다. 그 세월이 아득히 멀기만 했었는데 참나무는 숯을 구울 때가 한참 지났어도 연탄에 밀려 그대로 울창한 숲을 이루고 있었다. 숲이 변하듯 세상도 하루가 다르게 변했다. 시골에도 보릿고개가 사라졌다. 아니 보릿고개라는 말은 옛말이 되었다.

언제부터인가 신문과 방송에 우리나라는 아시아의 네 마리 용 중하나라고, 한강의 기적을 이루었다고 보도했다. 86년 아시안게임, 88년 하계올림픽대회를 유치하기도 했다. 88올림픽 유치를 기념하기 위해 88고속도로를 발주하기도 했다. 그동안 착공했던 고속도로가 속속 개통되면서 전국이 일일생활권으로 발돋움하고 있었다. 언론은 우리 세대를 가리켜 조국의 근대화를 이끌어가는 산업전사라고 찬사와 박수갈채를 보내기도 했다.

나는 돈대를 넘어 옛 황 씨네 논둑길을 지나 징검다리를 건너 새 뜸에 세워둔 차에 올라 출발했다. 황 씨네 집은 자취 없이 사라지고 집터에 뽕나무 몇 그루가 바람을 맞고 있었다.

마을길을 빠져나와 국도로 들어섰다. 왕복 1차선이었던 신작로가 2차선으로 확장하고 포장까지 되어 있었다. 운전하는 동안 아버지 뒷모습이 자꾸 눈에 어른거렸다. 해외로 나가기 전까지만이라도 아버지를 서울로 모시려고 했는데 말을 꺼내기 무섭게 고개를 돌리며 손사래를 쳤다.

아버지는 일제강점기 일본으로 징용 다녀온 것 말고 태어난 집에서 한 번도 이사 가지 않았다. 어쩌다 벼르고 별러 아들 집에 와서도 사흘을 넘기면 마치 정류장에서 버스를 기다리는 사람처럼 시골로 내려가려고 조바심을 냈다. 서울 생활은 안팎으로 지켜야 할 게 너무 많다고, 시집살이도 그런 시집살이는 없다고 했다. 평생 논두렁 밭두렁 산길을 걷던 아버지는 보도를 찾아다니는 것도 싫어했고, 문만 열면 보이던 숲은 없고 콘크리트 벽만 보인다고 문을 열기조차 싫어했고, 저녁 먹고 찾아갈 사랑방이 없어 싫다고 했다. 대문 없이 살던 아버지는 아파트 열쇠를 들고 다니는 것도 싫어했고, 무슨 놈의 뒷간이 집 안에 있느냐며 집 안에서 똥 누고 오줌 누는 것도 싫어했고, 소파에 앉는 것도 싫어했고, 식탁에 앉아 밥 먹는 것조차 싫어했다.

아버지는 밥을 방에서 먹고, 마루에서 먹고, 마당에 멍석을 깔고 앉아서도 먹었다. 밥을 먹다 채마밭에 들어가 고추를 한 주먹씩 따다 먹었고, 깻잎도, 상추도 바로바로 뜯어다 먹었고, 풋마늘도 뽑아 그 자리에서 겉껍질만 벗겨내고 마늘종까지 고추장에 찍어 먹었다. 아버지는 마당에 건초로 모닥불 피워놓고 두레상에 둘러앉아 밥 먹는 걸 좋아해 여름밤이면 우리집 마당에는 모깃불이 끊임없이 타올랐다.

아버지가 언제 어디서든 좋아하는 것은 딱 하나, 그건 목욕을 가는 것인데 시골엔 뒷간은 있어도 목욕탕이 없었다. 그래서 아버지는 한여름이면 밤에 아무도 모르게 매일 방을 빠져나가 엄마와 물웅덩이에 가서 목욕하고 돌아왔다. 처음엔 엄마와 아버지가 우리를 재워 놓고 어디를 가는지, 언제 돌아오는지 몰랐다. 그렇다고 내가 아버지 뒤를 밟아 알아낸 것은 아니었다. 그건 아주 우연이었다.

그날 밤은 유난히 덥고 모기가 극성을 부려 잠을 이룰 수 없었다. 내가 일어났다 누웠다 하는 사이 안방 문이 살며시 열리는 소리가 났다. 그땐 엄마, 아버지가 뒷간에 가는 줄 알았다. 그런데 문을 열고 나가 마루를 지나고 토방으로 내려서며 신발을 찾아 신고 나가는 소리는 들었는데 들어오는 소리는 듣지 못했다. 내가 들어오는 소리를 못 들었나 싶어 윗몸을 일으켜 안방을 넘겨다봤는데 두 분의 잠자리는 텅 비어 있었다. 나도 뒷간에 가고 싶어 아이들이 깨지 않게 살며시 문을 열고 밖으로 나갔다.

보름이었는지 밖은 대낮처럼 밝았다. 마당으로 내려섰는데 어디선가 두런두런 두런거리는 소리가 들려 귀 기울여 들어보니 엄마와 아버지가 이야기를 나누는 소리였다. 엄마와 아버지가 자다 말고 일어나 무슨 일을 할까 싶어 소리 나는 쪽으로 고개를 돌렸지만 내 눈길은 돌담에 막혔다. 우리집은 돌담을 쳤다. 도둑이나 짐승이 들어오지 말라고 쳐 놓은 게 아니라 텃밭을 일구며 나오는 돌을 처치할 데가 없어 돌담을 쳤다. 돌담을 쌓았어도 대문을 달지 않아 밤이면 토끼나 고라니가 들어와 담 밑에 심어놓은 옥수수, 동부, 강낭콩 잎을 뜯어먹었고, 스산한 가을바람이 떨어진 감잎을 벌떼처럼 몰고 터놓은 돌담 사이로 줄줄이 빠져나가기도 했다.

내가 뒷간에 갔다 오는 동안에도 개울 쪽에서 엄마와 아버지가 두런거리는 소리는 여전히 돌담을 넘어왔다. 아마 고요한 밤이라 이야기하는 소리가 마당까지 날아온 모양이다. 나는 나무 절구통을 감나무 밑에까지 굴려다 엎어놓고 감나무로 올라가 나뭇가지에 걸터앉았다. 우리 감나무는 한 줄기로 자라다 한 길 높이에서부터 세 가지로 올라갔는데 두 가지를 사타구니에 끼고 한 가지에 등을 대고 앉으면 아주 편했고, 졸리면 원숭이처럼 나뭇가지를 안고 잠들어도 떨어질 염려는 없었다. 나는 감나무에 걸터앉아 개울을 아래에서 위로 훑어보다 그만 눈이 번쩍 떠졌다. 엄마와 아버지는 물웅덩이에 들어가 목욕을 하고 있었다.

낮에는 온 동네 아이들이 들어가 입술이 새파래질 때까지 물장구를 치고 노는 곳이었다. 아이들이 놀다 추우면 바위에 올라앉아 손바닥으로 궁둥짝을 짝짝 치면서 '빼빼 말러라. 뽀송뽀송 말러라. 꼬돌꼬돌 말러라' 하고 노래를 불렀다.

어느 날 서당 훈장 막내 딸내미가 아이들과 물놀이를 하고 있었는데 찾아왔다. 훈장은 다짜고짜 '다 큰 년이 혼탕에 들어갔다'고 초등학교도 들어가지 않은 어린 딸내미를 물가로 끌어 내놓고 엉덩짝을 철썩철썩 때린 뒤 끌고 갔다. 그때부터 아이들은 뭔지도 모르면서 물웅덩이를 혼탕이라고 불렀다. 그전까지는 둠벙(웅덩이)이라고, 둠벙에 멱 감으러 간다고 했다. 둠벙은 인가와 길에서 멀리 떨어져 있었다.

감나무 가지에 올라앉으니 시원하고 모기가 달려들지 않아 잠이 솔솔 왔다. 깜빡 졸다 보면 엄마, 아버지가 물웅덩이에 들어가 있고, 졸다 보면 둘이 나란히 바위에 올라앉아 있고, 졸다 보면 아버지 혼자 아랫도리에 속옷만 입은 채 걸어오고 있었다. 아니 자세히 보니 아버지는 입고 간 옷을 빨아 손에 든 엄마를 등에 업고 오고 있었다. 나는 먼저 방으로 들어갔다.

잠시 뒤 엄마와 아버지가 마루에 올라 방문 여는 소리가 들렸다. 선녀와 나무꾼을 읽으며 책장에 그려진 선녀들이 하늘에서 내려와 목욕하는 장면이 눈에 밟혔다. 선녀와 나무꾼은 한 번 읽고 오래 기억하듯 나는 엄마와 아버지가 물웅덩이에 들어가 목욕하고 돌아오는 모습이 오래오래 잊히지 않았다.

나는 허영란 씨와 결혼을 앞두고 선녀가 하늘에서 내려와 목욕하는 장면이 떠올랐다. 엄마와 아버지가 하얀 달밤에 물웅덩이에 들어가 목욕하고 돌아오는 장면도 떠올랐다. 나는 영란 씨에게 선녀가 내려와 목욕했던 그런 선녀탕을 만들어주고 싶었다. 선녀탕을 만들 만한 물웅덩이는 엄마와 아버지가 이용하는 곳 말고도 얼마든지 있었다. 나는 길거리에서 먼 곳을 찾아 보를 막듯 돌을 들어다 적당한 크기의 물웅덩이를 만들었다. 그곳을 선택한 것은 물가에 멍석만 한 바위가 있었기 때문이었다. 멍석 바위 옆에 미리 풀을 베어 말려두었던 건초를 안아다 푹신한 야외침대를 만들었다. 나는 건초 냄새, 가랑잎 냄새, 솔 향기, 바람 소리를 좋아해 솔가지를 한 짐 해다 울타리 치듯 야외침대 둘레를 둘러쳤다.

나는 만월이 휘영청 밝은 달밤에 설레는 마음으로 영란 씨를 데리고 선녀탕으로 갔다. 실패했다. 영란 씨가 옷을 벗지 않으려고 했다. 개울은 길에서 멀리 떨어졌는데 야밤에 누가 보겠느냐고 아무리 설득해도 받아주지 않았다. 나는 보름을 더 기다렸다가 캄캄한 그믐밤에 영란 씨와 다시 선녀탕에 갔다.

그때는 영란 씨가 순순히 멍석 바위에 올라가 옷을 벗어 놓고 물속으로 들어왔다. 한 번 옷을 벗기가 어렵지 두 번부터는 정해진 순서를 따르듯 했다. 우리는 캄캄한 그믐밤을 보내고, 눈썹달이 뜨고, 상현달에 살이 붙어 만월이 되고, 만월이 기울어 하현달이 될 때까지 선녀탕에 들어가 목욕하고, 야외침대에 들어가 하늘의 별을 바라보며 나란히 누웠다. 부엉이가 부엉부엉 울고, 소쩍새가 소쩍소쩍 울고, 찔레꽃 향기를 실어다 주고 지나가는 바람 소리를 들으며, 그 소리가 아스라이 멀어질 때까지 사랑했다. 아마 모르긴 해도 우리 큰아이와 둘째 아이는 이 야외침대에서 생겼는지도 모르겠다.

나는 큰아이 낳던 날 고등학교 동창을 만나러 나갔다 통금에 걸려 새벽에 들어갔는데 뜻밖에 금줄이 쳐 있었다. 출산예정일은 20여 일 남아 있었다. 내가 인기척을 하고 마루에 올라서자 엄마가 안방에 들어가 몸을 녹이고 들어오라고 했다. 그날은 눈이 한 송이도 내리지 않은 대설이었다. 방은 펄펄 끓었다. 내가 몸을 녹이고 방에 들어가자 엄마가 강보에 싸여 잠든 아이를 안겨주며 너를 아주 쏙 빼닮았다고 했다. 첫딸을 안고 어디가 그렇게 나를 쏙 빼닮았는지 보고 또 보는데 아내가 옆으로 휙 돌아누웠다. 아내는 첫아이가 딸이라 내가 섭섭하게 생각하는 줄 알았던 모양이었다. 나는 금줄에 고추가 없는 걸 보고 딸이라는 걸 직감했지만 그건 아니었다. 엄마가 하도 나를 쏙 빼닮았다고 해서 어디가 그렇게 쏙 빼닮았는지 찬찬히 들여다보고 있을 뿐이다. 아마 아내는 엄마와 아버지보다도 더 아들을 원했는지도 모르겠다.

아내가 둘째 아이를 낳을 때였다. 엄마가 나는 방안에 들어오지 못하게 하고 마루에 나와 내가 할 일을 잘 배워두라는 듯 하나하나 일러주었다. '볏짚을 가져와라, 한지 두 장을 겹쳐서 가져와라, 안

방에 가위, 솜, 실이 들어있는 반짇고리를 가져와라, 가마솥에 물을 한 솥 끓여라, 금줄을 달아라 …' 금줄은 내가 물을 끓이는 동안 아버지가 직접 새끼를 꼬아 만들면서 가르쳐주었다. 아들과 딸의 금줄은 달랐다.

엄마가 시키는 일을 다 하고 밖에서 초조하게 기다리고 있는데 느닷없이 '으앙' 하고 우렁찬 첫울음 소리가 들렸다. 당장 뛰어 들어가려는데 엄마가 들어오지 말고 뜨거운 물을 가져오라고 했다. 물이 너무 뜨겁다고 찬물을 가져오라고 했다. 잠시 뒤 내가 가져다준 함지박을 들고 나와 갖다 버리고 다시 뜨거운 물을 가져오라고 했다. 내가 뜨거운 물을 다시 갖다 준 뒤 한참 만에 엄마가 볏짚을 한 아름 안고 나오며, 마당에서 짚 한 오라기 남기지 말고 깨끗이 태워 재는 나무 밑에 묻어주라고 했다. 볏짚 속에는 출산 부산물이 들어가 있었다. 내가 마당에서 볏짚을 태우는데 엄마가 방에서 나오며 들어가보라고 했다. 방으로 들어가자 아내가 강보에 싸인 아이를 내게 안겨주었다.

첫째 아이 때처럼 얼굴을 들여다보고 있는데 아내가 또 퉁명스럽게 쏘아붙이곤 휙 돌아앉았다.

"자기는 딸인지, 아들인지 궁금허지두 않어유? 아들유, 아들!"

아내는 내가 아들인지 딸인지 묻지도, 확인하지도 않아 서운했던 모양이었다. 나는 아내가 아이를 가졌다는 말을 들었을 땐 아내를 얼싸안고 춤을 추듯 좋아했는데, 막상 아이를 받아 안은 순간 아들이고 딸이고 간에 잠시 낯익힐 시간이 필요했다. 아내가 돌아앉은 채 가슴에 담아놓았던 말을 했다.

"첫아이를 낳구 방을 나오는디, 시아부지 얼굴을 똑바루 볼 수 읎었슈."

나는 그게 왜 당신 책임이냐고, '아버님이 나를 낳으시고 어머님이 나를 기르시니'라는 시조도 모르느냐고 했더니, 아내가 대뜸 "며느리 귀엔 귀신 씻나락 까먹는 소리유." 그랬다.

셋째 아이는 서울에서 낳았지만 병원에 갈 형편이 되지 못했다. 두 아이를 집에서 낳은 아내는 아무 걱정하지 말고 자기가 시키는 대로만 하라고 했다. 아내는 두 번이나 아이를 낳아본 경험이 있지만, 해산바라지를 엄마가 다 했기에 나는 첫아이나 다를 게 없었다. 출산일이 가까워지자 잘 먹지 못한 아내가 너무 허약해 보여 왠지 불안했다. 아마 할머니, 외할머니가 아기를 낳고 바로 돌아가셨다는 말을 듣고 자랐기에 더욱 불안했었는지도 모른다.

우리집 옆에 산파 할머니가 있었는데, 집 앞으로 지나가기에 붙잡고 사정을 털어놨다. 산파가 말했다.

"아이 엄마가 집에서 아이 둘을 낳은 경험이 있다면 걱정 안 해도 돼. 그래도 걱정되면 반값에 해줄 테니 바로 연락해."

나는 구세주라도 만난 듯 반갑게 받았다.

"예에. 고맙습니다. 바로 달려가겠습니다."

바로 다음 날 밤중에 일어나 연탄불을 갈고 들어온 아내가 아무래도 아이를 낳을 것 같다고, 다 준비해뒀으니 걱정하지 말고 우선 물부터 한 솥 끓이라고 했다. 물을 끓이다 방에서 아내가 '아악!' 하고 소리를 내지르기에 문을 왈칵 열었더니 아이가 나오고 있었다. 나는 아이 받을 생각은 못 하고 산파를 데리러 달음박질쳤다. 산파를 데리고 집에 왔을 땐 이미 아이를 낳은 뒤였다. 산파가 돌아가자 아내가 아이가 나오는 걸 보고 왜 달아났느냐, 왜 자기 말 안 듣고 산파를 불렀느냐며 화를 냈다. 나는 달아난 게 아니고 산파를 부르러 갔고, 산파 비용은 반에서 반도 들지 않았다고 모면하려 했다. 아니 그건 사실이었다.

산파가 돌아갈 때 내 호주머니를 탈탈 털었어도 약조한 값의 반값도 되지 않았다. 그 돈을 건네받은 산파가 와서 한 것도 없는데 이거면 됐다고 했다. 아내는 '반에서 반값이고 원값이고 왜 자기 말을 듣지 않고 헛돈을 썼냐'고 했다. 나는 셋째를 안아보지 못하고 방을 나가 미역국을 한 솥 끓여다 줬다. 아내는 미역국을 허겁지겁 먹으면서도 누가 미역국 끓여달라고 했느냐며 미역국은 자기가 끓여 먹을 테니 얼른 출근하라고 다그쳤다. 그 뒤로 아내는 아이 셋 낳은 얘기를 평생을 두고 고시랑고시랑 바가지를 긁었다. 나는 한 마디 대꾸조차 할 수 없었다.

나는 아버지가 서울에 올라오면 서울 변두리에 있는 온천엘 갔다. 한 번은 가는 날이 장날이라고 일요일에 불암산에 다녀온 등산객이 대형 온천탕에 빽빽이 들어가 있었다. 나는 아버지와 온탕에 들어가 때를 흠씬 불린 뒤 때수건으로 아버지 등을 북북 문질렀다. 아버지가 '어이구 션혀, 어이구 션혀' 하기에 어린 시절만 생각하고 팔에 힘을 주어 등을 밀었다.

'어이구 션혀, 어이구 션혀' 하던 아버지가 아무 소리가 없기에 더 세게 빡빡 문질렀다. 그때 아버지가 몸을 씻기 싫어하는 아이처럼 느닷없이 벌떡 일어나 달아났다. 나는 아버지를 잡으러 쫓아갔다. 아버지는 사람들 사이로 잘도 도망 다녔다. 어린 시절 아버지가 물웅덩이로 목욕하러 가자고 하면 나는 달아났고 아버지는 기어이 쫓아와 나를 안고 물속으로 들어갔다.

목욕하던 사람들이 손을 놓고 머리가 하얀 아버지와 반백이 넘은 아들이 쫓기고 쫓는 광경을 쳐다봤다. 아버지는 좀처럼 잡히지 않았다. 그렇다고 목욕탕 안에서 내가 뛰어가 아버지를 붙잡을 수는 없었다. 나는 아버지를 쫓아가다 쫄딱 미끄러지며 손을 헛짚어 나둥그라졌다. 아버지가 달아나다 말고 아이처럼 배꼽을 잡고 웃었다. 지켜보던 사람들도 '와아!' 하고 웃었다. 나는 넘어지며 벽에 부딪친 머리를 아버지에게 들이밀며 말했다.

"아버지 머리가 깨졌나 봐요."

아버지가 머리를 헤쳐 보며 큰 소리로 말했다.

"갠찮어 이놈아. 담배 펴두 연기는 안 나오겄어."

머리가 아파 말조차 안 나오는데 옆에서 듣는 사람들만 '와아' 하고 웃었다. 아무리 아버지라도 그냥 넘어갈 순 없었다. 나는 목욕을 마치고 먼저 옷을 입고 나와 숨었다. 이상했다. 한참을 늘어지게 숨어 있어도 아버지가 나를 찾는 기미가 없었다. 아버지는 길을 몰라 혼자 집으로 돌아갈 수 없었다. 다시 안으로 들어갔다. 옷장은 텅 비었는데 아버지는 없었다. 머리끝이 쭈뼛했다. 그 큰 온천을 정신없이 뛰어다니며 샅샅이 뒤졌어도 아버지를 찾지 못했다. 검은 머리한 올 없는 백발 할아버지를 보았다는 사람조차 없었다.

카운터에 아버지 옷장 열쇠를 반납했는지 알아봤다. 다행히 옷장 열쇠는 반납하지 않았다. 나는 11층 계단을 타고 옥상으로 올라갔다. 계단에 없던 아버지가 저녁노을을 바라보며 담배를 태우고 있다가 나를 보고 술래잡기하다 들킨 아이처럼 웃으며 말했다.

"늬는 서울서 질을 잃어버릴 염려는 읎을 테니께."

360

나는 아버지에게 참패를 당했다. 그런데 그게 끝이 아니었다. 아버지가 집에 들어가자마자 엄마에게 등을 보여주며 쓰라리다고, 세혁이가 그랬다고 일렀다. 아버지 등을 살펴본 엄마가 발을 구르며 야단쳤다.

"이런, 이런! 이 미련헌 놈. 아주 등가죽을 한 꺼풀 홀딱 베껴 놨네. 에라 이놈아, 늬가 곰 우리에 들어가구 곰을 내놔. 이 곰보다두 더 미련한 놈아. 에이구 언제 철이 들지 원."

아버지는 엄마가 편을 들어주자 어린아이처럼 좋아했다.

물론 나도 할 말이 없는 건 아니다. 손뼉도 마주쳐야 소리가 난다고 아버지가 받아주니까 그러지 나 혼자 그럴 순 없지 않은가. 나는 백 살을 먹어도 아버지가 그때까지 살아있다면 그때도 똑같이 철없는 아들이 될 것이다.

국도를 벗어나 전날 빠져나온 나들목에서 경부고속도로에 진입했다. 고속도로를 개통하고 내가 직접 차를 몰고 전 구간을 달려볼 기회는 없었다. 뻥 뚫린 고속도로를 달리며 긍지와 자부심으로 감개무량했다. 대전을 지나 단숨에 금강휴게소까지 차를 몰았다. 휴게소 주차장에는 빈자리가 별로 없었다. 가장자리 한갓진 곳에 차를 세웠다. 차에서 내려 한동안 심호흡을 한 뒤 휴게소를 한 바퀴 돌며 샅샅이 살펴보았지만 내가 찾으려고 했던 '경부고속도로 건설 순직자 위령탑'으로 가는 안내표지판은 눈에 띄지 않았다.

잘못 찾아본 것은 아닌가 하는 생각에 거듭 돌았어도 찾지 못했다. 매점에 들어가 물었지만 모른다고 했다. 호떡을 팔고 있는 아주머니도 모른다고 했다. 주유소 직원도 고개를 갸웃거리는데 청소하는 아저씨가 지나가다 듣고 가르쳐주었다. 그의 말대로 위령탑으로 가는 길은 고속도로 밑으로 난 지하통로를 빠져나가야 했다. 협소하고, 지저분하고, 음습한 지하통로였다. 위령탑은 삼태기 속처럼 후미지고 접근하기가 쉽지 않은 외진 곳에 세워져 있었다. 위령탑에 이렇게 새겨져 있었다.

'세상에 금옥보다 더 귀한 것은 인간이 가진 피와 땀이다. 크고 작은 어떤 사업이나 피와 땀을 흘리지 않은 것은 없고 또 피와 땀을 흘리고서 무슨 일이고 이루지 못한 것이 없다. 여기 이 서울 부산 간 고속도로야말로 피와 땀의 결정이니 무릇 2년 5개월 동안 연인원 890만 명이 땀을 흘렸고, 그중에서도 피를 흘려 생명을 바치신 이가 77명이었다. 그들은 실로 조국 근대화를 향한 민족행진의 산업전사요 자손만대 복지사회 건설을 위한 거룩한 초석이 된 것이니 우리 어찌 그들이 흘린 피와 땀의 은혜와 공을 잊을 것이랴. 여기 그들의 혼을 위로하기 위해 정성들여 이 탑을 세우고 이 앞을 지날 적마다 누구나 옷깃 여미고 묵도를 올리리니. 혼들이여, 내려와 편안히 깃드옵소서. 웃으옵소서.'

'웃으옵소서'라니. 나는 '웃으옵소서'를 입속으로 되뇌며 위령탑 뒤로 돌아갔다. 위령탑 뒤에 서울 서대문 OOO, 부산 부산진 OOO 이렇게 오른쪽에서 왼쪽으로 순직자 77위의 명단이 3단으로 쓰여 있었다. 나는 77위의 이름을 한 분, 한 분 읽어보았다. 거기에 내가 사고조사하여 안전과로 넘긴 덤프트럭 기사 차상원과 로드롤러에 깔려 죽은 신호수, 허무영의 이름은 없었다. 혹 덤프트럭 기사 이름은 내가 잘못 기억할 수도 있으나 자재창고에 있었던 허무영의 이름은 확실히 기억하고 있었다. 다시 읽고 또 읽어 봐도 허무영 이름은 없었다. 내가 조사하여 안전과로 넘긴 사고는, 산재사고를 줄이려고 교통사고로 처리했다는 말을 들었는데 그게 헛소문이 아닌 모양이었다. 나는 그들에게 묵념조차 올리지 못한 채 위령탑을 내려와 금강휴게소를 빠져나갔다.

오만 가지 상념을 떨쳐버리지 못하고 터널로 들어가는 순간 그게 당산터널이라는 것을 알았다. 온몸에 소름이 나고 터널이 '우르릉 쾅 콰르르' 무너지는 환상에 사로잡혀 본능적으로 몸을 바짝 웅크린 채 빠져나갔다. 터널을 빠져나가서도 한동안 평상심을 찾지 못했다. 나는 백미러로 블랙홀처럼 보이는 터널을 외면한 채 앞만 보고 내쳐 달렸다. 당산터널을 빠져나온 지 얼마 지나지 않아 추풍령휴게소 이정표를 보고 내가 올라가는 고개가 바로 추풍령고개라는 걸 알았다.

추풍령고개는 내가 상상했던 것처럼 높고 험준한 고개가 아니라 아름다운 여인이 옆으로 누워있는 곡선처럼 부드러운 고개였다. 나는 추풍령휴게소로 들어갔다. 주차장에 부유층들이 타고 다니는 고급 승용차는 눈에 띄지 않았다. 대부분 고속버스와 화물차였는데, 삼륜차도 서너 대 보였다. '경부고속도로는 부유층을 위한 호화시설이 될 뿐'이라고 고속도로 건설을 결사반대했던 사람들이 뇌리를 스치고 지나갔다. 훗날 그들이 대통령이 되고 국회의원이 되고 장차관이 되고 사회지도층이 되었다.

차에서 내린 나는 언덕 위에 우뚝 선 '서울 부산 간 고속도로 준공기념탑'을 바라보며 걸어갔다. 준공기념탑을 바라보는 순간 순직자 위령탑이 너무 초라하다는 느낌이 들었다. 기념탑으로 올라가는 77개의 돌계단은 경부고속도로 준공일(1970년 7월 7일)과 건설공사 중 사망한 순직자를 상징하는 것이라고 했다. 그 숫자가 믿기지 않았지만 결국 사망자 한 사람, 한 사람을 밟고 올라갔다.

준공기념탑은 사방이 탁 트인 언덕 위에 석공 연인원 7,780명을 동원하여 화강암으로 30.8미터 높이로 쌓아 올렸다. 기념탑에 각하 이름은 물론 건설부 장관 이름도 들어가 있었고 고속도로의 노래비도 있었다. 기념탑에 이렇게 씌어 있었다.

'이 고속도로는 박 대통령 각하의 역사적 영단과 직접 지휘 아래 우리나라 재원과 우리나라 기술과 우리나라 사람의 힘으로 세계 고속도로 건설 사상에 있어서 가장 짧은 시간에 이루어진 조국 근대화의 목표를 향해 가는 우리들의 영광스러운 자랑이다.'

나는 문득 '싼 게 비지떡이고, 콩밥 빨리 먹는 놈은 화장실 가보면 안다'는 말이 떠올랐다. 경부고속도로는 준공 뒤 아예 하자보수공사 전담팀을 만들어 밤낮 고속도로를 막아 놓고 하자보수공사를 계속했다. 겉은 멀쩡한 도로가 내려앉고, 갈라지고, 패이고, 구멍이 뻥뻥 뚫리고, 절개지가 뭉텅뭉텅 내려앉고, 군데군데 웅덩이에 물 고이듯 빗물이 고였다.

기념탑 앞에서 나는 전혀 영광스럽거나 자랑스럽지 않았다. 긍지와 자부심도 느낄 수 없었다. 만감이 교차했다. 빼-액 빽-. 기차가 기적을 울리며 추풍령역으로 들어가는 소리가 들렸다.

어라! 나는 고속도로 공사 중 백동선 주임이 말했던 소문이 불현듯 떠올랐다. 백 주임 말대로 추풍령휴게소 자리는 충북 영동군 추풍령면을 약간 벗어난 경북 김천시 봉산면이었다. 시야가 확 트인 추풍령휴게소에서 길게 내리뻗은 고속도로는 바지랑대를 빼낸 빨랫줄처럼 길게 늘어져 구미로 연결되어 있었다. 그러고 보니 내가 대전에서 옥천으로, 옥천에서 영동으로, 영동에서 추풍령고개로 참 많이 돌고 돌아와 있었다. 나는 왜 대전에서 옥천으로, 옥천에서 김천으로, 김천에서 대구로 바로 연결하려던 것을 설계변경까지 하면서 구미로 돌아갔을까 하는 의문이 들었다.

77계단을 내려오며 다시 위령탑이 떠올랐다. 경부고속도로 준공기념탑 공원에 77위의 순직자 동상을 세워도 부족할 텐데 왜 밟고 다니는 계단을 만들었을까!

추풍령휴게소 뒤로 고갯길을 돌고 돌아 내려간 곳은 김천 끄트머리였다. 김천에서 다시 구미 방향으로 돌아가는데 왼쪽은 선산이고 오른쪽은 금오산이었다. 왜관을 지나 대구로 들어서며 문득 돌아온 길이 곧게 떠올랐다. 그렇다! 바로 이것이다! 내가 떠올린 길은 구미로 돌아온 길이 아닌 대전에서 대구로 곧게 쭉 뻗어 나간 길이었다. 이런 구더기가 바글바글 끓는 똥물에 거꾸로 처박아도 시원찮을 놈들. 이런 놈들이 쿠데타를 일으키다니! 경부고속도로는 독일 아우토반 자동차 전용도로에서 잉태하여 경북 구미에서 사산(死産) 되었구나! 결국은 그놈들이 설계를 변경한 것은 제 논에 물 대기였구나! 나는 서서히 속도를 줄이며 고속도로를 빠져나갔다.

늬 밥그릇은 왜 그러키 멀리 가 있다니?

지난밤 동생에게 아버지가 병원에 입원했다는 전화를 받았다. 그저께 엄마한테 전화를 걸었을 때 아버지가 노인정에 갔다가 집으로 돌아오는 길에 넘어졌다고 했다. 다음 날 아버지는 어깨와 갈비뼈가 아프다고 했다. 막내가 아버지를 모시고 병원에 가 진찰을 받아봤다. 아버지는 뜻밖에 폐암 말기였다. 내가 달려갔을 땐 이미 폐암이 갈비뼈까지 전이되어 어떻게 손을 쓸 수 없었다. 우리 형제들이 모여 상의한 끝에 아버지에게 말했다.

"아버지가 넘어지면서 갈비뼈가 부러졌어요."

엄마에게도 그렇게 말했다. 우리는 그날부터 아버지가 돌아가시는 날까지 진통제를 투여하기로 했다. 아버지는 입원치료와 통원치료를 반복했다. 아버지 병세는 점점 악화되어 고단위 진통제를 처방해야 했다. 나는 본사에서 출국하기 전 모두 쓰라고 내려온 연월차 휴가를 내고 아버지 집으로 들어갔다.

아버지는 식사할 때만 되면 이 핑계, 저 핑계로 식사를 거르는 날이 많아졌다.

"입이 써. 아주 소태여 소태."

"밥이 왕모래 같어."

"지금은 밥 생각이 읎어. 이따가 배 고푸면 먹을 테니께 그냥 윗목으루 밀어놔."

아버지는 날로 야위어갔다.

어느 날 아버지는 새벽에 일어나 스스로 신변정리를 했다. 평생 담배를 즐겨 피우던 아버지 애장품인 담뱃대, 쌈지, 부싯돌, 라이터, 물부리, 멈춘 손목시계, 지갑, 고스톱 밑천이 들어있는 동전 지갑 등을 꺼내 놓았다.

알고 보니 그날은 어린이날이었고 아버지가 다시 입원하는 날이었다. 전날 연락을 받은 아들, 딸, 며느리, 사위, 손주들이 모여 아침식사를 같이했다. 아침식사를 하고 상을 물린 뒤 아버지는 새벽에 일어나 정리한 물건들을 방바닥에 늘어놓았다. 지갑 속에 들어있던 지폐도 모두 꺼내 놓고 동전 지갑도 탈탈 털었다. 아버지는 만 원짜리 지폐부터 가장 어린 증손주에게 한 장씩 나눠 줬다. 지폐와 동전은 자식들까지 오지 않았다. 아버지가 평생 아끼던 물건은 경매사가 경매하듯 원하는 자식에게 하나씩 집어 줬다. 내게는 아버지가 노인정에 다니며 고스톱을 쳤던 동전 지갑이 돌아왔다. 아니 가져가는 사람이 없어 내가 마지막으로 집어왔다.

아버지는 우리에게 줄 수 있는 모든 것을 다 내주고 일어났다. 아버지는 땅 한 평, 집 한 채, 저금통장 한 개 가진 것이 없었다. 내가 곁부축을 하려고 해도 뿌리치고, 며느리가 내주는 지팡이도 마다한 채 혼자 걸음마 배우는 아이처럼 아장아장 걸어가 차를 탔다. 나는 아버지가 입원한 날부터 아버지 곁을 지켰다. 어수선했던 하루가 지나고 밤이 되었다. 침대에 누운 아버지는 평화로워 보였다.

　문득 아버지가 무슨 생각을 하고 있는지 궁금했다. 방울방울 떨어지는 링거액을 바라보다가 아버지에게 불쑥 물었다.

　"아버지, 지금 무슨 생각을 해요?"

　아버지는 미동 없이 눈을 감은 채 말했다.

　"엄마 생각. 엄마 생각을 허구 있어."

　너무 뜻밖이라 생각할 겨를 없이 입에서 나오는 대로 물었다.

　"왜요?"

　"이늠아, 왜요라니. 엄마헌티 왔으니께 엄마헌티 가야지. 그런디 엄마가 일찍 돌아가셔서 나는 엄마 얼굴을 모르거든. 내가 저세상에 가면 얼굴 모르는 엄마를 어티기 찾을까 그런 생각을 허구 있어."

　아버지는 고사리 팔러 장에 가는 엄마를 따라갔다가 약장수에게 정신을 팔고 엿장수를 따라다니다 해거름에 엄마 잃은 아이처럼 말했다. 내 뇌리에 떠오르는 아버지는 천생 아이였고, 겉과 속이 같은 분이었다. 나도 아이처럼 말했다.

　"그때는 할머니가 먼저 알아보시겠죠. 할아버지도 계신데 왜 그런 걱정을 해요?"

　아버지는 아무 말도 하지 않았다. 문득 내가 분가한 뒤로 아버지와 마음을 열고 대화를 나눈 적이 없음을 알고 깜짝 놀랐다. 언제나 쫓기듯이 찾아뵙고 의례적인 절을 하고 안부를 묻고 묵묵히 밥을 먹고 또 그렇게 헤어졌다. 아버지는 얼마나 외롭고 힘들었을까 생각하니 가슴이 먹먹했다. 나는 아버지에게 물었다.

　"아버지는 평생 살면서 언제가 가장 힘들었어요?"

　아버지는 주저 없이 말했다.

"늬들 데리구 보릿고개 넘을 때 가장 힘들었어. 하루하루가 죽느냐, 사느냐였으니께."

우리 아버지는 9남매를 낳아 기르고 가르치며 세상에서 가장 높다는 보릿고개를 넘긴 장하신 아버지였다. 나는 그 시절 누구나 다 겪었을 보릿고개보다 아버지가 버력에서 주운 금덩어리를 광주(鑛主)에게 돌려준 일을 떠올리며 다시 물었다.

"아버지가 금광에 다니실 때 버력에서 주운 금덩어리를 왜 광주에게 갖다 줬어요? 그때는 힘들지 않으셨어요?"

아버지는 조금도 망설임 없이 대답했다.

"이늠아, 그건 내 꺼가 아녀. 임자 찾아줬는디 힘들 께 뭐 있어."

아버지가 금덩어리를 광주에게 갖다 주고 얻은 이름 고진(高眞)을 생각하며 내가 풀지 못한 화두가 번개 치듯 번쩍 떠올랐다.

'아하 그렇구나! 나는 평생 내 것, 남의 것조차 구분 못 하고 살았구나!'

간호사가 들어왔다 나간 뒤 중단했던 이야기를 다시 이어갔다.

"아버지는 이 세상 누구보다도 열심히 사셨잖아요. 그래도 후회되는 일 있어요?"

아버지는 한참 만에 눈을 뜨고 나를 뜨악하게 바라보며 말했다.

"이늠아, 누구보다라니…. 삶은 비교하는 게 아녀."

나는 아버지 앞에 어린 시절이나 마찬가지로 여전히 말문이 막혔다. 나는 비교하는 삶을 살았고, 밀리면 끝장나는 줄 알았고, 이기지 못하면 죽는 줄 알았다. 밤은 뱀 꼬리처럼 달아나고 링거액은 소리 없이 똑똑 떨어지고 있었다. 마치 남은 링거액이 아버지 목숨을 지켜주는 마지막 보루인 것처럼. 나는 거듭 물었다.

"후회는요? 아버지는 후회되는 일 없어요?"

"후회라니!"

아버지는 눈을 번쩍 떴다가 슬머시 감으며 말했다.

"나는 그런 거 해본 적두 읎어. 내 일을 남에게 매긴 적두 읎구 남의 일을 내가 헌 적두 읎어. 사는 동안 잘 허든 못 허든 내 일 내가 했는디 후회허구 말구 헐 게 뭐 있어."

"그럼 덧없다든가 부질없다든가 허무하다든가 뭐 그런 생각은요?"

"그런 것두 읎어. 나는 지금껏 잘 살었다든가 잘못 살었다든가 그런 생각조차 해본 적두 읎으니께. 아마 나는 열 번 태어나든, 백 번 태어나든 똑같이 살었을겨. 그게 나여."

그럴까! 저승에 갈 때 누구나 호주머니 없는 수의(壽衣)를 입고 떠난다. 나는 늘 채우려는 삶을 살았다. 어린 시절 뒷골에 들어가 쑥을 뜯는데 갑자기 꿩이 다급하게 울며 날아가 찔레나무 덤불에 꽂히듯 처박히는 동시에 매가 꿩을 팍 덮쳤다. 나는 벌떡 일어나 '꿩 잡았다!'고 소리치며 잽싸게 달려가 매를 쫓고 꿩을 잡으려는 찰나 꿩이 푸드득 날아갔다. 그때의 허망함이란! 내가 아무 노력도 하지 않고 손아귀에 넣어보지 못한 꿩 한 마리를 놓친 것이 두고두고 허망했다. 하물며 죽음은 모든 것을 내려놓고 비우고 떠나는 것인데 나는 그 자리가 견딜 수 없이 공허할 것만 같았다.

간병인은 환자에게 죽음에 관한 얘기는 일절 하지 말라고 당부했는데도, 나는 짚신장수 아들처럼 철없이 자꾸 물었다.

"아버지는 죽는 게 두렵지 않아요?"

아버지는 마치 묻기를 기다렸다는 듯이 말했다.

"앞날이 구만리 같은 나이에 처자식 두구 일본으루 끌려가 탄광에 있을 때는 늘 죽음이 두려웠어. 나는 꼭 살어서 집으루 돌어가야 했으니께."

나는 미움도, 원망도, 증오도 모르는 아버지에게 참다못해 볼멘소리로 물었다.

"도대체 아버지는 일본놈들이 밉지도 않으세요?"

아버지는 한동안 천장을 응시하다 내게 눈길을 돌리며 말했다.

"내가 열 번 죽었다 깨나두 그놈들이 고울 수야 읎지. 허지만 우리가 모이면 이런 얘기를 했어. 미국 놈 믿지 말구, 소련 놈에게 속지 말구, 되놈은 되나오구, 일본 놈은 일어선다구. 늬들은 그 말이 우스갯소리루 들릴지 몰러두 우리는 많은 피땀 흘리구 부지기수로 목숨 바쳐가며 을은 교훈이니께."

내가 이토록 고통스러운데 아버지는 오죽할까 싶어 이야기를 다른 데로 돌렸다.

"지금은요, 지금은 두렵지 않으세요?"

아버지는 무거운 짐을 내려놓듯 크게 한숨을 쉬고 나서 편안한 목소리로 말했다.

"이늠아, 지금이야 살 만큼 살었는디 두렵긴 뭐가 두려워. 갈 때가 되면 뭉그적거리지 말구 얼릉 가야지. 나는 고무호스 주렁주렁 매달면서까지 살구 싶은 생각은 눈꼽만큼두 읎으니께, 그럴 생각은 아예 허지 말어!"

전에도 아버지에게 절대로 연명치료는 하지 말라는 말을 들은 적이 있었다. 그럼에도 불구하고 내친김에 다시 한 번 더 물었다.

"처녀가 시집 안 간다는 말, 장사꾼이 밑지고 판다는 말, 노인이 얼른 죽어야지 하는 말을 3대 거짓말이라고 하던데요?"

아버지가 한참 만에 대답했다.

"글쎄. 그럴지 안 그럴지 끝까지 살어봐야겄지. 젊을 때는 몸이 마음을 따렀는디, 늙으니께 짐이 되어 오히려 죽음이 있어 편안혀. 그런디 그런 건 늬가 생각해봐야지 왜 물어봐. 늬가 그러면 그런 거구 아니면 아닌 거지."

나는 잠시 망설이다 속내를 드러냈다.

"저는 막상 죽음 앞에 이르면 한시라도 더 살고 싶을 것 같아요."

아버지는 철없는 자식을 타이르듯 말했다.

"아녀 이늠아. 너두 살어봐. 죽음은 준비헐 시간을 주구 오는 겨."

'죽음이 준비할 시간을 주고 오다니!' 사람은 한 치 앞을 모르고 사는데 죽음은 도둑같이 온다. 아버지에게 고개를 돌렸을 때 아버지가 배 위에 올려놓은 양손이 침대 위로 힘없이 미끄러졌다. 소스라치게 놀라 벌떡 일어섰다. 나는 곧 내가 과민했다는 걸 알았다. 아버지는 그사이 숨을 고르게 쉬며 편안히 잠들어 있었다.

다음 날 동생과 교대했다. 하루 쉬고 다시 동생과 교대했다. 동생은 아버지가 지난밤에도 편히 주무셨다고 했다. 내가 찾아가 물었을 때 담당의사는 아버지에게 해드릴 수 있는 게 하나도 없다고 했다. 나도 아버지에게 할 수 있는 일은 아무것도 없었다.

그날 오후였다. 엄마는 아버지와 혼인할 때도 하지 않았다던 화장을 곱게 하고 한복 차림으로 예식장에 들어가는 신부처럼 손주며느리 부축을 받으며 들어섰다. 엄마가 평생 화장하는 것을 보지 못했던 우리는 기절초풍하여 그 자리에 얼어붙었다. 누구도 입을 여는 사람이 없었는데 아버지만 입가에 엷은 미소를 짓고 걸어오는 엄마를 바라봤다. 엄마가 한 발, 한 발 떼어놓자 아들, 딸, 며느리, 사위들이 양쪽으로 갈라섰다. 나는 엄마를 아버지 옆에 앉혀드렸다. 엄마는 풀코스를 완주한 마라톤 선수처럼 가쁜 숨을 몰아쉬었다. 명주가 말했다.

"오늘은 웬일루 엄니가 화장을 다 하셨대유? 몸두 불편하신디."

엄마는 가벼운 뇌졸중 치료를 받고 있었다. 잠시 연민이 가득한 눈길로 아버지를 지켜보던 엄마가 가쁜 숨을 돌리며 혼잣말하듯 나직한 목소리로 조곤조곤히 말했다.

"오늘이 내가 느이 아부지 만난 날이여. 그래서 몽교 에미헌티 얼굴에 뭣 좀 발러보구 싶다구 했지. 오늘 아니면 평생 화장 한 번 못 해볼 것 같은 생각이 들었어. 그랬더니 몽교 에미가 화장을 시켜주구 지가 시집올 때 해준 옷을 입혀줬어."

그 순간 엄마를 바라보며 짓던 아버지의 미소가 내게로 옮아왔다. 이승을 떠나는 아버지를 붙잡을 수도, 따라갈 수도 없어 엄마가 마지막으로 드리는 선물이었다. 엄마는 평생 결혼기념일을 말하지 않다가 아버지 칠순 여행에서 이렇게 말했다.

"내가 열다섯에 시집가던 날 시집에 첫발을 들여놨는디 마당에 풋보리를 따다 솥에 쪄 널어놨더라. 우리 일행은 안으루 들어가지 못허구 마당에 있었는디, 웬 떠꺼머리총각이 땀을 뻘뻘 흘리며 태산만한 나뭇짐을 지구 마당으루 들어오는겨. 그게 느이 아부지였어. 아마 내가 느이 아부지 예상보다 일찍 갔던개벼. 나를 본 느이 아부지가 부랴부랴 나뭇짐을 부려놓구 개울로 씻으러 가구 개울에 있던 늬 고모는 내가 늦을 줄 알구 뒷골 밭에 간 사람들을 불러온 뒤 두레상에 냉수 한 그릇 올려 놓구 혼례를 치렀어. 그날 늬 고모랑 풋보리를

맷돌에 갈아 갈밥을 맹글어 저녁을 먹구 첫날밤을 보냈지. 그때가
엊그제 같은디 늬 아부지가 벌써 칠순이여."

나는 엄마 말끝에 물었다.

"시집가던 날 마당에 널어놓은 풋보리를 보고 되돌아가고 싶다는
생각은 안 들었어요?"

엄마는 가만가만 고개를 저으며 말했다.

"아니. 나를 데리구 간 사촌 오빠가 나뭇짐을 지구 마당으루 들어
서는 늬 아부지를 보구 내게 그러시더라. 밥은 굶기지 않겠다구."

그해 우리 형제들이 부모님을 모시고 칠순 여행을 다녀온 뒤 또
결혼기념일을 까맣게 모르고 지냈다.

나는 엄마가 평생 안 하던 화장을 하고, 새 옷으로 갈아입고, 병
상에 누운 아버지를 만나 무슨 이야기를 나눌지 궁금했다. 엄마가
드디어 입을 열었다.

"지난 밤 어티기 보냈슈?"

"아주 편히 잘 잤어. 당신은?"

"나두 편히 잤슈."

"내가 읎었는디두?"

"내가 읎어두 당신이 잘 자는디 나라구 못 잤겠슈?"

아버지가 허허 웃으며 손을 내밀어 엄마 손을 잡고 말했다.

"그려! 그려! 그런디 손이 차네?"

엄마가 손을 슬며시 빼내며 말했다.

"한디서 들어왔으니께 차겄쥬."

퇴근시간이 지나면서 아들, 딸, 며느리, 사위, 손주들이 속속 들
어왔다. 병실은 발 디딜 틈이 없었다. 엄마가 몸을 추스르며 일어날

채비를 했다. 아버지가 말했다.

"여보, 가지 마. 오늘 밤 나허구 같이 있어!"

엄마가 말했다.

"나두 그러구 싶은디, 내가 여기 있으면 애들이 힘들쥬. 집에 갔다 내일 또 올게유."

아버지는 엄마를 붙잡을 듯 손을 내뻗으며 말했다.

"그래두 오늘은 가지 말구 나랑 같이 있자니께!"

엄마는 한 발 뒤로 물러서며 말했다.

"내일 또 온다니께유."

엄마는 아버지가 가지 말라고 해도 내일 다시 오겠다며 돌아섰다. 나도 엄마가 병실에서 밤을 보내는 것은 무리라는 생각이 들어 동생에게 어서 모시고 들어가라고 했다. 아버지는 집으로 돌아가는 엄마 뒷모습을 무르춤한 눈길로 배웅했다.

그날 밤 아버지가 뜬금없이 엄마에게 전화를 걸어 달라고 했다. 내가 침대 머리맡에 있는 전화를 걸어 아버지에게 건네주었다. 내게 전화기를 넘겨받은 아버지가 "여보. 나 내일 집에 갈텨!"라고 했다. 엄마가 뭐라고 했는지 다시 "나 내일 집에 간다니께!" 그러곤 내게 전화기를 돌려줬다.

나는 전화를 그냥 끊을까 하다가 엄마에게 물었다.

"아버지하고 무슨 얘기 하셨어요?"

"늬 아부지가 대뜸 내일 집에 온다구 허길래 오라구 했지. 그런디 두 똑같은 말을 되풀이허는 겨. 내일 집에 오겠다구. 그래서 내가 방 치워 놓구 기다릴 테니께 내일 꼭 와유 그랬지. 그게 다여."

"나는 또 무슨 일 있나 하고요. 오늘은 피곤하실 테니 일찍 주무시고 방은 내일 치워요."

엄마가 나직한 음성으로 말했다.

"방은 별루 치울 것두 없어. 이부자리 깔아놓구 갈아입을 옷이나 챙겨 놓으면 되니께."

엄마와 통화하고 얼마 지나지 않아 막내가 들어와 말했다.

"오늘은 내가 있을 테니까 형님은 집에 들어가 목욕도 하고 옷도 갈아입고 내일 와요. 집에 다녀오신 지 오래되었잖아요. 내일은 어버이날이라고 형님들도 오시고 조카들도 모두 온다니까 형님은 아무 때나 와요."

나는 막내 말대로 집에 들어가 씻고 일찍 자리에 누웠다.

유년시절 아버지가 삼아 준 색동짚신이 떠올랐다. 아버지가 내 발에 맞춰가며 삼은 짚신을 신어보라고 했다. 내가 짚신을 신어보고 발이 아프다고 했다. 아버지는 발에 닿는 부분을 방망이로 두드리고 문질러 부드럽게 만들어 내 발에 신겨준 뒤 벽에 걸어 놓은 당신의 새 짚신을 내려 신고 밖으로 나갔다.

나도 아버지 뒤를 따라 나갔다. 밖은 둥근달이 떠 대낮같이 밝았다. 아버지는 새 짚신을 길들이려는 듯 마당을 한 바퀴 돌고 헛간에 들어가 평생 짚고 다니던 작대기를 찾아 들고 대문을 나섰다. 나도 내 작대기를 찾아 들고 아버지 뒤를 따랐다. 아버지는 훨훨 나는 듯이 옷자락을 펄럭이며 성큼성큼 걸어 작은복사골을 지나 큰복사골로 향했다. 아버지를 따라잡으려고 아무리 빨리 걸어도 아버지와 나사이는 좀처럼 좁혀지지 않았다. 아버지는 한 번도 뒤를 돌아보지 않고 공산바위를 향해 올라갔다.

내가 공산바위 밑에 이르렀을 때 아버지가 들고 간 작대기가 공산바위를 받치고 있는데 아버지는 보이지 않았다. 나도 들고 간 작대기로 공산바위를 받쳐 놓고 몇 발짝 벗어나 산 위를 올려다봤다. 아버지는 어느새 공산바위 꼭대기에 올라가 있었다. 나는 아버지가 올라간 길을 따라 공산바위 꼭대기로 올라갔다. 공산바위 꼭대기는 웅덩이처럼 우묵했는데 아버지는 보이지 않았다.

　사방을 둘러보며 아버지를 부르다가, 전화벨 소리에 눈을 번쩍 떴다. 막내 전화였다.
　"지난밤 아버지 환후가 갑자기 나빠져 형님만 빼고 다 모였어요."
　내가 고속도로를 벗어나 아버지가 입원한 병원을 바라보며 달려갈 때 아버지가 방금 돌아가셨다고, 장례식장으로 오라는 막내 전화를 받았다. 장례식장에 들어섰을 때 동생들은 아버지 이마 위에 손을 포개놓고 있었다. 내가 아버지 머리맡으로 다가서자 동생들이 손을 내려주었다. 아버지 얼굴은 지난밤 잠든 모습 그대로였고 이마는 따뜻했다. 명주가 말했다.
　"의사가 아부지 임종을 준비허라구 했다는 막내 즌화를 받구 내가 엄니를 모시구 나왔어. 엄니가 병실에 들어서며 '나 왔슈'라구 했는디 아버지가 눈을 못 뜨시더라구. 엄니가 아버지에게 바짝 다가가 귀에 대구 다시 '나 왔슈!' 그러니께 아부지가 고개를 끄덕끄덕 허셨어. 그때부터 내가 아버지 귀에 대구 들어오는 사람마다 누구누구 왔다구 말했지. 아버지가 내 말을 알아듣구 고개를 끄덕끄덕 허시며 내 손목을 꽉 잡으시더라구. 나는 아부지에게 손목을 잡힌 채 가만히 있었는디 엄니가 갑자기 '애야, 지금 느이 아부지 가신다. 느이 아부지 가셔!' 그러시는 겨. 그래서 내 손목을 꽉 잡은 아부지 손을 번쩍 들어 올리며 '아부지가 내 손목을 이러키 꽉 잡구 계신디 가시긴 어딜 가유?' 그랬더니 엄니가 '아니다. 느이 아부지 지금 막 떠나셨다'며 갑자기 대성통곡을 허시는 겨. 그런디 엄니 말이 떨어지기 무섭게 아부지가 잡았던 내 손목을 슬며시 놓구 바루 돌아가셨어."

장례는 생전에 아버지가 하신 말씀하신 대로 과하지도 모자라지도 않은 3일장으로 치렀다.

생전에 화장을 원하지 않았던 아버지 유택을 두 번 옮겼다. 첫 번째 자리는 땅에서 물이 올라왔고, 두 번째 자리는 가까운 곳에 축사가 들어섰다. 세 번째는 아버지가 평생 일구던 뒷골 밭 위에 자리를 잡았다. 아버지 산소에 올라가면 뒷골 정자가 보이고, 샘터가 보이고, 뒷골 밭이 보이고 우리집도 한눈에 들어왔다. 아버지가 평생 지나다니며 막대기로 받쳐 놓은 공산바위도 보였고, 숯골도 보였고, 은골에서 새뜸으로 건너가는 징검다리도 보였다. 물에 떠내려가는 징검다리는 아버지 뒤를 이어 동생들이 놓았다. 아버지 장례를 모시고 삼우제를 지낸 뒤 명주가 내게 말했다.

"아부지가 돌아가셨을 때 우리는 오빠 걱정을 많이 했어. 오빠가 너무 충격을 받을까봐. 그래서 우리는 오빠가 올 때까지 아부지 이마에 손을 올려 놓구 있자구 했지. 오빠가 오면 틀림없이 아부지 이마를 짚어볼 텐디 차가우면 놀랠 테니께."

그랬다. 내가 영면하신 아버지 이마를 짚었을 때 전날과 다른 느낌이 들지 않았다. 그때까지 나는 아버지 죽음을 실감하지 못했다. 나는 잠시 자리를 피해 아버지가 입원했던 병실로 올라갔다. 전날과 다름없이 병실 문에 아버지 이름표가 그대로 끼워져 있었다. 나는 병실 안에 아버지가 계실 것만 같아 문을 열고 안으로 들어갔다. 텅 빈 침대 밑에 달랑 겨울용 털신 한 켤레가 놓여 있었다.

이 세상에 태어나 자연에 순응하고 순리대로 살면서 자식들에게 "세상에 공짜는 없다"고, "남의 것을 탐내지 말라!"고, "사람이 숲을 살려야 숲이 사람을 살린다"고, "사람은 숲을 떠나 살 수 없다"고 말씀하신 우리 아버지.

내가 이 세상에 태어나 송아지가 어미를 따르듯이 따르며, 의지하고, 사랑하고, 존경한 나의 아버지 고진(高眞) 어른은 달랑 겨울용 털신 한 켤레를 벗어놓고 이승을 떠나셨다. 나는 아버지가 마지막으로 신었던 털신을 주워드는 순간 설움이 복받쳐 아버지가 마지막으로 누웠던 침대를 붙잡고 대성통곡을 했다.

삼우제를 지내고 집을 나서기 전 엄마에게 물었다.

"엄마는 열다섯에 아버지를 만나 검은 머리가 파뿌리가 되도록 해로하셨으니 원 없으시겠네요?"

엄마는 한숨을 포옥 내쉬며 말했다.

"에이구 이늠아, 그렇기 살았으면 뭐 혀. 마지막 날을 지켜주지두 못 했는걸."

나는 깜짝 놀라 물었다.

"왜요?"

이번엔 엄마가 깜짝 놀라며 나를 책망하듯 말했다.

"왜요라니. 늬는 아부지 곁에 있었으면서 그걸 몰러 묻는 겨?"

몰랐다. 나는 엄마가 왜 그러는지 전혀 몰랐다. 그래서 말했다.

"모르는 건 손에 쥐어 줘도 모른다잖아요?"

엄마는 하얀 손수건으로 눈물을 꾹꾹 막아내며 말했다.

"늬는 아부지가 돌아가시기 전날 집에 가지 말라구 했던 말 못 들은 겨?"

"들었지요. 엄마보고 집에 가지 말고 병원에 같이 있자고 하셨지요."

"나두 그러구 싶었는디 몸두 성치 않은 내가 병원에 있으면 늬들이 얼마나 힘들겄어. 평생 안 허던 화장까지 허구 한복을 입구 나갔으니께 불편허기두 했구, 집에 들어가 약두 챙겨 먹어야 했으니께. 그런디 그 밤에 느이 아부지가 돌아가셨잖어. 에이구 지금 생각해보면 내가 죽더라두 늬 아부지 곁에 있었어야 했는디. 에이구우."

문득 '죽음은 준비할 시간을 주고 온다'는 아버지 말이 떠올라 잠시 엄마가 진정되기를 기다렸다가 물었다.

"그런 걸 보면 아버지는 돌아가실 것을 예감하셨나 보죠?"

엄마도 그런 생각을 했던지 한동안 울음을 꾹꾹 참아내며 말했다.

"아마 그런지두 몰러. 그러니께 그 밤에 즌화를 걸어 '나 집에 갈텨!' 그러셨겄지. 그래서 내가 오라구 했어. 그런디 또 '나 집에 간다니께' 그러시는 겨. 나두 '방 치워놓구 기다릴 테니께 내일 꼭 와유' 그랬거든. 나는 느이 아부지가 참말루 올 줄 알구 이부자리 깔아놓구 갈어입을 옷까지 챙겨두구 잤으니께. 그런디 느이 아부지가 했던 말은 우리 집에 온다는 말이 아니라, 저세상 당신의 집으로 간다는 말이었던개벼. 에이구 평생 같이 살었으면 뭐 혀. 지금 내가 죽어 늬 아부지를 따라갈 수만 있다면 당장이라두 죽겄어, 이늠아."

나도 아버지가 퇴원하여 집으로 간다는 줄 알았다. 그래서 엄마에게 말했다.

"아버지 곁에 있었던 나도 아버지가 돌아가실 줄 몰랐어요. 아버지가 그렇게 돌아가실 줄 알았으면 집에 들어가 다리 뻗고 잤겠어요? 엄마는 그 밤에 다시 나와 아버지 임종까지 지켜드렸는데 왜 그런 생각을 해요. 그런 생각하지 말아요."

막내도 아버지가 그토록 허망하게 돌아가실 줄 모르고 내게 연락을 늦게 했다고 했다. 나는 엄마가 진정되기를 기다렸다가 다시 물었다.

"아버지가 따로 남기신 말씀은 없었어요?"

엄마가 한 손으로 이마를 짚고 눈을 감은 채 말했다.

"늬 아부지가 병원에 입원허시기 전날 밤 내게 그러시더라. 자기 만나 고생 참 많이 했다구. 그래두 자식들이 모두 효자니께 자기가 떠나거든 효도 많이 받으며 편히 살다가 기다리구 있을 테니께 자기 헌티 오라구. 그래서 내가 다른 디루 절대 가지 않을 테니께 꼭 기다리라구 했는디, 느이 아부지를 그렇게 보낸 내가 무슨 염치루 효도를 바라구 편히 살겄어?"

나는 어린 시절 엄마가 그랬듯이 엄마 양 손목을 꼭 잡고 말했다.

"효도는 부모가 원한다고 되는 게 아니잖아요. 아버지 말씀대로 동생들이 모두 효자니까 마음 편히 가지세요. 아버지를 만나 검은 머리가 파뿌리가 되도록 한평생을 해로하시고 임종까지 지켜드렸는데 왜 그런 생각을 해요. 엄마도 아버지가 곧 돌아가실 것은 예상했잖아요."

엄마는 눈물에 젖은 주먹으로 가슴을 치며 말했다.

"에이구 이늠아, 예상이구 뭐구 지금 내 가슴 한 편짝이 뭉텅 떨어져 나간 거 같어."

그랬다. 내 가슴도 맞창 난 터널처럼 휑했다. 가야 할 길이 먼 나는 서둘러 엄마에게 인사하고 돌아섰는데, 문득 명주가 한 말이 떠올라 다시 물었다.

　"아버지가 돌아가시기 전 명주 손목을 꽉 잡고 있었다던데, 엄마는 그때 아버지가 돌아가시는 걸 어떻게 아셨어요?"

　엄마는 아버지 뒤를 쫓듯 먼 하늘을 길게 올려다보며 말했다.

　"글쎄다. 추운 날 거울에 입김을 호 불면 거울에 서렸던 김이 걷히듯 내가 지켜보던 순간 늬 아부지 얼굴에서 훈김이 걷히는 게 보였어. 그때 혼이 빠져나가는 줄 알았지."

　"아 그러셨어요."

　나는 아버지 임종 모습을 떠올리며 마음이 울컥했는데, 엄마가 근심 어린 표정으로 말했다.

　"그런디 늬가 나무두 읎구 물두 읎는 디루 간다구 허던디, 그게 참말이여?"

　엄마는 내가 중동으로 나간다는 말을 들은 모양이었다. 유년시절 내 앞에 흉기를 치워주고 험한 것을 가려주던 엄마는 내가 50을 바라보고 있는데도 변함없었다. 그때 나는 엄마 말을 귀로 들었는데 이제 가슴으로 듣게 되었다. 나는 마음이 시키는 대로 말했다.

　"그건 예전에 그랬다는 거고요 지금은 우리 회사가 들어가 집도 짓고 우물도 파고 나무도 심고 꽃도 심어, 여기보다 훨씬 살기 좋대요. 그러니까 아무 걱정도 하지 말아요."

　엄마는 유난히 꽃을 좋아했다.

　"그려. 어디를 가든지 밥 굶지 말구 몸 성히 잘 댕겨와! 내 걱정은 쬐끔두 허지 말어."

　내가 출발이 늦어지자 명주가 아이들을 데리고 나왔다. 아이들이 할머니를 부르며 우르르 달려가 매달렸다. 엄마는 포도송이처럼 주렁주렁 매달린 손주들에게 끌려가면서도 내게 '어여 가!' 라고 손을 자꾸 내저었다.

　내가 휴가를 마치고 출근했을 때 본사에서 중동본부로 인사발령이 내려와 있었다. 고대하던 88올림픽을 목전에 두고 출국할 것 같은 예감이 들었다. 물론 중동본부로 인사발령이 났어도 출국일자가 확정될 때까지 기다려야 했다. 인사발령지를 받아보는 순간 아버지 목소리가 환청처럼 되살아났다.

　"애야. 늬 밥그릇은 왜 그러키 멀리 가 있다니?"

지성의 숲에서 생명의 숲으로!
一業一生 질풍노도의 꿈으로 쓴 세상 가장 큰 책

숲에 산다

조상호 (나남출판 발행인) 지음

지성의 열풍지대에서 꿈과 땀으로 일구어온 언론출판 40년! 일업
일생으로 만든 그 책들을 소리 없는 아우성처럼 담아둘 공간인 수
목원에서 나무 가꾸는 일에 정성을 쏟았던 기록.

질풍노도 지성의 숲에서 비상했던 저자는 생명의 존엄을 지키
려 나무를 심고 숲을 가꾸었다. 책 속에서 현대 한국지성계의 빛
나는 별들과 이룬 지성의 숲은 어느새 호젓한 산책길이 되고, 거
대한 생명의 숲은 독자들을 웅숭깊은 사유의 세계로 안내한다.

신국판·올컬러 | 490면 | 24,000원

나무 심는 마음

조상호 (나남출판 발행인) 지음

**꿈꾸는 나무가 되어 그처럼 살고 싶다
나무처럼 살고 싶고 나무처럼 늙고 싶다**

언론출판의 한길을 걸어온 저자가 씨줄과 날줄로 엮인
인연의 에세이, 깊은 시각에서 기록한 여행기 그리고
나무처럼 살고 싶은 마음을 이 책에 담았다.

신국판·올컬러 | 390면 | 22,000원

나남
nanam
Tel: 031-955-4601
www.nanam.net